Politik & Co.

Sozialkunde
für das Gymnasium

9/10

Thüringen

Bearbeitet von
Dimitrios Kalpakidis
Gerfried Kübler
Alexandra Labusch
Nora Lindner
Erik Müller
Silvia Ott
Stephan Podes
Tina Rehm
Petra Reiter-Mayer
Hartwig Riedel
Toralf Schenk
Christian Tischner

unter Beratung von
Toralf Schenk
Christian Tischner

C.C.BUCHNER

Politik & Co. – Thüringen

Sozialkunde für das Gymnasium

Gesamtband für die Jahrgangsstufen 9 und 10

Bearbeitet von Dimitrios Kalpakidis, Gerfried Kübler, Alexandra Labusch, Nora Lindner, Erik Müller, Silvia Ott, Stephan Podes, Tina Rehm, Petra Reiter-Mayer, Hartwig Riedel, Toralf Schenk und Christian Tischner

unter Beratung von Toralf Schenk und Christian Tischner

Zu diesem Lehrwerk sind erhältlich:

- Digitales Lehrermaterial **click & teach** Einzellizenz, Bestell-Nr. 710921
- Digitales Lehrermaterial **click & teach** Box (Karte mit Freischaltcode), ISBN 978-3-661-71092-1

Weitere Materialien finden Sie unter www.ccbuchner.de.

Dieser Titel ist auch als digitale Ausgabe **click & study** unter www.ccbuchner.de erhältlich.

1. Auflage, 1. Druck 2020

Alle Drucke dieser Auflage sind, weil untereinander unverändert, nebeneinander benutzbar.

Dieses Werk folgt der reformierten Rechtschreibung und Zeichensetzung. Ausnahmen bilden Texte, bei denen künstlerische, philologische oder lizenzrechtliche Gründe einer Änderung entgegenstehen. An keiner Stelle im Schülerbuch dürfen Eintragungen vorgenommen werden. Auf verschiedenen Seiten dieses Buches finden sich Verweise (Links) auf Internetadressen.

Haftungshinweis: Trotz sorgfältiger inhaltlicher Kontrolle wird die Haftung für die Inhalte externer Seiten ausgeschlossen.

Redaktion: Daniel Adler

Layout und Satz: Wildner + Designer GmbH, Fürth

Druck und Bindung: Firmengruppe Appl, aprinta Druck, Wemding

www.ccbuchner.de

ISBN 978-3-661-**71091**-4

Inhaltsverzeichnis

Anhang

Methoden für Sozialkunde

Methoden für die Bearbeitung der Aufgaben

Zur Arbeit mit dem Buch

Politik & Co. – Thüringen wurde für den Lehrplan 2016 für den Sozialkundeunterricht in Thüringen der Jahrgangsstufen 9 und 10 neu konzipiert. Es ermöglicht euch, liebe Schülerinnen und Schüler, die zentralen Kompetenzen des Faches anhand vieler Beispiele aus eurem Leben und eurer Umgebung zu erwerben. Für eure Lehrerinnen und Lehrer ist das Buch eine Hilfe, einen modernen und binnendifferenzierten Unterricht zu verwirklichen.

Kapitelauftaktseiten

Jedes Kapitel beginnt mit einer „Auftaktdoppelseite“. Eine (linke) Materialseite und offene Aufgaben auf der rechten Seite ermöglichen euch eine erste Annäherung an die zugrunde liegenden Themen des neuen Kapitels. Außerdem erfahrt ihr hier, welche Fragen ihr am Ende des Kapitels beantworten könnt.

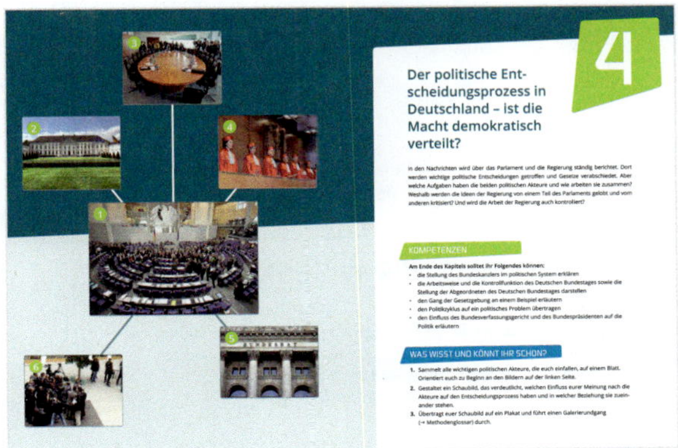

Aufbau der Unterkapitel

a) Thematische Vorentlastung und Einstiegsmaterial

Jedes Unterkapitel beginnt mit einer knappen Einführung. In der Rubrik „Zum Thema“ werdet ihr an das jeweilige Thema herangeführt. Hier erfahrt ihr bereits, was das zu behandelnde Problem der nachfolgenden Seiten ist bzw. mit welchen Themen es bearbeitet werden kann. Im Anschluss an die thematische Hinführung beginnt jedes Unterkapitel mit einem Problemaufriss. Dieser wird durch ein Einstiegsmaterial mit entsprechenden **EINSTIEGSAUFGABEN** in das jeweilige Thema farblich hervorgehoben.

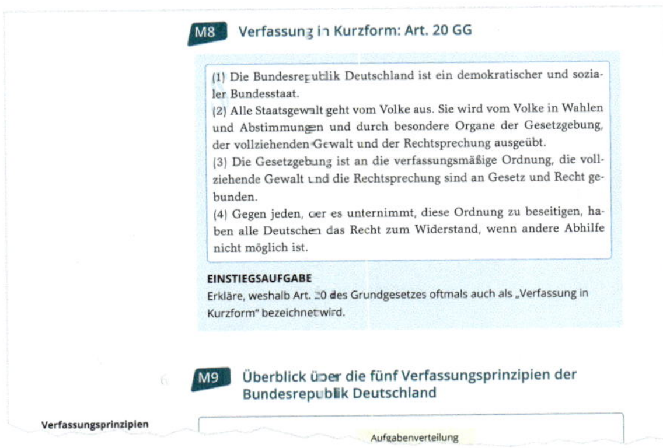
M8 Verfassung in Kurzform: Art. 20 GG

(1) Die Bundesrepublik Deutschland ist ein demokratischer und sozialer Bundesstaat.
(2) Alle Staatsgewalt geht vom Volke aus. Sie wird vom Volke in Wahlen und Abstimmungen und durch besondere Organe der Gesetzgebung, der vollziehenden Gewalt und der Rechtsprechung ausgeübt.
(3) Die Gesetzgebung ist an die verfassungsmäßige Ordnung, die vollziehende Gewalt und die Rechtsprechung sind an Gesetz und Recht gebunden.
(4) Gegen jeden, der es unternimmt, diese Ordnung zu beseitigen, haben alle Deutschen das Recht zum Widerstand, wenn andere Abhilfe nicht möglich ist.

EINSTIEGSAUFGABE
Erkläre, weshalb Art. 20 des Grundgesetzes oftmals auch als „Verfassung in Kurzform“ bezeichnet wird.

M9 Überblick über die fünf Verfassungsprinzipien der Bundesrepublik Deutschland

Verfassungsprinzipien

Aufgabenverteilung

b) Materialien

Durch die Arbeit mit dem Materialienteil schult ihr Analyse-, Methoden-, Urteils- und Handlungskompetenzen. Die sorgfältig ausgewählten Quellen (Zeitungsartikel, Bilder, Karikaturen, Grafiken, ...) stammen aus unterschiedlichsten Perspektiven und vertiefen die zentralen Themenaspekte. In der Randspalte werden zentrale Begriffe und wichtige Zusatzinformationen knapp erklärt, um eine genaue fachwissenschaftliche Verwendung zu erleichtern.

AUFGABEN

1. Beschreibe die verfassungsrechtliche Stellung sowie die Aufgaben des Bundesverfassungsgerichts (**M26**).
2. Vergleiche die Legitimation des Bundestags mit der des Bundesverfassungsgerichts (**M27**).
3. Erkläre, warum das Abschieben von Entscheidungen nach Karlsruhe ein zweischneidiges Schwert für die Politik sein kann (**M28**).
4. Erörtere die Thesen: „Das Bundesverfassungsgericht mischt sich zu sehr in die Politik ein!" und „Erst die Politik verleiht Karlsruhe seine Macht!" (**M26 – M28**).

c) Aufgabenblock

Am Ende jedes Unterkapitels findet ihr den Aufgabenblock. Die **AUFGABEN** zeigen euch, wie das Kapitelthema mittels der Materialien erarbeitet werden kann, wobei jedes Material in einer Aufgabe mit einer konkreten Handlungsanweisung (Operatoren) bedacht wird.

Natürlich lernt und arbeitet nicht jeder gleich schnell. Deswegen gibt es in der Randspalte oft Hilfen oder Zusatzangebote zu den einzelnen Aufgaben.

Wenn ihr z. B. „mal auf dem Schlauch" steht, könnt ihr euch bei vielen Aufgaben Hilfe, gekennzeichnet mit dem Symbol **H**, ab Seite 270 holen. Wenn ihr aber mal eine Aufgabe viel schneller erledigt habt als die anderen oder euch ein Thema besonders interessiert, stehen für euch unter dem Symbol **F** zusätzliche Aufgaben und Herausforderungen bereit.

3.1 Grundrechte und Verfassungsprinzipien – das Grundgesetz 85

WAS WIR WISSEN

) ist die Verfassung der Bundesrepublik Deutschland. Es ent- | **Grundgesetz** M2, M3

Werte, auf denen die Verfassung insgesamt beruht: die Ach- ıwürde und deren Konkretisierung in den Grund- bzw. Men-

en unseres Staates, fgaben und das Zusammenwirken der staatlichen Organe.

vegen ihrer Bedeutung als Schutzrechte, Freiheits- und Gleich- ı des Grundgesetzes stehen (Art. 1-19), leiten sich ihrerseits ... ürde ab (Art. 1 GG). | **Die Grundrechte** M5, M7

86 3 Grundzüge der politischen Ordnung in Deutschland

WAS WIR KÖNNEN

Verfassungsquiz

Ordnet die folgenden Begriffe den nachfolgenden Beschreibungen zu. Bei richtiger Zuordnung erg… den Klammern den Begriff für das Verfahren, mit dem politische Macht übertragen wird.

Demokratie (A) – **Republik** (W) – **Sozialstaat** (E) – **Bundesstaat** (L) – **Rechtsstaat** (N) – **Ge…**

1. … bedeutet wörtlich übersetzt: „Sache der Allgemeinheit" und meint eine Staatsform, in de… gewählt wird – im Gegensatz zu einer Monarchie, in der das Amt des Staatsoberhauptes … Königin oder einem König auf die Erben übergeht, also vererbt wird.

… Durch Wahlen …

d) Was wir wissen und Was wir können

Am Ende der Unterkapitel zweiter Ordnung (z. B. Kapitel 2.1, 3.1, ...) wird wichtiges Sachwissen nochmals übersichtlich und verständlich zusammengefasst. Dies geschieht durch leicht formulierte Bearbeitertexte oder logisch dargestellte Grafiken. Die Rubrik **„WAS WIR WISSEN"** kann euch somit helfen, die im Unterkapitel erworbenen Inhalte und Kompetenzen zu wiederholen und zu sichern. Schließlich findet ihr in der Rubrik **„WAS WIR KÖNNEN"** handlungsorientierte Angebote, die das gesamte Wissen und Können des Unterkapitels einfordern und somit die erlernten Kompetenzen sinnvoll zur Anwendung bringen.

3 Grundzüge der politischen Ordnung in Deutschland

SELBSTDIAGNOSE

Ich kann ...	Dazu benötige ich u. a. folgende Begriffe ...	Das klappt schon ...	Hier kann ich noch üben ...
...Anspruch und Wirklichkeit von Grundrechten an Beispielen überprüfen.	• Grundgesetz • Grundrechte • Menschenwürde	+/–	Kap. 3.1 • M2 – M7 • S. 76, Aufg. 1, 2 • WWW*
...die Staatsstrukturprinzipien beschreiben.	• Republik • Demokratie • Bundesstaat • Rechtsstaat • Sozialstaat	+/–	Kap. 3.1 • M8 – M18 • WWW
...die Bedeutung von …	• Politische Beteiligung • …beteiligung	+/–	Kap. 3.2 • M19 – M22 • S. 90, Aufg. 2

Kapitelabschluss: Selbstdiagnose

Die Kapitel schließen jeweils mit den Rubriken **„SELBSTDIAGNOSE"** und **„WAS WIR KÖNNEN"** ab.

Die Tabelle in der Rubrik **„SELBSTDIAGNOSE"** hilft zu überprüfen, inwieweit die im Kapitel erworbenen Kompetenzen und Inhalte beherrscht werden.

Allgemeine Hinweise

- Das **Methodenglossar** am Ende des Buches bietet euch wichtige Methoden, um die Aufgaben besser bearbeiten zu können.

- **Politiklexikon:** Ein Politiklexikon für Sozialkunde kann euch ein Hilfsmittel sein, um kurze Erläuterungen zu wichtigen Grundbegriffen aus den jeweiligen Kapiteln nachzuschlagen. Das **Register** ermöglicht euch die Auffindung von Querverweisen. Beide erleichtern euch das selbständige Arbeiten mit dem Buch.

- Eigens für das Schulbuch erstellte **Zusatzmaterialien oder Erklärfilme** (drei bis fünf Minuten) könnt ihr auf der Verlagshomepage (www.ccbuchner.de) kosten- und werbefrei jederzeit abrufen. Mithilfe von Mediencodes könnt ihr sie entweder direkt (Quick-Response-Code ↔ Smartphone/Tablet) oder über die Eingabe des jeweiligen Mediencodes in das Suchfeld der Verlagshomepage beziehen.

- **Geschlechtergerechte Sprache:** Im Schulbuch werden in der Regel sowohl die weibliche als auch die männliche Form verwendet; wo immer möglich, werden Paarformulierungen wie *„Bürgerinnen und Bürger"* oder neutrale Formen wie *„Lehrkraft"* gebraucht.
  Ausnahmen davon bilden zum Beispiel
  - layouttechnische Gründe (Platzmangel),
  - bestimmte Funktionsbezeichnungen bzw. Begriffe mit Nähe zu formalen und juristischen Texten oder domänenspezifischen Fachbegriffen (z. B. *„Gläubiger"*, *„Schuldner"*, *„Käufer"*, *„Produzent"*, *„Hersteller"*, *„Dienstleister"*, *„Händler"* etc.),
  - Fremdtexte oder
  - die massive Beeinträchtigung der Lesbarkeit.

  Selbstverständlich sind auch in diesen Fällen Personen jeglichen Geschlechts gemeint.

- Materialien ohne Quellenangaben sind von den Bearbeiterinnen und Bearbeitern verfasst.

- Sofern bei Materialien aus dem Internet kein Verfasserdatum ermittelt werden konnte, wird das „Abrufdatum" genannt.

- Die URL/vollständigen Internetadressen aller verwendeten Materialien aus dem Internet könnt ihr über den nebenstehenden QR- und Mediencode einsehen.

QR- und Mediencodes in Politik & Co.

Mediencode: 71091-01

URL aller verwendeten Materialien aus dem Internet

Mediencode: 71091-02

Das Spiel um die Macht ...

Zeichnung: Herbert Schulmeyer, 2008, in: © Verlag Bertelsmann Stiftung (Hg.): Miteinander – Erfahrungen mit Betzavta, 3. Aufl., 2008

Durchführung des Spiels

1. Jeder überlegt für sich eine Regel, die den Rest der Unterrichtsstunde gestalten kann. Denkt daran, Regeln sind Richtlinien, die eine klare Vorgabe darstellen. Deshalb sollte die Regel einen eindeutigen Aufforderungscharakter haben.
2. Jeder von euch erhält eine Karte und schreibt auf der einen Seite seine Regel und auf der anderen Seite seinen eigenen Namen darauf.
3. Nun habt ihr 15 Minuten Zeit. Das Ziel ist, innerhalb dieser Zeit so viele Karten wie möglich zu sammeln. Wer die meisten Karten hat, darf seine Regel verkünden, die unter bestimmten Voraussetzungen für den Rest der Stunde für alle gelten wird. Die Voraussetzungen sind:
   a. die Regel muss innerhalb des Klassenzimmers umsetzbar sein,
   b. die Regel darf nicht gegen Regeln und Gesetze verstoßen (z. B. Schulordnung, Menschenrechte, Grundgesetz).
4. Nach 15 Minuten kehren alle an ihren Platz zurück und die Spielleitung prüft, wer die meisten Karten hat und lässt die Regel verkünden.
5. Die Spielleitung fragt, ob alle mit der Regel einverstanden sind.

TIPP zu 1.
Die Regel kann das soziale Verhalten, eure Kommunikation oder den Ablauf der Unterrichtsstunde betreffen.

TIPP zu 3.
Überlege dir, mit welcher Strategie du am meisten Karten bekommen kannst.

Wir entdecken Politik

1

Wer die meisten Stimmen hat, hat gewonnen! Und wer gewonnen hat, darf entscheiden, was gemacht wird. Das klingt doch nach einem Spiel oder nicht? Politik scheint auch so zu funktionieren. Und dennoch ist Politik viel mehr als nur das Spiel um Mehrheiten und darüber, wer Entscheidungen treffen darf.

KOMPETENZEN

Am Ende dieses Kapitels solltet ihr Folgendes wissen und können:

- erklären, was man unter Politik versteht
- das Politische an Alltagskonflikten beschreiben
- Kategorien zur Analyse von Politik nutzen
- Demokratie und Diktatur als Herrschaftsformen vergleichen
- Staatsformen von Herrschaftsformen unterscheiden

WAS WISST UND KÖNNT IHR SCHON?

Spielt in der Klasse das auf der linken Seite erklärte „Spiel um die Macht".
Ihr habt ca. 15 Minuten Zeit. Geht dabei wie folgt vor:

a) **Vorbereitung:** Ihr benötigt so viele Karteikarten wie ihr Schüler in eurer Klasse habt und Stifte zum Schreiben.

b) **Durchführung:** Spielt das „Spiel um die Macht" wie auf der linken Seite beschrieben.

c) **Nachbereitung:** Tauscht euch gemeinsam über folgende Impulse aus:
   - Was ist in den 15 Minuten passiert?
     - Wer hat seine Karte behalten? Warum?
     - Wer von euch hat Karten von anderen bekommen, warum?
     - Wie fühlt es sich an, Karten „nachzujagen"?
     - Wie mächtig ist derjenige von euch, der die meisten Karten bekommen hat?
   - Kann die Entscheidung umgesetzt werden? Wenn ja, warum, wenn nein, warum nicht?
   - Vergleicht euer Spiel mit Situationen aus dem Alltag.
   - Was hat euer Spiel mit Politik zu tun?

1.1 Politik – was ist das eigentlich?

Zum Thema: „DU bist Politik" heißt der Slogan einer Kampagne für politisches Engagement. Doch wenn wir „Politik" sein sollen, sollte vorher geklärt sein, was überhaupt „Politik" genau ist. In diesem Unterkapitel erfahrt ihr daher, was „Politik" eigentlich bedeuten kann.

M1 Was ist „Politik"?

EINSTIEGSAUFGABEN

1. Ordne den Bildern in **M1** jeweils einen Titel zu.
2. Begründe, welches Bild für dich am ehesten mit „Politik" in Verbindung steht.

M2 Politik – das geht alle an

Der Begriff Politik stammt vom griechischen Wort „polis" ab. Polis bedeutet Stadt oder Gemeinschaft. In einer polis hatten alle Bürger einer Stadt das Recht (und auch die Pflicht), über die Angelegenheiten der Gemeinschaft mitzubestimmen. Auch Kinder und Jugendliche haben das Recht, Politik zu machen. Das bedeutet zwar nicht, dass sie gleich in den Bundestag gewählt werden können. Das ist erst mit 18 Jahren möglich. Kinder und Jugendliche können auf andere Art „Politik" machen. Denn sie dürfen und sollen innerhalb und außerhalb der Schule mithelfen, ihre Anliegen vorzutragen und Probleme zu verändern. Hier ein paar Beispiele:

- Wenn der Skaterpark verdreckt ist, könnt ihr euch beim Bürgermeister beschweren.
- Jede Schule hat eine Schülervertretung, in der Kinder und Jugendliche die Interessen aller Schüler vertreten.
- Jugendliche können in Kinder- und Jugendparlamenten mitarbeiten.

In der Politik geht es um die Lösung von Problemen bzw. Konflikten, die die Öffentlichkeit betreffen. Verschiedene Gruppen versuchen dabei, ihre Interessen durchzusetzen. Politik ist auch der Kampf um Macht und Einfluss.

Bearbeiter

M3 Verschiedene Definitionen von Politik

1. Politik heißt Macht und Konflikt. Jeder versucht seine Interessen durchzusetzen.
Bearbeiter

2. Politik ist Problemlösen. Politik beschäftigt sich mit Problemen, die viele Menschen betreffen und für die eine einheitliche Regelung gefunden werden muss.
Bearbeiter

3. Politik ist jenes menschliche Handeln, das auf die Herstellung und Durchsetzung allgemeinverbindlicher Regelungen und Entscheidungen (d. h. von „allgemeiner Verbindlichkeit") in und zwischen Gruppen von Menschen abzielt.
Patzelt, Werner J.: Einführung in die Politikwissenschaft. Grundriss des Faches und studiumbegleitende Orientierung. 4., überarb. u. wes. erw. Aufl. Rothe 2001, S. 23.

4. Politik heißt, sich in die eigenen Angelegenheiten einzumischen.
Bearbeiter

5. Politik ist das gemeinsame Streben nach einer gerechten Lösung.
Bearbeiter

Verbindlichkeit
Gültigkeit

AUFGABEN

1. Formuliere ausgehend von **M2** eine eigene Definition, was für dich „Politik" bedeutet. Vergleiche diese anschließend mit **M3**.
2. Übertrage die Politikdefinitionen aus **M3** auf die Bilder aus **M1**.

1.2 Politik im Alltag – Konflikte lassen sich regeln

Zum Thema: Viele Menschen denken, Politik ist kompliziert und langweilig. Politik kann aber ganz schön spannend sein. Vor allem dann, wenn es um ein konfliktbeladenes Thema geht, das euch selbst betrifft. Wie ihr selbst zur Regelung solch eines Konflikts beitragen könnt, erfahrt ihr auf den folgenden Seiten.

M4 Was tun, wenn das Freibad geschlossen werden soll?

Jakob und Mia sind verärgert, weil die Gemeinde das öffentliche Freibad, in dem sie jeden Sommer ihre Ferien verbringen, schließen will, um Kosten zu sparen. Da ihre Mitschüler auch davon betroffen sind, sprechen sie das Thema in der Schule an. Auf einer Wandzeitung halten die Schüler Argumente für und gegen die Schließung des Freibades fest: Auf der einen Seite will die Gemeinde Gelder einsparen, um mehr in Bildung zu investieren, Schulen und Kindertagesstätten auszubauen. Auf der anderen Seite ist das Freibad in der Gemeinde und für die Schüler ein wichtiger öffentlicher Treffpunkt.

Bearbeiter

Freibäder sind ein beliebter Treffpunkt für Jugendliche, verursachen für die Gemeinden aber oftmals hohe Kosten.

EINSTIEGSAUFGABEN

1. Beschreibe, worum es bei diesem politischen Konflikt in **M4** genau geht und wer betroffen ist.
2. Formuliere anschließend
   a) Fragen, die sich Mia und Jakob im Zusammenhang mit der Schließung des Freibades stellen könnten.
   b) mögliche Argumente, die die Schüler für und gegen die Schließung des Freibades auf der Wandzeitung festhalten.

M5 Drei Seiten von Politik

In der Politik geht es oft um gesellschaftliche Probleme und deren Lösung. Soll ein öffentliches Schwimmbad geschlossen werden? Sollen Gewaltspiele am PC verboten werden? Was kann gegen Kinderarmut in der Welt getan werden? – All diese Fragen können diskutiert und Argumente dafür oder dagegen gefunden werden. Es geht um die **Inhalte**

der Politik. Wer kann über diese Fragen entscheiden? Und wie wird entschieden? Sollen gewählte Vertreter entscheiden oder die Bürger selbst? Sollen sich alle gemeinsam nach einer ausführlichen Diskussion auf eine Lösung einigen oder soll gelten, was die Mehrheit beschlossen hat? Hierbei geht es um den Rahmen und die Form von Politik. Das sind Regeln, Verfahrensweisen, Gremien, Institutionen, ganz allgemein: die **politische Ordnung**. Die dritte Dimension beschäftigt sich mit dem Prozess der Meinungsbildung und Entscheidungsfindung: Warum ist eine Diskussion über ein politisches Problem überhaupt notwendig? Wer ist von dem Problem betroffen? Und: Welche Meinung vertreten die Betroffenen? Bei dieser Seite von Politik geht es um verschiedene Interessen und Standpunkte und darum, wie diese Meinungen durchgesetzt werden können. Politik hat mit **Konflikten** zu tun.

Bearbeiter

M6 Wie können sich Jugendliche zur Regelung von Konflikten politisch einbringen?

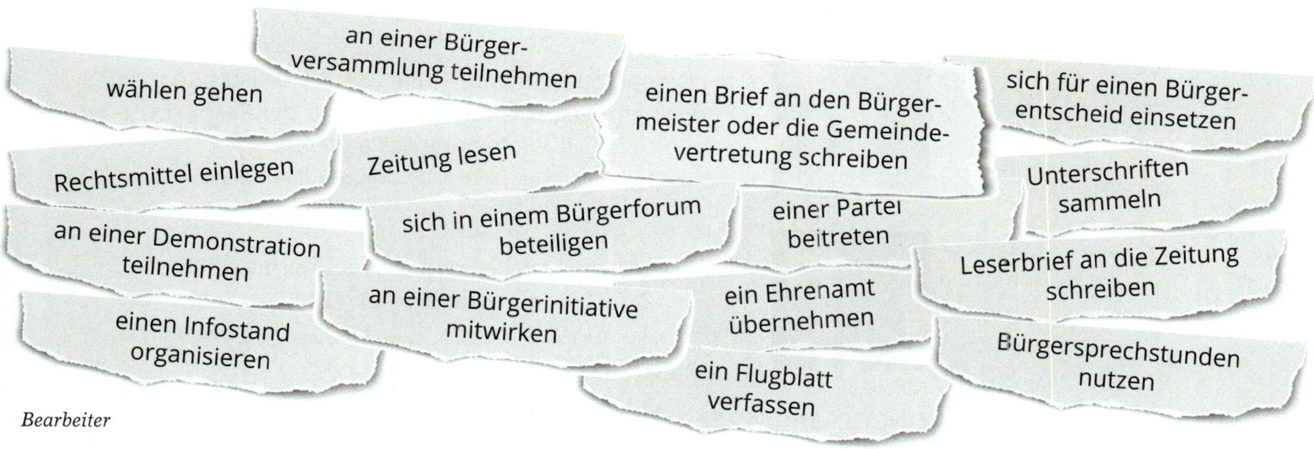

Bearbeiter

AUFGABEN

1. Führt eine Vier-Ecken-Abfrage zur Frage „Wie können sich Jugendliche zur Regelung von Konflikten politisch einbringen?“ durch (**M6**).
   - Entscheidet euch in der Klasse zunächst für die eurer Meinung nach vier wichtigsten Mitmachmöglichkeiten.
   - Übertragt diese vier Möglichkeiten auf vier Plakate und hängt diese in die vier Ecken eures Klassenzimmers.
   - Geht in die entsprechende Ecke und stellt euch dort auf. Begründet eure Wahl.
2. Erkläre, welche der in **M2** und **M3** beschriebenen Aspekte von Politik du in dem Konflikt um die Schließung des Freibades in **M4** wiederfindest.

F Wähle ein aktuelles politisches Problem aus. Entscheide dich anschließend für eine der Mitmachmöglichkeiten aus **M6** und begründe, warum gerade diese geeignet sein könnte, um Einfluss auf dieses Problem zu nehmen.

1.3 Wie kann politische Herrschaft begründet werden?

Zum Thema: Oftmals sprechen wir von „unserer Demokratie" oder „unserer Republik", wenn wir unseren Staat bzw. unsere Art von Zusammenleben meinen. Was genau bedeutet Demokratie und was macht sie aus? Welche anderen Formen politischer Herrschaft gibt es und wie unterscheiden sich diese von der Demokratie? Dies erfahrt ist auf den folgenden Seiten.

M7 Demokratie bedeutet für mich ...

„Demokratie ist die Notwendigkeit, sich gelegentlich den Ansichten anderer Leute zu beugen."

Winston Churchill (1874-1965), britischer Politiker und Nobelpreisträger (Übersetzung: Walter Lipgens)

„Demokratie lebt vom Streit, von der Diskussion um den richtigen Weg. Deshalb gehört zu ihr der Respekt vor der Meinung des anderen."

Richard von Weizsäcker (1920-2015), deutscher Bundespräsident (1984-1994)

„Das Schneckentempo ist das normale Tempo jeder Demokratie."

Helmut Schmidt (1918-2015), deutscher Bundeskanzler (1974-1982)

EINSTIEGSAUFGABE

Ergänze den Satz „Demokratie bedeutet für mich...".

M8 Formen politischer Herrschaft

Abstimmung im Deutschen Bundestag

Kim Jong-un, seit 29.12.2011 Diktator und „oberster Führer" Nordkoreas

Der Begriff **Demokratie** kommt aus dem Griechischen und setzt sich aus den Wörtern Demos (Volk) und Kratein (Herrschaft) zusammen. Demokratie bedeutet also Herrschaft des Volkes bzw. Volksherrschaft. In der Demokratie haben alle Bürger die gleichen Rechte, sie bestimmen in freien Wahlen, von wem sie regiert werden wollen. Auch der Staat muss sich an die geltenden Regeln und Gesetze halten.

Der **Diktator** ist in der Regel nicht frei gewählt, sondern hat sich selbst mit Gewalt an die Macht gebracht. Dies geschieht häufig mithilfe des Militärs. Man spricht dann von einer Militärdiktatur. In Diktaturen wird das Volk von der politischen Mitbestimmung ausgegrenzt und mit Gewalt unterdrückt.

Staatsform versus Herrschaftsform
In der Politikwissenschaft unterscheidet man Staatsformen von Herrschaftsformen.
Staatsformen beschreiben die äußere politische Organisationsform eines Staates.
Es gibt zwei unterschiedliche Typen von Staatsformen: **Republik** und **Monarchie**. Das Unterscheidungskriterium ist das Staatsoberhaupt:
Während eine Monarchie über ein gekröntes oder fürstliches Staatsoberhaupt verfügt, sind alle Staaten ohne Kaiser, König oder Fürsten Republiken.
Bei den **Herrschaftsformen** wird danach unterschieden, von wem die Staatsgewalt ausgeht. Die bekanntesten Herrschaftsformen sind: **Demokratie** und **Diktatur**.

M9 Was kennzeichnet Demokratien?

Rechtsstaatlichkeit
Jedes staatliche Handeln (Gesetze erlassen, einen Strafzettel ausstellen …) ist formal an das Gesetz gebunden, der einzelne Bürger könnte also juristisch dagegen vorgehen, z. B. eine Klage erheben (formaler Rechtsstaat). Auch inhaltlich ist der Staat gebunden: Er muss sich an den Grundsatz der Gerechtigkeit sowie an die Menschenrechte halten. Diese inhaltliche Bindung nennt man materiellen Rechtsstaat.

Volkssouveränität
Das grundlegende Prinzip jeglicher Demokratie (griech., Volksherrschaft) ist die Volkssouveränität (Souveränität = oberste Herrschaftsgewalt). In einer Demokratie geht „alle Staatsgewalt vom Volk aus" (Art. 20 GG).

Pluralismus
Viele Interessengruppen sollen sich um den politischen Einfluss in einem Staat bemühen und unterschiedliche Lösungen einbringen können. So wird auch für den Einzelnen die Mitbestimmung (Partizipation) ermöglicht.

Gewaltenteilung
Die staatlichen Gewalten der vollziehenden Gewalt (Regierung und Verwaltung = Exekutive), der gesetzgebenden Gewalt (Parlament = Legislative) und der richterlichen Gewalt (Gerichte = Judikative) sind voneinander getrennt und kontrollieren sich gegenseitig. Die Ausübung staatlicher Gewalt wird so auf verschiedene Mächte verteilt (vgl. Kapitel 3.1.2).

Erklärfilm zur Demokratie

Mediencode: 71091-03

M10 Wie lebt es sich in einer Diktatur?

Diktatur
aus dem Lateinischen „dictatura“, bezeichnet eine Herrschaftsform, bei der die Staatsgewalt von einer Einzelperson oder einer Gruppe uneingeschränkt ausgeübt wird. Der Diktator ist in der Regel nicht frei gewählt, sondern hat sich selbst mit Gewalt an die Macht gebracht.

[In Nordkorea] wird [Kindern] von klein auf eingetrichtert, dass der oberste Führer wichtiger ist als das eigene Leben und das der Eltern. Der Unterricht ist auf Führerkult ausgerichtet, genauso die Paraden und Massenveranstaltungen, bei denen Teilnahme Pflicht ist. [...]
Außer auf Propaganda setzt der Staat auf totale Kontrolle. Kommandos des Staatssicherheitsdienstes durchforsten Häuser nach geschmuggelten Handys, Radios und Filmen. [...]
Fast jeder Nordkoreaner hat nach Einschätzung der UN-Kommission mindestens einer Exekution beigewohnt. Sie finden auf öffentlichen Plätzen statt, häufig wird die Bevölkerung gezwungen zuzuschauen. Selbst die Angehörigen und Kinder werden nicht verschont.

Sandra Tjong, Focus online, 21.2.2014

M11 Zwei Formen von Diktaturen

Diktatur
↓ autoritäre Diktatur
↓ totalitäre Diktatur

In der konkreten Ausprägung der Diktatur gibt es Unterschiede. Man unterscheidet insbesondere zwischen zwei Typen, einer autoritären und einer totalitären Diktatur.
In einer *autoritären* Diktatur hat der Einzelne noch Freiräume, solange er das Machtmonopol nicht infrage stellt. Parteien, Gruppen oder Einzelne können also nicht am Staat mitwirken, andere Meinungen werden unterdrückt.
In einer *totalitären* Diktatur erhebt die herrschende diktatorische Macht den Anspruch, alle gesellschaftlichen Verhältnisse zu steuern und zu kontrollieren. Kein freies Denken soll mehr möglich sein. Eine bestimmte Weltanschauung mit eigenen Zielen und Absichten (sog. Ideologie) beherrscht alle Lebensbereiche. Eine Zensur stellt sicher, dass die Bürger nur das erfahren, was die Regierung mitteilen will: Der Staat kontrolliert also, was in Zeitungen und im Internet geschrieben wird, was im Fernsehen ausgestrahlt oder welche Bilder und Filme gezeigt werden. Die Macht wird meist besonders gewaltsam durchgesetzt, z. B. indem Gegner gefoltert, eingesperrt oder sogar getötet werden. Totalitäre Diktaturen im 20. Jahrhundert in Europa waren der Nationalsozialismus (in Deutschland) und der Stalinismus (in der Sowjetunion).

H ZU AUFGABE 1
Du könntest die Kennzeichen von Demokratie an Beispielen verdeutlichen, bei denen diese verletzt werden – z. B. in anderen Herrschaftsformen.

AUFGABEN

1. Vergleiche die Kennzeichen einer Demokratie aus **M9** mit dem Erfahrungsbericht zum Leben in einer Diktatur aus **M10**.
2. Erkläre den Unterschied zwischen einer autoritären und einer totalitären Diktatur und ordne beiden Formen je ein Beispiel zu.

WAS WIR WISSEN

Politikdefinitionen
M2, M3

Es gibt nicht *die* verbindliche Politikdefinition. Am häufigsten werden aber die Aspekte „Herrschaft und Macht“ (also die Fähigkeit zur Interessendurchsetzung auch gegen Widerstand) sowie die Herstellung gesellschaftlich verbindlicher Regeln genannt. In einer weitgefassten Definition bezieht sich Politik nicht nur auf den staatlichen und gesellschaftlichen Bereich, sondern auch auf die Konfliktaustragung und Interessendurchsetzung im engsten persönlichen Umfeld.

Dimensionen der Politik
M5

Analytisch lässt sich die Politik in drei Dimensionen gliedern:

- **Polity:** struktureller Rahmen – Institutionen, Normen / Gesetze
- **Politics:** Prozesse – Austragung von Interessenkonflikten, Ringen um Durchsetzung im politischen Willensbildungsprozess
- **Policy:** materielle Politik und ihre Umsetzung – Politikfelder, Sachinhalte, „Implementation“

Politische Beteiligung
M6

Die Bürgerinnen und Bürger der Bundesrepublik Deutschland können sich auf vielfältige Weise politisch engagieren. Der informierte Bürger kann sich an der öffentlichen Debatte beteiligen (Leserbriefe, Internetforen, Podiumsdiskussionen etc.), Vereine und Bürgerinitiativen gründen oder ihnen beitreten und sich in Parteien engagieren. Die wichtigste Beteiligungsform bleibt jedoch die Teilnahme an Wahlen. Darüber hinaus stellt jedes zivilgesellschaftliche Engagement politische Beteiligung dar. Darunter fallen z. B. die Betreuung von Jugendgruppen oder das ehrenamtliche Engagement für alte Menschen.

Formen politischer Herrschaft
M8

Politische Herrschaft kann auf unterschiedliche Weise ausgeübt werden. Die bekanntesten Herrschaftsformen sind **Demokratie** und **Diktatur**. Während in der Demokratie die Volksvertreter durch Wahlen bestimmt werden, setzen sich Diktatoren meist mit militärischer Gewalt an die Spitze eines Staates. Oft regieren sie mit brutaler Gewalt und unterdrücken ihr Volk. Politische Freiheiten und Rechte sind in der Diktatur nicht verwirklicht.

SELBSTDIAGNOSE

Ich kann ...	Dazu benötige ich u. a. folgende Begriffe ...	Das klappt schon ...	Hier kann ich noch üben ...
... erklären, was man unter Politik versteht.	• Politik • Keine starre Definition • Konflikt	+/–	**Kap. 1.1** • M2, M3 • S. 15, Aufg. 1, 2 • WWW*
... das Politische an Alltagskonflikten beschreiben.	• Konflikt • Interessen • Zusammenleben	+/–	**Kap. 1.2** • M4 – M5 • S. 17, Aufg. 1, 2 • WWW
... Kategorien zur Analyse von Politik nutzen.	• Inhalte • Strukturen • Prozesse	+/–	**Kap. 1.2** • M5 • WWW
... Demokratie und Diktatur als Herrschaftsformen vergleichen.	• Demokratie • Diktatur • Volkssouveränität • Rechtsstaatlichkeit • Pluralismus • Gewaltenteilung	+/–	**Kap. 1.3** • M8 – M11 • S. 20, Aufg. 1 • WWW
... Staatsformen von Herrschaftsformen unterscheiden.	• Republik • Monarchie • Demokratie • Diktatur	+/–	**Kap. 1.3** • M8

* *WWW: WAS WIR WISSEN*

WAS WIR KÖNNEN

Politikdimensionen-Rallye

1. Infostand einer politischen Partei
2. Maßnahmen zum Saale-Hochwasserschutz
3. Debatte im Thüringer Landtag
4. Schüler-Demonstration vor dem Thüringer Landtag
5. parteiinterne Diskussionen zur Bildungsreform
6. Grundgesetz
7. Durchführung einer Bildungsreform
8. Kindergeld
9. Streik
10. Bundestagswahl
11. Urheberrechtsgesetz
12. Kandidaten-Rededuell im Fernsehen („TV-Duell")

Rallye-Regeln:

1. Die Klasse wird in drei gleich große Gruppen aufgeteilt. Jede Gruppe erhält eine Kennfarbe, z. B. rot, gelb, grün, und startet an einer von drei vorbereiteten Stationen. An jeder Station befindet sich jeweils ein Auslagetisch für Präsentationskarten (oder eine magnetische Tafel oder ein Flipchart). Je eine Station steht dabei für „Polity", „Politics" und „Policy".
2. Jede Gruppe wird mit den inhaltlich gleichen 12 Kärtchen von oben ausgestattet, aber jede Gruppe erhält die Karten in ihrer jeweils eigenen Farbe.
3. Nachdem sich jede Gruppe an einer Station platziert hat, berät sie für fünf Minuten, welche ihrer Karten sie an der gerade aufgesuchten Station mit der Schrift nach unten liegen lassen soll, um die Politikbeispiele der jeweiligen Politikdimension richtig zuzuordnen. Nach fünf Minuten muss die Entscheidung per Gruppendiskussion gefallen sein, denn dann wird (gegen den Uhrzeigersinn) zur nächsten Station aufgerückt, wo sich der Vorgang wiederholt, bevor jede Gruppe dann nach weiteren fünf Minuten ihre verbleibenden Karten an der dritten Station ablegt.
4. Schließlich wird ausgewertet: Jede Gruppe bekommt pro richtig gelegtes Kärtchen einen Punkt. Diskutiert in der Klasse, welche Kärtchen welcher Farbe nicht richtig abgelegt wurden, und sammelt die Punkte.

Nach:
- *http://wiki.zum.de, Stichwort: Lernspiele im Sprachunterricht, 24.4.2011;*
- *www.sn.schule.de, 24.4.2011*

Landkreise und kreisfreie Städte in Thüringen
Nordhausen
Eichsfeld
Kyffhäuserkreis
Unstrut-Hainich-Kreis
Sömmerda
Weimarer Land
Eisenach
Gotha
Erfurt
Weimar
Jena
Saale-Holz-land-Kreis
Gera
Altenburger Land
Wartburgkreis
Schmalkalden-Meiningen
Ilm-Kreis
Saalfeld-Rudolstadt
Greiz
Suhl
Saale-Orla-Kreis
Hildburg-hausen
Sonneberg
Kreisfreie Städte
1 Eisenach* 3 Gera 5 Suhl
2 Erfurt 4 Jena 6 Weimar
* Einkreisung in den Wartburgkreis zum 1. Juli 2021
Stand: 31.03.2020

2

Demokratie in Schule, Gemeinde und Freistaat Thüringen

Politik heißt mitbestimmen und mitgestalten. Doch welche Möglichkeiten der Mitgestaltung gibt es eigentlich in Schule, Gemeinde und Bundesland?

KOMPETENZEN

Am Ende dieses Kapitels solltet ihr Folgendes wissen und können:

- Mitwirkungsmöglichkeiten in Schule, Gemeinde und Land erläutern
- die Auswirkungen eigener politischer Partizipation einschätzen
- meine Interessen und Meinung in politischen Kontroversen darlegen
- die Gremien und Aufgabenbereiche der Gemeinde beschreiben
- den Aufbau des politischen Systems Thüringens erklären
- Analysefragen auf politische Inhalte, Strukturen oder Prozesse übertragen
- eine Erkundung vorbereiten, durchführen und Ergebnisse präsentieren

WAS WISST UND KÖNNT IHR SCHON?

Vollende die folgenden Satzanfänge:

- In der Schule mitzugestalten kann heißen ...
- In der Gemeinde mitzugestalten kann heißen ...
- Schule und Gemeinde verbindet ...

2.1 Mitwirkung in der Schule

2.1.1 Können wir unsere Interessen ausreichend einbringen?

Zum Thema: „Eltern, andere Sorgeberechtigte, Lehrer und Schüler wirken bei der Gestaltung des Schulwesens sowie des Lebens und der Arbeit in der Schule mit." So steht es in Artikel 23 Absatz 3 der Thüringer Landesverfassung. Doch wie genau soll das funktionieren? In diesem Kapitel erfahrt ihr, welche Rechte und Pflichten euch helfen können, eure Schule nach euren Vorstellungen zu gestallten.

M1 Mitbestimmung an unserer Schule – Checkliste

Aussage	trifft zu	trifft eher zu	trifft eher nicht zu	trifft nicht zu	Beispiel ...
1. Bei der Erstellung von Regelungen, die uns Schüler betreffen, werden wir mit einbezogen.					
2. Ich bin gut informiert über die Mitgestaltungsmöglichkeiten an unserer Schule.					
3. Wir Schüler können frei unsere Meinung äußern und müssen keine Nachteile fürchten.					
4. Konflikte werden bei uns offen angesprochen und gewaltfrei gelöst.					
5. In unserer Schule finden regelmäßig Schulversammlungen statt.					
6. Bei der Gestaltung des Unterrichtes (Themen und Methoden) können wir mitwirken.					
7. Probleme, die in der Klasse auftreten, besprechen wir gemeinsam im Klassenrat.					

EINSTIEGSAUFGABEN

1. a) Übertrage die Tabelle in dein Heft und positioniere dich zu den Aussagen.
b) Sammelt in der Klasse gemeinsam Beispiele zu den Aussagen, die an eurer Schule voll oder eher zutreffen.

2. Vervollständige die folgenden Satzanfänge und diskutiere diese anschließend mit deiner Klasse:
a) Wenn ich an Demokratie in meiner Schule denke, dann denke ich an ...
b) Ich wünsche mir bezüglich der Demokratie an meiner Schule ...

M2 Fälle aus dem Schulalltag

Paul (17) hat seit einigen Tagen Stress mit seiner Clique. Im Unterricht ist er sehr unaufmerksam und beteiligt sich kaum. Die Klassenlehrerin möchte ihn deshalb von der Klassenfahrt nach Berlin ausschließen. Paul ist mit dieser Entscheidung nicht einverstanden!

Lisa (15) ist eine ruhige und zurückhaltende Schülerin. Als der Sportlehrer die Listen für die Teilnahme am Schwimmunterricht aushängt, trägt sie sich nicht ein. „Sie könne nicht schwimmen", begründet Lisa ihm später.

M3 Rechte und Pflichten der Schüler

§ 3 Recht auf Bildung, Förderung und Teilhabe (1) Jeder Schüler hat ein Recht auf eine seinen Fähigkeiten und seinen Neigungen entsprechende schulische Bildung und Förderung. Er hat das Recht, am Unterricht und an den sonstigen verbindlichen Schulveranstaltungen teilzunehmen. (2) Der Schüler hat das Recht, entsprechend seinem Alter und seiner Funktion innerhalb seiner Schule 1. sich am Schulleben und in den Gremien der Schülermitwirkung zu beteiligen, 2. im Rahmen der Schulordnung und der Lehrpläne an der Gestaltung des Unterrichts mitzuwirken, 3. über wesentliche Angelegenheiten des Schulbetriebs unterrichtet zu werden, 4. Auskunft über seinen Leistungsstand und Beratung zu erhalten sowie 5. bei als ungerecht empfundener Behandlung oder Beurteilung sich nacheinander an Lehrer, an den Schulleiter und an die Schulkonferenz zu wenden; er kann sich einen Lehrer seines Vertrauens als Beistand wählen.

§ 4 Teilnahme und Mitarbeitspflicht (1) Jeder Schüler hat die Pflicht, am Unterricht und an den sonstigen verbindlichen Schulveranstaltungen teilzunehmen. Er hat insbesondere die Pflicht, pünktlich und regelmäßig die Schule zu besuchen und sich am Unterricht zu beteiligen. Er hat alles zu unterlassen, was den Schulbetrieb oder die Ordnung der von ihm besuchten Schule oder einer anderen Schule stören könnte. Der Schulleiter, die Lehrer und die Eltern überwachen den Schulbesuch.

Thüringer Schulordnung (ThürSchulO)

AUFGABE

Überprüfe mithilfe der Auszüge aus der Thüringer Schulordnung (**M3**), welche Unzulässigkeiten bei den beiden in **M2** geschilderten Fällen vorliegen und welche Lösungsmöglichkeiten es gibt.

M4 Möglichkeiten der Einflussnahme für Schüler

§ 28 Mitwirkung der Schüler

(1) Mitwirkungsgremien

Die Schüler wirken sowohl durch den Klassenrat als auch durch selbstgewählte Schülervertretungen entsprechend ihrem Alter und ihrer Verantwortungsfähigkeit am schulischen Leben mit. Schülervertretungen werden für die Klasse oder den Stammkurs (Klassen- oder Kurssprecher), für die Schule (Schülersprecher), auf der Ebene des zuständigen Schulamtes je Landkreis und kreisfreier Stadt für jede Schulart (Kreisschülersprecher) und auf der Ebene des Landes für jede Schulart (Landesschülersprecher) gewählt. Auf der Ebene der Schule besteht als zusätzliches Mitwirkungsgremium die Klassensprecherversammlung. Aus begründetem Anlass, aber mindestens einmal im Schuljahr, kann die Schülervertretung der Schule eine Schülerversammlung einberufen; sie findet in Absprache mit dem Schulleiter während der Unterrichtszeit statt. Die Schüler werden bei den Wahlen der Schülervertretungen von den Lehrern, vom Schulleiter, vom Schulträger und von den Schulaufsichtsbehörden unterstützt. Die gewählten Schülervertretungen werden unmittelbar nach der Wahl von der Schule über ihre Aufgaben und Rechte informiert.

(1a) Klassenrat

Zur Planung des Unterrichts sowie zur Erörterung von Problematiken und Konflikten in den Klassen, kann ein Klassenrat gebildet werden. Bestehend aus den Schülern der Klasse und dem Klassenlehrer, soll dieser monatlich zusammenfinden.

(2) Aufgaben

Zu den Aufgaben der Schülermitwirkung gehören insbesondere die Wahrnehmung schulischer, gesellschaftspolitischer und sozialer Interessen der Schüler in der Schule und bei den Schulaufsichtsbehörden sowie die Unterstützung der Schüler bei der Wahrnehmung ihrer Rechte gegenüber dem Schulleiter und den Lehrern, insbesondere bei Ordnungsmaßnahmen und Beschwerden. Weitere Aufgaben sind die Durchführung gemeinsamer Veranstaltungen, die Mithilfe bei der Lösung von Konfliktfällen sowie die Beteiligung an Entscheidungen und Maßnahmen der Schulaufsichtsbehörden nach Maßgabe der dazu ergangenen Rechtsverordnungen. Für die Treffen und Sitzungen der Schülervertretung muss der Schulleiter geeignete Räume und Einrichtungen zur Verfügung stellen. Auf Antrag gibt der Schulleiter den Mitgliedern der Klassensprecherversammlung oder dem Schülersprecher und seinem Stellvertreter in der Regel einmal im Monat die Gelegenheit, auch während der Unterrichtszeit zu einer Besprechung zusammenzukommen. Die Schülervertretung regelt Angelegenheiten in eigener Verantwortung. Der Schulleiter darf in ihre Arbeit nur eingreifen, soweit es zur Einhaltung von Rechts- und Verwaltungsvorschriften und Beschlüssen der Schulkonferenz erforderlich ist. Die Schülervertretung kann bei ihren Sitzungen die Anwesenheit des Schulleiters sowie eines Vertreters des Schulträgers ersuchen. Der Schülervertretung stehen neben Anhörungs-, Auskunfts- und Initiativrechten auch Antrags-, Mitbestimmungs- und Mitentscheidungsrechte zu. Der Schulleiter informiert die Schülervertretung der Schule zum frühestmöglichen Zeitpunkt über alle Angelegenheiten, die für die Schüler von allgemeiner Bedeutung sind sowie über einschlägige Rechts- und Verwaltungsvorschriften. Zu Anregungen und Vorschlägen der Schülervertretung nimmt die zuständige Stelle innerhalb von vier Wochen Stellung, wobei im Falle der Ablehnung das Ergebnis zu begründen ist.

(2a) Ombudsstelle

Schüler und Schülervertretungen haben das Recht, sich in allen Fragen, die ihre Mitbestimmungsrechte betreffen, an die zentrale Ombudsstelle zu wenden. Die Ombudsstelle ist unabhängig und nicht weisungsgebunden. Sie hat einen Informations- und Beratungsauftrag, nimmt Beschwerden entgegen, prüft die Einhaltung gesetzlicher Bestimmungen und vermittelt in Konfliktfällen.

Thüringer Schulgesetz (ThürSchG)

AUFGABE

Arbeite mithilfe der nachfolgenden Methode aus **M4** die Mitwirkungsrechte, die Organe und die Aufgaben der Schülermitwirkung heraus. Strukturiere deine Ergebnisse in einer Concept-Map (→ Methodenglossar).

Methode

Rechtstexte verstehen

I. Worum geht es?

Gesetze sind oft in einer sehr technischen und abstrakten Sprache formuliert. Doch so unterschiedlich die Inhalte der einzelnen Gesetze sind, sie folgen einem einheitlichen Aufbau. Um Rechtstexte im Allgemeinen bzw. Gesetze im Besonderen zu verstehen, hilft es, diese systematisch zu bearbeiten.

II. Gehe dabei so vor:

Hinweise zu Gesetzestexten: Übergeordnete Abschnitte eines Gesetzes nennt man Paragrafen. Sie beginnen mit einem Paragrafenzeichen (§), sind fortlaufend nummeriert und haben eine Überschrift. Die Gliederung innerhalb der einzelnen Paragrafen erfolgt durch Absätze, zu erkennen an den Ziffern in runden Klammern. Manchmal sind auch die einzelnen Sätze innerhalb der Absätze noch nummeriert (hochgestellte Ziffern).

1. Schritt: Gegenstand des Gesetzes analysieren

Die Überschriften der einzelnen Paragrafen geben einen Hinweis darauf, was geregelt wird. Für das Verständnis ist es hilfreich, immer auch die umgebenden Paragrafen zu lesen.

2. Schritt: Unbekannte Begriffe herausarbeiten

Markiere zunächst dir unbekannte Begriffe und versuche, sie mit Hilfe eines Rechtslexikons oder des Gesetzestextes zu klären (Internettipp: www.bpb.de → Wissen → Lexika)

3. Schritt: Gesetze systematisch auswerten

- Unterscheide die Handelnden und die von einer Handlung Betroffenen.
- Welche Rechte, welche Pflichten werden erwähnt? Diese müssen auseinandergehalten werden.
- Markiere wichtige Aussagen mit einem Textmarker.

Beispiel:

Thüringer Schulgesetz
§ 29 Vertrauenslehrer
Die Vertrauenslehrer an der Schule pflegen die Verbindung zwischen dem Schulleiter und den Lehrern einerseits und den Schülern andererseits. Sie beraten die Einrichtungen der Schülermitwirkung und vermitteln bei Beschwerden. Die Klassensprecherversammlung wählt mindestens zwei Vertrauenslehrer für jeweils ein Schuljahr.

Pflicht: Wer? Vertrauenslehrer

Wozu? Beratung der Schülermitwirkungsgremien und Vermittlung bei Beschwerden

Recht: Wer? Klassensprecherversammlung wählt zwei Vertrauenslehrer für ein Jahr

Bearbeiter

2.1.2 Wie wird der Klassensprecher gewählt?

Zum Thema: „Ohne Wahlen, keine Demokratie!" Dieser Aussage würde jeder sofort zustimmen, gilt die Wahl an sich doch als wesentliches Merkmal von Demokratien. Doch gilt dies auch im Klassenzimmer? Dieses Kapitel zeigt euch auf, welche Anforderungen an die Klassensprecher gestellt werden und was deren Aufgaben sind.

M5 Kandidatenprofile – wer ist am besten geeignet?

Philipp ist ein recht guter Schüler, der sich in allen Fächern stark beteiligt. Vor allem die Lehrer mögen Philipp, weil er sehr zuverlässig ist und den Unterricht trägt. Wenn jemand krank geworden ist, wird Philipp beauftragt, die Hausaufgaben zu übermitteln. Viele Schüler bewundern ihn, weil er im örtlichen Sportverein ein erfolgreicher Fußballspieler ist, der auch bei überregionalen Turnieren eingesetzt wird. Die Schule geht bei Philipp aber trotzdem immer vor.

Lea ist eine mittelmäßige Schülerin, die aber in Diskussionen und bei der Projektarbeit sehr engagiert ist. Sie kleidet sich sehr lässig und hat guten Kontakt zu den älteren Schülerinnen und Schülern. In Konfliktfällen setzt sie sich sehr entschlossen für Schwächere ein. Einige Lehrer mögen Lea nicht sehr, weil sie häufig im Unterricht Musik hört oder Zeitung liest.

Bearbeiter

EINSTIEGSAUFGABEN

1. Welchen der beiden Klassensprecher-Kandidaten würdet ihr wählen? Wen würdet ihr nicht wählen? Begründet eure Wahl, indem ihr die Eigenschaften, welche für euch entscheidend sind, notiert.
2. Nennt weitere Eigenschaften, die ein Klassensprecher eurer Auffassung nach haben sollte.

M6 Wahl eines Klassensprechers

§ 10 Klassen- oder Kurssprecher

(1) In der Regel während der ersten drei Unterrichtswochen nach Schuljahresbeginn wählen die Schüler jeder Klasse und jedes Stammkurses für das laufende Schuljahr aus ihrer Mitte in geheimer Wahl einen Klassen- oder Kurssprecher und dessen Stellvertreter. Wird ein Wahlleiter nicht gewählt, so nimmt der Klassenlehrer oder der Stammkursleiter die Aufgabe des Wahlleiters wahr. Dem Klassen- oder Kurssprecher obliegen die Aufgaben der Schülermitwirkung für seine Klasse oder seinen Stammkurs.

(2) Jeder Wahlberechtigte hat eine Stimme, die nicht übertragbar ist. Gewählt ist, wer im ersten Wahlgang mehr als die Hälfte der abgegebenen gültigen Stimmen erhält. Wird diese Mehrheit nicht erreicht, so findet eine Stichwahl unter den beiden Bewerbern mit den höchsten Stimmenzahlen statt. In diesem Fall entscheidet die einfache Mehrheit. Bei Stimmengleichheit entscheidet das Los.

Thüringer Schulordnung (ThürSchulO)

M7 Aufgaben des Klassensprechers

Welche Aufgaben sollte die Klassensprecherin oder der Klassensprecher wahrnehmen?
Die Klasse 9 hat dazu eine Liste verfasst.

Der Klassensprecher

- vertritt die Interessen der Schüler der Klasse;
- gibt Anregungen, Vorschläge und Wünsche einzelner Schüler oder der ganzen Klasse an Lehrer, Schulleiter oder Elternvertreter weiter;
- trägt Beschwerden und Kritik den Lehrern oder dem Schulleiter vor;
- unterstützt einzelne Schüler in der Wahrnehmung ihrer Rechte;
- vermittelt bei Streit unter Schülern;
- vermittelt bei Schwierigkeiten zwischen Klasse und Lehrer;
- leitet die Klassenschülerversammlung und beruft sie ein;
- leitet die Diskussion und sorgt dafür, dass Beschlüsse auch ausgeführt werden;
- nimmt an den Sitzungen des Schülerrates teil und informiert die Klasse darüber;
- wirkt bei Aufgaben mit, die der Schülerrat sich selber stellt;
- …

Der Klassensprecher soll nicht

- der verlängerte Arm des Klassenlehrers sein;
- der Aufpasser in der Pause sein;
- derjenige sein, der alles alleine machen soll;
- der Streber der Klasse sein;
- derjenige sein, der alle Probleme lösen kann;
- derjenige sein, der alle Dummheiten der Klasse mitmacht;
- ein „Supergenie" sein, das alle Ideen liefern soll;
- einer sein, den man wählt und dann im Stich lässt;
- einer sein, der nur mit dem Lehrer redet, wenn er Kritik anbringen muss;
- …

AUFGABEN

1. Erkläre, wann und wie eine Klassensprecherwahl erfolgt (**M6**).
2. Führt in der Klasse eine komplette Klassensprecherwahl nach dem Verfahren in **M6** durch. Es kandidieren die Schülerinnen und Schüler der 9. Klasse aus **M5**.
3. Ergänzt, welche Aufgaben der Klassensprecher wahrnehmen sollte und welche nicht. Wählt drei Aufgaben aus, die euch besonders wichtig erscheinen, und begründet eure Entscheidung (**M7**).

Methode

Demokratie im Klassenzimmer – der Klassenrat

1. Der Klassenrat – was ist das?

Der Klassenrat ist ein Rat aller Schüler einer Klasse. Im Klassenrat können alle Fragen behandelt werden, die die Klasse betreffen: gemeinsame Projekte und Ausflüge, aktuelle Ereignisse, Konflikte, positive und negative Aspekte des Klassen- und Schullebens. Der Klassenrat ist kein Gremium, das die Interessen der Klasse „verwaltet", sondern ein lebendiges Diskussionsforum, an dem alle Mitglieder der Klasse gleichberechtigt teilnehmen. Er ist ein Instrument für mehr Demokratie in der Klasse. Der Klassenrat unterscheidet sich auch von einzelnen SV-Stunden, in denen aktuelle Fragen und Probleme besprochen werden, denn der Klassenrat findet regelmäßig statt, z. B. wöchentlich oder alle zwei Wochen.

Damit diese regelmäßigen Sitzungen gut funktionieren, müsst ihr in eurer ersten Sitzung klären, mit welcher Mehrheit (einfache Mehrheit oder z. B. 2/3 Mehrheit) ihr Beschlüsse im Klassenrat fassen wollt und ab welcher Personenzahl der Klassenrat beschlussfähig ist.

Beispiel für eine Wandzeitung

2. Wie funktioniert der Klassenrat?

Sitzung vorbereiten

Hängt im Vorfeld der Sitzung eine Wandzeitung aus, auf die jeder aus der Klasse seine Wünsche, Themen, Probleme oder Ängste notieren kann, die im Klassenrat besprochen werden sollen. Ihr müsst daraus dann eine Tagesordnung für den Klassenrat erstellen, d. h. eine Liste der Punkte, die in dieser Sitzung besprochen werden sollen. Bei Problemen in der Klasse können Wünsche auch anonym an die Vorbereitungsgruppe übergeben werden.

Sitzung durchführen

Die Sitzungen des Klassenrates finden immer im Sitzkreis statt, damit ihr offen miteinander diskutieren könnt. Der Diskussionsleiter eröffnet die Sitzung und gibt die Themen der Tagesordnung bekannt. Nun können sich alle zu den einzelnen Punkten äußern. Achtet in der Diskussion unbedingt darauf, dass die Diskussionsregeln eingehalten werden. Wenn die Diskussion beendet ist, könnt ihr über die einzelnen Punkte abstimmen.

Diskussionsregeln

- Jeder hat Rederecht.
- Jeder, der etwas im Klassenrat sagen will, muss sich melden. Führt dazu eine Rednerliste.
- Jeder darf ausreden.
- Jede Meinung muss respektiert werden.
- Es darf keine Beleidigungen und persönlichen Angriffe geben.
- Die Gesprächspartner müssen sich immer direkt ansprechen.
- Im Klassenrat sollte nicht über Abwesende gesprochen werden.
- Betroffene Schüler oder Lehrer dürfen zuerst Stellung nehmen und einen Vorschlag zur Lösung des Problems machen, bevor der Klassenrat darüber diskutiert.

Methode

Sitzung nachbereiten

Die Protokollanten sammeln die Ergebnisse der Klassenratssitzung und fertigen ein Protokoll an, das sich jeder Schüler anschauen darf. Wenn es Probleme in der Klasse oder im Unterricht gab, dann könnt ihr – auch mithilfe des Protokolls – in der folgenden Sitzung darüber sprechen, ob eure Maßnahmen, die ihr beschlossen habt, erfolgreich waren oder nicht.

Wenn ihr erste Erfahrungen mit dem Klassenrat gesammelt habt, dann solltet ihr eine Sitzung abhalten, in der ihr über Chancen, Möglichkeiten, Vor- und Nachteile des Klassenrates diskutiert.

Welche Ämter müssen für den Klassenrat besetzt werden?

Da der Klassenrat ein Rat aller Schüler einer Klasse ist, gibt es kein Amt, das immer von der gleichen Person ausgeführt wird. Jeder sollte im Laufe eines Schuljahres verschiedene Ämter ausüben. Einigt euch dabei auf Regeln, wie die Ämter verteilt werden.

- Die Vorbereitungsgruppe: Die Vorbereitungsgruppe wertet die Wandzeitung aus und bereitet die Tagesordnung vor.
- Der Diskussionsleiter: Ein Schüler aus der Vorbereitungsgruppe übernimmt die Diskussionsleitung und achtet darauf, dass die Diskussionsregeln eingehalten werden.
- Die Zeitwächter: Sie achten darauf, dass sich die Teilnehmer an die Redezeit halten, und sie erinnern zehn Minuten vor Ende der Stunde an die Zeit, damit ihr noch abstimmen könnt oder den Klassenrat in Ruhe beenden oder vertagen könnt.
- Die Protokollanten: Sie notieren die Beschlüsse des Klassenrats und fertigen zu Hause ein Protokoll an und heften es im Protokollordner ab.
- Die Beobachter: Sie notieren Störungen der Diskussionsregeln oder andere Probleme und bringen diese kurz vor Ende des Klassenrats zur Sprache.
- Der Lehrer: Er leitet zu Beginn den Klassenrat. Nach und nach übergibt er die Leitung an die Schüler. Auch der Lehrer ist Mitglied des Klassenrats und muss sich deshalb an die Diskussionsregeln halten.

Der Klassenrat entscheidet über alle Probleme und Fragen, die die Klasse betreffen.

2.1.3 Direktwahl der Schülersprecher – ein Vorbild für die Bundesrepublik?

Zum Thema: Jeder hat schon einmal an einer Schülersprecherwahl teilgenommen. Der Freistaat Thüringen gehört zu den wenigen Bundesländern, in denen die Schülersprecherin bzw. der Schülersprecher von allen Schülern einer Schule gleichzeitig gewählt wird. Wie diese Wahl richtig durchgeführt wird und ob dieser Aufwand gerechtfertigt ist, ist Gegenstand dieses Kapitels.

M8 Mitarbeit in der SV – Last oder Chance?

„Bist du blöd, so viel Freizeit für die Schule zu opfern!", bekomme ich oft zu hören. Ich finde es aber wichtig, meine Umwelt gestalten zu können und Dinge zu verbessern, die mich stören. Ich finde es nicht o.k., wenn man an allem rumnörgelt und dann nichts unternimmt, um etwas zu verändern. Darum habe ich beschlossen, mich in der SV zu engagieren.
Meike, 16

Nach einem halben Jahr als Schulsprecher bin ich zurückgetreten. Es hatte sich schnell herausgestellt, dass ich die ganze Arbeit alleine machen musste, obwohl wir zu dritt waren. Viele Diskussionen und endloses Geschwätz – herausgekommen ist dabei gar nichts. Schließlich habe ich dann das Handtuch geworfen.
Stefan, 18

Die SV-Arbeit bietet mir die Chance, meine Fähigkeiten zu entwickeln, mich selbst zu verwirklichen. Durch meine Position werde ich von anderen Schülerinnen und Schülern respektiert und auch von den Lehrern anerkannt. Teamfähigkeit, Organisationstalent und Durchsetzungsvermögen sind nur einige der Fähigkeiten, die man als Schulsprecher braucht.
Tao, 15

EINSTIEGSAUFGABEN

1. Diskutiert die Vor- und Nachteile eines Engagements in der Schülervertretung.
2. Nehmt Stellung zu den Positionen in **M8**.

M9 Thüringer Sonderweg – Direktwahl der Schülersprecher

§ 11 Schülersprecher

(1) Alle Schüler der Schule wählen den Schülersprecher und seinen Stellvertreter. Für die geheime Wahl hat jeder Wahlberechtigte eine Stimme, die nicht übertragbar ist. Die Vorbereitung und Durchführung der Wahl obliegt dem Wahlvorstand. Dieser besteht aus mindestens einem Lehrer, vorzugsweise dem Vertrauenslehrer, sowie aus mindestens zwei durch die Klassensprecherversammlung vorgeschlagenen Schülern und wird vom Schulleiter bestimmt. Die Wahl findet nach Ablauf der regelmäßigen Amtszeit des Schülersprechers und seines Stellvertreters, spätestens in der fünften Unterrichtswoche nach Schuljahresbeginn, statt.

(2) Wählbar sind alle Schüler einer Schule, die für das Amt des Schülersprechers kandidieren. Die Wahlbewerber geben die Meldung ihrer Kandidatur innerhalb der ersten zwei Wochen nach Unterrichtsbeginn bei dem Wahlvorstand ab. […] Die Kandidaten erhalten die Möglichkeit, sich vor dem Wahltermin in der Schule vorzustellen und eine gemeinsame Informationsveranstaltung durchzuführen; der Schulleiter hat für die Informationsveranstaltung Unterrichtszeit in angemessenem Umfang vorzusehen. Der Wahlvorstand bestimmt Zeit und Ort der Stimmabgabe.

(3) Zum Schülersprecher ist gewählt, wer die relative Mehrheit der abgegebenen gültigen Stimmen auf sich vereint. Stellvertreter wird der Kandidat mit der zweithöchsten Stimmenzahl. Die übrigen Kandidaten, auf die Stimmen entfallen sind, werden Ersatzpersonen in der Reihenfolge der erzielten Stimmenzahl. Bei Stimmengleichheit entscheidet das Los. […]

(5) Die Amtszeit beträgt zwei Schuljahre.

Thüringer Schulordnung (ThürSchulO)

Grundsätze einer freien Wahl

1. Allgemeine Wahl: Alle Mitglieder der Gemeinschaft (Klasse, Schule, Land u. a.) sind wahlberechtigt, wenn sie die Voraussetzungen (Anmeldung, Wohnsitz, Alter) erfüllen. Niemand darf aus sozialen, politischen oder wirtschaftlichen Gründen ausgeschlossen werden.

2. Freie Wahl: Niemand darf zur Stimmabgabe oder zu einer bestimmten Wahlentscheidung gezwungen werden. Nach der Wahl darf niemand wegen seiner Entscheidung benachteiligt werden.

3. Unmittelbare Wahl: Die Wähler geben ihre Stimme direkt für die Kandidaten oder Parteien ab. Es darf niemand dazwischen eingesetzt werden, z. B. Lehrer oder „Wahlmänner", die dann deine Stimme für dich weitergeben.

4. Gleiche Wahl: Alle Wahlberechtigten haben gleich viele Stimmen. Jede Stimme zählt gleich viel.

5. Geheime Wahl: Jeder muss seine Stimme so abgeben können, dass niemand anderes feststellen kann, wie er gewählt hat.

AUFGABEN

1. Positioniere dich auf einer Positionslinie (→ Methodenglossar) im Klassenzimmer, die von Zustimmung bis Ablehnung reicht, zu der Frage: „Die Direktwahl des Schülersprechers sollte an jeder Schule in Deutschland durchgeführt werden." Begründe kurz deinen spontanen Standpunkt.
2. Fertigt (in Partnerarbeit) eine „Checkliste" für den Ablauf der Schülersprechwahl an. Die Liste sollte in der richtigen Reihenfolge der einzelnen Handlungsschritte angelegt sein. Berücksichtigt auch, worauf ihr achten müsst, damit die einzelnen Rechtsgrundsätze (**M9**) eingehalten werden.
3. Stelle dir vor, du möchtest Schülersprecher werden. Entwirf ein Wahlprogramm mit Zielen und ein Motto-Plakat, welche deine Mitschüler motivieren sollen, dich bei einer Schülersprecherwahl zu wählen.
4. Diskutiert gemeinsam in der Klasse die Aussage: „Direktwahlen sind zu aufwendig. Es ist viel einfacherer, wenn die Klassensprecher aus ihren Reihen einen Schulsprecher wählen!"

WAS WIR WISSEN

Rechte und Pflichten
M3, M4

Die Thüringer Schulordnung (ThürSchulO) und das Thüringer Schulgesetz (ThürSchulG) bilden die rechtlichen Grundlagen für das Zusammenleben an den Schulen. Sie regeln die Ausgestaltung des Schulalltages und die Mitwirkung der Schüler am Schulbetrieb. Rechte und Pflichten der Schüler, Lehrer und Eltern sind darin aufgeführt.

Klassensprecher/ Klassensprecherwahl
M6, M7

Der Klassensprecher und sein Stellvertreter werden von jeder Klasse zu Beginn des Schuljahres innerhalb der ersten drei Wochen gewählt. Die Wahl erfolgt nach den Grundsätzen freier Wahlen (allgemein, frei, geheim, gleich, unmittelbar). Das Thüringer Schulgesetz weist dem Klassensprecher eine wichtige Stellung bei der Schülermitwirkung zu. Der Klassensprecher vertritt die Anliegen der Klasse gegenüber Lehrern, Schulleitung sowie Eltern und informiert die Klasse über die Beratungen in der Klassensprecherversammlung.

Der Klassenrat
Methode

Eine Form, wie Konflikte, die in der Klasse herrschen, besprochen und gelöst werden können, ist der Klassenrat.
Er ist kein Gremium, das die Interessen der Klasse „verwaltet“, sondern ein lebendiges Diskussionsforum, an dem alle Mitglieder der Klasse gleichberechtigt teilnehmen. Im Klassenrat können alle Fragen behandelt werden, die die Klasse betreffen: gemeinsame Projekte und Ausflüge, aktuelle Ereignisse, Konflikte, positive und negative Aspekte des Klassen- und Schullebens.

Schülermitwirkung / Schülersprecherwahl
M9

Die Schülermitwirkung dient der aktiven Teilhabe der Schülerschaft innerhalb vieler Angelegenheiten, die das Schulleben und den Unterricht betreffen. In Thüringen werden der Schülersprecher und sein Stellvertreter von allen Schülern der Schule zu Beginn des Schuljahres gewählt. Sie sind weder von den Meinungen der Klassen abhängig noch dürfen sie von der Schulleitung beeinflusst werden. Gemeinsam mit den Klassensprechern und deren Stellvertretern bilden sie die Klassensprecherversammlung. Diese wählt aus ihrer Mitte für zwei Schuljahre die Schülervertreter für die Schulkonferenz sowie jährlich den Vertrauenslehrer der Schule. Außerdem können dort besondere Aufgaben in kultureller und sportlicher Hinsicht verteilt werden.

WAS WIR KÖNNEN

Schaubild zusammenfügen

Schulkonferenz
oberstes Gremium der Schulgemeinschaft, tagt 2 mal jährlich (Mitglieder zu gleichen Teilen: Lehrer, Eltern, Schüler)

sind Mitglieder und leiten

wählen alle 2 Jahre

sind Mitglieder

wählen jährlich

Schülersprecher und Vertreter

können bilden

Klassenrat

alle Schülerinnen und Schüler der Schule

entsendet ebenso viele Vertreter wie Lehrerkollegium und Elternschaft

Schülerinnen und Schüler einer Klasse

Klassensprecher und Stellvertreter

Klassensprecherversammlung

Aufgaben

1. Fertigt aus den oben stehenden Elementen ein Schaubild an, das die Mitbestimmung in der Schule im Ganzen zeigt.
2. Schreibt eine „Legende“ zur Grafik, in der alle Begriffe kurz erklärt werden.
3. Stellt euch vor, das Thema „einheitliche Schulkleidung“ würde in eurer Schule thematisiert. Begründet, in welchen Gremien darüber entschieden werden müsste und wer an der Entscheidung beteiligt wäre.

2.2 Mitbestimmung in der Gemeinde

2.2.1 Wie können Jugendliche in der Gemeinde mitwirken?

Zum Thema: In der Gemeinde werden sehr viele Angelegenheiten diskutiert und entschieden, die die Bürgerinnen und Bürger direkt betreffen – und damit auch direkt euch! Welche Rechte und Möglichkeiten ihr habt, um euch auf Gemeindeebene politisch einzubringen, erfahrt ihr in diesem Unterkapitel.

M10 Aussagen Jugendlicher an ihre Gemeinde

„Mich ärgert, dass die Skateranlage nicht repariert wird!"

„Wir wünschen uns eine Indoor-Soccer-halle!"

„Die Geh- und Radwege unserer Stadt sind ziemlich kaputt!"

„Für die Wünsche und Erwartungen von uns Jugendlichen wird viel zu wenig Geld ausgegeben!"

Bearbeiter

EINSTIEGSAUFGABE

Sammelt ausgehend von den Aussagen in **M10** weitere Wünsche und Erwartungen, die ihr persönlich an eine „ideale Gemeinde" hast.

Bürgerinitiative
Ein von Parteien und Verbänden meist unabhängiger Zusammenschluss von Bürgerinnen und Bürgern, die sich zu einer Aktionsgruppe zusammenfinden, um ein gemeinsames Ziel zu verfolgen. Oft richtet sich eine Bürgerinitiative gegen ein verkehrspolitisches Projekt (Bau einer Straße oder eines Flughafens) oder gegen die Bebauung von Naturschutzgebieten.

M11 Wie können sich Jugendliche politisch einbringen?

1. einen Brief an die Bürgermeisterin bzw. den Bürgermeister oder die Gemeindevertretung schreiben
2. Unterschriften sammeln
3. an einer Bürgerinitiative mitwirken
4. an einer Demonstration teilnehmen
5. an einer Bürgerversammlung teilnehmen
6. ein Flugblatt verfassen
7. einen Infostand organisieren
8. wählen gehen
9. Bürgersprechstunden nutzen
10. einer Partei beitreten
11. ein Ehrenamt übernehmen

Bearbeiter

M12 Bad Langensalza – Kleingartenanlage am Volkspark

Ein großes Unternehmen könnte sich in der 17.500-Einwohner-Stadt ansiedeln. Doch nur, wenn es genug hochwertigen Wohnraum für die Mitarbeiter gibt. Deshalb sollte [2017] die Kleingarntenanlage am Volkspark weg. Die Bürger und Gärtner protestierten. [Seit 2018] gibt es einen neuen Bürgermeister – noch immer ist nichts endgültig entschieden. Die Pächter der 133 Parzellen der Anlage, die in diesem Jahr 100-jähriges Bestehen feiert, bleiben weiter im Ungewissen. Sie hoffen auf eine Entscheidung im Stadtrat, dass die Anlage dauerhaft geschützt wird. Doch die wird wieder und wieder vertagt. Der Bürgermeister Matthias Reinz will attraktive Bauflächen für Familien. Das oft vorgebrachte Argument, in der Innenstadt stünden genügend Häuser leer, zählt für ihn nicht. Nicht jeder wolle so ein altes Haus kaufen. Stadtrat Silvio Hellmundt von der „Wir Partei" fragt, ob es sich eine Stadt leisten kann, in der Innenstadt 50 % Leerstand zu haben – auf voll erschlossenem Grund.

MDR, Laubenglück in Gefahr, www.mdr.de, 18.07.2019

Demonstration im Juni 2018 in Bad Langensalza

M13 Formen der Demokratie auf Gemeindeebene

Einwohnerantrag (§7 – 10 ThürEBBG)	Bürgerbegehren (§ 11 – 17 ThürEBBG)	Bürgerentscheid (§ 18 – 26 ThürEBBG)	Bürgerfragestunde
Durch Einwohneranträge können Einwohnerinnen und Einwohner einer Gemeinde, die mindestens 14 Jahre alt sind, beantragen, dass sich der Gemeinderat mit einem bestimmten Thema in öffentlicher Sitzung auseinandersetzt und zu diesem eine Entscheidung fällt. Der Antrag muss von einem Prozent der Einwohnerinnen und Einwohner, höchstens aber 300 unterschrieben werden.	Ein Bürgerbegehren ist der Antrag der Bürgerinnen und Bürger an die Gemeindevertretung, einen Bürgerentscheid durchzuführen. Das Begehren müssen mindestens 7 Prozent der Bürgerinnen und Bürger, höchstens aber 7000 (in Landkreisen 10.000) unterstützen.	Ein Bürgerentscheid ist die Abstimmung der Bürgerinnen und Bürger über eine konkrete Sachfrage. Der Bürgerentscheid ist verbindlich für die Gemeinde, wenn er Mehrheit der gültigen Stimmen auf sich vereinigt, sofern diese Mehrheit in Gemeinden bis 10.000 Bürger 20 Prozent, in Gemeinden bis 50.000 Bürger 15 Prozent und in Gemeinden über 50.000 Bürger 10 Prozent der Stimmberechtigten beträgt.	In der Bürgerfragestunde können Bürgerinnen und Bürger Jahren zu örtlichen Themen Anfragen stellen und Anregungen und Bedenken vorbringen. Soweit möglich sind Anfragen durch den Bürgermeister oder anwesende Mitarbeiter der Verwaltung sofort zu beantworten. Ist dies nicht möglich, ist dem Anfragenden innerhalb eines Monats eine Antwort zu erteilen.

M14 Zwei Formen der Demokratie

Es gibt unterschiedliche Formen der Demokratie. Eine Form ist die **direkte Demokratie**, bei der das Volk (z. B. in Gestalt einer Volksversammlung) die Staatsgewalt unmittelbar (das heißt direkt) ausübt. Es entscheidet mit Volksabstimmungen („Plebiszit") über alle politisch wichtigen Anliegen, einschließlich der Wahl und Abwahl wichtiger Amtsträger in Staat und Gesellschaft. Im Gegensatz zur direkten Demokratie wird die

Erklärfilm „Volksentscheid"

Mediencode: 71091-04

Herrschaft in der **repräsentativen Demokratie** mittelbar (das heißt indirekt) über vom Volk gewählte „Abgeordnete" ausgeübt. Diese sind „Repräsentanten" des Volkes und sollen für dieses in eigener Verantwortung zeitlich befristet handeln, wobei ihr Auftrag sich in regelmäßig stattfindenden Wahlen bewähren muss und erneuert werden kann.

Bearbeiter

M15 Kontrovers diskutiert: direkte Demokratie

1. Demokratie heißt Regierung durch das Volk und für das Volk. Das Volk sollte also auch entscheiden können, wo es lang geht.

2. Aktuelle Stimmungslagen beeinflussen das Ergebnis. Was ist, wenn in einer Volksabstimmung kurz nach dem Bekanntwerden eines schweren Verbrechens die Einführung der Todesstrafe beschlossen wird?

3. Viele Leute sind überfordert mit der Entscheidung politischer Fragen. Sie haben nicht die Zeit, sich ausreichend zu informieren.

4. Volksabstimmungen reduzieren die Gefahr, dass die Politikerinnen und Politiker abheben und sich zu weit von den Bürgerinnen und Bürgern entfernen.

5. Wenn Bürgerinnen und Bürger selbst entscheiden (müssen) und dadurch direkt in die Verantwortung genommen werden, sind sie eher bereit, eventuelle negative Folgen zu ertragen.

6. Politische Probleme sind kompliziert, sie lassen sich oft nicht einfach in eine Ja/Nein-Abstimmungsvorlage pressen.

Eva Rothfuß, www.jugendnetz.de, Abruf am: 12.06.2011

Einwohner und Bürger
Einwohner ist, wer in der Gemeinde wohnt. Bürger ist jeder Einwohner, der als Deutscher im Sinne des Artikels 116 Abs. 1 des Grundgesetzes bei den Gemeindewahlen wahlberechtigt (in Thüringen ab 16 Jahren) ist.

AUFGABEN

1. Prüfe mithilfe von **M11**, was du unternehmen kannst, um deine Wünsche und Erwartungen aus der Einstiegaufgabe zu erreichen.
2. Wähle drei Formen der Jugendbeteiligung aus **M11** aus. Begründe anschließend, warum du dir vorstellen kannst, auf diese Weise Politik in der Gemeinde zu machen.
3. Beschreibe wie die Bürgerinnen und Bürger in Bad Langensalza versucht haben, auf die Entscheidung des Stadt-/Gemeinderates Einfluss zu nehmen (**M12**).
4. Erläutere Gemeinsamkeiten und Unterschiede der verschiedenen Formen der direkten Demokratie (**M13**, **M14**).
5. Diskutiert, ob Bürgerinnen und Bürger über mehr politische Fragen abstimmen sollten (**M14**, **M15**).

Methode

Eine Online-Petition erstellen

I. Worum geht es?

Die Veröffentlichung einer Online-Petition ermöglicht es, ein für euch wichtiges Anliegen sachlich aufzubereiten, Unterstützer für eure Sache zu gewinnen und die Ergebnisse der Petition öffentlichkeitswirksam zu präsentieren.

Aufgabe

Die Erstellung einer Online-Petition stellt eine Möglichkeit dar, sich politisch einzubringen. Erstellt daher in Gruppen in einem von eurer Lehrkraft zu bestimmenden Zeitraum eine Online-Petition mit kommunalpolitischer Bedeutung.

II. Gehe dabei so vor:

1. Schritt: Vorbereitung

Zunächst beschreibt ihr schriftlich das genaue Ziel und die Zielgruppe/-person der Online-Petition sowie die Forderung an die Zielgruppe/-person. Diese erste Verschriftlichung des Vorhabens kann anschließend auf die folgenden Kriterien hin überprüft werden:

- Thema von politischer, sozialer und wirtschaftlicher Bedeutung,
- klare Zielformulierung,
- prinzipiell umsetzbare Forderungen,
- passende Zielgruppe.

2. Schritt: Durchführung

Anschließend könnt ihr die Petition auf einer geeigneten Seite (z. B. *www.petitionen.thueringen-landtag.de* oder *www.openpetition.de*) einreichen. Damit möglichst viele Unterschriften erlangt werden, empfiehlt es sich, die Aktion öffentlichkeitswirksam zu präsentieren, z. B. indem in der Lokalzeitung darüber berichtet wird, ihr selbst Flugblätter verteilt und ein Elternbrief versendet wird. Auch die Adressaten der Petition sollten im Vorfeld von dem Vorhaben informiert werden. Denn nach Abschluss der Online-Petition gilt es, das Ergebnis auf geeigneten Kommunikationswegen zu präsentieren und auch die Adressaten erneut zu kontaktieren, um so eine Reaktion bzw. Stellungnahme zu erwirken.

Hinweis: Da der Text im Internet veröffentlicht werden soll, bietet es sich an, eure Lehrerin bzw. euren Lehrer einen abschließenden prüfenden Blick auf euer Ergebnis werfen zu lassen. So besteht für euch die Möglichkeit, möglicherweise unangemessene Beiträge noch einmal überarbeiten zu können. Auch die weiteren Schritte der Veröffentlichung und der Verbreitung der Petition sollten in Absprache mit eurer Lehrerin bzw. eurem Lehrer stattfinden.

Nach: Maria Aydin/Angela Gralla/Katharina Hempelmann/Sabine Kühmichel/Wolfgang Sander/Anna-Maria Scheibe, Bundeszentrale für politische Bildung, Partizipation 2.0 – Eine Online-Petition erstellen, www.bpb.de, 30.07.2013

2.2.2 Kommunalwahlen – zu kompliziert für 16jährige?

Zum Thema: Kumulieren? Panaschieren? Und dann noch so viele Kandidatinnen und Kandidaten! Sind Gemeinderatswahlen kompliziert oder ergeben sich daraus für die Wähler auch Vorteile? Dieser Frage wird in diesem Kapitel nachgegangen.

M16 Stimmzettel zur Kommunalwahl

Bei Kommunalwahlen in Thüringen haben die Wähler drei Stimmen, die sie kumulieren (B) oder panaschieren (C) können. Sie können aber auch einen Listenvorschlag (A) wählen, dann erhalten die ersten drei Kandidaten der Liste jeweils eine Stimme.

Die Aufteilung der Stimmen auf Kandidaten verschiedener Parteien nennt man „panaschieren“, die Bündelung von Stimmen auf einen Kandidaten nennt man „kumulieren“.

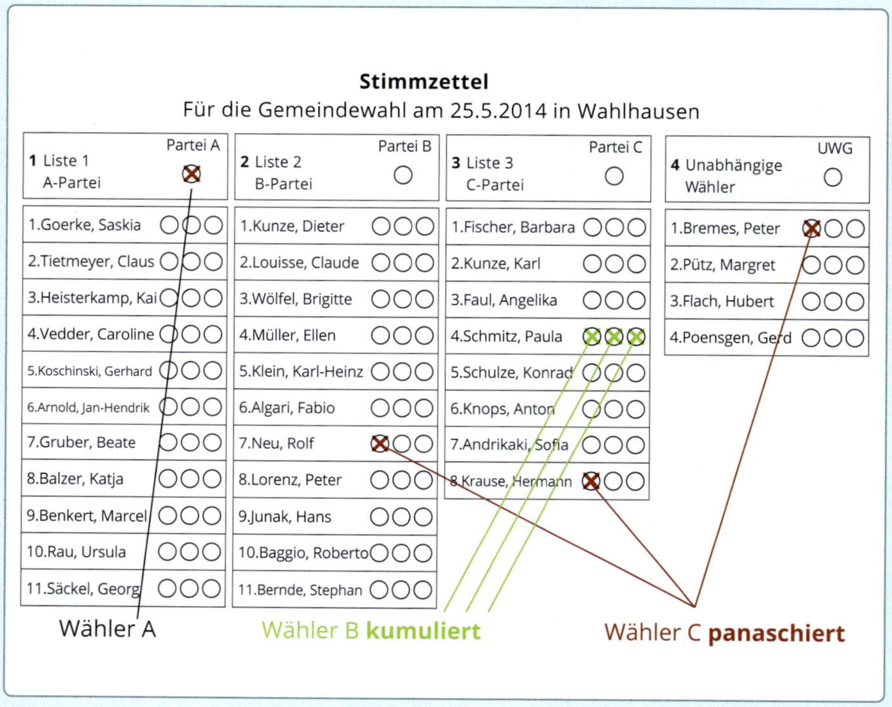

EINSTIEGSAUFGABE

Beschreibt die unterschiedlichen Wahlentscheidungen im Hinblick auf: Stimmenanzahl, Kumulieren und Panaschieren. Was fällt euch auf?

M17 Wahl des Bürgermeisters bzw. des Landrates

Bei Direktwahlen des Bürgermeisters oder des Landrates erfolgt eine Mehrheitswahl in bis zu zwei Wahlgängen. Im ersten Wahlgang ist gewählt, wer über die Hälfte aller gültigen Stimmen erhalten hat. Haben sich mehrere Bewerber zur Wahl gestellt und ist nach dem ersten Wahlgang keiner gewählt, so findet am zweiten Sonntag nach dem Wahltag eine Stichwahl der beiden Bewerber mit den meisten Stimmen statt. Nicht selten kommt es im zweiten Wahlgang zu Wahlaufrufen der bereits unterlegen Bewerber für einen der übrigen Kandidaten.

M18 Wählen ab 16 – richtig oder falsch?

Werbeplakat der Landeszentrale für politische Bildung Thüringen zur Kommunalwahl 2019

Wahlalter bei Kommunalwahlen in Thüringen
2015 beschloss der Thüringer Landtag, das Wahlalter bei Kommunalwahlen von 18 auf 16 Jahre herabzusetzen. Somit dürfen 16-Jährige bei Kommunalwahlen ihre Stimme abgeben.

M19 Kommunalwahlen ab 16? Thüringer Verfassungsrichter haben entschieden

16- und 17-Jährige dürfen bei Kommunalwahlen in Thüringen auch künftig ihre Stimme abgeben. […] Die Senkung des Wahlalters um zwei Jahre verstoße nicht gegen das Grundgesetz und die Thüringer Landesverfassung, begründeten [die Thüringer Verfassungsrichter] ihre Entscheidung. Die Landesparlamente hätten einen gesetzgeberischen Spielraum beim Festlegen des Wahlalters bei der Abstimmung über Kommunalparlamente, Bürgermeister- und Landratswahlen. Die AfD hatte eine Überprüfung der Wahlalter-Regelung in Thüringen verlangt. Sie meldete damit Zweifel an, dass Minderjährige die nötige Reife haben, um das Wahlrecht auszuüben. Die AfD scheiterte mit ihrer Normenkontrollklage in allen Punkten.

Thüringen24 / dpa, Wahlen ab 16? Thüringer Verfassungsrichter haben entschieden, in: www.thueringen24.de, 25.09.2018

AUFGABEN

1. Wann ist ein Mensch „reif" für die Demokratie? Verwendet im Klassenraum eine Strecke von 0 bis 18 Jahren (z. B. vom Fenster bis zur Tür). Jeder von euch platziert sich dort, wo dieser Zustand seiner persönlichen Meinung nach erreicht ist. Begründet euren Standpunkt.
2. Beurteile den Nutzen des Kumulierens und Panaschierens auf kommunaler Ebene (**M16**).
3. Überlege dir Gründe, die Bürgerinnen und Bürger motivieren, für ein kommunalpolitisches Amt zu kandidieren (**M17**).
4. Analysiere das Erstwähler-Plakat **M18**.
5. Die Einführung des Wahlrechtes für Jugendliche ist in Thüringen umstritten (**M19**): Diskutiert in der Klasse die Kapitelfrage: Sind Kommunalwahlen eher zu kompliziert für 16-jährige?

2.2.3 Welche Aufgaben hat die Gemeinde?

Zum Thema: „Wir müssen das ausbaden, was in Erfurt, Berlin oder Brüssel verzapft wurde!“ beklagen sich vielerorts Bürgermeister/innen hinsichtlich der zunehmenden Aufgaben im kommunalen Alltag. Doch sind Gemeinde-Aufgaben immer nur Last – können Sie nicht auch eine Chance sein? Gegenstand dieses Kapitels ist die Frage, inwiefern Gemeinden eher Verwalter oder Gestalter sind.

M20 Wofür ist die Gemeinde zuständig?

EINSTIEGSAUFGABE

Beschreibt unter Berücksichtigung der Bilder die von der Gemeinde bereitgestellten Leistungen. Ergänzt sie durch weitere Beispiele aus eurem Alltag.

M21 Aufgaben der Gemeinden

Die Gemeinde sorgt für Wasser und Energie, für Verkehrswege und deren Beleuchtung, kümmert sich um ein öffentliches Angebot für den Personennahverkehr; sie beseitigt Abwässer und Müll, baut Schulen, Kindergärten und Seniorenheime, unterhält Krankenhäuser und Friedhöfe, Gemeindehallen und Museen, Volkshochschulen und Theater. Sie bietet Freizeiteinrichtungen wie Parks und Schwimmbäder an. Die Gemeinde erschließt Gewerbegebiete und versucht, Betriebe zu gewinnen, die sich ansiedeln wollen. Auf diese Weise kümmert sie sich auch um Arbeitsplätze. Sie baut auch selbst Wohnungen. Einige dieser Aufgaben muss die Gemeinde erfüllen, bei anderen Aufgaben kann sie selbst entscheiden, ob sie dies möchte. Deshalb unterscheidet man:

<table>
<tr><th colspan="2">Pflichtaufgaben</th><th>Freiwillige Aufgaben</th></tr>
<tr><td colspan="2">Die Kommunen sind verpflichtet, die Grundversorgung der Bevölkerung mit öffentlichen Einrichtungen sicherzustellen. Zur Sicherstellung dieser Grundversorgung sind viele Aufgaben zu erledigen, die den Kommunen vom Bund oder dem Land gesetzlich auferlegt oder übertragen worden sind.
Es gibt zwei Arten von Pflichtaufgaben:</td><td rowspan="2">Freiwillige Aufgaben sind Aufgaben, bei denen die Kommune selbst entscheidet, ob und in welcher Form sie tätig wird. Im Gegensatz zu den Pflichtaufgaben stellt sich die Kommune die freiwilligen Aufgaben selbst.</td></tr>
<tr><td>Die „weisungsfreien Pflichtaufgaben“, bei denen die Kommune nur darüber entscheiden kann, wie sie die Aufgaben erledigt.</td><td>Die Pflichtaufgaben zur „Erfüllung nach Weisung“, bei denen die Kommune keinen Entscheidungsspielraum hat, wie die Aufgaben erledigt werden sollen.</td></tr>
<tr><td>z. B. Verkehrswege, öffentl. Nahverkehr, Energie- und Wasserversorgung, Müllentsorgung, Katastrophenschutz ...</td><td>z. B. Einwohnermeldeangelegenheiten oder die Durchführung von Wahlen</td><td>z. B. Beratungsstellen, Museen, Bibliotheken, Jugendeinrichtungen, Sportplätze, Freibäder, Freizeitangebote, Tierparks und vieles mehr</td></tr>
</table>

AUFGABEN

1. Ordne die Bilder den einzelnen Aufgabenbereichen zu (**M20, M21**).
2. Erstellt in Gruppen ein Porträt eurer Stadt oder Gemeinde und gestaltet dazu eine Übersicht, in der ihr den Leser über Aufgaben, Erfolge und Herausforderungen informiert.
3. Entwickelt einen 5-Punkte-Plan, was in eurer Gemeinde noch verbessert werden kann.

H ZU AUFGABE 1
Sammle weitere Aufgaben der Gemeinde und ordne Sie den Aufgabentypen in M21 zu.

2.2.4 Wer bestimmt die Politik in der Gemeinde?

Zum Thema: Die Bürgermeister der Thüringer Gemeinden werden auch heute noch gern als kleine „Provinzfürsten" bezeichnet. Doch ist der Gemeinderat nicht viel mächtiger als die „Fürsten"? In diesem Kapitel erfahrt ihr, wie einzelne Gemeindeorgane zusammenwirken und wie die Macht in der Gemeinde verteilt ist.

M22 Aufbau einer Gemeinde in Thüringen

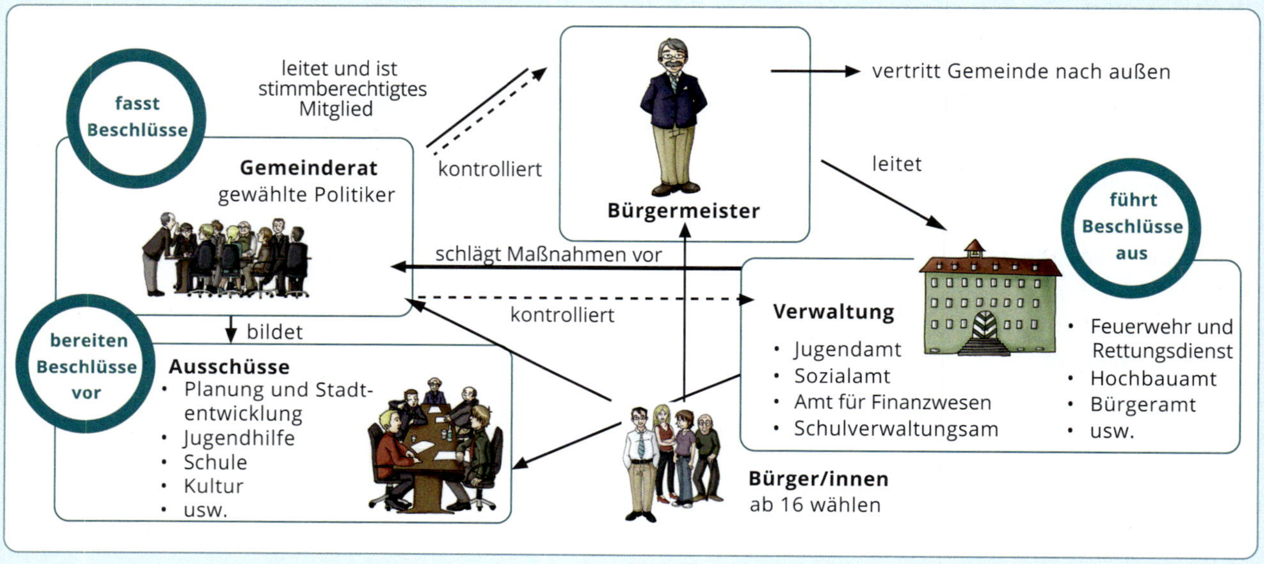

EINSTIEGSAUFGABE

Beschreibt (in Partnerarbeit) die Abhängigkeiten der Gremien in der Gemeinde.

M23 Jüngste Greizer Stadträtin – die Presse berichtet

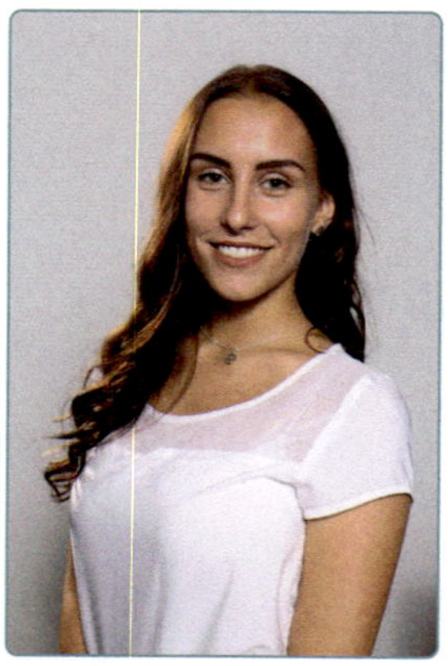

Michelle Jesumann

Michelle Jesumann ist Studentin und war einige Jahre auch Schülersprecherin ihrer Schule. In ihrer Freizeit engagiert sie sich als Stadträtin der CDU in Greiz.

Presse: Warum hast du dich entschieden, Stadträtin zu werden?

Michelle: Ich wollte Stadträtin werden, weil man sich dort wirklich – und zwar jedes einzelne Ratsmitglied – für die Stadt und speziell die Jugend einbringen kann. Und ich muss nicht immer nur mit den Entscheidungen des Stadtrates im Alltag umgehen, sondern kann selbst mitbestimmen, welche Entscheidungen für die Stadt getroffen werden. Dadurch kann ich versuchen, die Entwicklung unserer Stadt positiv zu beeinflussen.

Presse: Was gehört zur Arbeit als Stadträtin?

Michelle: Also, fast jeden Monat haben wir Stadtratssitzungen. Dazu kommen für Stadträte noch Fraktions-, Ausschuss- oder Aufsichtsratssitzungen. Außerdem besuche ich sehr oft Veranstaltungen in unserer Stadt und rede mit vielen Bürgern, insbesondere in meinem Alter über Stadtpolitik. Für die ganzen Sitzungen bekommt man insgesamt etwa 130 Euro im Monat.

M24 Der Bürgermeister – das Gemeindeoberhaupt

Der Bürgermeister wird von den Bürgern auf sechs Jahre gewählt. Er ist Chef der Gemeindeverwaltung und stimmberechtigtes Mitglied in allen Auschüssen. Ihm kommt die Aufgabe zu, die Sitzungen des Rates und der Ausschüsse vorzubereiten und deren Beschlüsse auszuführen. Der Bürgermeister kann einen Beigeordneten (Stellvertreter des Bürgermeisters) mit seiner Vertretung im Ausschuss beauftragen. Bei Planungen und Vorhaben soll er die Einwohner der Gemeinde rechtzeitig und umfassend über die Grundlagen, Ziele, Zwecke und Auswirkungen informieren. In kreisfreien Städten und Großen kreisangehörigen Städten trägt der Bürgermeister den Titel Oberbürgermeister.

M25 Die Verwaltung

Die Städte und Gemeinden unterhalten in Deutschland eigene öffentliche Verwaltungen, die von Landes- und Bundesbehörden weisungsfrei sind. Dieses Recht der kommunalen Selbstverwaltung wird im Grundgesetz garantiert. Der Bürgermeister und seine Verwaltung haben die Aufgabe, die Beschlüsse des Rates umzusetzen. Hierfür spezialisiert sich die Verwaltung in verschiedene Dezernate, Abteilungen und Ämter. Die Städte und Gemeinden können sich zu Landkreisen zusammenschließen, um insbesondere die Pflichtaufgaben effizienter und kostengünstiger zu bewältigen. In Thüringen betrifft dies häufig die Bereiche Sozialhilfe, Jugendhilfe, Denkmalschutz und Schule.

Dezernate, Abteilungen und Ämter der Verwaltung
Gängige Spezialisierung und Unterteilungen können beispielsweise sein: allgemeine Verwaltung, öffentliche Sicherheit und Ordnung, Wirtschaftsförderung, soziale Sicherung, Gesundheitswesen, Bau, Verkehr, Wohnungswesen, Kultur, Tourismus, Sport.

AUFGABEN

1. „Kommunalpolitik ist die Schule der Demokratie!" Diskutiert diese von Wissenschaftlern und Politikern gern genutzte Redewendung.
2. Recherchiert in der Lokalzeitung ein aktuelles kommunalpolitisches Problem. Überprüft mithilfe von **M22 – M25**, welche Aufgaben und Rechte die einzelnen Akteure haben und wie sie Einfluss auf die Lösung / Entscheidung des Problems nehmen können.
3. Führe eine Erkundung nach der Methode Erkundung auf S. 48 zu einem der dort genannten Ziele durch.
4. Ermittelt abschließend ein Meinungsbild über die Kapitelfrage: „Wer bestimmt die Politik in der Gemeinde?"

F
Werte die lokale Tageszeitung aus und berichte über eine Abstimmung im Gemeinderat.

Methode

Eine Erkundung durchführen

I. Worum geht es?

Bei einer „Erkundung“ geht ihr aus der Schule heraus und versucht, etwas an anderen Orten „auszukundschaften“. Mithilfe einer Erkundung soll das zuvor theoretisch Erlernte vor Ort durch eigenständige Erkundungserfahrungen überprüft und verknüpft werden. Bei der Erkundung bestimmt ihr selbst, den Erkundungsinhalt und die dafür nötige Organisation.

II. Geht dabei so vor:

1. Schritt: Thema der Erkundung festlegen

Am Anfang stehen die Fragen, die durch die Erkundung beantwortet werden sollen. Stellt zunächst eine übergeordnete Frage (z. B.: Bei welchen Projekten können Jugendliche in unserer Gemeinde mitbestimmen?) und entwickelt dann daraus mehrere Teilfragen.

2. Schritt: Vorbereitung

Klärt vorab u. a. folgende Fragen:
1. Welche Erkundungsorte sind geeignet?
2. Wann kann der Ort aufgesucht werden?
3. Wie melden wir unseren Besuch an?
4. Welche Fragen sollen wem gestellt werden? (Interviewleitfaden entwickeln)
5. Was lohnt sich zu dokumentieren? (Interviews, Räume, Schilder, Szenen, Baustellen u. a.)
6. Wie soll dokumentiert werden? (Notizen, Digitalbilder, Tonaufnahmen u. a.)

Tipp für eine Erkundung über das Thema: „Bei welchen Projekten können Jugendliche in unserer Gemeinde mitbestimmen?“
Mögliche Erkundungsziele können sein:
- Bürgermeisteramt
- Rathaus
- Gemeinderatssitzung
- Gemeinderatsmitglieder
- Jugendzentrum

3. Schritt: Durchführung

Wenn ihr den Erkundungsort aufsucht, ist es wichtig, sich zunächst selbst vorzustellen und das eigene Vorhaben zu beschreiben. Möglicherweise wird ein Repräsentant (z. B. ein Rathausangestellter oder ein Ratsmitglied) euch zunächst einen Überblick geben. Danach könnt ihr eure Fragen stellen und die ausgewählten Stellen aufsuchen.

4. Schritt: Dokumentation

Dokumentiert die Ergebnisse z. B. in Form eines Zeitungsberichts. Wählt eine passende Überschrift, die Interesse weckt. Der Bericht kann auch Teile eines Interviews und Bilder enthalten.

Bearbeiter

2.2.5 Dukatenesel, Pleitegeier und Sparfüchse: Finanzen der Gemeinde

Zum Thema: Wie ihr in den vorigen Unterkapiteln bereits erfahren habt, werden an eine Gemeinde die unterschiedlichsten Wünsche und Anforderungen gestellt. Die Gemeinde verfügt allerdings nicht über unendliche finanzielle Spielräume, diese sind hingegen begrenzt. Auf den nächsten Seiten erfahrt ihr, woher das Geld einer Gemeinde stammt und welche Probleme bei der Verteilung auftreten können.

M26 Kreative Finanzplanung?

Karikatur: Jan Tomaschoff, 14.03.2011

EINSTIEGSAUFGABE

Analysiert die Karikatur nach der Methode auf S. 51. Auf welches Problem wird aufmerksam gemacht?

M27 Woher bekommt die Gemeinde Geld?

Alles das, was in der Gemeinde gestaltet, gebaut und unterhalten werden soll, kostet selbstverständlich Geld. Aber woher nimmt die Gemeinde das Geld für die vielfältigen Aufgaben? Einen Großteil davon erhält sie durch Steuern. Steuern sind allgemeine Abgaben der Bürger und Unternehmen, für die sie keine konkrete Gegenleistung erwarten können. Manche dieser Steuern erhebt die Gemeinde selbst, wie zum Beispiel die Gewerbesteuer für Unternehmen, die Grundsteuer für Hausbesitzer oder die Hundesteuer für Hundehalter. Von anderen Steuern, die das Land oder der Bund erheben, bekommt die Gemeinde einen Anteil. Außerdem bekommt die Gemeinde Zuschüsse von Bund und Land für konkrete Projekte. Wenn du ins Schwimmbad gehst und dort Eintritt bezahlst, zählt das auch zu den Einnahmen einer Gemeinde. Genauso wie die Gebühren für die Abwasserentsorgung und die Müllabfuhr. Auch das Geld für Strafzettel fließt in die Gemeindekasse. Wenn die Gemeinde nicht genügend Geld hat, um alle Ausgaben zu finanzieren, kann sie auch einen Kredit aufnehmen, d. h., dass sie sich zusätzlich Geld z. B. von einer Bank leihen muss.

M28 Übersichtlich soll es sein – der Haushalt der Gemeinde

Vereinfacht könnte der Haushaltsplan einer Gemeinde so aussehen:

Einnahmen	€	Ausgaben	€
Steuern (Grund-, Gewerbe-, Vergnügungs-, Hundesteuer)		Rat, Ausschüsse, Verwaltung, Bürgerberatung etc.	
Anteil an der Einkommen- und Umsatzsteuer		Jugend, Soziales, Gesundheit	
Verwaltungs- und Benutzergebühren		Grundstücke, Gebäude, Abfallwirtschaft, Schulden	
Sonstige Einnahmen (z. B. Verkaufserlöse aus Ferienkalendern)		Ordnung, Recht, Umwelt	
Finanzhilfen von den Ländern und vom Bund		Kultur, Bildung, Sport	
		Stadtplanung, Wohnen	
Insgesamt	**?**	**Insgesamt**	**?**

Bei den Posten in M28 / M29 handelt es sich lediglich um Beispiele. In der Realität stellt sich der Haushalt einer Gemeinde komplizierter dar.

M29 Ausgaben und Einnahmen

AUFGABEN

1. Erläutere, auf welche Einnahmequellen eine Gemeinde zurückgreifen kann (**M27**).
2. Ordne die Ausgaben und Einnahmequellen aus **M29** in den Haushaltsplan (**M28**) ein.
3. Berechne die Summe der Einnahmen und Ausgaben des Gemeindehaushalts. Welche Problemsituation entsteht (**M28**, **M29**)? Entwickelt in Gruppen eine Lösung für das entstandene Problem.
4. Positioniere dich zu der Frage, ob Gemeinden eher verwalten oder gestalten können.

Methode

Karikaturen analysieren

I. Worum geht es?

Eine Karikatur (ital. caricare = „übertreiben", „verzerren") ist eine Darstellungsform, bei der ein Zeichner gesellschaftliche, politische und wirtschaftliche Sachverhalte bewusst überspitzt darstellt. Dabei soll der Betrachter nicht nur unterhalten, sondern auch zum Nachdenken über die dargestellten Ereignisse, Entwicklungen, Zustände oder Personen angeregt werden. Um die Aussageabsicht einer Karikatur zu entschlüsseln, muss diese zunächst genau analysiert werden.

II. Geht dabei so vor:

1. Schritt: Beschreiben

- Wie ist die Karikatur aufgebaut (Bild- / Textelemente, ...)?
- Wen oder was zeigt die Karikatur?
- Was wird thematisiert?
- Welche Darstellungsmittel werden gewählt?

2. Schritt: Deutung

- Welche Bedeutung haben verwendete Symbole?
- Was ist die Kernaussage?
- Wer ist der Adressat?
- Welchen Standpunkt nimmt der Karikaturist ein?

3. Schritt: Bewertung

- Worin ist dem Karikaturisten zuzustimmen?
- Was ist dem Karikaturisten entgegen zu halten?
- Wie ist die zeichnerische Qualität einzuschätzen?

Bearbeiter

2.2.6 McDonald's, Zalando, Primark – Herausforderungen für die Gemeinde?

Zum Thema: McDonald's und H&M – wer kennt sie nicht? Sie sind nur zwei Beispiele für „hippe" Ketten, die durch die Globalisierung in die Städte drängen. In diesem Kapitel erfahrt ihr mehr über das Für und Wider der Globalisierung auf die Gemeinden und mögliche Zukunftsperspektiven der ländlichen Räume.

M30 Einkaufszentren, Onlinehandel, globale Ladenketten – welchen Einfluss haben sie?

McDonald's-Filiale in Erfurt

Eine Zalando-Lagerhalle

Das Einkaufszentrum Gera Arcaden

EINSTIEGSAUFGABEN

1. Vergleicht die Bilder mit den Gegebenheiten in eurer Gemeinde.
2. Welche Auswirkungen haben diese Geschäftsmodelle auf die traditionellen Läden? Wie beurteilt ihr diese Entwicklung?

M31 Gemeinden in der globalisierten Welt

Global agierende Geschäfte und Netzwerke befördern den Trend der Vereinheitlichung ästhetischer Vorlieben und beeinflussen somit das kulturelle Selbstverständnis. Städte, in denen globale Ladenketten präsent sind, können mit dem Konsum der Jugendlichen rechnen und so das Image der Stadt fördern. Einigen Menschen macht das Tempo der nationalen und internationalen Entwicklungen allerdings Angst und es entsteht Bedürfnis nach Kompensation, d. h. beispielsweise nach Heimat, Identität und Überschaubarkeit. Dies kann sich mit der Befürchtung verknüpfen, dass die Identität der Städte stetig abnimmt, etwa durch das Verschwinden von kleinen, individuellen Geschäften aus dem Stadtbild. Auch die regionalen Waren stehen immer mehr in Konkurrenz zu den Produktpaletten der Ketten. Städte könnten sich in der Folge in ihrer Angebotsstruktur immer ähnlicher werden und ihren individuellen Charme verlieren.

Ausdruck der kulturellen Globalisierung sind auch die sozialen Netzwerke. Einerseits ist Kommunikation durch Facebook oder Instagram schnell, überregional und zielgruppenspezifisch möglich, was kommunalen Angeboten große Chancen eröffnet. Andererseits bringen diese Netzwerke auch Herausforderungen mit sich. Die Freizeitgewohnheiten von Kindern und Jugendlichen erleben einen erheblichen Wandel in Richtung mediale Freizeitgestaltung. Die Einrichtung von Treffpunkten für Jugendliche war noch vor wenigen Jahren eine der intensivsten Forderungen von Jugendlichen an ihre Gemeindeverwaltung. Inzwischen ist diese dem Wunsch nach mehr Fun-Angeboten gewichen. Kommunikation findet heute vielfach virtuell statt.

Gemeinden, die einen attraktiven Wirtschafts-, Lebens- und Erholungsraum bieten wollen, werden die Einflüsse der Globalisierung in ihren vielen Facetten als Chance begreifen. Sie werden Trends, globale Unternehmen und Netzwerke für ihre Zwecke nutzen, aber auch die regionalen Besonderheiten erhalten und ihre Traditionen pflegen.

Bearbeiter

AUFGABE

Führt ein Simulationsspiel zu der Frage durch, ob in einer mittelgroßen Stadt die Zulassung von großen Ketten im Einzelhandel erfolgen soll. Besetzt dazu folgende Rollen: ein Schüler; eine Schuhverkäuferin; ein Stadtrat; ein selbstständiger Handwerker; ein Heimatforscher.

a) Bildet für jede Rolle gleichgroße Gruppen. Konkretisiert hier die Rollen der Beteiligten und überlegt mögliche Argumente bzw. Gegenargumente.
b) Spielt das Rollenspiel (mehrere Gruppenbeiträge) vor der Klasse.
c) Besprecht gemeinsam die Erfahrungen und Beobachtungen. Diskutiert Gemeinsamkeiten und Unterschiede der Beiträge.

Methode

„Modern oder Trist": Der ländliche Raum in 25 Jahren – ein Szenario

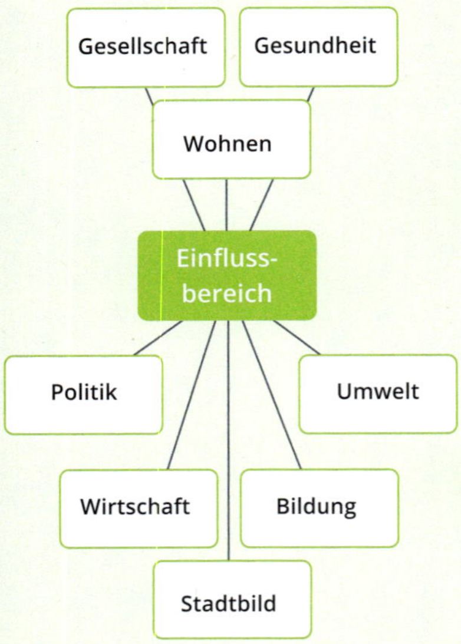

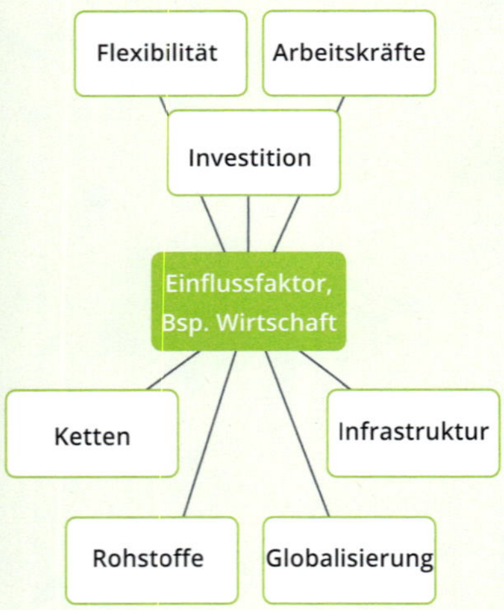

I. Worum geht es?

Eure Aufgabe ist es, unterschiedliche Pfade der Entwicklung (Szenarien) zu entwerfen. Das positive Extremszenario zeichnet den bestmöglichen Verlauf in die optimale Zukunft, das negative zeichnet den schlechtestmöglichen Verlauf in eine triste Zukunft. Das Trendszenario hingegen zeichnet einen Verlauf unter Fortsetzung der heutigen Rahmenbedingungen.

II. Geht dabei so vor:

1. Schritt: Eingrenzung des Gegenstandes und Problembeschreibung

Überlegt gemeinsam in der Klasse, welche Entwicklung den ländlichen Raum kennzeichnet und benennt Sachverhalte, die die Entwicklung beeinflussen, aber nicht vorhersagbar sind.

2. Schritt: Bestimmung der Einflussbereiche und Einflussfaktoren

Bestimmt gemeinsam *Einflussbereiche und Einflussfaktoren* anhand einer Mindmap (vgl. die Beispiele in der Randspalte). Welche gesellschaftlichen, wirtschaftlichen und politischen Einflussbereiche, die die Entwicklung unmittelbar beeinflussen, kannst du in diesem Bezug nennen? Was sind die diesbezüglichen Einflussfaktoren auf den jeweiligen Bereich?

3. Schritt: Entwicklung von Szenarien

Bildet drei bzw. sechs Gruppen zur Entwicklung der drei Szenarien:
Gruppe 1 bzw. 4: „Negatives Extremszenario"; Gruppe 2 bzw. 5: „Positives Extremszenario"; Gruppe 3 bzw. 6: „Trendszenario"
Entwickelt nun in der Gruppe das jeweilige Szenario, indem ihr die Entwicklung entsprechend der Einflussbereiche und -faktoren aus Schritt 2 fortschreibt. Verwendet für die Ergebnissicherung Plakate oder Folien und präsentiert diese anschließend vor der Klasse.

4. Schritt: Strategieplanung

Formuliert nun für die entwickelten Szenarien Strategien und Maßnahmen, die dazu dienen, gewünschte Entwicklungslinien zu unterstützen und zu verstärken sowie unerwünschten Entwicklungen entgegenzuwirken bzw. sie abzuschwächen. Dabei gebt an, welche Verantwortungen die Handelnden in der Kommunalpolitik (jeder einzelne, Parteien, Bürgermeister, Unternehmen, Vereine) haben.

Phasen nach: Sibylle Reinhardt, Politik-Didaktik, 8. Aufl., Berlin 2018

WAS WIR WISSEN

Politische Beteiligungsmöglichkeiten
M11, M13

In Thüringen können Einwohner, die das 14. Lebensjahr vollendet haben, beantragen, dass der Gemeinderat bestimmte Angelegenheiten berät (Einwohnerantrag). Mit einem Bürgerbegehren kann beantragt werden, dass die Bürgerinnen und Bürger einer Gemeinde über eine Angelegenheit der Gemeinde direkt abstimmen (Bürgerentscheid). Der Bürgerentscheid ist verbindlich, wenn die Stimmenmehrheit in Gemeinden mit bis zu 10.000 Bürgern 20%, bis zu 50.000 Bürgern 15% und über 50.000 Bürgern 10% der Wahlberechtigten repräsentiert. Bürgerinnen und Bürger können sich in Bürgerinitiativen zusammenschließen, um ein gemeinsames Ziel zu erreichen.

Wahlalter / Kommunalwahlen
M16 – M19

In Thüringen gilt bei Kommunal-, Landtags- und Bundestagswahlen kein einheitliches Wahlrecht. Bei Kommunalwahlen darf bereits mit 16 Jahren, bei Landtags- und Bundestagswahlen erst ab 18 Jahren gewählt werden. Auch auf kommunaler Ebene werben die verschiedenen Parteien und Kandidaten mit ihrem Programm um Wählerstimmen. Eine Besonderheit bei den Kommunalwahlen ist, dass man die Stimmen auf verschiedene Kandidaten (auch von unterschiedlichen Parteien) verteilen (panaschieren) oder einem Kandidaten bis zu drei Stimmen geben kann (kumulieren).

Gemeinderat, Bürgermeister und Verwaltung
M22 – M25

Der Gemeinderat ist das Hauptorgan der Gemeinde. Er entscheidet über wichtige, die Gemeinde betreffende Fragen. Die Gemeinderäte werden für fünf Jahre gewählt. Der Bürgermeister ist Vorsitzender des Gemeinderates und leitet die Gemeindeverwaltung. Er wird für sechs Jahre gewählt.

Aufgaben und Finanzen der Gemeinde
M21, M27 – M29

Die Aufgaben der Gemeinde unterscheidet man in freiwillige Aufgaben, in Pflichtaufgaben und staatliche Auftragsangelegenheiten. Die Einnahmen setzen sich zu etwa je einem Drittel aus Steuern (z. B. Grundsteuer, Hundesteuer), Gebühren und Beiträgen (z. B. Schwimmbadeintritt, Entsorgungsgebühren) sowie freien und zweckgebundenen Zuweisungen vom Freistaat Thüringen und vom Bund zusammen.

Probleme des demografischen Wandels
M31

In Thüringen wird die Bevölkerung immer älter. Insbesondere für die ländlichen Kommunen ist der demographische Wandel problematisch: Viele jüngere Menschen ziehen vom Land in die Stadt (Landflucht). Zurück bleibt die ältere Bevölkerung. Hier besteht die Gefahr einer sozialen Spaltung, der die Kommunen entgegenwirken müssen. Sie müssen ihre Attraktivität für junge Familien, Jugendliche und Kinder steigern, damit diese gerne in den Kommunen wohnen und nicht wegziehen. Der Bevölkerungsrückgang führt auch zum Rückzug von Versorgungseinrichtungen (z. B. Supermärkten, medizinische Angebote). Kommunen, die von Bevölkerungsrückgang betroffen sind, verfügen meist über weniger Steuereinnahmen und damit weniger Mittel, um Pflicht- und freiwillige Aufgaben zu finanzieren. Sie müssen ggf. neue Einnahmequellen erschließen.

WAS WIR KÖNNEN

Privatisierung und Reprivatisierung von Stadtwerken: Ein Streitthema in Thüringer Kommunen

Städte und Gemeinden sind zur Generierung von Einnahmen häufig unternehmerisch tätig. Sie sind Eigentümer oder Miteigentümer an Stadtwerken, die in der Strom- und Gasversorgung, bei Nahverkehr, Stadtreinigung, Müllabfuhr und Abwasserversorgung aktiv sind. Sie werden von örtlichen Kommunalpolitikern kontrolliert und die erwirtschafteten Gewinne dienen gemeinnützigen Zwecken (z. B. Freibädern, Theatern, Sportflächen). Der Verkauf von Anteilen an Stadtwerken an private Unternehmen (z. B. Eon Thüringen) ist vielfach zum Stopfen kommunaler Finanzlöcher geschehen. Die Konsequenz der Einnahmeerhöhung ist die jährliche Aufteilung der Unternehmensgewinne unter den Anteilseignern. Immer häufiger kommt es deshalb zu Diskussionen in den Stadträten, die Anteile privatwirtschaftlicher Teilhaber zurückzukaufen.

Private Unternehmen orientieren ihre Preise am Markt. Sie sind bestrebt, hohe Gewinne zu erwirtschaften. Das kommt der Kommune zugute.

Ein wichtiger Teil des städtischen Vermögens ist unwiederbringlich verloren: Es wird „Tafelsilber verscherbelt", das nur teuer zurückgekauft werden kann.

Die Kommune hat weniger Einfluss, die Preise für den Bürger allein festzulegen.

Es erfolgen regelmäßige Investitionen in moderne und neueste Technik. Veraltete Technik würde vom Kunden wahrgenommen und der gute Ruf des privaten Investors würde darunter leiden.

Ein Rückkauf der Anteile ist sehr teuer und meist nicht durch die Kommunen allein zu leisten.

Es können nur schwer Tarife für Niedriglohnverdiener angeboten werden. Allen Privatkunden müssen die gleichen Tarifmodelle angeboten werden.

Ein großes privates Energieunternehmen kann viel günstiger große Mengen Strom einkaufen und den Preis somit an den Kunden in der Kommune weitergeben.

Die Stadt muss sich die laufenden Gewinne der Stadtwerke langfristig mit anderen Teilhabern teilen.

Die Bindung an den privaten Teilhaber ist in der Regel sehr langfristig. Somit geht man ein Abhängigkeitsverhältnis für viele Jahre ein.

In schwierigen wirtschaftlichen Zeiten trägt die Kommune nicht allein das Risiko am Unternehmenserfolg.

Die Privatisierung von weiteren Anteilen führt in schwierigen Zeiten zu schnellen und hohen Einnahmen im städtischen Haushalt.

Aufgabe

Ordne die durcheinandergemischt aufgereihten Argumente in zwei Gruppen: Solche, die für den anteiligen bzw. kompletten Verkauf der Stadtwerke sprechen, und solche, die dagegen sprechen. Führt hierzu eine Pro-Kontra-Debatte (→ Methode auf S. 175) durch. Positioniert euch abschließend auf einer Entscheidungslinie für oder gegen die Privatisierung von Stadtwerken.

2.3 Politische Beteiligung im Freistaat Thüringen

2.3.1 Wie können Bürgerinnen und Bürger in Thüringen mitbestimmen?

Zum Thema: In der Artikel 48 der Thüringer Verfassung heißt es: „Alle Staatsgewalt geht vom Volk aus. Es verwirklicht seinen Willen durch Wahlen, Volksbegehren und Volksentscheid." In diesem Kapitel erfahrt ihr, wie die Bürgerinnen und Bürger im Freistaat indirekt an der Gesetzgebung, der vollziehenden Gewalt und der Rechtsprechung beteiligt sind.

M32 Wer hat das Sagen in Thüringen?

© Bergmoser + Höller Verlag AG, Zahlenbilder 72760

EINSTIEGSAUFGABE

Beschreibe das Schaubild im Hinblick auf das Kapitelthema.

M33 Konflikt und Konsens im Landtag – eine Selbstverständlichkeit?

Parlamentarismus ist eine Regierungs- oder Herrschaftsform, in deren Mittelpunkt ein vom Volk auf Zeit gewähltes Parlament steht. In Thüringen ist das der Thüringer Landtag. Er wird auf fünf Jahre gewählt. Der Landtag soll, da er aus freien Wahlen hervorgegangen ist, den Willen der Bürgerinnen und Bürger repräsentieren. Das Parlament mit seinen gewählten Abgeordneten spielt bei allen wichtigen Entscheidungen, zum Beispiel bei der Gesetzgebung oder bei der Kontrolle der Regierung, eine wichtige Rolle.

Das Parlament mit seinen gewählten Vertretern spiegelt die Interessenvielfallt unter den Bürgerinnen und Bürgern wieder. Ziel ist es, durch Kompromissfindung die vielfältigen Interessen zu einem für die Mehrheit akzeptablen Ergebnis zu bündeln.

Der Politikwissenschaftler Ernst Fraenkel hat für einen funktionierenden Parlamentarismus zwei Voraussetzungen (Sektoren) definiert: den Konflikt („kontroverser Sektor") und einen demokratischen Grundkonsens („nicht-kontroversen Sektor"). Dieser Grundkonsens beruht auf breit anerkannten Grundwerten und Spielregeln in einer Gesellschaft, wie sie im Grundgesetz oder der Landesverfassung niedergeschrieben sind. Alle getroffenen Entscheidungen müssen sich an diesem Grundkonsens orientieren.

Bearbeiter

M34 Wahlen zum Thüringer Landtag

Wie wird gewählt?

Erststimme – Wahlkreisstimme	**Zweitstimme – Landesstimme**
Prinzip der Mehrheitswahl	**Prinzip der Verhältniswahl**
Der Kandidat wird gewählt, der die Mehrheit aller abgegebenen Stimmen eines Wahlkreises erhält.	Der Anteil der Zweitstimmen, die eine Partei erhält, bestimmt die Gesamtzahl ihrer Sitze im Parlament, vorausgesetzt, sie hat mind. 5% der abgegebenen Stimmen erhalten (Fünf-Prozent-Hürde).

Der 7. Thüringer Landtag besteht aus 90 Abgeordneten, die auf eine Dauer von 5 Jahren gewählt werden.

Nach: www.thueringer-landtag.de, 04.05.2020

M35 Direkte Demokratie in Thüringen

Neben der Teilnahme an Wahlen gibt es weitere Wege, wie Bürgerinnen und Bürger die Politik in Thüringen mitgestalten können. Per **Bürgerantrag** können die Antragsteller bestimmte Themen auf die Tagesordnung des Landtages setzen. Der Landtag muss diesen beraten

und entscheiden, wenn er landesweit von mindestens 50.000 Stimmberechtigten unterzeichnet worden ist.
Im Rahmen eines **Volksbegehrens** können stimmberechtigte Bürger ausgearbeitete Gesetzentwürfe in den Landtag einbringen. Voraussetzung ist ein Zulassungsverfahren, bei dem zunächst 5.000 Stimmberechtigte auf Unterschriftsbögen unterzeichnen müssen. Nach Zulassung sind zum Zustandekommen des Volksbegehrens die Unterschriften von 8 bzw. 10 % der Stimmberechtigten nötig.

Lehnt der Landtag ein erfolgreiches Volksbegehren ab, können die Bürger ihre Gesetzesinitiative mit einem anschließenden **Volksentscheid** auch gegen das Landesparlament durchsetzen. Das ist der Fall, wenn die Mehrheit der Abstimmenden für den Gesetzentwurf votiert hat – unter der Voraussetzung, dass es sich dabei um mindestens ein Viertel des Stimmberechtigten handelt.

Nach: Thüringer Landtag, Direkte Demokratie, in: www.thueringer-landtag.de, Abruf am 24.04.2020

M36 Verfassungsausschuss

Ein neuer Ausschuss im Thüringer Landtag soll eine Verfassungsänderung vorbereiten. In der Diskussion ist unter anderem, die Förderung des Ehrenamtes als Staatsziel in die Verfassung aufzunehmen oder das Herabsetzen des Wahlalters für Landtagswahlen auf 16 Jahre. Diskutiert wird auch die Einführung eines sogenannten fakultativen Referendums. 50.000 Wahlberechtigte könnten so innerhalb von 100 Tagen nach der Veröffentlichung eines Gesetzes einen Volksentscheid darüber herbeiführen.
Es wäre ein Instrument, um zwischen den Wahlen dem Gesetzgeber auf die Finger zu schauen. Beschlossene Gesetze über besonders strittige und kontrovers diskutierte Themen könnten durch die Bürger zurückgewiesen, aber auch bestätigt werden. Das Verfahren zwingt die Abgeordneten von vorneherein zu noch mehr Sorgfalt und zur Suche nach möglichst breiten Mehrheiten, um das Risiko eines Volksentscheids zu mindern.

Bearbeiter

AUFGABEN

1. Informiere dich, wie sichergestellt wird, dass verschiedene Interessen der Bürger von der Politik berücksichtigt werden und schließlich in politische Entscheidungen münden (**M33**).
2. Recherchiert im Internet, zu welchen Ergebnissen der Verfassungsausschuss des Landtages gekommen ist (**M36**).
3. Finde Pro- und Kontra-Argumente, ob es in Thüringen mehr politische Einflussmöglichkeiten der Bürgerinnen und Bürger braucht (**M33 – M36**).

2.3.2 Der Thüringer Landtag

Zum Thema: Der Thüringer Landtag ist das Herz der parlamentarischen Demokratie in unserem Freistaat. Probleme, die es in Thüringen zu lösen gilt, werden hier beraten und zu einer Lösung gebracht. Dieses Kapitel informiert über Aufgaben und Wahl des Thüringer Landtages.

M37 Landtag – Symbol der Thüringer Demokratie

Das Gebäude des Thüringer Landtages

Der Plenarsaal des Thüringer Landtages

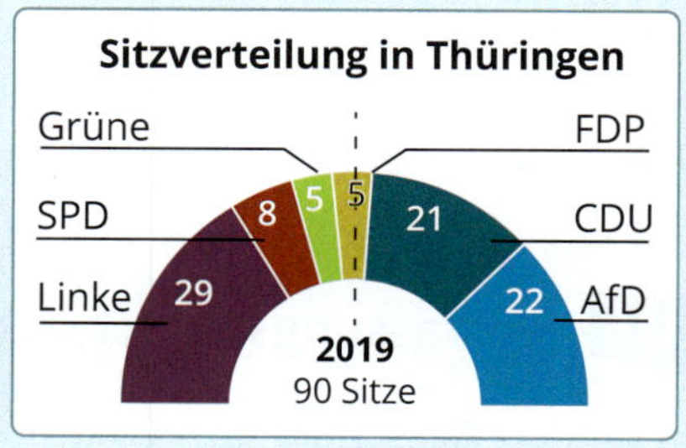

Sitzverteilung im 7. Thüringer Landtag

EINSTIEGSAUFGABE

Überlegt mögliche Ursachen, warum der Plenarsaal des Thüringer Landtages in Erfurt zu großen Teilen bewusst aus Glas errichtet wurde.

M38 Wie arbeitet der Landtag?

Artikel 50, Thüringer Verfassung

(1) Der Landtag wird auf fünf Jahre gewählt. [...]
(2) Die Neuwahl wird vorzeitig durchgeführt,
1. wenn der Landtag seine Auflösung mit der Mehrheit von zwei Drittel seiner Mitglieder auf Antrag von einem Drittel seiner Mitglieder beschließt,
2. wenn nach einem erfolglosen Vertrauensantrag des Ministerpräsidenten der Landtag nicht innerhalb von drei Wochen nach der Beschlussfassung über den Vertrauensantrag einen neuen Ministerpräsidenten gewählt hat.

Der Landtag ist das vom Volk gewählte oberste Organ der demokratischen Willensbewegung. So steht es im Artikel 48 der Landesverfassung. Er wird für fünf Jahre gewählt und hat u. a. die Aufgabe, Gesetze zu verabschieden, den Ministerpräsidenten zu wählen und die Tätigkeit der Landesregierung zu kontrollieren. Zudem ist der Landtag das maßgebliche Forum der politischen Auseinandersetzung. Die öffentlichen Plenarsitzungen und eine ausführliche Medienberichterstattung über die Arbeit des Landesparlaments geben den Bürgern die Möglichkeit, sich über die verschiedenen politischen Standpunkte zu informieren. [...]

Die gewählten 88 Abgeordneten sind die Vertreter aller Thüringer, sie sind an Aufträge und Weisungen nicht gebunden und nur ihrem Gewissen verantwortlich. Die Vertretung des Landtages nach außen ist Aufgabe des Landtagspräsidenten. Er hat die Würde und die Rechte des Landtages zu wahren und ist höchster Repräsentant des Freistaats. Der Präsident oder einer seiner Stellvertreter leitet die Plenarsitzungen [...]. [...] Gesetzentwürfe können durch Landesregierung, aus der Mitte des Landtags oder im Wege des Volksbegehrens eingebracht werden. In der Regel finden über Gesetzesvorlagen im Plenum des Landtages zwei Beratungen (Lesungen) statt. In der ersten Lesung werden die Grundsätze der Gesetzesvorlage besprochen. Danach stimmt das Plenum darüber ab, ob die Vorlage an Ausschüsse überwiesen wird. Diese Fachausschüsse setzen sich aus Abgeordneten zusammen, die auf bestimmte Themenfelder spezialisiert sind. Sie haben die Aufgabe, die Beschlüsse des Landtags vorzubereiten, indem sie die Gesetzesvorlage in fachlicher und rechtlicher Hinsicht prüfen. In der zweiten Lesung schließen sich der Berichterstattung durch ein Mitglied des federführenden Ausschusses die Beratung und Abstimmung an.

Nach: Kathrin Schulz, Ostthüringer Zeitung, 11.6.2009

M39 Aufgaben des Landtages

Gesetzgebung
- Ausarbeitung und Einbringung von Gesetzesentwürfen
- Beratung im Plenum und innerhalb der Fachausschüsse über Gesetzesentwürfe
- Verabschiedung oder Ablehnung von Gesetzen

Regierungskontrolle
- „Zitierrecht"
- mündliche, kleine und große Anfragen
- Aktuelle Stunde
- Einberufung eines Untersuchungsausschusses
- Parlamentarische Kontrollkommission

Budgethoheit
- Verabschiedung oder Ablehnung des Haushaltes
- Festsetzung von Einnahmen und Ausgaben
- Entscheidung über Verwendung der Landesmittel
- Entlastung der Landesregierung

Wahlfunktion
- Landtagspräsident, Präsidium
- Ministerpräsident
- Richter des Verfassungsgerichtshofes
- Bürgerbeauftragte des Freistaats Thüringen

Nach: www.thueringer-landtag.de, 23.5.2016

AUFGABEN

1. Der Landtag wird häufig als „Arbeitsparlament" charakterisiert. Arbeite mithilfe von **M38** heraus, wie der Landtag seine Arbeiten organisiert. Entwirf hierfür eine Tabelle mit den beiden Spalten „Gremium" und „Aufgabe".
2. Recherchiere drei Themen, mit denen sich der Landtag in den letzten Wochen beschäftigt hat, und ordne diese den Aufgabenbereichen aus **M39** zu.

2.3.3 Auf der Suche nach dem Wählerwillen – die Folgen der Landtagswahl 2019

Erklärfilm Regierungsbildung

Mediencode: 71091-05

Zum Thema: Das Ergebnis der Landtagswahl am 27. Oktober 2019 hat die Thüringer Landespolitik ziemlich durcheinander geschüttelt. Die Regierung aus LINKEN, SPD und Grünen erhielt keine Mehrheit; auch andere bisher erprobte Modelle der Zusammenarbeit nicht. Es gilt, neue Wege der Zusammenarbeit zu finden. In diesem Kapitel erfahrt ihr, wer, wie und wie lange seither Thüringen regierte.

M40 Es geht um die Wurst

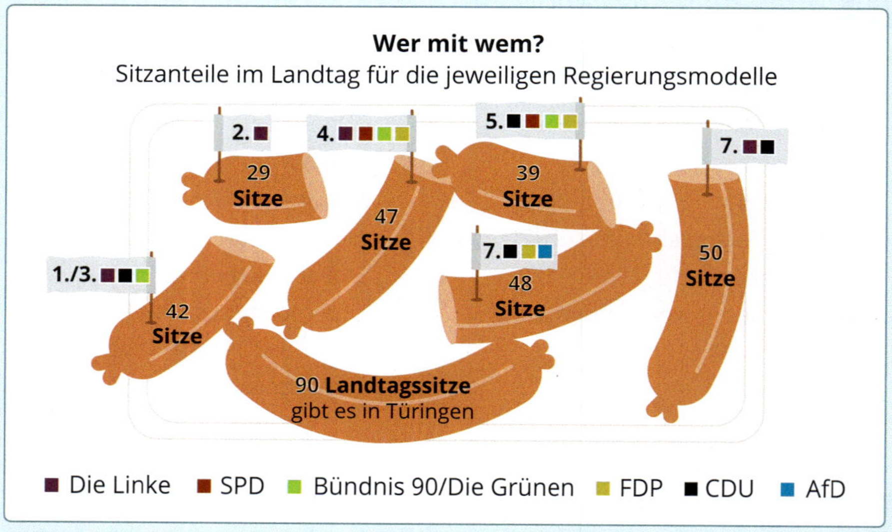

ZEIT-Grafik von Christina Grob: „Es geht um die Wurst", DIE ZEIT im Osten 51/2019

EINSTIEGSAUFGABE

Analysiere das Schaubild. Beschreibe, welche Zusammenschlüsse von Parteien (Koalitionen) zu einer Regierungsmehrheit von 46 Sitzen im 7. Thüringer Landtag führen könnten.

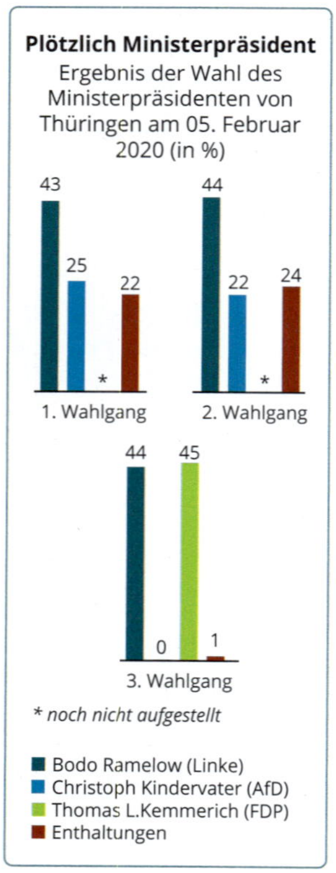

© Statista, 2020, Quelle: Thüringer Landtag

M41 Mehrheit ist Mehrheit!?

Mit Anlauf ins Fettnäpfchen: Jetzt steckt Thomas Kemmerich mittendrin im Schlamassel. Er ist der neugewählte Ministerpräsident des Freistaats Thüringen und eigentlich ein König ohne Reich. Die Stimmen von AfD, CDU und FDP haben ihm zwar ins Amt verholfen, aber mit dieser Mehrheit kann und will er angeblich nicht regieren. [...]

Nach Gesetzeslage kann man Kemmerich natürlich keinen Vorwurf machen. Er hat seine Kandidatur für den dritten Wahlgang angekündigt, wollte zwischen Ramelow (Linke) und Kindervater (AfD-Vorschlag) ein Kandidat der bürgerlichen Mitte sein. Und als solcher wurde er von der Mehrheit der Abgeordneten gewählt. Punkt. Mehrheit ist Mehrheit. Ob Kungelei, Intrige oder sonstwas geholfen hat, spielt keine Rolle. Mit seinem Scheinkandidaten hat [Björn Höcke (AfD)] den dritten Wahlgang ad absurdum geführt: Null Stimmen aus der AfD für den eigenen AfD-Vorschlag – ein merkwürdiges Demokratieverständnis. Dennoch, es war eine geheime Wahl mit einem denkbar knappen Ergebnis von 45:44 Stimmen bei einer Enthaltung.

Das Schlimme ist nur die Wirkung nach außen: Wie viel Unterstützung darf ein Ministerpräsident erwarten, dessen Partei es mit Ach und Krach in den Landtag geschafft hat? Der Gegenwind aus allen Himmelsrichtungen dürfte sich bald wie ein Sturm anfühlen.

Keine Frage: Rot-Rot-Grün hatte und hat keine Mehrheit im Thüringer Landtag. Die Wahl von Ramelow war zum Scheitern verurteilt.

Nach: Nils R. Kawig, Mehrheit ist Mehrheit, in: www.tlz.de, 06.02.2020

M42 Kontrovers diskutiert: Die Wahl Kemmerichs – ein Problem für die Demokratie?

JA! – Man muss feststellen, dass Kemmerich einen schweren taktischen Fehler begangen hat. Dadurch, dass seine FDP ihn als Ministerpräsidentenkandidaten benannte, war für die CDU auf einmal ein wählbarer Bewerber im Rennen. Die AfD nutzte vermutlich ihre strategische Chance: Wenn sie auch für Kemmerich stimmte, nicht für ihren eigenen Bewerber, konnte sie sich erstmals als eine gestaltende Kraft in einem deutschen Parlament präsentieren. [...] [Hatte] Thüringen jetzt also einen Regierungschef von Gnaden der AfD – von Gnaden des rechtsextremen AfD-Politikers Björn Höcke? [...]

Ein Schaden ist für die Demokratie dennoch entstanden – denn die bürgerlichen Parteien haben die AfD, die gerade in Thüringen eine rechtsradikale Prägung hat, mit ihrem Verhalten hoffähig gemacht, sie haben ihr eine Rolle als ernstzunehmender Mitspieler eröffnet. Das hätte vermieden werden müssen.

Nach: Klaus Wallbaum, Pro & Contra zur Kemmerich-Wahl in Thüringen, www.rundblick-niedersachsen.de, 05.02.2020

NEIN! – [Zu] dieser Situation [wäre] es nie gekommen, wenn die demokratischen Parteien zuvor nicht monatelang unter einer schweren „Ausschließeritis" gelitten hätten. Vor allem die CDU irrlichterte umher, mal wurde ganz leicht mit der AfD geliebäugelt, dann doch mit einem Bündnis mit Bodo Ramelows Linkspartei, was umgehend empört zurückgewiesen wurde. [...] SPD und Grüne wiederum, mit 8,2 und 5,2 bei der Wahl selbst böse von den Wählern abgestraft, wollten nicht als kleiner Partner der CDU mitregieren, die FDP schloss aus, ein rot-rot-grünes-Bündnis zu stützen. Wenn aber alle im Vorfeld nicht zu einer Einigung in der Lage sind, entstehen Situationen, wie man sie im Thüringer Landtag vorfand. [...]

Es ist ganz leicht, Kemmerich nun in die rechte Ecke zu stellen und auf stur zu schalten. Viel schwieriger ist es, nach vorne zu schauen und aus einer verfassungsgemäßen Wahl, so befremdlich und schmuddelig sie auch gewesen sein mag, etwas Sinnvolles zu machen.

Nach: Martin Brüning, Pro & Contra zur Kemmerich-Wahl in Thüringen, www.rundblick-niedersachsen.de, 05.02.2020

M43 Vertrauen zurückgewinnen

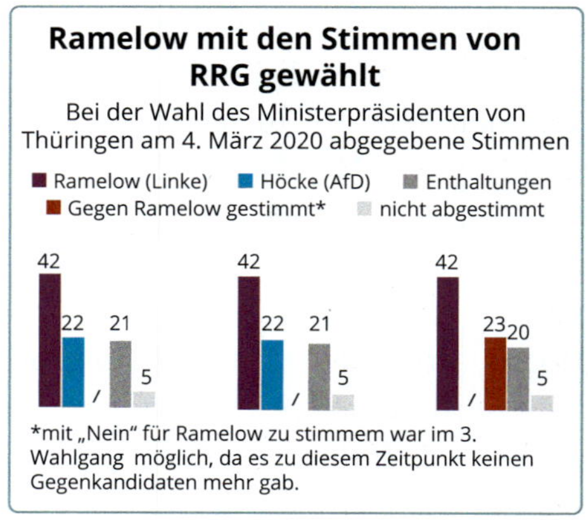

Einen Monat nach Beginn der Regierungskrise ist Bodo Ramelow (Linke) zum Ministerpräsidenten gewählt worden. Bei der neuerlichen Wahl erhielt Ramelow im dritten Wahldurchgang 42 von 90 Stimmen. [...] Im dritten Wahlgang reicht nach Thüringer Verfassung eine einfache Mehrheit aus. [...]

Der 64-jährige Ramelow will eine rot-rot-grüne Minderheitsregierung anführen und setzt dabei auf die Kooperation mit der CDU. Diese begründet sich auf einen Stabilitätsmechanismus, der festlegt, welche Projekte in den kommenden Monaten bis zu Neuwahlen umgesetzt werden sollen. Geld für Kommunen, keine Experimente in den Schulen. Diese beiden Themen, die die Wähler bewegen, hatten bisher weder die rot-rot-grüne noch die CDU-Vorgänger-Regierung in den Griff bekommen. Vielleicht klappt es ja gemeinsam. Denn der frisch unterzeichnete Pakt soll dafür sorgen, dass Linke, CDU, SPD und Grüne im Landtag nicht gegeneinander, sondern miteinander arbeiten. Und das ist auch bitter nötig.

Nach: MDR, Bodo Ramelow zum Thüringer Ministerpräsidenten gewählt, in: www.mdr.de, 04.03.2020; Regina Lang, Kommentar zur Wahl in Thüringen: Vertrauen zurückgewinnen, in: www.mdr.de, 04.03.2020

AUFGABEN

1. Ermittelt aus **M41** Gründe, warum der FDP-Politiker Kemmerich zum Ministerpräsidenten gewählt werden konnte und diskutiert, weshalb er schon nach vier Tagen von diesem Amt zurückgetreten ist.
2. Klaus Wallbaum und Martin Brüning (**M42**) vertreten zwei unterschiedliche Meinungen zu der Frage, ob die Demokratie durch die Wahl des FDP-Politikers Kemmerich beschädigt wurde. Übernehmt jeweils zu zweit eine der beiden Positionen, baut sie noch mit weiteren Argumenten aus und simuliert ein Streitgespräch (→ Methode auf S. 175) zwischen den beiden.
3. Diskutiere ausgehend von Wahlergebnis (**M37**) und Wahlumfragen, ob Neuwahlen oder die Fortsetzung der Minderheitsregierung das Vertrauen in die Thüringer Politik befördern würden.
4. Nehmt in einem Leserbrief Stellung zum Thema dieses Kapitels: „Die Umsetzung des Wählerwillens ist die wichtigste Aufgabe des Abgeordneten. Die Bereitschaft zum Kompromiss auf der Basis demokratischer Spielregeln, seine wichtigste Tugend." Berücksichtigt dabei auch die Merkmale von repräsentativer Demokratie (**M14**, **M33**, **M40**).

H ZU AUFGABE 3
Aktuelle Wahlumfragen für Thüringen sind einsehbar unter: *www.wahlrecht.de/umfragen/landtage/thueringen.htm*

2.3.4 Die Thüringer Landesregierung

Zum Thema: Die Entwicklung eines Bundeslandes ist eng mit den Entscheidungen der jeweiligen Landesregierungen verbunden. Dieses Kapitel klärt darüber auf, wer zur Regierung gehört und welche Aufgaben diese hat.

M44 Die Kunst des Regierens

Karikatur: Jürgen Janson, 04.03.2020

Charlie Rivel (1896 – 1983) war ein Clown. Der Ausruf "Akrobat schööön", den er während eines Auftritts 1931 verwendete, wurde zu einem seiner Markenzeichen.

EINSTIEGSAUFGABE

Beschreibe das Problem, auf das die Karikatur aufmerksam macht.

M45 Ministerpräsident und Minister

Die Thüringer Landesregierung besteht aus dem Ministerpräsidenten und in der Regel neun Landesministern.
Der Ministerpräsident wird vom Thüringer Landtag mit der Mehrheit seiner Mitglieder in geheimer Wahl gewählt. Kommt diese Wahl nicht zustande, so wird ein zweiter Wahlgang durchgeführt. Sollte auch hier die Mehrheit nicht erreicht sein, wird ein

Erklärfilm Minderheitsregierung

Mediencode: 71091-06

Die Verfassung des Freistaates Thüringen
Am 25. Oktober 1993 verabschiedete der Thüringer Landtag in einer feierlichen Sitzung auf der Wartburg bei Eisenach die neue Verfassung des Freistaates Thüringen. Die Verfassung wurde durch einen Volksentscheid am 16. Oktober 1994 mit 70,1% bestätigt und erfuhr hierdurch hohe Legitimation. Nach Artikel 44 der Verfassung ist der Freistaat ein demokratischer, sozialer und dem Schutz der natürlichen Lebensgrundlagen verpflichteter Rechtsstaat.

dritter Wahlgang durchgeführt. Gewählt ist dann, wer die Mehrheit der abgegebenen Stimmen erhält.

Der Ministerpräsident ernennt und entlässt die Minister. Er bestimmt einen der Minister zu seinem Stellvertreter. Die Landesregierung ist die höchste vollziehende Gewalt (Exekutive) in Thüringen (Art. 70 ThürVerf.). Im Sinne der Gewaltenverschränkung ist die Landesregierung auch an der Gesetzgebung (Legislative) beteiligt. Sie verfügt so u. a. über das Recht, Gesetzesvorlagen in den Landtag einzubringen.

Die CDU stellte von 1990 bis 2014 durchgängig den Ministerpräsidenten. Davon konnte sie zehn Jahre ohne einen Koalitionspartner allein regieren (1999 – 2009). In den Jahren von 1990 bis 1994 regierte sie mit der FDP und von 2009 bis 2014 – wie bereits von 1994 bis 1999 – mit der SPD. Von 2014 bis 2019 stellte erstmals die Partei DIE LINKE – gemeinsam in einer Koalitionsregierung mit der SPD und BÜNDNIS 90/DIE GRÜNEN – den Ministerpräsidenten in Thüringen. Seit der Landtagswahl 2019 wird Thüringen von einer Minderheitsregierung aus DIE LINKE, SPD und BÜNDNIS 90/DIE GRÜNEN geführt.

Der Thüringer Ministerpräsident bestimmt die Richtlinien der Landespolitik. Innerhalb dieser Richtlinien leitet jeder Minister seinen Geschäftsbereich (Ressort) eigenständig und eigenverantwortlich. Die Landesregierung kann in Regierungserklärungen dem Landtag ihre Politik begründen und muss auf Anfragen des Parlamentes antworten. Auch über Bundesratsinitiativen und das gemeinsame Abstimmungsverhalten im Bundesrat beschließt die Landesregierung.

Bearbeiter

AUFGABEN

1. Stelle in einem Schaubild Aufgaben und Zusammensetzung der Landesregierung dar (**M45**).
2. Recherchiere die Namen und die Parteizugehörigkeit des aktuellen Ministerpräsidenten und seiner Ministerinnen und Minister.
3. Informiere dich über vier aktuelle Projekte der Thüringer Landesregierung und berichte darüber.

WAS WIR WISSEN

Mitbestimmung der Thüringerinnen und Thüringer
M32 – M35

Die Bürgerinnen und Bürger des Freistaates Thüringen können sich in vielfältiger Weise politisch engagieren. In Thüringen besteht ein parlamentarisches Regierungssystem, d. h. die Landesregierung wird aus dem Parlament heraus gebildet (Wahl des Ministerpräsidenten). Die Kombination von Mehrheits- und Verhältniswahlrecht (Erst- und Zweitstimme) bei den thüringischen Landtagswahlen entspricht dem Wahlsystem des Bundes. Lediglich die Landtagswahlperiode (5 Jahre) weicht von der des Bundes (4 Jahre) ab. Darüber hinaus gibt es in Thüringen Möglichkeiten der direkten Bürgerbeteiligung. Durch Bürgerantrag, Volksbegehren, Volksentscheid und Petitionen kann auf politische Entscheidungsprozesse unmittelbar Einfluss genommen werden.

Landtag und Landesregierung
M32 – M34, M38, M39, M45

Der Thüringer Landtag setzt sich i. d. R. aus 88 Abgeordneten zusammen. Die wichtigsten Funktionen des Landtages sind die Wahl des Ministerpräsidenten, die Verabschiedung von Gesetzen (einschließlich des Landeshaushaltes – Budgethoheit), die Kontrolle der Regierung und der Verwaltung. Die Landesregierung setzt sich aus dem Ministerpräsidenten und in der Regel neun Landesministern zusammen. Der Ministerpräsident ernennt und entlässt die Mitglieder der Regierung (Minister). Gesetzesvorlagen werden meist von der Thüringer Landesregierung und von den Landtagsfraktionen in den Landtag eingebracht.

Verfassungsgerichtshof
M32

Der Thüringer Verfassungsgerichtshof hat seinen Sitz in Weimar und besteht aus dem Präsidenten und acht weiteren Mitgliedern des Gerichts. Die Mitglieder des Verfassungsgerichtshofes werden vom Thüringer Landtag mit Zweidrittelmehrheit auf fünf Jahre gewählt. Der Präsident und zwei weitere Mitglieder müssen Berufsrichter sein. Drei weitere Mitglieder müssen die Befähigung zum Richteramt haben. Eine Wiederwahl ist möglich. Die Aufgaben und Funktionen des Verfassungsgerichtshofes sind im Wesentlichen: individuelle und kommunale Verfassungsbeschwerden, Organstreitigkeiten innerhalb des Landes, abstrakte und konkrete Normenkontrollklagen sowie die Klärung der Zulässigkeit von Volksbegehren. Jedermann hat die Möglichkeit, Verfassungsbeschwerde einzulegen, wenn er sich durch staatliche Organe in seinen grundlegenden Rechten eingeschränkt sieht.

Verfassung und Verfassungsorgan

Nach Artikel 44 der Thüringer Verfassung von 1994 ist der Freistaat ein demokratischer, sozialer und dem Schutz der natürlichen Lebensgrundlagen verpflichteter Rechtsstaat. Die Landesverfassung enthält einen eigenen Grundrechtskatalog und umfangreiche Staatszielbestimmungen. Sie enthält insbesondere Regelungen zu den drei thüringischen Verfassungsorganen Landtag, Landesregierung und Verfassungsgerichtshof. Sie regelt die Gesetzgebung durch den Landtag und sieht die Möglichkeit von Volksbegehren und Volksentscheiden vor.

SELBSTDIAGNOSE

Ich kann ...	Dazu benötige ich u. a. folgende Begriffe ...	Das klappt schon ...	Hier kann ich noch üben ...
... Mitwirkungsmöglichkeiten in Schule, Gemeinde und Land erläutern.	• Schülermitwirkung • Vertrauenslehrer • Klassensprecher • Klassenrat • Wahlalter • parlamentarische Demokratie • direkte Demokratie	+/–	**Kap. 2.1** • M3, M4, M6, M7, M9 • Methode auf S. 32 f. • WWW* **Kap. 2.2** • M11, M13, M16, M17, M19, M22, M23 • WWW **Kap 2.3** • M32, M34, M35, M38 • WWW
... die Auswirkungen eigener politischer Partizipation einschätzen.	• Bürgerbeteiligung • Petitionen • Kommunalwahlen • kumulieren und panaschieren	+/–	**Kap 2.2** • M11. M13, M16 – M19 • Methode auf S. 41 • WWW
... meine Interessen und Meinung in politischen Kontroversen darlegen.	• Rechte und Pflichten • Wählerwille • kontroverser, nicht kontroverser Sektor	+/–	**Kap. 2.2** • M16, M31 • Methode auf S. 54 **Kap. 2.3** • M33 • S. 64, Aufg. 3, 4
... die Gremien und Aufgabenbereiche der Gemeinde beschreiben.	• Gemeinderat • Bürgermeister • Verwaltung • Pflicht- und freiwillige Aufgabe • Steuern und Gebühren	+/–	**Kap. 2.2** • M21 – M25, M27 • WWW
... den Aufbau des politischen Systems Thüringens erklären.	• Verfassung • Landtag • Erst- und Zweitstimme • Landesregierung • Verfassungsgericht	+/–	**Kap 2.3** • M32, M37 – M39, M45 • WWW

* *WWW: WAS WIR WISSEN*

WAS WIR KÖNNEN

Thüringen-Kreuzworträtsel
(Achtung: Umlaute sind als EIN Feld einzutragen!)

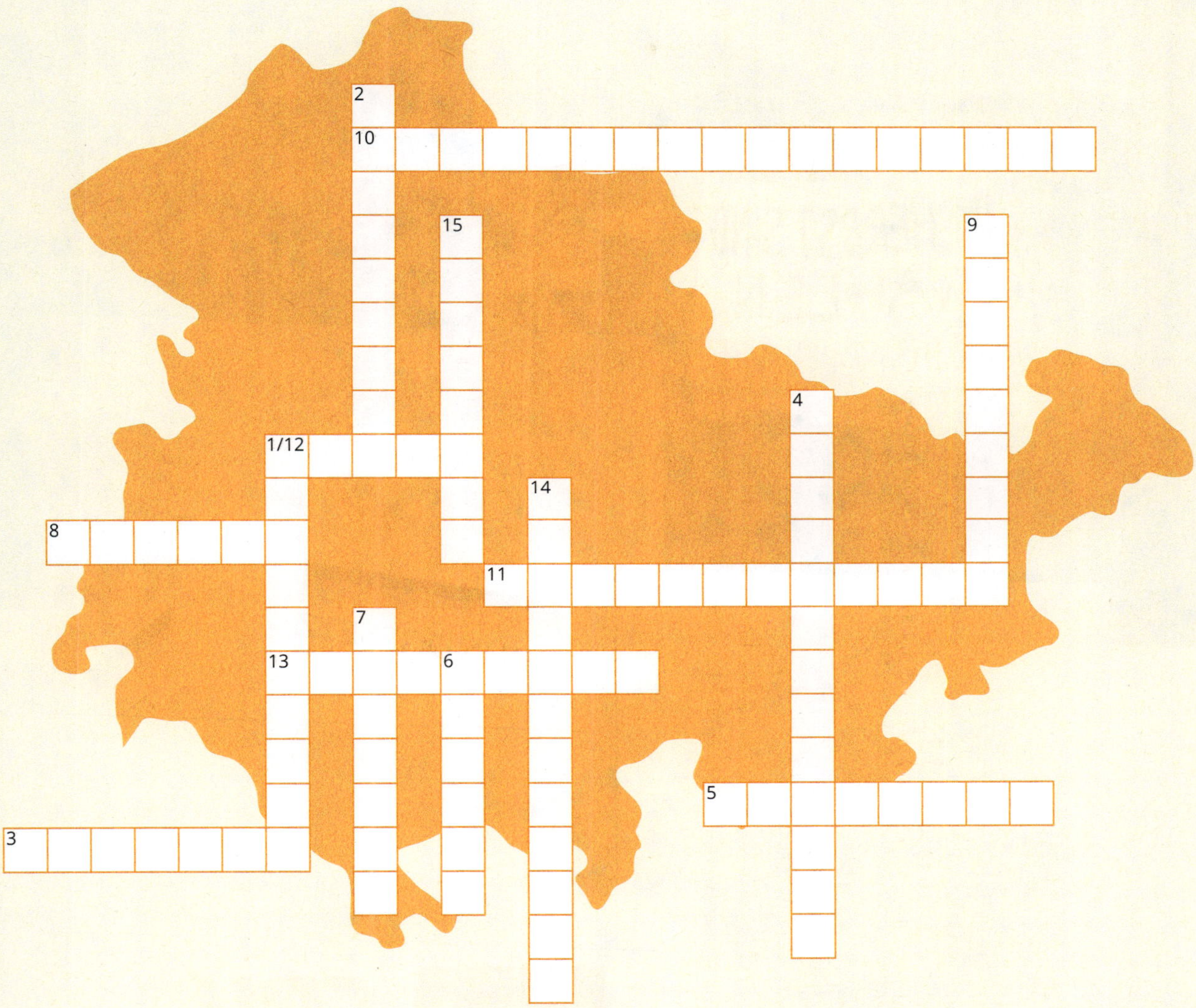

waagerecht:

1. ehemaliger thüringischer Min.-Präs. (Bernhard)
3. thüringisches Parlament
5. Stadt in der Nähe der Wartburg
8. Sitz des Verfassungsgerichtshofes
10. höchstes Regierungsamt in Thüringen
11. bedeutendes Parlamentsrecht (Gesetze)
13. Spielzeugstadt im Süden Thüringens

senkrecht:

2. Stadt im Osten Thüringens („Skat“)
4. kommunales politisches Amt
6. größte Stadt Thüringens
7. im Parlament: Große und Kleine ...
9. berühmter Wanderweg
12. wichtigstes Rechtsdokument des Landes
14. erste Thüringer Ministerpräsidentin
15. großer deutscher Dichter (Friedrich)

IM HERBST SIND
WAHLEN
UND DAS IST AUCH GUT SO.

GRUNDGESETZ
für die Bundesrepublik Deutschland

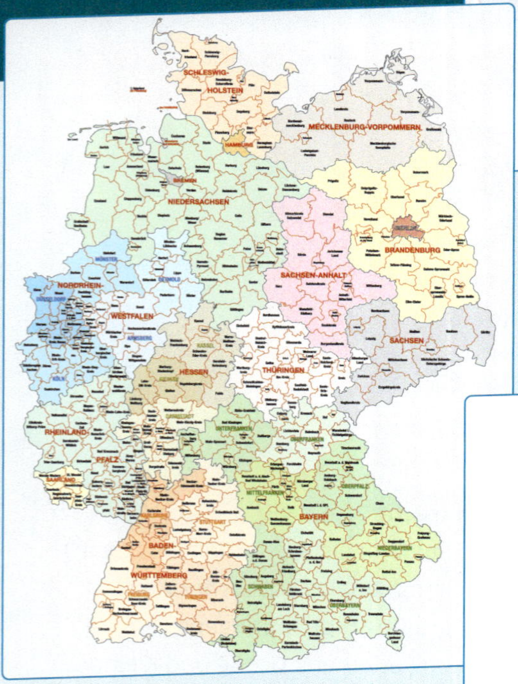
SCHLESWIG-HOLSTEIN
MECKLENBURG-VORPOMMERN
NIEDERSACHSEN
BRANDENBURG
SACHSEN-ANHALT
SACHSEN
THÜRINGEN
HESSEN
BAYERN

SPD
CDU
CSU
Alternative für Deutschland
DIE LINKE.
BÜNDNIS 90 DIE GRÜNEN
Freie Demokraten FDP

3

Grundzüge der politischen Ordnung in Deutschland

„Demokratie heißt, sich in seine eigenen Angelegenheiten einzumischen", so umschrieb es der Schriftsteller Max Frisch einst knapp und treffend. Doch wie soll die Demokratie organisiert sein und welche Möglichkeiten der Mitbestimmung bieten sich? Welche Verfassungsorgane gibt es und wie wirken die staatlichen Institutionen zusammen?

KOMPETENZEN

Am Ende dieses Kapitels solltet ihr Folgendes wissen und können:

- die Staatsstrukturprinzipien beschreiben
- Anspruch und Wirklichkeit von Grundrechten an Beispielen überprüfen
- die Bedeutung von Wahlen für ein demokratisches System erläutern
- Wahlsysteme kriteriengeleitet vergleichen
- die Funktionen von Parteien beschreiben
- die Bedeutung der Medien in einer Demokratie beurteilen

WAS WISST UND KÖNNT IHR SCHON?

- Erkläre, was die Bilder auf Seite 70 mit Politik zu tun haben.

3.1 Grundrechte und Verfassungsprinzipien – das Grundgesetz

3.1.1 Das Grundgesetz als „Hausordnung"

Zum Thema: „Was wäre das Leben ohne Regeln"? – die Antwort fällt kurz aus: Chaos überall. Zu den wichtigsten Regeln unseres Zusammenlebens gehören die Grundrechte, die im Grundgesetz garantiert sind. Welche Bedeutung sie in unserem Alltag haben, ist Gegenstand dieses Kapitels.

M1 Gebrauchsanleitung für die Demokratie

Demokratie
Im engeren Sinne bedeutet Demokratie „Herrschaft des Volkes" und stellt somit eine Herrschaftsform dar. Im weiteren Sinne steht Demokratie für eine Willens- und Entscheidungsbildung grundsätzlich von unten nach oben, d. h. freie Wahl der Regierenden durch die Bürger; Grundsatz der Mehrheit bei Entscheidungen, Schutz von Minderheiten mit der Chance zur Mehrheit zu werden; Möglichkeit der Abwahl der Regierenden.

Karikatur: Erich Rauschenbach/Baaske Cartoons

EINSTIEGSAUFGABE
Fasse die Aussage der Karikatur mit eigenen Worten zusammen.

M2 Das Grundgesetz

Das Grundgesetz trat am 23.5.1949 in Kraft. Seit dem Beitritt der DDR am 3.10.1990 gilt das GG als Verfassung für die gesamte Bundesrepublik Deutschland. Eine Verfassung regelt – mehr oder weniger ausführlich – die Grundordnung eines Staates, insbesondere auch die Grundwerte und dessen Staatsform. So schreibt das Grundgesetz ausdrücklich fest, dass die Bundesrepublik Deutschland eine Demokratie, ein Bundesstaat, ein Rechtsstaat und ein Sozialstaat zu sein hat. Auch werden die Aufgaben und Befugnisse der obersten ständigen Verfassungsorgane (Bundestag, Bundesregierung, Bundesrat, Bundespräsident Bundesverfassungsgericht) und

die wichtigsten Bestimmungen zur Stellung der Bürger niedergelegt. Das Grundgesetz kann deshalb auch als die „Hausordnung" unseres Staates umschrieben werden, da es die Werte und Regeln enthält, die unser Zusammenleben bestimmen.
An den Anfang des Grundgesetzes setzten die Verfassungsgeber bewusst das Bekenntnis zur unantastbaren Würde des Menschen, die der Staat zuallererst zu achten und zu schützen hat. Es folgt ein Katalog von Grundrechten, die jedem zustehen und die der Staat nicht antasten darf. Sie sind nicht bloß schöne Worte, sondern unmittelbar geltendes Recht. Parlament, Regierung und Rechtsprechung müssen sich an die Grundrechte und an die Verfassung halten und alle Gesetze müssen mit dem Grundgesetz vereinbar sein.

M3 Warum das Grundgesetz die Menschenwürde garantiert

„Die Würde des Menschen ist unantastbar. Sie zu achten und zu schützen ist Verpflichtung aller staatlichen Gewalt." [...] Was bedeutet diese Garantie und warum ist sie ins Grundgesetz gekommen? Für den Parlamentarischen Rat war sie eine bewusste Antwort auf die systematische Menschenverachtung und tausendfache Verletzung der Menschenwürde durch das NS-Regime. Die Menschenwürde sollte künftig unantastbar, ihre Achtung und ihr Schutz das Fundament der neu zu errichtenden Ordnung sein. Und dies nicht nur als allgemeine Proklamation, sondern als verbindliche, normativ verpflichtende Grundentscheidung für alles staatliche Handeln und das Zusammenleben in der Gesellschaft. [...] Was ist der Inhalt dieser Menschenwürdegarantie? Über ihren Kerngehalt waren sich die Väter und Mütter des Grundgesetzes [...] einig; er ergab sich für sie einerseits aus christlicher Wurzel, dem Gedanken der Gottebenbildlichkeit des Menschen (Genesis 1,26), anderseits aus der Tradition des Humanismus und der Philosophie der Aufklärung, insbesondere Kants. Dieser Kerngehalt umfasst die Anerkennung und Achtung jedes Menschen als eigenständiges Subjekt, als Träger grundlegender Rechte und der Freiheit zur eigenen Entfaltung und verantwortlichem Handeln, den Ausschluss von Entwürdigung und Instrumentalisierung nach Art einer Sache, über die beliebig verfügt werden kann.
Die so verstandene Garantie ist ein zentraler Gründungsakt, auf dem unsere Verfassungsordnung ruht. Ihr verdanken wir die insgesamt menschenfreundliche Gestalt unserer Rechtsordnung. An ihr gilt es festzuhalten, sie darf nicht durch den Hinweis auf die Offenheit des Menschenwürdebegriffs in Frage gestellt oder relativiert werden. Dies wird [...] allgemein akzeptiert. Gleichwohl zeigen sich, wenn es um die konkrete Anwendung dieser Garantie auf neue Problemlagen [...] geht, Gefährdungen, denen entgegengetreten werden muss, soll die Garantie ihre Integrität behalten.

Ernst-Wolfgang Böckenförde, Die Garantie der Menschenwürde, www.bundestag.de (11.11.2007)

Parlamentarischer Rat
erarbeitete vom 1.9.1948 bis 8.5.1949 das Grundgesetz

Proklamation
amtliche Verkündigung

M4 Merkmale der Menschenwürde

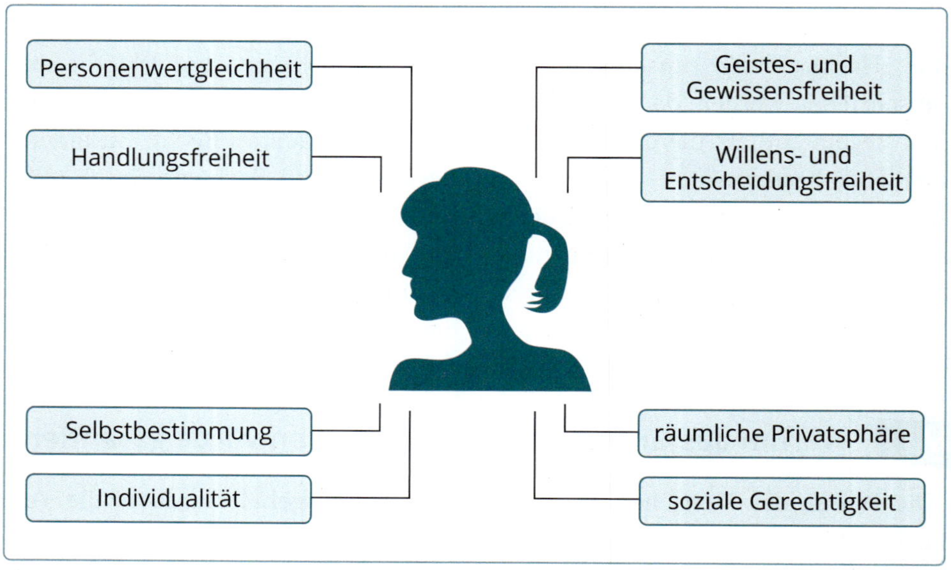

M5 Besondere Merkmale der Grundrechte

Dies ist der erste Satz des Artikels 1 GG. Der vollständige Text der Artikel 1 – 19 ist z. B. auf der Homepage des Deutschen Bundestages unter dem Stichwort „Grundgesetz" zu finden.

„Die Würde des Menschen ist unantastbar. Sie zu achten und zu schützen ist Verpflichtung aller staatlichen Gewalt" – mit diesem Satz beginnt nach der Präambel nicht nur der Grundrechtsteil, sondern der gesamte Text des Grundgesetzes. Die Menschenwürde ist der Grund dafür, dass es die Menschenrechte gibt, sagt Artikel 1 des Grundgesetzes. Sie sind „Grundlage jeder menschlichen Gemeinschaft, des Friedens und der Gerechtigkeit in der Welt". Das Grundgesetz selbst spricht also zuerst von Menschenrechten. Dann aber heißt es in Artikel 1, Absatz 3: „Die folgenden Grundrechte binden Gesetzgebung, vollziehende Gewalt und Rechtsprechung als unmittelbar geltendes Recht." Das Grundgesetz nennt also beides, die Grund- und die Menschenrechte, denn beide Begriffe benennen etwas sehr Ähnliches, aber nicht das Gleiche. Der Begriff der Menschenrechte kommt ursprünglich aus der Philosophie und der Staatstheorie. Seit dem 19. Jahrhundert hat sich mit Schwerpunkt in der westlichen Welt die Vorstellung durchgesetzt, dass jeder Mensch von Geburt an Rechte hat. Das geht auf die Aufklärung und den Humanismus zurück, die diese Menschenrechte als Teil der menschlichen Natur ansahen, aus christlicher Sicht sind sie von Gott gegeben. Sie sind unveräußerlich, das heißt, auf sie kann niemand verzichten, sie sind unteilbar und gelten weltweit. Diese Rechte hat der Mensch also, auch ohne dass der Staat sie gewährt. Deshalb sind sie ungeschriebenes Recht, ihre Grenzen sind also auch nicht genau definiert. Eine Definition aber haben alle Mitgliedstaaten der Vereinten Nationen unterschrieben: die Allgemeine Erklärung der Menschenrechte von 1948.

Grundrechte sind etwas ganz Ähnliches: Ihrem Inhalt nach sind sie oft identisch mit den Menschenrechten. Der Unterschied besteht darin, dass der Staat selbst sie anerkannt hat, sie sind staatlich garantiert, so wie es die Grundrechte im Grundgesetz sind. Dadurch, dass der Staat sie anerkennt, haben sie in ihrer Formulierung eine konkretere Form bekommen und sind – je nach Staat und System – für den Einzelnen einklagbar und durchsetzbar. Das Grundgesetz bezieht sich also auf die Idee der Menschenrechte und stellt klar, dass es sie mit den Grundrechten umsetzen will.

Gudula Geuther, in: Informationen zur politischen Bildung 305, Grundrechte, Bundeszentrale für politische Bildung, 1/2010, S. 4

M6 Grundrechte im Alltag – Fallbeispiele

In den z. T. fiktiven Fallbeispielen handelt es sich vor allem um Beeinträchtigungen der Grundrechte des Bürgers durch den Staat. Ob auch einzelne Bürgerinnen und Bürger die Grundrechte anderer Bürgerinnen und Bürger beeinträchtigen können, ist unter dem Stichwort „Drittwirkung" der Grundrechte Gegenstand verfassungsrechtlicher Diskussionen.

Grundrechte und Bürgerrechte
Den Grundrechten liegen die allgemeinen angeborenen unveränderlichen Menschenrechte zugrunde. Bürgerrechte stehen nur den Staatsangehörigen zu und sind an der Formulierung „Alle Deutschen haben das Recht ..." zu erkennen.

Fall 1
Eine Schülerin beklagt sich auf ihrem Facebook-Account über ihren Lehrer, der sie immer wieder schlecht benote, weil er sie nicht leiden könne. Sie fragt ihre „Freunde", ob sie sich über den Lehrer bei der Schulleiterin beschweren solle. Als der Lehrer von der inzwischen breiten virtuellen Diskussion in der Jahrgangsstufe erfährt, stellt er die Schülerin zur Rede. Die Situation eskaliert und die Schülerin droht mit einer Beschwerde. Der Lehrer verliert die Nerven und gibt der Schülerin eine Ohrfeige.

Fall 2
Vor der Diskothek „Starlight" verweigern Türsteher Menschen mit dunkler Hautfarbe den Eintritt.

Fall 3
Die Polizei durchsucht die Redaktionsräume einer großen Wochenzeitung, beschlagnahmt Aktenordner und Computer und verlangt vom Chefredakteur die Preisgabe von Informationsquellen.

Fall 4
Der Schulleiter einer Schule, die von vielen Schülerinnen und Schülern mit Migrationshintergrund besucht wird, verbietet die russische Sprache auf dem Schulhof.

Fall 5
In der Firma „Holzwurm" erhalten Frauen grundsätzlich einen geringeren Stundenlohn als die Männer. Der Chef argumentiert, die Männer seien in der Regel Haupternährer der Familie.

Grundrechte
Grundrechte sind im Grundgesetz garantierte grundlegende, individuelle Rechte. Sie sind für den Staat bindend und begrenzen daher die Macht des Staates gegenüber dem Einzelnen. Die Grundrechte stehen bewusst am Anfang des Grundgesetzes: Sie finden sich im Grundrechtekatalog der Art. 1 bis 19 GG.

M7 Die Grundrechte im Grundgesetz

a) Die Grundrechte im Überblick

Die Grundrechte
im Grundgesetz für die Bundesrepublik Deutschland

Schutz der 1 Menschenwürde
Freiheit der Person 2
3 Gleichheit vor dem Gesetz
Glaubens- und Gewissensfreiheit 4
5 Freie Meinungsäußerung
Schutz der Ehe und Familie 6
7 Elternrechte, staatliche Schulaufsicht
Versammlungsfreiheit 8
9 Vereinigungsfreiheit
Brief- und Telefongeheimnis 10
11 Recht der Freizügigkeit
Freie Berufswahl 12
12a Wehrdienst / Zivildienst
Unverletzlichkeit der Wohnung 13
14 Eigentumsgarantie
Überführung in Gemeineigentum 15
16 Staatsangehörigkeit, Auslieferung
Asylrecht 16a
17 Petitionsrecht
Aberkennung von Grundrechten 18
19 Rechtsweggarantie

Volkssouveränität, Widerstandsrecht 20
101 Anspruch auf den gesetzlichen Richter
Gleicher Zugang zu öffentlichen Ämtern 33
103 Anspruch auf rechtliches Gehör vor Gericht
Wahlrecht 38
104 Schutz vor willkürlicher Verhaftung

Bergmoser + Höller Verlag AG, Zahlenbilder 60 110

b) Unterteilung der Grundrechte

Grundrechte

→ **Menschenrechte** (gelten für alle Menschen)

→ **Bürgerrechte** (gelten für alle Bürgerinnen und Bürger eines Staates)

AUFGABEN

1. Analysiere die Fallbeispiele **M6**, indem du
   a) untersuchst, gegen welche Grundrechte in den genannten Beispielen verstoßen wird. Lies hierzu die Art. 1 – 3 GG, 5 GG, 8 – 10 GG und 13 GG durch. Begründe anschließend im Einzelnen, warum es sich um einen Verstoß handeln könnte.
   b) entscheidest, in welchen Fällen ein Verstoß gegen Menschenrechte bzw. gegen Bürgerrechte vorliegt (**M4**).
2. Die Grundrechte lassen sich u. a. in sogenannte Freiheits- und Gleichheitsrechte unterscheiden. Ordne je zwei Beispiele aus **M7a** den Freiheits- und Gleichheitsrechten zu und begründe deine Zuordnung.

METHODE

Umgang mit dem Grundgesetz

I. Worum geht es?

Das Grundgesetz ist die Verfassung des Bundesrepublik Deutschland. Diese Bezeichnung wurde gewählt, um deren provisorischen Charakter bis zur Wiedervereinigung zu unterstreichen. Auch nach der Wiedervereinigung 1990 behielt das Grundgesetz diese Bezeichnung und ist seitdem die gesamtdeutsche Verfassung.

II. Geht dabei so vor:

1. Schritt: Begriffe sammeln

Welche Begriffe oder Wörter bringst du mit dem Grundgesetz in Verbindung? Schreibe dazu die Anfangsbuchstaben des Wortes GRUNDGESETZ untereinander und finde zu jedem dieser Buchstaben einen passenden Begriff.

2. Schritt: Definition erstellen

Tauscht euch mit dem Banknachbarn oder in der Kleingruppe aus und ergänzt ggf. fehlende Begriffe. Erstellt anschließend auf Grundlage eurer Begriffe gemeinsam eine Definition, was das Grundgesetz ist.

3. Schritt: Aufbau und Inhalt des Grundgesetzes beschreiben

Nehmt das Grundgesetz zur Hand und schaut euch den Aufbau an. Wertet eure Arbeitsphase mit Hilfe folgender Leitfragen aus:

a) Erkläre die Begriffe: Präambel, Artikel und Absatz.
b) Gib mit eigenen Worten wieder, was im Grundgesetz geregelt ist.
c) Beschreibe den Aufbau und die Reihenfolge der Gesetze im Grundgesetz.
d) Erkläre die Bedeutung der Artikel 19 Abs. 2 GG und 79 Abs. 3 GG.

Aufgaben

1. Zu welchem Thema gibt es im Grundgesetz einen eigenen Abschnitt? Kreuze diese Begriffe an. Insgesamt fünf Begriffe gehören nicht dazu. Die Übersicht über die Abschnitte des Grundgesetzes gibt Auskunft.

2. Die in den Klammern stehenden Buchstaben hinter den „richtigen" Themen ergeben einen anderen Begriff für „Grundgesetz". Schlage beide Begriffe in einem Lexikon nach!

☐ Die Gesetzgebung des Bundes (S)	☐ Der Bundestag (V)	☐ Die NATO (T)
☐ Das Finanzwesen (E)	☐ Der Bund und die Länder (G)	☐ Armut und Reichtum (L)
☐ Die Polizei (M)	☐ Schulen und Hochschulen (I)	☐ Die Rechtsprechung (R)
☐ Der Bundesrat (A)	☐ Löhne und Einkommen (D)	☐ Die Bundesregierung (U)
☐ Die Grundrechte (F)	☐ Der Verteidigungsfall (N)	☐ Der Bundespräsident (S)
Lösungswort: ☐☐☐☐☐☐☐☐☐☐		

Nach: Thomas Goll, Grundgesetz für Einsteiger, Bundeszentrale für politische Bildung, Januar 2019, www.bpb.de, Abruf am 29.05.2020

Bearbeiter

3.1.2 Die Staatsstrukturprinzipien des Grundgesetzes

Zum Thema: Im Grundgesetz sind nicht nur die Grundrechte festgeschrieben, sondern auch bestimmte Strukturprinzipien des Staates vorgegeben, die unter anderem die Beziehungen zwischen den Bürgern und dem Staat berühren. Welche dies sind und was sie genau bedeuten, erfahrt ihr in diesem Kapitel.

M8 Verfassung in Kurzform: Art. 20 GG

(1) Die Bundesrepublik Deutschland ist ein demokratischer und sozialer Bundesstaat.
(2) Alle Staatsgewalt geht vom Volke aus. Sie wird vom Volke in Wahlen und Abstimmungen und durch besondere Organe der Gesetzgebung, der vollziehenden Gewalt und der Rechtsprechung ausgeübt.
(3) Die Gesetzgebung ist an die verfassungsmäßige Ordnung, die vollziehende Gewalt und die Rechtsprechung sind an Gesetz und Recht gebunden.
(4) Gegen jeden, der es unternimmt, diese Ordnung zu beseitigen, haben alle Deutschen das Recht zum Widerstand, wenn andere Abhilfe nicht möglich ist.

EINSTIEGSAUFGABE
Erkläre, weshalb Art. 20 des Grundgesetzes oftmals auch als „Verfassung in Kurzform" bezeichnet wird.

M9 Überblick über die fünf Verfassungsprinzipien der Bundesrepublik Deutschland

Verfassungsprinzipien
Verpflichtende Normen und Grundsätze, die eine Verfassung ausmachen. Sie sind sowohl von staatlichen Stellen als auch von den Bürgerinnen und Bürgern einzuhalten.

Republik (→ M10), Demokratie (→ M11, M12), Bundesstaat (→ M15 – M17), Sozialstaat (→ M14), Rechtsstaat (→ M14)

M10 Was bedeutet Republik?

Republik ist die Bezeichnung für die Staatsform. In der Politikwissenschaft unterscheidet man zwei Staatsformen voneinander – Republik und Monarchie. Während die Monarchie über ein gekröntes oder fürstliches Staatsoberhaupt verfügt, sind alle Staaten ohne Kaiser, König oder Fürsten Republiken. Der Hinweis „Bundes-" gibt an, dass es in Deutschland einen föderalen Staatsaufbau gibt. Die Bezeichnung „Bundesrepublik Deutschland" steht also für einen föderalen Staat mit gewähltem Staatsoberhaupt.

M11 Was bedeutet Demokratie?

Der Begriff Demokratie kommt aus dem Griechischen und setzt sich aus den Wörtern *Demos* (Volk) und *Kratein* (Herrschaft) zusammen. Demokratie bedeutet also Herrschaft des Volkes bzw. Volksherrschaft. Die Demokratie hat zwei Ausformungen: In einer *direkten Demokratie* ist das Volk unmittelbar an politischen Entscheidungsprozessen beteiligt. In der äußersten Konsequenz stimmen also alle Bürger über jede einzelne politische Frage selbst ab. Da diese Herrschaftsform nur in kleineren politischen Einheiten zu verwirklichen ist, überträgt das Volk in der *mittelbaren* oder *repräsentativen Demokratie* seine Entscheidungsbefugnisse durch die Wahl von Abgeordneten an eine Volksvertretung. Im Gegensatz zur Demokratie unterliegt die Herrschaft in der Diktatur einer Person (Diktator) oder einer regierenden Gruppe mit unbeschränkter Macht.

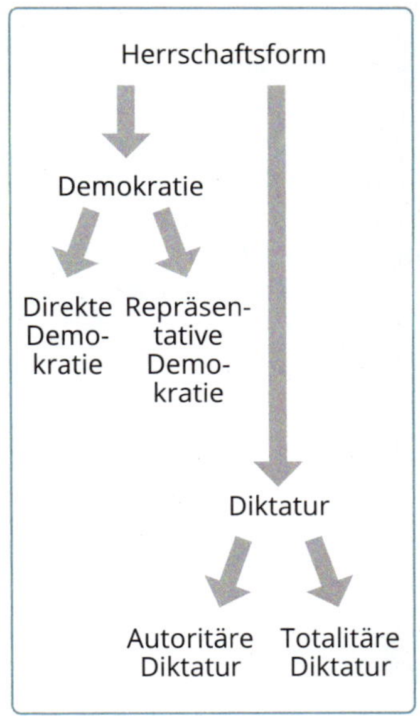

M12 Demokratie und Gewaltenteilung

Ein zentrales Merkmal der Demokratie ist die Gewaltenteilung. Sie gewährleistet die Trennung und gegenseitige Kontrolle der staatlichen Gewalten: der vollziehenden Gewalt (Regierung und Verwaltung = Exekutive), der gesetzgebenden Gewalt (Parlament = Legislative) und der richterlichen Gewalt (Gerichte = Judikative). Dies wird als horizontale Gewaltenteilung bezeichnet. Sie wird dadurch erreicht, dass die drei staatlichen Grundfunktionen verschiedenen Organen zugewiesen werden, so dass keines dieser Organe legal über die gesamte Staatsgewalt verfügen kann. Nur im parlamentarischen Regierungssystem (wie in Deutschland) besteht dabei eine Gewaltenverschränkung zwischen Legislative und Exekutive: Da auf Bundesebene nur der Bundestag direkt von der Bevölkerung gewählt wird und dann die Regierung aus der Parlamentsmehrheit hervorgeht (Wahl des Bundeskanzlers durch den Bundestag), besteht keine strikte personelle Trennung zwischen der Regierung und den Bundestagsfraktionen der Regierungsparteien (zusammen „Regierungslager" genannt).

Bislang waren alle Bundeskanzler und meist auch alle Bundesminister zugleich Bundestagsabgeordnete. Die

Gewaltenteilung im Erklärfilm

Mediencode: 71091-07

Vertikale Gewaltenteilung
In föderativen (bundesstaatlichen) politischen Systemen – wie in Deutschland – tritt zur horizontalen die vertikale Gewaltenteilung hinzu, so dass hier von einer „doppelten Gewaltenteilung" gesprochen wird. Bund und Länder besitzen jeweils eigene Staatsqualität, und einige Politikfelder (z. B. Kultur, Bildung, Polizei) sind ausschließlich Ländersache.

Trennlinie der Kontrolle verläuft also in Deutschland nicht strikt zwischen Exekutive und Legislative, sondern zwischen dem Regierungslager in Exekutive und Legislative einerseits und der parlamentarischen Opposition andererseits.

Nach: Dieter Hesselberger, Das Grundgesetz, Kommentar für die politische Bildung, Bonn 1999, S. 178 f.

M13 Die Gewaltenteilung im Grundgesetz

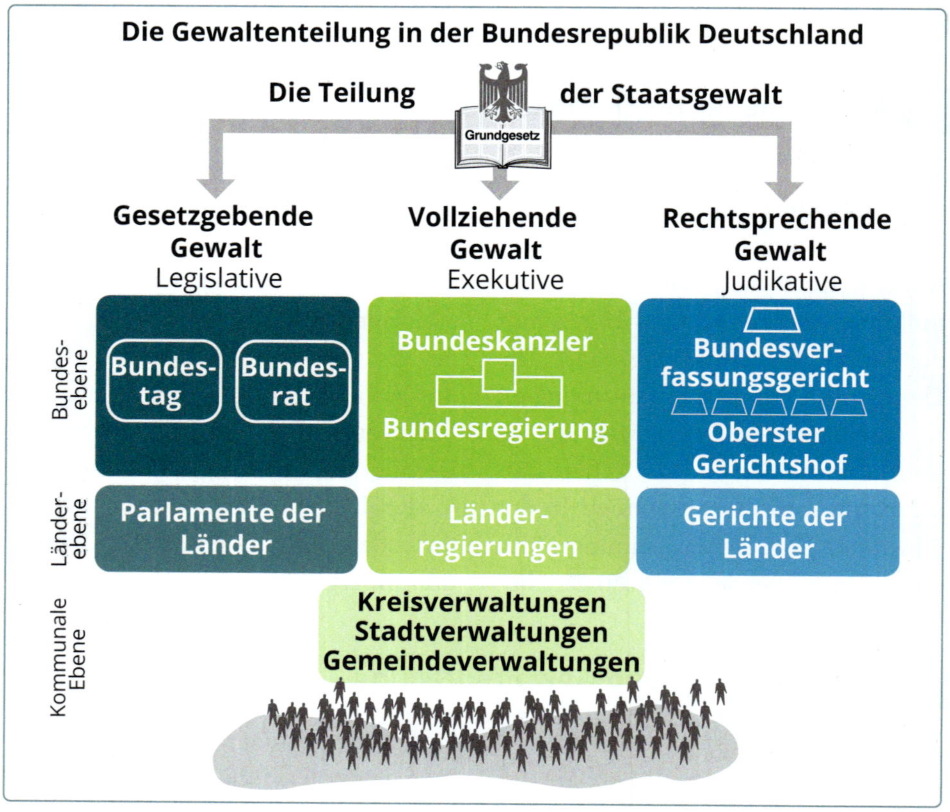

Bergmoser + Höller Verlag AG, Zahlenbilder 61 110

AUFGABEN

1. Arbeite den Unterschied zwischen Demokratie und Republik heraus (**M10**, **M11**).
2. Beschreibe mit Hilfe von **M13** das Prinzip der Gewaltenteilung im Grundgesetz. Unterscheide dabei horizontale und vertikale Gewaltenteilung (**M12**, **M13**).
3. Erkläre, warum das Prinzip der Gewaltenteilung ein zentrales Merkmal der Demokratie ist (**M12**).
4. Überprüft, ob ihr bei eurem „Spiel um die Macht" (Kapitel 1, Auftaktseite) unbewusst das Prinzip der Gewaltenteilung berücksichtigt habt.

M14 Rechtsstaat und Sozialstaat im Spannungsverhältnis

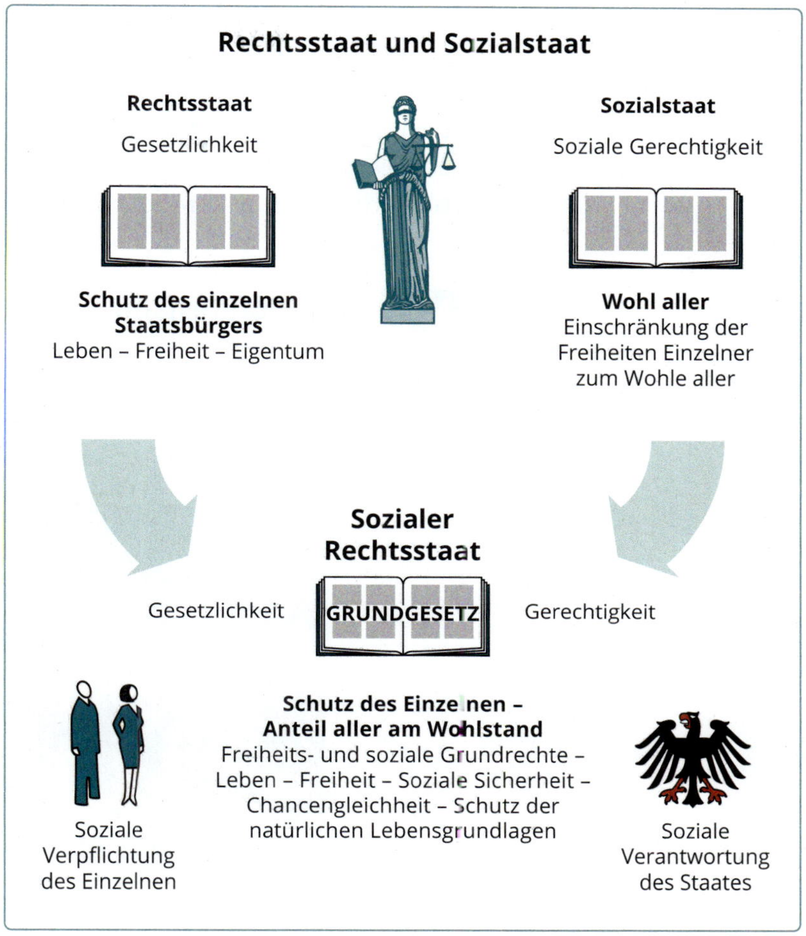

Die Bundesrepublik Deutschland ist ein Rechtsstaat und ein Sozialstaat. Beide Staatsstrukturprinzipien vereinigt der Begriff „sozialer Rechtsstaat" in Art. 28 GG [...]. Das Grundgesetz erläutert den Begriff nicht näher, es will jedoch dahingehend verstanden werden, dass die Zielsetzung des Rechtsstaates – Freiheit des Einzelnen – mit der des Sozialstaates – soziale Gerechtigkeit für alle – in Einklang gebracht wird. Wichtigste Bestandteile des Rechtsstaatsprinzips sind Rechtssicherheit und Gerechtigkeit. [...] Der Rechtsstaat wurde ursprünglich von der bürgerlichen Gesellschaft zum Schutz der persönlichen Freiheitsrechte ausgebildet. Der Sozialstaat entwickelte sich demgegenüber aus den Ausgleichs- und Hilfebedürfnissen der modernen Industriegesellschaft und aus dem wachsenden Bedarf an öffentlichen Leistungen. Er setzt deshalb die Pflicht zum Ausgleich sozialer Gegensätze und die Sorge für eine gerechte Sozialordnung vor das absolute (Eigentums-)Schutzinteresse des Einzelnen. Die soziale Gerechtigkeit orientiert sich am Gleichheitsprinzip, das zum Freiheitsprinzip des liberalen Rechtsstaats in einem gewissen Spannungsverhältnis steht. Der Grund liegt darin, dass der Rechtsstaat vor allem der Freiheit des Einzelnen und seiner Rechte dient, während der Sozialstaat ausgleichend und umverteilend in das Leben der Bürger eingreift.

Grafik und Text nach: Bergmoser + Höller Verlag AG, Zahlenbilder 60 050

AUFGABE

Erläutere am Beispiel von „Hartz IV" und der „Pflicht zur Entrichtung von Steuern", wie Rechtsstaat und Sozialstaat zueinander im Spannungsverhältnis stehen (**M14**).

3.1.3 Bundesstaat Deutschland

Zum Thema: Deutschland ist ein Bundesstaat – das sagt bereits Art. 20 des Grundgesetzes. Sichtbar wird dies durch die 16 Bundesländer, aus denen die Bundesrepublik Deutschland besteht. Was bedeutet diese Organisationsform, wie wirken der Bund und die Länder zusammen und welche Vor- und Nachteile ergeben sich durch diese Gliederung? Das ist Gegenstand dieses Kapitels.

M15 Von Bundesland zu Bundesland ...

Karikatur: Thomas Plaßmann / Baaske Cartoons

EINSTIEGSAUFGABE

Fasse die Aussage der Karikatur mit eigenen Worten zusammen.

M16 Der Föderalismus als Organisationsprinzip

Der Föderalismus (lat. foedus: Bund) stellt eine politische Ordnung dar, bei der mehr oder weniger souveräne Einzelstaaten sich zu einem Gesamtstaat zusammengeschlossen haben. Die staatlichen Aufgaben sind zwischen Gesamt- und Gliedstaaten aufgeteilt, und zwar so, dass beide politischen Ebenen für bestimmte Aufgaben eigenverantwortlich zuständig sind. Der föderale (= bundesstaatliche) Aufbau des deutschen politischen Systems ist aus der Tradition der deutschen Kleinstaaterei (Partikularismus) historisch erwachsen und ermöglicht den Ländern durch ihre eigene Staatsqualität mehr identitätsstiftende kulturelle Eigenständigkeit, als dies in der Form reiner Verwaltungsuntergliederungen eines Zentralstaates möglich wäre. Durch den Bundesrat wirken die Länder maßgeblich bei der Gesetzgebung und der Verwaltung des Bundes mit. Das Grundgesetz legt zunächst in Art. 30 GG eine prinzipielle Allzuständigkeit der Länder zugrunde, „soweit dieses Grundgesetz keine andere Regelung trifft oder zulässt". Aus dieser Formulierung folgt, dass der Bund nur diejenigen staatlichen Befugnisse für sich in Anspruch nehmen kann, die im Grundgesetz ausdrücklich genannt werden. Das Grundgesetz regelt daher in Art. 70 – 75 die Aufteilung der Zuständigkeit bei der Gesetzgebung. Ebenso werden in Art. 83 – 91d die Verwaltungsaufgaben jeweils zugeordnet.

Bundesrat und EU
Die Befugnisse des Bundesrates reichen aber noch über Gesetzgebung und Verwaltung hinaus. Er kann – soweit Regelungen der Europäischen Union die Bundesländer betreffen – auch Einfluss nehmen auf Angelegenheiten der EU (Art. 23, 50 GG).

M17 Aufgabenteilung zwischen Bund und Ländern – eine Auswahl

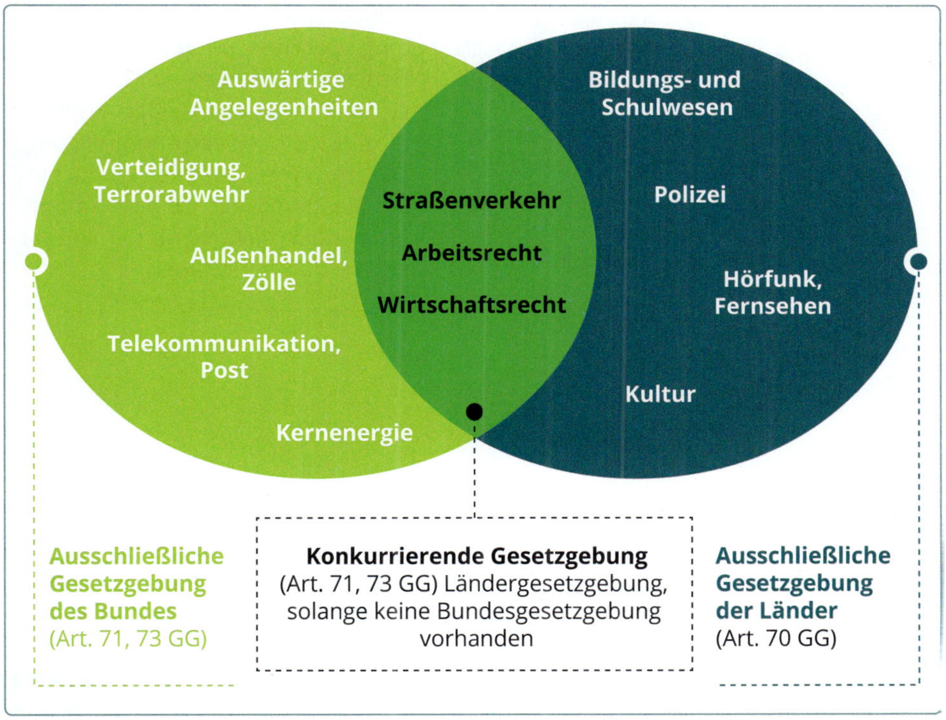

Erklärfilm „Länderfinanzausgleich"

Mediencode: 71091-08

Art. 79 GG
(3) Eine Änderung dieses Grundgesetztes, durch welche die Gliederung des Bundes in Länder, die grundsätzliche Mitwirkung der Länder bei der Gesetzgebung oder die in den Artikeln 1 und 20 niederlegten Grundsätze berührt werden, ist unzulässig.

M18 Föderalismus – Pro und Kontra

Die Gliederung des Bundes in Länder garantiert viele wirtschaftliche, politische und kulturelle Mittelpunkte. Die landsmannschaftlichen, geschichtlichen, wirtschaftlichen und kulturellen Eigenheiten können so besser erhalten und weiterentwickelt werden.

Wechselseitige Kontrolle, gegenseitige Rücksichtnahme und Kompromisszwang verhindern oder erschweren doch zumindest Extrempositionen. Der Föderalismus wirkt ausgleichend und damit auch stabilisierend.

Die staatlichen Organe sind regionalen Problemen im Bundesstaat näher als im Einheitsstaat. Vergessene „Provinzen" gibt es nicht.

Chancen und Wettbewerb der politischen Parteien werden dadurch gefördert, dass sie trotz Minderheitsposition im Gesamtstaat die politische Verantwortung in Gliedstaaten übernehmen und so ihre Leistungs- und Führungsfähigkeit erproben und beweisen können.

Parlamente, Regierungen und Verwaltungen von Bund und Ländern müssen gegenseitig auf Anstöße, Entscheidungen oder Zustimmungen warten und langwierige Verhandlungen miteinander führen, um zu gemeinsamen Lösungen zu kommen. Darüber kann viel kostbare Zeit vergehen.

Die Eigenständigkeit der Länder führt zwangsläufig zu Unterschieden. Vielfalt ist das Gegenteil von Einheitlichkeit. Dadurch können Schwierigkeiten entstehen, zum Beispiel für Schüler beim Wohnungswechsel in ein anderes Bundesland.

Zur klassischen horizontalen Trennung der Staatsgewalten (Legislative – Exekutive – Judikative) kommt im Bundesstaat die vertikale Gewaltenteilung zwischen dem Gesamtstaat und den Gliedstaaten hinzu. Machtverteilung bedeutet Machtkontrolle und Schutz vor Machtmissbrauch.

Die Gliedstaaten stehen zwangsläufig im Wettbewerb zueinander. Konkurrenz belebt. Erfahrungsaustausch fördert den Fortschritt und beugt bundesweiten Fehlentwicklungen vor.

Die Gliederung in kleinere staatliche Einheiten erleichtert die Überschaubarkeit und Verstehbarkeit staatlichen Handelns und fördert damit die aktive Anteilnahme und Mitbestimmung. Der Bürger kann außerdem sein Wahlrecht als das urdemokratische Entscheidungsrecht doppelt einsetzen, denn im Bundesstaat wird zum Parlament des Gesamtstaates und zu den Parlamenten der Gliedstaaten gewählt.

Viele Entscheidungszentren in der Bundesrepublik, die Machtverteilung zwischen Bund und Ländern bedeuten: Zusammenwirken, Rücksichtnahme, gegenseitige Kontrolle und wechselseitige Begrenzung. Die in dieser Weise verflochtene Staatstätigkeit ist also kompliziert und manchmal für den Bürger schwer zu überschauen.

Nach: Konrad Reuter, Bundesrat und Bundesstaat – Der Bundesrat der Bundesrepublik Deutschland, 13. Auflage, 2006, S. 7 ff.

AUFGABEN

1. Befragt euch bekannte Schüler, die im Laufe ihrer Schulzeit das Bundesland wechseln mussten, nach ihren „Wechselerfahrungen" (**M15**).
2. a) Fasse die Aussagen aus **M18** mit einem Wort/ einer Wortgruppe zusammen.
   b) Überprüfe, welche dieser Aussagen für und welche gegen den Föderalismus als Staatsstrukturprinzip sprechen.
   c) Wähle die Aussage aus, die dich am meisten anspricht und begründe deine Auswahl.
3. Kritiker des Föderalismus fordern die Abschaffung der Bundesländer und die Errichtung eines Zentralstaats. Erläutere, welche Auswirkungen diese Entscheidung auf das Schulwesen hätte.

WAS WIR WISSEN

Grundgesetz
M2, M3

Das Grundgesetz (GG) ist die Verfassung der Bundesrepublik Deutschland. Es enthält Aussagen über
- die grundlegenden Werte, auf denen die Verfassung insgesamt beruht: die Achtung der Menschenwürde und deren Konkretisierung in den Grund- bzw. Menschenrechten,
- die Strukturprinzipien unseres Staates,
- den Aufbau, die Aufgaben und das Zusammenwirken der staatlichen Organe.

Die Grundrechte
M5, M7

Die Grundrechte, die wegen ihrer Bedeutung als Schutzrechte, Freiheits- und Gleichheitsrechte am Beginn des Grundgesetzes stehen (Art. 1-19), leiten sich ihrerseits vom zentralen Grundrecht der unveräußerlichen Menschenwürde ab (Art. 1 GG).

Staatsstrukturprinzipien
M8, M9

Die Staatsstrukturprinzipien sind Republik, Demokratie, Bundesstaat, Sozial- und Rechtsstaat. Sie bilden zusammen die Grundsätze der Verfassung und sind in Art. 20 GG verankert, weshalb man diesen Artikel auch „Verfassung in Kurzform" nennt. Durch Art. 79 (Ewigkeitsklausel) sind die Verfassungsgrundsätze unveränderlich.

Demokratie
M11

Demokratie ist im engeren Sinne eine Herrschaftsform und bedeutet übersetzt: Herrschaft des Volkes. Im weiteren Sinne steht die Demokratie aber auch für eine politische Ordnung, die von Freiheit, Gleichheit und Menschenwürde ausgeht und versucht, den Anspruch der „Regierung des Volkes durch das Volk und für das Volk" (Abraham Lincoln) nicht nur im staatlichen Bereich, sondern in allen gesellschaftlichen Bereichen zu verwirklichen. Zentrales Wesensmerkmal der Demokratie ist die Volkssouveränität. Das bedeutet, dass alle politische Herrschaft vom Volk ausgeht.

Doppelte Gewaltenteilung
M12, M13

Durch die Aufteilung staatlicher Macht zwischen Bund und Ländern wird die klassische horizontale Gewaltenteilung in Legislative, Exekutive und Judikative durch eine vertikale Gewaltenteilung ergänzt.

Rechtsstaat und Sozialstaat im Konflikt
M14

Weil der Rechtsstaat vor allem der Freiheit des Einzelnen und seiner Rechte dient, während der Sozialstaat ausgleichend und umverteilend in das Leben der Bürger eingreift, besteht zwischen beiden Verfassungsprinzipien ein latenter Konflikt.

Föderalismus
M16 – M18

Deutschland ist ein aus 16 Bundesländern bestehender Bundesstaat. Die Länder verfügen über eine eigene Staatsqualität, d. h. sie besitzen eigene Verfassungen, Regierungen und Verwaltungen, Parlamente und Gerichte. Zudem besteht eine finanzielle Selbstständigkeit von Bund und Ländern. Die Länder wirken über den Bundesrat an der Gesetzgebung des Bundes mit.

WAS WIR KÖNNEN

Verfassungsquiz

Ordnet die folgenden Begriffe den nachfolgenden Beschreibungen zu. Bei richtiger Zuordnung ergeben die Buchstaben in den Klammern den Begriff für das Verfahren, mit dem politische Macht übertragen wird.

Demokratie (A) – **Republik** (W) – **Sozialstaat** (E) – **Bundesstaat** (L) – **Rechtsstaat** (N) – **Gewaltenteilung** (H)

1. ______

bedeutet wörtlich übersetzt: „Sache der Allgemeinheit" und meint eine Staatsform, in der das Staatsoberhaupt gewählt wird – im Gegensatz zu einer Monarchie, in der das Amt des Staatsoberhauptes in der Regel von einer Königin oder einem König auf die Erben übergeht, also vererbt wird.

2. ______

heißt, dass die Staatsgewalt vom Volke ausgehen soll. Durch Wahlen und Abstimmungen wird diese Staatsgewalt ausgeübt bzw. Repräsentanten auf Zeit übertragen, die im Auftrag des Volkes politische Entscheidungen treffen sollen.

3. ______

bedeutet, dass die Gesetzgebung (Parlamente), die Ausführung der Gesetze (Regierung und Verwaltung) und Rechtsprechung (Gerichte) von verschiedenen, voneinander unabhängigen Personen und Personengruppen durchgeführt werden soll.

4. ______

bezeichnet allgemein die Vereinigung souveräner (selbstständiger) Staaten zu einem Bund, auf den bestimmte Rechte und Aufgaben übertragen werden. In der Bundesrepublik Deutschland haben deshalb die Bundesländer einerseits eigene Länderparlamente, -regierungen und -gerichte, andererseits wirken sie über den Bundesrat an der Bundespolitik mit. Man nennt dieses staatliche Organisationsprinzip auch Föderalismus.

5. ______

verpflichtet den Staat, die sozialen (gesellschaftlichen) Verhältnisse zu gestalten. Dazu gehören wirtschaftspolitische Aktivitäten, um z. B. die Entwicklung der Wirtschaft zu ermöglichen oder Arbeitslosigkeit abzubauen. Ebenso müssen soziale Maßnahmen ergriffen werden, um in Not geratenen Bürgerinnen und Bürgern das Existenzminimum zu sichern. Mit Vorsorgeeinrichtungen sollen die Menschen im Alter, bei Krankheit oder Unfällen geschützt werden (Sozialversicherung, Renten).

6. ______

besagt, dass die staatliche Gewalt an die Verfassung und die Rechtsprechung gebunden ist. Alle Maßnahmen der Staatsorgane können von unabhängigen Richtern überprüft werden. Voraussetzungen für dieses Prinzip sind die in der Verfassung zugesicherten Grundrechte (Freiheitsrechte), die Gewaltenteilung und die Gesetzmäßigkeit der Verwaltung.

Lösungswort: ☐ ☐ ☐ ☐ ☐ ☐

Nach: Lothar Scholz, Grundgesetz für Einsteiger und Fortgeschrittene, bpb, Thema: Unterricht, 2010, S. 10

3.2 Politische Beteiligung

3.2.1 Wählen gehen – warum eigentlich?

Zum Thema: „Meine Stimme bringt doch sowieso nichts!“ Immer mehr Menschen scheinen dies so zu sehen – und gehen nicht wählen. In diesem Kapitel arbeitet ihr mögliche Gründe für Motive des „Nichtwählers“ heraus und klärt, welche Argumente für und gegen das Wählen sprechen.

M19 Wahlbeteiligung: – wer beteiligt sich?

a) Wer beteiligt sich?

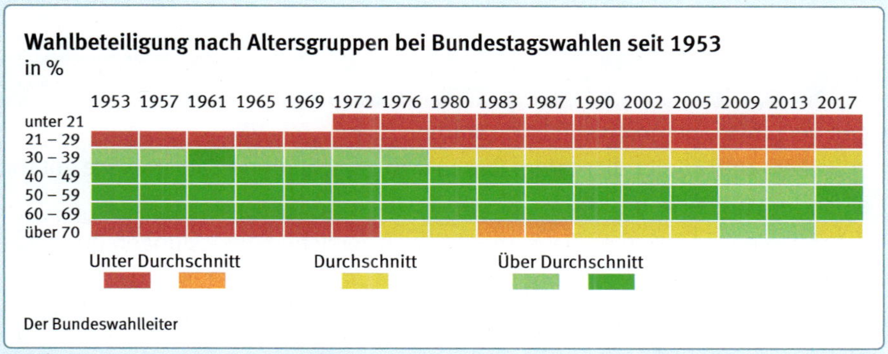

Nach: Der Bundeswahlleiter, Repräsentative Wahlstatistik zur Bundestagswahl 2017, www.bundeswahlleiter.de, 26.01.2018

b) Wahlbeteiligung (insgesamt) bei Bundestagswahlen

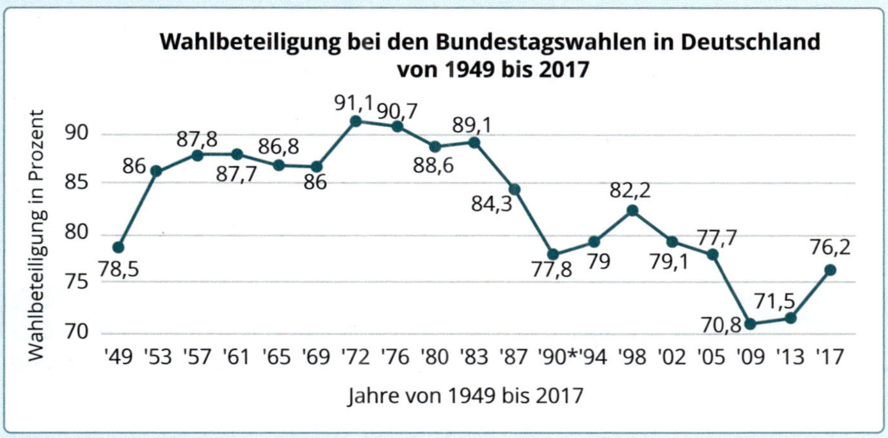

Der Bundeswahlleiter, Repräsentative Wahlstatistiken zur Bundestagswahl 2017; © Statista 2019

EINSTIEGSAUFGABE

Wertet in Kleingruppen mithilfe der nachfolgenden Methode die Daten zur Wahlbeteiligung in **M19** aus und formuliert jeweils ein Ergebnis für die Wahlberechtigten nach Altersgruppen (**M19a**) und für alle Wahlberechtigten (**M19b**).

METHODE

Diagramme und Schaubilder analysieren

I. Worum geht es?

Statistiken helfen uns in vielen Alltagssituationen. Es gibt kaum einen Lebensbereich, der nicht statistisch erfasst wird. Eine Statistik ist die systematische Sammlung und Ordnung von Informationen in Form von Zahlen. Diese Zahlen werden entweder in Tabellen oder optisch aufbereitet als Diagramme und Schaubilder ausgewertet und dargestellt. Diese gilt es, zu analysieren.

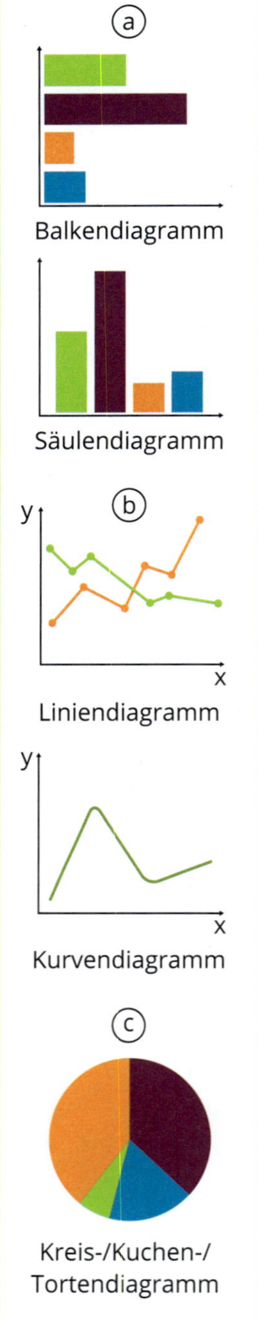

II. Geht dabei so vor:

1. Schritt: Fragestellung / Thema bestimmen

Was ist das Thema des Diagramms / Schaubilds?

2. Schritt: Darstellungsform bestimmen

Es gibt verschiedene Arten von Diagrammen:

a) in Balken- und Säulendiagramm lassen sich verschiedene Zahlenwerte gut miteinander vergleichen,
b) durch Linien- und Kurvendiagramm können zeitliche Entwicklungen gut dargestellt werden,
c) Kreis-/Kuchen-/Tortendiagramme lassen die jeweiligen Anteile an der Gesamtmenge gut erkennen.

3. Schritt: Diagrammme und Schaubilder beschreiben

- In welcher Maßeinheit sind die Zahlenwerte angegeben? Handelt es sich um absolute Zahlen? Dann steht dort z. B. „in Tausend“ oder „in Millionen“. Oder sind relative Zahlen dargestellt? Diese Angaben erfolgen in Prozent (%)
- Welcher Zeitpunkt oder Zeitraum ist dargestellt?
- Woher kommen die Zahlen, was ist als Quelle der Darstellung angegeben?

4. Schritt: Diagramme und Schaubilder analysieren

Was zeigen die Zahlen und Daten? Gibt es Besonderheiten oder Auffälligkeiten?

5. Schritt: Diagramme und Schaubilder kritisch beleuchten

Ist die Form der Darstellung korrekt? Passen die Abstände im Koordinatensystem? Wie ist die Aussage des Schaubilds / Diagramms in das Thema einzuordnen?

Bearbeiter

M20 Warum Wahlen bedeutsam sind

Die Einflussmöglichkeiten der Bürgerinnen und Bürger auf die Politik sind [...] umfassender und längerfristiger, als es der kurze Wahlakt vermuten lässt - vorausgesetzt, es stehen tatsächlich unterschiedliche Personen, Parteien und Programme zur Wahl. Parteien sowie Politikerinnen und Politiker reagieren auf Trends der öffentlichen Meinung und berücksichtigen die Erwartungen sowie die Reaktionen derjenigen, die sie gewählt haben, in ihren Entscheidungen. Karl R. Popper hat diesen Zusammenhang treffend beschrieben: „Jede Regierung, die man wieder loswerden kann, hat einen starken Anreiz, sich so zu verhalten, dass man mit ihr zufrieden ist. Und dieser Anreiz fällt weg, wenn die Regierung weiß, dass man sie nicht so leicht loswerden kann." [...] Die Regierung bleibt durch die Wahlen gegenüber der Wählerschaft politisch verantwortlich. Der Wahlakt ist eine aktive Teilhabe am politischen Entscheidungsprozess. Aber auch diejenigen, die nicht wählen, üben Einfluss aus. Die Höhe der Wahlbeteiligung hat Auswirkungen auf das Ergebnis. Je nach Wahltypus können die Wählenden über die Zusammensetzung der Parlamente, über die Regierungsbildung und somit über die politischen Sachprogramme der kommenden Jahre entscheiden.

Karl-Rudolf Korte, Wahlen in Deutschland, Bonn 2017, S. 7

M21 Dem Phänomen der Nichtwähler auf der Spur

Mehrere Institute haben [...] [2013] versucht, dem Phänomen des Nichtwählers auf die Spur zu kommen. Sie kommen zu ähnlichen Ergebnissen: Jüngere, Einkommensschwache, Bildungsferne, Nicht-Privilegierte und Unzufriedene bleiben der Wahl fern. Ganze gesellschaftliche Gruppen oder soziale Schichten drohen verloren zu gehen. Welche Motive haben die Menschen, der Wahlurne fernzubleiben? In der »Nichtwähler-Studie der Konrad-Adenauer-Stiftung« wird vor allem Distanz zur Politik und das Gefühl, keinen Einfluss auf Politik zu haben, genannt. Die Menschen glauben, dass die Parteien und Politiker doch machen, was sie wollen. Einig sind sich die Meinungsforscher darin, dass hinter der Wahlabstinenz keine allgemeine Politikverdrossenheit steckt. Die Mehrheit der Nichtwähler sei mit der Demokratie und dem politischen System zufrieden, zeige Interesse am politischen Geschehen, verstehe sich als „Wähler auf Urlaub". Allerdings schwindet besonders bei der jüngeren Generation das Gefühl, mit dem Wahlgang einer Bürgerpflicht nachzukommen. Ob jemand wählen geht, hängt erheblich davon ab, wo er wohnt, welche Freunde er hat und ob in seiner Familie über Politik gesprochen wurde. „Nichts motiviert so stark wie ein politisch interessiertes Umfeld", sagt Jörg Träger (Leiter der Studie der Bertelsmann-Stiftung). Politiker und Parteien sollten „wieder ein Ohr für die wirklichen Sorgen und Nöte der

Typen von Nichtwählern

Der Unzufriedene
Der Unzufriedene ist ein Protestwähler, der dem politischen System kritisch gegenübersteht und sich bewusst für die Nichtwahl entscheidet.

Der Rationale
Der Rationale tendiert zu wechselhaftem Wahlverhalten und entscheidet sich je nach Bedeutung der Wahl kurzfristig auch für die Nichtwahl.

Der Gleichgültige
Der Gleichgültige ist desinteressiert und hat keinerlei Verbindung zur Politik.

Der Verhinderte
Der Verhinderte ist im Urlaub, krank oder kürzlich verstorben. Diese Gruppe ist in den meisten Fällen die geringste Gruppe der Nichtwähler.

Menschen" haben und sich mehr um die kleinen Leute und die mittleren Schichten kümmern. Eng damit verbunden wird die Forderung, die Parteien sollten unnötigen Streit vermeiden und sich im Konsens der Lösung wichtiger Probleme widmen.

Robert Domes, Nichtwähler – Studien zur Wahl 2013, www.bpb.de, 16.09.2013

M22 Kontroverse diskutiert: Sollen wir wählen gehen?

a) *Mirjam (28) hat noch nie eine Wahl verpasst.*

„Gesetze bestimmen unser Leben, geben uns Freiheiten, schränken uns aber auch ein. Die Abgeordneten im Parlament machen diese Gesetze und deshalb möchte ich die Menschen, die im Parlament sitzen, und die Politik, die sie vertreten, mitbestimmen. Das tue ich, indem ich zur Wahl gehe. Die Politiker sind dann zwar auf vier Jahre gewählt, aber wenn es mir nicht gefällt, was sie tun, dann wähle ich sie nach vier Jahren wieder ab. Und weil wir Wähler alle so denken, richten sich die Politiker nach uns. Ginge ich nicht mehr zur Wahl, dann wäre mein Einfluss auf die Politik dahin."

Bearbeiter

b) *Klaus (34) hat sich die letzten vier Jahre an keiner Wahl beteiligt.*

„Früher bin ich auch immer zum Wählen gegangen, aber irgendwann hatte ich den Eindruck, dass sich die Politiker und die Parteien immer ähnlicher werden. Es gibt nur noch geringe inhaltliche Unterschiede. Ich bin nicht unzufrieden mit unserer Gesellschaft und unserem Staat. Auch wehre ich mich gegen Vorwürfe, ich wäre nicht politisch. Ich engagiere mich durchaus für unsere Gesellschaft und arbeite als Jugendtrainer auch ehrenamtlich. Es ist nicht so, dass politisches Engagement sich nur auf das Wählen bezieht. Ich würde auch gerne über politische Streitfragen direkt abstimmen. Könnte ich das, ginge ich wieder wählen."

Bearbeiter

AUFGABEN

1. Erstellt eine Positionslinie (→ Methodenglossar) im Klassenraum zur Frage: „Wenn am nächsten Sonntag Wahl wäre, würde ich daran als Wähler teilnehmen."
2. Erklärt die Bedeutung von Wahlen in einer Demokratie (**M20**).
3. Fasst die Gründe der Nichtwähler aus **M21** zusammen und vergleicht diese mit euren Begründungen aus Aufgabe 1.
4. Mirjam und Klaus (**M22**) vertreten unterschiedliche Meinungen zur Frage, ob man an Wahlen teilnehmen sollte. Übernehmt jeweils zu zweit eine der beiden Positionen, baut sie noch mit weiteren Argumenten aus und simuliert ein Streitgespräch (Methode auf S. 175).

F ZU AUFGABE 4
Wertet die Ergebnisse des Streitgespräches aus, indem ihr einen schriftlichen Kommentar verfasst.

3.2.2 Das Wahlsystem zum Deutschen Bundestag – einfach verständlich?

Zum Thema: „Erst- und Zweitstimme“, „Direktmandate“, „Landesliste“, „5 %-Hürde“, „Überhangmandate“, usw. machen unser Wahlsystem zum Deutschen Bundestag recht kompliziert. Doch das Wissen, wie die eigene Stimme bestmöglich eingesetzt werden kann, entscheidet Wahlen. Hier lernt ihr, wie genau eure Stimmen bei Bundestagswahlen verwertet werden.

M23 Fallbeispiel: Sonntag, Bundestagswahl – eine typische Situation ...

Sophia (43) und Elias (45) sitzen beim Frühstück und sprechen mit ihren Kindern Anna (16) und Philip (13) über den für heute geplanten Ausflug. Plötzlich fällt Sophia ein, dass sie ja noch wählen gehen muss und ärgert sich: „Hätte ich doch nur Briefwahl beantragt ...“. Elias: „Dann fahren wir eben kurz an der Gutenberg-Realschule vorbei, die liegt doch auf dem Weg.“. Sie gehen alle zusammen in das Wahllokal. „Mist, ich habe meine Wahlbenachrichtigung vergessen!“, flucht Sophia. Eine Wahlhelferin steht daneben und beruhigt sie sofort: „Der Personalausweis reicht.“ Elias und die Kinder warten vor dem Raum mit den Wahlkabinen. Anna fragt ihren Vater, warum er bei dieser Wahl eigentlich nicht teilnimmt. Elias ist Däne und hat einen Wohnsitz in Deutschland, besitzt aber nicht die deutsche Staatsangehörigkeit. Anna hätte große Lust zu wählen und ärgert sich sehr, dass auch sie nicht darf. Sophia kommt aus dem Wahlraum: „Stellt euch vor: Der Kandidat für Bündnis90/Die GRÜNEN war in meinem Abiturjahrgang“. Wie sie gewählt hat, will sie aber nicht sofort sagen – nur, dass sie die beiden Stimmen „gesplittet“ hat.

Bearbeiter

EINSTIEGSAUFGABE

1. Fasst die Probleme aus dem Fallbeispiel in **M23** zusammen und tauscht euch mit einem Partner darüber aus, ob ihr ähnliche Situationen an einem Wahltag erlebt habt. Teilt eure Erfahrungen im Anschluss mit der Klasse.

Art. 38 GG

(1) Die Abgeordneten des Deutschen Bundestages werden in allgemeiner, unmittelbarer, freier, gleicher und geheimer Wahl gewählt. […]
(2) Wahlberechtigt ist, wer das achtzehnte Lebensjahr vollendet hat; wählbar ist, wer das Alter erreicht hat, mit dem die Volljährigkeit eintritt.
(3) Das Nähere bestimmt ein Bundesgesetz.

Beispiel für einen Stimmzettel zur Bundestagswahl

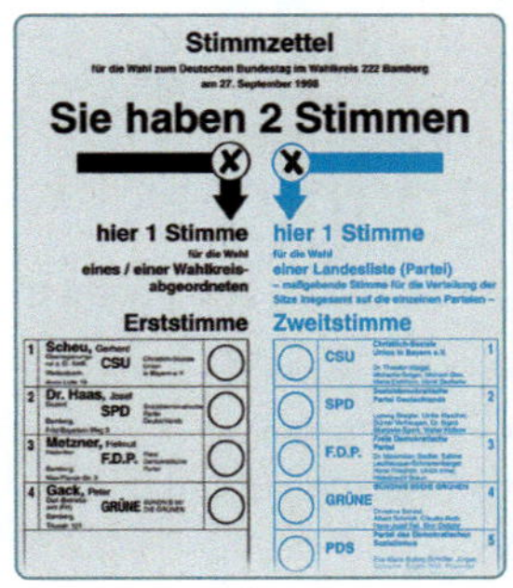

M24 Von der Wählerstimme zur Sitzverteilung im Bundestag

Der Bundestag wird auf vier Jahre gewählt und zwar nach dem Verfahren der sogenannten „personalisierten Verhältniswahl"

Die Erststimme und ihre Bedeutung
Das Gebiet der Bundesrepublik ist in 299 Wahlkreise eingeteilt. Jeder Wähler entscheidet sich für einen Kandidaten seines Wahlkreises. Gewählt ist, wer mindestens eine Stimme mehr hat als jeder andere Bewerber (*relative Mehrheitswahl*). Ein gewählter Direktkandidat kommt auf jeden Fall ins Parlament, auch wenn seine Partei die 5 %-Hürde nicht schafft.

Die Zweitstimme und ihre Bedeutung
Nach der Gesamtzahl der Zweitstimmen, die für eine Partei bei der Wahl abgegeben werden, richtet sich die Anzahl der Sitze, die diese Partei im Bundestag erhält (*Verhältniswahl*). Die Wähler geben ihre Stimme dabei der Landesliste einer Partei in ihrem Bundesland. 299 Abgeordnete ziehen bei der Sitzverteilung über diese Listen in den Bundestag ein.

Verteilung der Sitze auf die Parteien
Bei der Vergabe der Sitze werden nur Parteien berücksichtigt, die bundesweit mindestens 5 % der Zweitstimmen oder drei Direktmandate errungen haben *(Sperrklausel)*. Wie viele Abgeordnetensitze den Parteien zustehen, wird mithilfe der *Divisormethode mit Standardrundung* (Sainte-Laguë/Schepers) berechnet. Die Stimmen der Parteien, werden dazu durch einen Divisor geteilt. Als Divisor eignet sich die Zahl der durchschnittlich auf einen Sitz entfallenen Stimmen. Die Ergebnisse der Division werden anschließend mit Standardrundung zu ganzen Zahlen auf- oder abgerundet. Die ganzen Zahlen entsprechen der Sitzverteilung. Ist die Summe der Sitze größer/kleiner als die zu vergebenden Sitze, so wird das Verfahren mit einem größeren/kleineren Divisor wiederholt. Beispielrechnung:

Partei	Zweitstimmen	Divisor	Ergebnis	Sitze
A	3.700.000	18.896	195,80	196
B	5.500.000	18.896	291,06	291
C	2.100.000	18.896	111,13	111
598 Sitze zu vergeben	gesamt: 11.300.000	bereinigte Gesamtstimmenzahl / Gesamtzahl der Sitze	Stimmen für Partei X / Divisor	nach Standardrundung

Überhangmandate
Hat eine Partei in einem Bundesland mehr Direktmandate errungen als ihr – den Zweitstimmen nach – zustehen, erhält Sie Überhangmandate. Beispiel: Die Partei B hat im Bundesland Y 28 Direktmandate gewonnen. Nach Zweitstimmen stehen ihr nur 26 Mandate zu. Die zwei fehlenden Sitze erhält die Partei als Überhangmandate. Die Gesamtzahl der Sitze im Bundestag nimmt um die Überhangmandate zu. Damit das Größenverhältnis der Parteien nach dem Zweitstimmenergebnis gewahrt bleibt, werden die Überhangmandate durch Ausgleichsmandate ergänzt. Beispiel: Partei A hat

Bundeswahlgesetz
§12 Wahlrecht
(1) Wahlberechtigt sind alle Deutschen im Sinne des Artikels 116 Abs. 1 des Grundgesetzes, die am Wahltage
1. das achtzehnte Lebensjahr vollendet haben,
2. seit mindestens drei Monaten in der Bundesrepublik Deutschland eine Wohnung innehaben oder sich sonst gewöhnlich aufhalten.

Landeslisten
Landeslisten sind in einer Rangfolge festgelegte Kandidatenlisten, die eine Partei für jedes Bundesland aufstellt. Parteimitglieder, die weit oben auf der Liste stehen, haben höhere Chancen in den Bundestag einzuziehen.

Bundesland Y

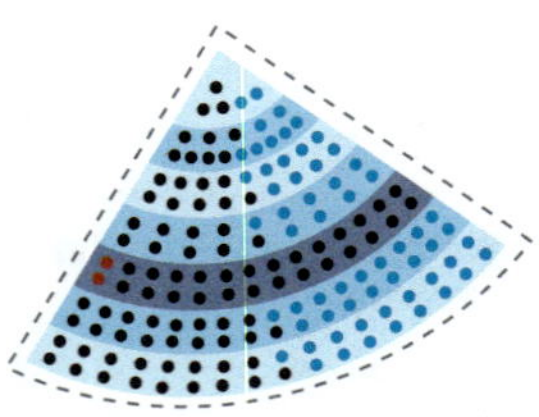

z. B Partei B

• = Listenmandat
• = Direktmandat
• = Überhangmandat

200 Mandate und 20 Überhangmandate errungen, Partei B nur 100 Mandate. Die Sitzanzahl wird so erhöht, dass Partei B im Verhältnis zu Partei A wieder die Hälfte der Mandate hat. Partei A käme auf 220 Sitze, Partei B auf 110.

Die Sitzverteilung nach Zweitstimmen

Verteilung der Sitze auf die Landeslisten der Parteien

Der Landesverband einer Partei erhält die Anzahl an Sitzen, die dem Anteil an Zweitstimmen entspricht, der auf seine Landesliste entfiel.

Partei	Sitze insgesamt	Zweitstimmen im Bundesland Y	Gesamtzahl der Zweitstimmen der Partei B		Sitze im Bundesland Y
B	291	x 500.000	: 5.500.000	= 26,45	26

Die Anzahl der errungenen Bundestagssitze wird dann zunächst mit den in dem Bundesland direkt gewählten Wahlkreiskandidaten dieser Partei besetzt (*Direktmandate*), die verbleibenden Sitze mit Kandidaten der Landesliste (*Listenmandate*).

Bearbeiter

Bereinigte Stimmenzahl
Bereinigte Stimmenzahl bedeutet: nur die Zweitstimmen der Parteien, die über der 5 %-Hürde liegen.

AUFGABEN

1. Im Fallbeispiel (**M23**) sind einige Fakten im Zusammenhang mit dem Verfahren der Bundestagswahl enthalten. Gebt so viele wie möglich wieder und haltet sie an der Tafel / auf einem Poster fest.
2. Lest zunächst alleine die Erklärungen zum personalisierten Verhältniswahlrecht (**M24**). Klärt offene Fragen im Anschluss mit einem Partner. Entwickelt Quizfragen einschließlich ihrer Antworten zum Wahlsystem. Beispiel: Warum ist die Zweitstimme die entscheidende Stimme?
3. Arbeitet in Kleingruppen.

   Das vermeintlich komplizierte Wahlsystem zum Deutschen Bundestag wird vereinzelt für die hohe Anzahl von Nichtwählern verantwortlich gemacht. Angenommen ihr bekommt vom Bundestagswahlleiter den Auftrag, zu prüfen, inwiefern das Wahlsystem zum Deutschen Bundestag „verständlicher" gemacht werden könnte, um die Wahlbeteiligung zu erhöhen. Entwickelt eine Übersicht, die in einfacher Sprache und mit wenigen Worten unser Wahlsystem erklärt.

Bundestagswahlen im Erklärfilm

Mediencode: 71091-09

3.2.3 Verhältnis- und Mehrheitswahl im Vergleich – welche Vor- und Nachteile gibt es?

Zum Thema: Wird die Regierungsbildung schwierig, werden schnell Rufe nach einem Mehrheitswahlrecht laut. Hier erfahrt ihr, wie das Mehrheitswahlrecht funktioniert und welche Auswirkungen es für Parteien und Wähler in Deutschland hätte.

M25 Fallbeispiel: Mehrheitswahlrecht in Großbritannien

In Großbritannien wählt die Bevölkerung das Unterhaus (House of Commons) nach dem relativen Mehrheitswahlrecht. („The winner takes it all" oder „First-Past-The-Post" genannt). Wahlberechtigt sind britische Staatsbürger, die mindestens 18 Jahre alt sind. Das Land ist in 650 Wahlkreise aufgeteilt. Jeder Wähler hat in seinem Wahlkreis eine Stimme. Der Premierminister wird vom Monarchen ernannt und ist in der Regel der Vorsitzende der stärksten Partei im Parlament.

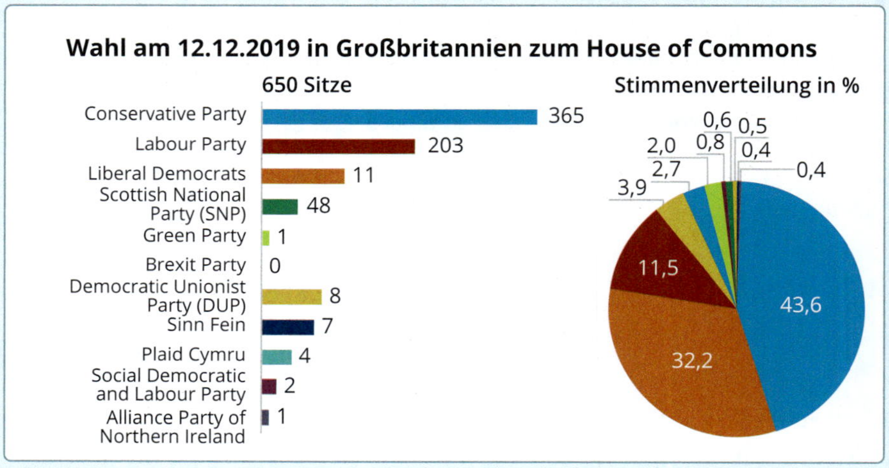

Bearbeiter

EINSTIEGSAUFGABEN

Arbeitet in Kleingruppen.

1. Beschreibt das Wahlergebnis in **M25**.
2. Vergleicht die Sitzverteilung mit der Stimmverteilung in Prozent.
3. Begründet, aus welchen Gründen der Parteichef einer kleineren Partei vermutlich das Mehrheitswahlrecht abschaffen möchte.

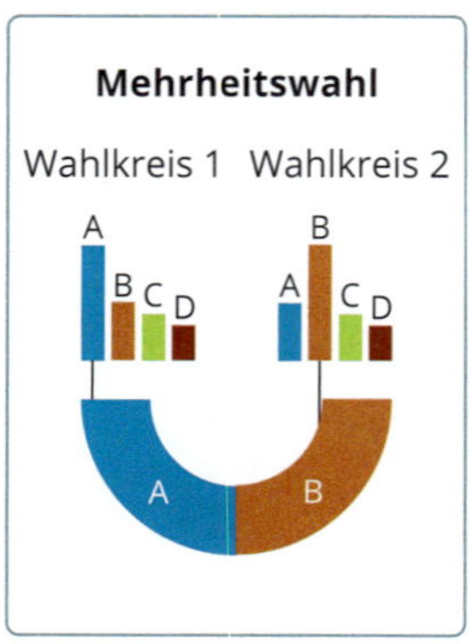

M26 Verhältniswahlrecht und Mehrheitswahlrecht im Vergleich

a) Mehrheitswahl

Das Wahlgebiet wird in Wahlkreise eingeteilt. Die Parteien stellen für jeden Wahlkreis jeweils einen Kandidaten auf. Alle Abgeordneten werden direkt in den Wahlkreisen gewählt. Wer im Wahlkreis die meisten Stimmen auf sich vereinigen konnte, zieht ins Parlament ein. Parteilisten gibt es nicht. Die Stimmen für alle nicht gewählten Kandidaten wirken sich nicht auf die Zusammensetzung des Parlaments aus.

Bearbeiter

b) Verhältniswahl

Bei der reinen Verhältniswahl dagegen gibt es keine direkt gewählten Wahlkreiskandidaten. Die Stimmberechtigten entscheiden sich für die Kandidatenlisten einer Partei. Jede Partei schickt so viele Abgeordnete ins Parlament, wie es ihrem Anteil an den abgegebenen Wählerstimmen entspricht. Wenn es keine Sperrklausel gibt, entspricht die Zusammensetzung des Parlaments genau der Verteilung der Stimmen auf die Listen, die zur Wahl standen.

Bearbeiter

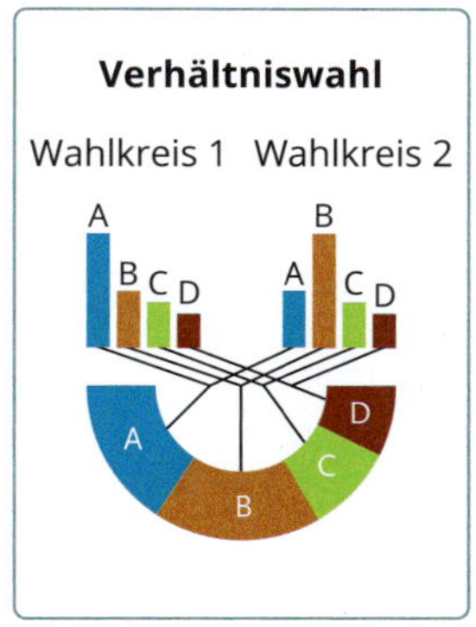

M27 Zwei verschiedene Verfahren, um Wählerstimmen in Sitze umzuwandeln: eine Modellrechnung

In diesem fiktiven Wahlgebiet haben die Wähler in 10 Wahlkreisen ihre Stimme einem von vier Kandidaten bzw. einer von vier Parteien gegeben:

Wahlkreis	Stimmen für Kandidat A / Partei A	Stimmen für Kandidat B / Partei B	Stimmen für Kandidat C / Partei C	Stimmen für Kandidat D / Partei D	Sitzverteilung nach Mehrheitswahl	Sitzverteilung nach Verhältniswahl
1	33.000	37.000	16.000	6.000		
2	35.000	36.000	29.000	8.000		
3	61.000	11.000	10.000	5.000		
4	44.000	45.000	12.000	11.000		
5	34.000	43.000	19.000	5.000		
6	45.000	26.000	12.000	8.000	Ins Heft	Ins Heft
7	34.000	35.000	10.000	16.000		
8	40.000	29.000	18.000	7.000		
9	47.000	22.000	15.000	8.000		
10	38.000	40.000	14.000	9.000		
gesamt						

Bearbeiter

M28 Wahlsystem zum Deutschen Bundestag in der Kontroverse: ein Plädoyer für das relative Mehrheitswahlrecht

Das Ergebnis der letzten Wahlen zum Bundestag [...] hat das Nachdenken über eine radikale Wahlrechtsänderung, das viele Jahre geruht hat, wieder in Gang gesetzt. Das gegenwärtige Fehlen der wirksamsten aller Kontrollen, der bloßen Existenz einer regierungsfähigen Opposition im Deutschen Bundestag, hat es zusätzlich angeregt. Ein weiterer Anstoß kommt sodann aus den seither gemachten Erfahrungen mit der Politik der dritten Großen Koalition, immerhin bereits der zweiten seit 2005. Wären heute wieder Wahlen zum Bundestag, so dürfte kaum jemand ein Urteil darüber abgeben können, welche Leistungen und Fehlleistungen dem einen oder dem anderen Koalitionspartner zuzurechnen sind. Eben dies müsste man aber können, da sich ja die beiden Partner nicht gemeinsam in kollektiver Verantwortung als amtierende Regierung, sondern wie üblich separat zur Wahl stellten. Hier ist der wahre Grund dafür zu suchen, warum die Wählerinnen und Wähler das Gefühl haben, ohne Einfluss auf die Politik zu sein. Dieses wachsende Unbehagen ist hinreichender Anlass, an dem erwähnten Nachdenken teilzunehmen. [...] Die vorrangige Funktion der Wahl in einem parlamentarischen Regierungssystem ist es, regierungsfähige Mehrheiten und die Chance eines Machtwechsels sicherzustellen. [...] Will man [...] eine durchlaufende politische Willensbildung, die vom Volk über durch Parteien organisierte Wahlen und über das Parlament zu einer handlungsfähigen Regierung und dem Schattenkabinett der Opposition als möglicher Alternativregierung führt, dann muss man sich für das relative Mehrheitswahlsystem entscheiden, wie es insbesondere aus Großbritannien und den USA bekannt ist.

Georg Geismann, Regierungs- oder Bekenntniswahlsystem? Ein Plädoyer für das relative Mehrheitswahlrecht, www.bpb.de, 09.09.2014

AUFGABEN

Arbeitet in Kleingruppen.

1. Erklärt die Begriffe Verhältniswahl und Mehrheitswahl mit eigenen Worten (**M26**).

H ZU AUFGABE 2
→ S. 270

2. a) Berechnet jeweils die Sitzverteilung für das Beispiel in **M27** – einmal nach dem Mehrheitswahlrecht und einmal nach dem Verhältniswahlrecht.
b) Vergleicht die Unterschiede bei den Sitzverteilungen in der Klasse (**M27**).

3. Ordnet nachfolgende Aussagen den beiden Wahlsystemen zu.
a) Neue politische Parteien können leicht in das Parlament einziehen.
b) Es gibt in der Regel zwei starke Parteien und klare Mehrheiten. Stabile Regierungen lassen sich leicht bilden.
c) Jede Wählerstimme hat gleiches Gewicht.
d) Kleine Parteien haben sehr geringe Chancen, ins Parlament einzuziehen.
e) Es gehen viele Wählerstimmen verloren.
f) Wer als Kandidat ins Parlament einzieht, bestimmen die Parteien.

4. Nehmt in einem Leserbrief Stellung zu dem Vorschlag in **M28**, in Deutschland das Mehrheitswahlrecht einzuführen. Berücksichtigt dabei die unterschiedlichen Perspektiven der Wähler, kleiner Parteien, großer Parteien und des parlamentarischen Systems (**M25 – M28**).

3.2.4 Wozu brauchen wir Parteien?

Zum Thema: Das Grundgesetz regelt in Art. 21 die besondere Stellung der Parteien. Dort heißt es u. a., die Parteien wirken an der politischen Willensbildung des Volkes mit. Doch inwiefern das Volk die Dienste der Parteien auch in Anspruch nimmt, erfahrt ihr in diesem Kapitel.

M29 Wie sehr vertrauen Sie den politischen Parteien?

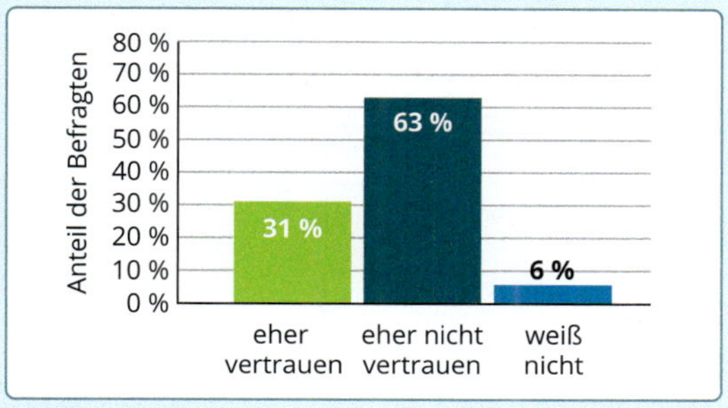

© *Statista, 2019*

Diese Statistik zeigt das Ergebnis einer Umfrage in Deutschland zum allgemeinen Vertrauen in die politischen Parteien. Im Herbst 2019 gaben rund 63 Prozent der Befragten an, dass sie den politischen Parteien eher nicht vertrauen.

EINSTIEGSAUFGABEN

1. Gib die Aussage der Grafik mit eigenen Worten wieder.
2. Formuliere eine Vermutung zu diesem Ergebnis.

M30 Wozu braucht die Demokratie Parteien?

Parteien werden […] oft […] als demokratisches Bindeglied zwischen Staat und Gesellschaft bezeichnet. Es gibt kaum politische Entscheidungen in Deutschland, an denen sie nicht beteiligt sind. Fast alle Abgeordneten in den Parlamenten gehören einer Partei an – obwohl es die Möglichkeit gibt, direkt für ein Amt zu kandidieren. […]

Parteien [sollen] der Demokratie beim Funktionieren helfen: Sie sollen sicherstellen, dass die unterschiedlichen Interessen der Bevölkerung in politische Entscheidungen umgesetzt werden und dass umgekehrt die Ideen der Politiker bei den Bürgern ankommen. Zentrale Aufgabe der Parteien ist es, an Wahlen teilzunehmen, politische Ideen und Forderungen in Parteiprogrammen zu bündeln und Personal für politische Ämter bereitzustellen, wie etwa Bundestagsabgeordnete oder Stadträte. Außerdem sollen sie in der Gesellschaft für Akzeptanz der Politiker-Entscheidungen sorgen, die Menschen für Politik interessieren und zum Wählen bewegen. Im Wahlkampf werden Parteien daher besonders aktiv und betonen ihre inhaltlichen und personellen Unterschiede.

Sebastian Gievert, Aufgaben und Funktionen von Parteien, www.bpb.de, 24.09.2012

Volkspartei
Als Volkspartei bezeichnet man eine Partei, die aufgrund ihres Programms für Wähler und Mitglieder aller gesellschaftlichen Schichten und unterschiedlicher Weltanschauungen offen ist.

M31 Entwicklungen der Mitgliederzahlen bei den Parteien

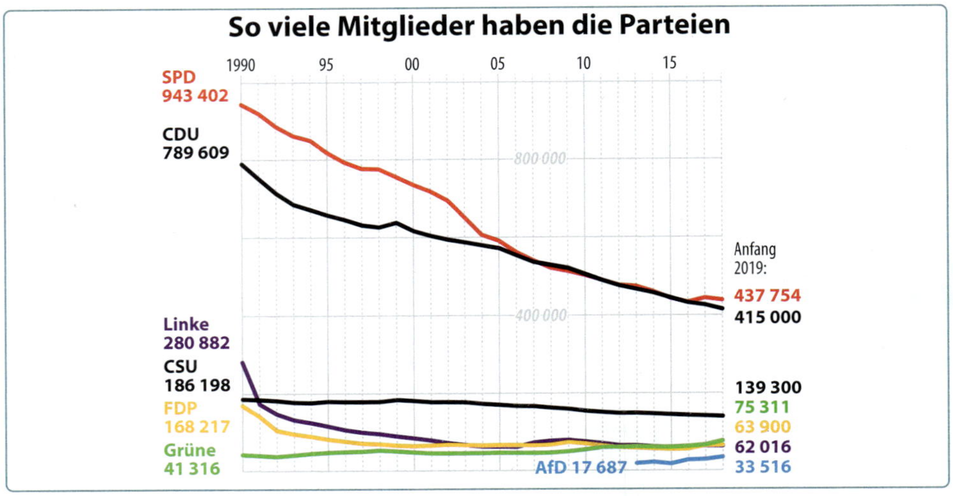

dpa-infrografik 29858, Quelle: Oscar Niedermayer / FU Berlin (1990-2017, jeweils 31.12.; dpa (Anfang 2019)

M32 Immer weniger Mitglieder – na und?

Wenn die großen Parteien massiv an Rückhalt verlieren, bröckelt die Substanz des demokratischen Prozesses. [...] Der Mitgliederschwund einer Volkspartei wie der CDU geht nicht nur die CDU an. So wie der Schwund der SPD nicht nur die SPD angeht. Dass die einstigen Riesen in der Parteienwelt verzwergen, stellt den gesetzlichen Auftrag von Parteien infrage, vor allem den der Rekrutierung von Personal.

Die großen Parteien haben manches dafür getan, dass ihr Niedergang auch Schadenfreude hervorruft. Aber man sollte nicht übersehen, dass hier die Substanz des demokratischen Prozesses bröckelt. Mehr partizipative Demokratie jenseits von Parlamenten und Parteien mag wünschenswert sein. Doch Volksabstimmungen allein machen noch keine Politik. Dazu braucht es auch künftig Politiker. Die Partizipation vor allem auch in den Parteien zu stärken, erscheint deshalb als das richtige Rezept, bei dem man allen etablierten Parteien nur Erfolg wünschen kann; auch denen, deren politische Ziele man nicht teilt.

Nico Fried, Politiker dringend gesucht, www.sueddeutsche.de, 24.06.2014
Der Autor ist Leiter der Redaktion Berlin der Süddeutschen Zeitung.

AUFGABEN

1. Begründe, warum Parteien für eine funktionierende Demokratie wichtig sind (**M30**, **M31**).
2. Nico Fried fordert, dass man sich auch über die Erfolge der etablierten Parteien freuen soll, deren Ziele man nicht teilt. Erkläre, wie er diese Aussage begründet (**M32**).

METHODE

Parteien-Steckbriefe erstellen am Beispiel der Bildungspolitik

I. Worum geht es?

Steckbriefe von Parteien zu erstellen, bedeutet zunächst, Inhalte zu recherchieren. Hierbei helfen Suchmaschinen im Internet. Sie bieten aber viele Tausend verschiedene Homepages an, um z. B. über Parteien zu recherchieren. Die Recherche im Internet muss daher zunächst strukturiert angegangen werden, um dann im Anschluss wesentliche Informationen für einen Steckbrief zu erhalten.

II. Geht dabei so vor:

1. Schritt: Homepages der Parteien im Internet aufrufen

SPD: www.spd.de

Bündnis 90 / Die Grünen: www.gruene.de

CDU: www.cdu.de

Die Linke:www.die-linke.de

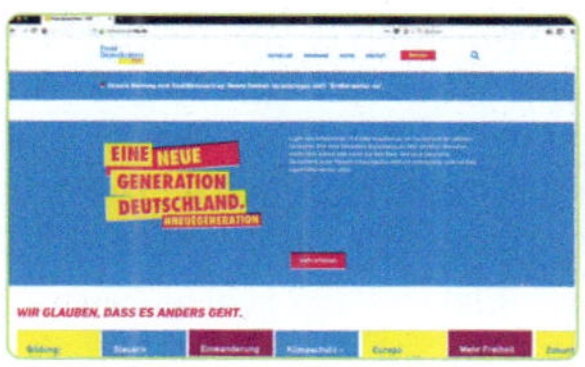

FDP: www.fdp.de

AfD: www.afd.de

2. Schritt: Steckbrief erstellen, Suche eingrenzen

Erstellt zu jeder Partei einen Steckbrief, indem ihr euch auf folgende Fragen konzentriert:

a) Wann wurde die Partei gegründet?
b) Welche prominenten Mitglieder hat sie?
c) Wann und wo war/ist die Partei an der Regierung beteiligt?
d) Hat die Partei eine Jugendorganisation?
e) Ihr könnt die Internetauftritte der Parteien auch nach verschiedenen Kriterien (z. B. Gestaltung, Navigation etc.) bewerten.

3. Schritt: Parteipositionen recherchieren, Beispiel „Bildungspolitik“ – wer will was?

Einigt euch auf ein aktuelles politisches Streitthema und recherchiert, welche Position die Partei dazu vertritt. Hier seht ihr die Parteipositionen zur Bildungspolitik.

METHODE

CDU/CSU: Alle Kinder in Deutschland sollen unabhängig von Herkunft, Einkommen oder Bildungsstand der Eltern die beste verfügbare Bildung und Ausbildung erhalten. Nur dann können sie aus ihrem Leben das Beste machen. Gleichzeitig sichern Weiterbildung und lebenslanges Lernen unsere Arbeitsplätze und unseren Wohlstand. [...] Wir setzen uns für die Durchlässigkeit zwischen Schultypen und Ausbildungswegen ein. [...] Wir wollen das Gymnasium als eigenständige Schulform auch künftig erhalten.

© CDU/CSU, Für ein Deutschland, in dem wir gut und gerne leben. Regierungsprogramm 2017-2021, www.cdu.de, Abruf am 22.01.2018

FDP: Jeder soll sein Leben und seine Zukunft selbstbestimmt gestalten können. Dazu brauchen wir weltbeste Bildung. Doch das deutsche Bildungssystem lahmt. Deshalb fordern wir eine umfassende Modernisierung des Bildungssystems: Um die frühe Förderung von Kindern zu stärken, digitale Methoden und Inhalte endlich umzusetzen und lebenslange Weiterbildungschancen für alle zu eröffnen.

© FDP, Bildung: Jedes System benötigt irgendwann mal ein Update, www.fdp.de, Abruf am 22.01.2018

AfD: Wir bekennen uns zur umfassenden Bildung, die zur Entfaltung der Persönlichkeit sowie zur Wahrnehmung der staatsbürgerlichen Rechte und Pflichten notwendig ist. Wir fordern die Abkehr von geschwätziger Kompetenzorientierung und die Rückkehr zur Vermittlung des Fachwissens als zentrales Anliegen der Schule. Effizientes Lehren und Lernen ist nur möglich, wenn die Leistungsunterschiede zwischen den Schülern einer Schulform begrenzt bleiben. Bildungsgerechtigkeit erfordert Differenzierung, nicht Gleichmacherei.

© AfD, vertreten durch den Vorstand, Programm für Deutschland – Wahlprogramm der AfD für die Wahl zum Deutschen Bundestag am 24.09.2017, www.afd.de, Abruf am 22.01.2018

SPD: Junge Menschen wollen ihren eigenen Weg gehen. Sie sollen die Zeit bekommen, um die eigenen Talente zu entdecken und sich dafür in Schule und Hochschule auszuprobieren. Bildung und Ausbildung sind mehr als eine Schmiede für den Arbeitsmarkt. Hier werden die Weichen für das ganze Leben gestellt. Wir wollen jedem Kind die Türen zu guter Bildung öffnen. Weder Geld noch Herkunft dürfen eine Rolle spielen. Deshalb wollen wir Bildung gebührenfrei machen. Und zwar von der Kita über die Ausbildung und das Erststudium.

© SPD, Der SPD-Parteivorstand, Gute Bildung – das geht so, www.spd.de, Abruf am 22.01.2018

Die Linke: Der Zugang zu Bildung ist in Deutschland stark von der sozialen Herkunft abhängig. Wer wohlhabende Eltern hat, hat deutlich bessere Chancen, Abitur zu machen und zu studieren. Aber für viele Kinder fällt schon nach der Grundschule die Entscheidung, welche Schulform sie besuchen werden und damit auch, welche Türen ihnen künftig verschlossen bleiben. Das deutsche Bildungssystem verschärft die soziale Spaltung der Gesellschaft, statt ihr entgegenzuwirken.

© Partei DIE LINKE, Gute Bildung. Für alle., www.die-linke.de, Abruf am 22.01.2018

Bündnis 90/Die Grünen: Es ist leider immer noch so: (Kinder) haben nicht die gleichen Chancen auf ein gutes, selbstbestimmtes Leben in unserer Gesellschaft. Wir Grüne nehmen das nicht hin. Denn eine gerechte und offene Gesellschaft braucht gute Bildung für alle. Dazu gehören Kitas, die jedes einzelne Kind unterstützen. Alle Kinder sollen gerechte Startchancen bekommen. Das ist die Voraussetzung, um Bildungsarmut zu verhindern. Nicht Geld und „Familientradition", sondern Lust aufs Lernen sollen das Studieren ermöglichen.

© Bündnis 90/Die Grünen, Wir investieren in Kindertagesstätten, Schulen und Universitäten, www.gruene.de, Abruf am 22.01.2018

4. Schritt: Analyse der Parteipositionen

Beschreibt die Positionen der Parteien zur Bildungspolitik. Begründet, welche Parteiposition zur Bildungspolitik euch am meisten überzeugt hat.

Bearbeiter

3.2.5 Wahlkampf – beflügelt er die Demokratie?

Zum Thema: Vor Wahlen werden Parteien und ihre Kandidaten noch stärker öffentlich sichtbar, z. B. durch Wahlplakate und Wahlwerbung der Parteien im Fernsehen. Welche Bedeutung der Wahlkampf hat, welche Entwicklungstendenzen erkennbar sind und welche Rolle vor allem die Spitzenkandidaten der Parteien haben, erfahrt ihr in diesem Kapitel.

M33 Wahlplakate

Plakate der im Bundestag vertretenen Parteien zur Bundestagswahl 2017

EINSTIEGSAUFGABE

Welches Wahlplakat spricht dich am meisten an? Begründe deine Auswahl.

M34 Die Bedeutung des Wahlkampfes

Wahlkampf bedeutet konkurrierende Werbung der Parteien um Wählerstimmen. Alle Ziele eines Wahlkampfes sind in der Regel auf drei Aspekte ausgerichtet, wobei natürlich der Wahlsieg das Hauptziel darstellt: das eigene Stammwählerpotenzial optimal zu mobilisieren, Wechselwähler zu binden und den Anteil von Nichtwählern bei der gegnerischen Stammwählerschaft zu erhöhen. Probleme, bei denen man in den Augen der Bürger am besten abschneidet, werden in Wahlkampfzeiten besonders in den Vordergrund gerückt und der Amtsbonus der Regierungschefs genutzt. Wahlkampf ist zunächst einmal besonders verdichtete politische Kommunikation. Sie stellt immer ein Beziehungsgeflecht zwischen dem politischen System, den Medien und der Öffentlichkeit als Publikum der Medien her.

Neben der Bewusstmachung von politischen Problemen lenken die Parteien – oft gleichzeitig und nebeneinander – auch absichtlich von den Problemen ab. Das Buhlen um den Wahlbürger ist seit den 1990er-Jahren für die Parteien schwieriger geworden.

Nach: Karl-Rudolf Korte, Wahlen in der Bundesrepublik Deutschland, 4. Aufl., Bonn 2003, S. 112 f.

Stammwähler
sind stark auf eine Partei festgelegt und bleiben dieser über viele Jahre treu.

Wechselwähler
sind nicht an eine bestimmte Partei gebunden, sondern entscheiden von Wahl zu Wahl neu.

Protestwähler
sind Wähler, die unzufrieden sind mit ihrer Partei. Sie wählen dann oft extreme Parteien, um ihre Unzufriedenheit zu demonstrieren.

Image
(englisch: „Bild") bezeichnet das Ansehen bzw. die Ausstrahlung einer Person. Dieses Ansehen sucht man sich v. a. auf einer positiven Emotions- oder Sympathieebene.

M35 Werden die Wahlkämpfe immer „amerikanischer"?

Werden die Wahlkämpfe immer „amerikanischer"? Gemeint ist damit dreierlei: eine Personalisierung, eine Professionalisierung und die Tatsache, dass die Medien im Wahlkampf immer wichtiger werden. Alle drei Komponenten sind nicht völlig neu für die Bundestagswahlkämpfe, doch ihre Bedeutung wächst seit den 1990er- Jahren dramatisch.

Personalisierung: Wahlkämpfe sind immer mehr auf den Spitzenkandidaten einer Partei ausgerichtet. Die Sachthemen treten immer mehr in den Hintergrund, der Spitzenkandidat verkörpert die Politik und die Ziele seiner Partei. Strategisch ist hier die Person des Amtsinhabers im Vorteil.

Personen repräsentieren politische Botschaften. Je größer das Potenzial an Wechselwählern ist, umso stärker ist der Drang zur Personalisierung. Die Spitzenkandidaten stecken dabei in einer Doppelrolle: Sie sind Hauptdarsteller und zugleich Inhalt der Kampagne. Zu den strategischen Vorbedingungen gehört, dass der Kandidat die geschlossene Unterstützung der Partei und der Anhängerschaft besitzt.

Die Rolle der Medien: Die meisten Bürger erleben Politik nur noch in den Medien. Direkte Parteiwerbung wird kaum beachtet, und Wahlversammlungen erreichen zumeist nur eine kleine, ohnehin überzeugte Minderheit.

Deshalb kommt dem Fernsehen eine besondere Bedeutung zu. Der Fernsehwahlkampf beschränkt sich nicht nur auf Nachrichtensendungen und politische Magazine, erst recht nicht auf Wahlspots der Parteien. Wirkungsvoller ist der Auftritt in Unterhaltungssendungen, dort gilt das Motto: mehr Infotainment als seriöse Information. Bislang wird jedoch diese in den US-Wahlkämpfen bewährte Methode nur zögernd von den politischen Parteien in ihr Konzept aufgenommen. Als vergleichsweise neues Wahlkampfmedium entpuppt sich das Internet. Auch dort errichten die Parteien seit 1998 eine Wahlkampfzentrale. Sie überlegen, wie sich das neue Medium strategisch in ihre Kampagnen einpassen lässt. Schwer zugängliche Wählergruppen scheinen so leichter erreichbar zu sein. Abrufen kann man neben Veranstaltungsterminen aktuelle Reden und Parteiprogramme. Die Mehrheit der Internetbesucher ist jedoch daran interessiert, selber etwas loszuwerden. Deshalb sind besonders die Diskussionsforen der Parteien erfolgreich.

Professionalisierung: Wahlkampf ist nicht mehr allein Sache der Partei oder der Parteizentralen, die eine Wahlkampfkommission einsetzen. Die Parteien ziehen Experten hinzu, die ihnen und ihren Kandidaten beratend zur Seite stehen. Neben den Demoskopen und Sozialwissenschaftlern kommen diese Fachleute zunehmend aus Werbung, Journalismus und Management. Die deutschen Parteien sind dazu übergegangen, PR-Agenturen zu beauftragen, um den Wahlkampf zu steuern, konkret, um das Image der Kandidaten und die Kontakte zu den Medien zu verbessern.

Karl-Rudolf Korte, www.wahlthemen.de (12.7.2005)

M36 Welche Rolle spielen die Spitzenkandidaten?

Mit den Spitzenkandidaten und ihrer werbewirksamen Vermarktung steht und fällt der Wahlkampf. Sie müssen Glaubwürdigkeit, Sachkompetenz und Vertrauen ausstrahlen.

Die Bewertung des „Images" gründet besonders auf dem Sympathie- und dem Leistungsbereich. Die Spitzenkandidaten sind eine Art Werbesymbol. Sie erhöhen die Mobilisierungschancen der Stammwähler und die Einsatzbereitschaft der Anhänger. Dennoch sollte nicht ausgeblendet werden, dass auch die Spitzenkandidaten den Wahlvorgang nicht allein entscheiden. Es geht immer noch um die Wahl einer politischen Partei. Nichts geht in Deutschland ohne die politischen Parteien, relativ wenig ohne ein dazugehöriges politisches Programm.

Neben dem Image der Kandidaten ist natürlich ihr Bekanntheitsgrad ein wichtiges Kriterium für die Auswahl der Spitzenkandidaten. Andererseits lässt sich die Bekanntheit eines Politikers heute innerhalb kürzester Zeit durch das Fernsehen herstellen. Wenn sich jemand zum Kandidaten küren lässt, beginnt die Medienoffensive. Die Redaktionen möchten im Wettlauf mit der Zeit möglichst vieles – politisch wie privat – über die Person publizieren.

In der „Schlussphasendramatisierung" des Wahlkampfes spielt auch das Duell der Spitzenkandidaten in der Öffentlichkeit eine besondere Rolle. Es bietet für die Wähler eine weitere Möglichkeit der Bewertung. Dazu wurde bei den zurückliegenden Bundestagswahlen häufig eine große Fernsehdiskussion mit den Spitzenkandidaten wenige Tage vor der Wahl durchgeführt.

Karl-Rudolf Korte, www.wahlthemen.de (12.7.2005)

Die Kanzlerkandidaten der beiden großen Parteien für die Bundestagswahl 2017: Angela Merkel (CDU) und Martin Schulz (SPD)

AUFGABEN

1. Nenne die Gründe, weshalb die Parteien Wahlkampf betreiben (**M34**).
2. „Wahlkampf ist Werbung". Überprüfe mithilfe von **M35** und **M36**, welche Mittel die Spitzenkandidaten anwenden, um ihr Image aufzubauen.
3. Die Bundestagswahlen, Landtagswahlen, Kommunalwahlen und Europawahlen finden an unterschiedlichen Terminen statt und deshalb ist immer irgendwo eine Wahl in Deutschland. Diskutiert, inwieweit dieser „Dauerwahlkampf" die Wahlbereitschaft der Bürger beeinflusst.

WAS WIR WISSEN

Wahlen
M20 – M22

Freie Wahlen erfüllen verschiedene Funktionen: Repräsentation des Wählerwillens, Legitimation und Kontrolle der Regierenden, Integration der Wähler in das politische System, Konkurrenz personeller und programmatischer Alternativen. Durch das Grundgesetz wird die BRD als repräsentative Demokratie definiert, in der die Bürger nicht ständig selbst politische Entscheidungen treffen, sondern nach Art. 38 (1) GG Abgeordnete wählen, die dies in ihrem Auftrag tun.

Wahlsystem in Deutschland
M24

Für die Wahl der Abgeordneten des Bundestages haben die Wähler zwei Stimmen: Mit der Erststimme entscheidet der Wähler nach dem Prinzip der relativen Mehrheitswahl, welcher Wahlkreisabgeordnete einen Sitz im Parlament erhalten soll. Die Zweitstimme, die nach den Prinzipien der Verhältniswahl abgegeben wird, ist die wichtigere Stimme, denn durch sie wird die Zahl der Sitze festgelegt, die jeder Partei im Bundestag zustehen.

Wahlsysteme
M26

Grundsätzlich kann man zwischen Verhältniswahlsystem und Mehrheitswahlsystem unterscheiden. Bei der reinen Verhältniswahl erhalten die Vertreter der Parteien genauso viele Mandate im Parlament, wie es ihrem Anteil an den abgegebenen Stimmen entspricht. Beim reinen Mehrheitswahlsystem erhalten nur die Kandidaten ein Mandat, die in einem Wahlkreis die meisten Stimmen auf sich vereinigen konnten.

Aufgaben der Parteien
M30

Zu den Aufgaben der Parteien gehören:

- *Mitwirkung:* Parteien ermöglichen den Bürgern als Wähler oder als Mitglieder die Teilnahme am politischen Geschehen. Als Parteimitglied kann der Bürger bei Programmformulierungen und bei der Auswahl der Kandidaten mitwirken.
- *Meinungsbildung:* Parteien nehmen – vor allem mithilfe der Medien – auf die öffentliche Meinung Einfluss und fördern die politische Bildung der Bürger.
- *Interessenvermittlung:* Parteien bündeln gesellschaftliche Interessen und transportieren sie als „Keilriemen der Demokratie" in den politischen Entscheidungsprozess der staatlichen Institutionen.
- *Personalbereitstellung:* Über Parteien rekrutiert und selektiert sich in Deutschland das politische Personal, das die staatlichen Führungsämter einnimmt.

Wahlkampf
M34 – M36

Um den Wahlsieg zu erringen, müssen die Parteien v. a. die eigenen Stammwähler mobilisieren und potenzielle Wechselwähler und Nichtwähler gewinnen. Die Parteien versuchen, die Wähler von der Überlegenheit ihres Programms und ihres Personals zu überzeugen. Wahlkampf ist wichtig, weil er dem Wähler ermöglicht, sich über die Programme und das politische Personal der Parteien zu informieren. Auch in Deutschland ist eine Personalisierung, Professionalisierung und Mediatisierung von Wahlkämpfen zu beobachten.

WAS WIR KÖNNEN

Wahlen in der DDR

Am 7. Mai 1989 sind die DDR-Bürger wieder einmal aufgerufen, die „Kandidaten der Nationalen Front“ zu wählen. Das Wahlverfahren ist jedoch nur scheinbar frei: Auf einer von der SED abgesegneten Einheitsliste stehen die Kandidaten – die fast keinem der Wähler bekannt sind. Eine Abstimmung über einzelne Wahlvorschläge ist nicht möglich. Es gibt nur die Unterscheidung zwischen Ja-Stimme, Nein-Stimme und ungültiger Stimme für die gesamte Liste. Was nur wenige DDR-Bürger wissen: Eine Nein-Stimme, also eine Ablehnung des Vorschlags wird nur dann anerkannt, wenn der Wähler auf der Liste jeden einzelnen Namen säuberlich durchstreicht. Jede Abweichung von dieser äußeren Form macht den Stimmzettel ungültig. Zwar ist in jedem Wahlbüro eine Wahlkabine aufgebaut, doch werden die Bürger, welche die Kabine tatsächlich benutzen, von den gestellten, linientreuen Wahlhelfern registriert: In einem sozialistischen Staat hat in ihren Augen ein rechtschaffener Mensch nichts zu verbergen. In der Bevölkerung wird der Gang zur Wahlurne deshalb auch zutreffend als „Zettelfalten“ bezeichnet. Es gibt die ungeschriebene Verpflichtung, an der Wahl teilzunehmen, und die Wahlbeteiligung der DDR-Bevölkerung liegt auch ohne die unmittelbare Anwendung von Druckmitteln bei weit über 90 Prozent. Wer jedoch bis 16 Uhr nicht ins Wahllokal kommt, muss damit rechnen, dass ihn Wahlhelfer zu Hause aufsuchen, um die fehlende Stimme abzuholen. Die Wahlkreise konkurrieren untereinander um die höchste Zustimmungsrate. 99 Prozent sollten es am besten sein – und so muss hier und da manipuliert werden.

In einem Bericht vom 7. Mai 1989 über die Wahl im Ort Menz (Brandenburg) hält die Staatssicherheit fest, dass der ehemalige Parteivorsitzende der CDU (Name geschwärzt) alle Kandidaten auf dem Wahlzettel durchgestrichen hat.

Bruno Zandonella, Thema im Unterricht, Wahlen für Einsteiger, Bundeszentrale für politische Bildung, Juli 2009

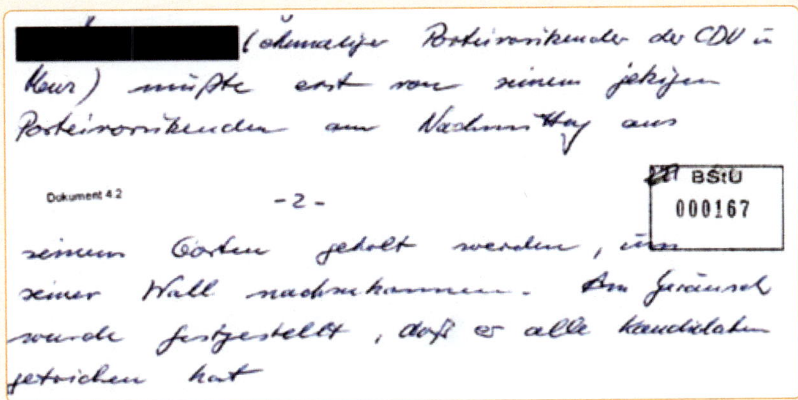
[redacted] (ehemaliger Parteivorsitzender der CDU in Menz) mußte erst von seinem jetzigen Parteivorsitzenden am Nachmittag aus

Dokument 4.2

-2-

BStU 000167

seinem Garten geholt werden, um seiner Wahl nachzukommen. Am [illegible] wurde festgestellt, daß er alle Kandidaten gestrichen hat

Aufgabe

International ist es mittlerweile üblich, dass Wahlbeobachter aus anderen Ländern die heimischen Wahlen überprüfen. Stell dir vor, du wärst einer dieser Wahlbeobachter und müsstest die Wahl vom 7. Mai 1989 in der DDR beobachten.

1. Beurteile anhand der Wahlgrundsätze in Art. 38 (1) GG, ob die Wahl in der DDR vom 7. Mai 1989 als frei bezeichnet werden kann und welche Rolle die Parteien bei dieser Wahl spielen.
2. Verfasse dazu einen Bericht, den du in einer Pressekonferenz der Öffentlichkeit vorstellen willst.

3.3 Medien – die vierte Gewalt?

3.3.1 Welche Rolle spielen die Medien in der Demokratie?

Zum Thema: Kein Tag vergeht, an dem wir nicht eine Zeitung, das Fernsehen, das Internet oder das Handy nutzen, um uns zu informieren, miteinander auszutauschen oder nur zu konsumieren. Medien sind dementsprechend aus unserem Leben nicht mehr wegzudenken. In diesem Kapitel lernt ihr, welche Aufgaben Medien in einer Demokratie erfüllen und warum wir auf sie angewiesen sind.

M37 Demokratie ohne Medien …

Karikatur: Ed Stein, 2008

EINSTIEGSAUFGABE

Gib die Aussage der Karikatur mit eigenen Worten wieder.

M38 Welche Aufgaben erfüllen Medien?

Art. 5 GG

(1) Jeder hat das Recht, seine Meinung in Wort, Schrift und Bild frei zu äußern und zu verbreiten und sich aus allgemein zugänglichen Quellen ungehindert zu unterrichten. Die Pressefreiheit und die Freiheit der Berichterstattung durch Rundfunk und Film werden gewährleistet. Eine Zensur findet nicht statt.

Ihre „öffentliche Aufgabe" erfüllen die Medien dadurch, dass sie an der freien, individuellen und öffentlichen Meinungsbildung mitwirken, indem sie zu Angelegenheiten von allgemeiner Bedeutung Nachrichten sowie Informationen beschaffen und verbreiten, die jeder Einzelne benötigt, um sich in der Gesellschaft zurechtzufinden. […]

Den Kern der öffentlichen Aufgabe bildet die Mitwirkung der Medien an der politischen Meinungsbildung. Um dieser Aufgabe willen stellen freie Medien einen unverzichtbaren Bestandteil jeder freiheitlichen Demokratie dar. Das Funktionieren einer Demokratie, in der alle Staatsgewalt vom Volke ausgeht (Art. 20 Abs. 2 GG), setzt voraus, dass dessen Mitglieder über die Informationen verfügen, die sie benötigen, um sich auf rationale Weise eine eigene Meinung zu allen politischen Fragen bilden zu können. Diese Informationen können sie zum größten Teil nur aus den Medien beziehen. Deren Aufgabe besteht deshalb vor allem darin, die erforderlichen Informationen zu beschaffen, auszuwählen und so zusammenzustellen und ggf. kritisch zu kommentieren, dass ihr Publikum sie versteht und sich seine eigene Meinung bilden kann. Damit stellen die Medien zugleich eine Verbindung zwischen dem Volk und seinen gewählten Vertretern her: Parlamentarier und Regierung erfahren nicht zuletzt aus den Medien, was im Volk gedacht und gewollt wird, und das Volk erfährt, was Parlament und Regierung vorhaben und tun. Schließlich üben die Medien gegenüber den Machthabern eine Kontrollfunktion aus, indem sie auch solche Informationen verbreiten, die jene gern geheim gehalten hätten, und zu diesen Informationen kritisch Stellung nehmen. Auf Grund dieser Kontrollfunktion werden die Medien auch als […] „vierte Gewalt" bezeichnet.

Udo Branahl: Wozu benötigen wir Medien? in: Informationen zur politischen Bildung Nr. 309, 2010, S. 6 f.

M39 Pressefreiheit: Nahaufnahme Deutschland

2018 ist die Zahl der tätlichen Angriffe gegen Journalistinnen und Journalisten im Vergleich zum Vorjahr gestiegen. Zu Gewalt kam es insbesondere am Rande rechtspopulistischer Veranstaltungen und Kundgebungen. […] „Reporter ohne Grenzen" ist besorgt über einige Gesetzentwürfe, welche die Arbeit von Journalistinnen und Journalisten sowie ihrer Informantinnen und Informanten erschweren können. So sollen laut Plänen des Bundesinnenministeriums etwa die Überwachungsbefugnisse von Geheimdiensten ausgebaut werden, gleichzeitig droht ein Gesetzentwurf, den anonymen Informationsaustausch im Darknet allgemein zu kriminalisieren. Zuvor wurden durch das Staatstrojaner-Gesetz und die Spionagebehörde ZITiS bereits Möglichkeiten geschaffen, verschlüsselte Kommunikation anzugreifen, was die vertrauliche Kommunikation insbesondere von Investigativreporterinnen und -reportern gefährdet. […]
Die schrumpfende Pressevielfalt bleibt eine latente Bedrohung. Vor dem Hintergrund sinkender Auflagezahlen und Anzeigenumsätze häuften sich wie schon in den Vorjahren auch 2018 die Meldungen über Stellenabbau und Einsparungen in der deutschen Medienlandschaft. Gleichzeitig entstehen Zentralredaktionen, die identische Inhalte an eine Vielzahl von Abnehmern bundesweit liefern.

© Reporter ohne Grenzen, Rangliste der Pressefreiheit 2019 – Nahaufnahme Deutschland, in: www.reporter-ohne-grenzen.de (Abruf am 05.02.2020)

M40 Die Medien als vierte Gewalt?

Darf der Staat Geheimnisse vor seinen Bürgern haben? […] Die Antwort ist […] ganz einfach. Sie lautet: ja. Natürlich darf der Staat Geheimnisse haben. Es gehört zum umsichtigen Handeln jedes Staatsdieners, Entscheidungen im Stillen vorzubereiten, so dass die gewünschten Ergebnisse nicht von Unbefugten vorab vereitelt werden können. Das gilt für die Planung von Außenministerkonferenzen nicht anders als für den geplanten Zugriff auf Terroristen.
Zum verantwortungsvollen Handeln

aller Politiker, Beamten und Richter gehört es darum auch, auf sensible Informationen von Fall zu Fall aufzupassen. Dies ist umso wichtiger, als der Staat sich eben nicht darauf verlassen kann, im rechtlich geschützten Dunkeln zu arbeiten. Die Intimsphäre des Staates als solche ist rechtlich nicht geschützt, der Staat hat, anders als seine Bürger, kein Privatleben. Die Rechte der Bürger verdienen Schutz, die Interna des Staates nicht. [...]

Ebenso, wie es für den Staat legitim ist, Informationen unter dem Deckel zu halten, ist es legitim für die Presse, Informationen, die sie gleichwohl aus dem Bauch des Staates bekommen hat, öffentlich zu machen.

Thomas Darnstädt, „Verrat als Bürgerpflicht?", in: Der Spiegel, Nr. 50, 2010, S. 98

M41 Investigativer Journalismus in Deutschland

Verwandten-Affäre im Landtag von Bayern
Die Abendzeitung berichtet über Abgeordnete, die im bayrischen Landag ihre Ehefrauen und Kinder beschäftigt haben. Die Berichterstattung hat wesentlich dazu beigetragen, dass die Beschäftigung von Ehefrauen und Kindern auf Staatskosten beendet wurde.

Aktiendeal aufgedeckt
Journalisten des Handelsblatts haben die Umstände des Aktiendeals unter dem damaligen baden-württembergischen Ministerpräsidenten Mappus (CDU) recherchiert. Kritisiert wurde, dass der Landtag nicht ausreichend eingebunden war und der Kaufpreis zu hoch war.

Reporter der Südwest-Presse machen **Fehler beim Neubau der Chirurgie** des Ulmer Universitätskrankenhauses öffentlich. Die Fehlentwicklungen haben das gesamte Universitätsklinikum an den Rand des Bankrotts getrieben.

Bearbeiter

AUFGABEN

1. Medien erfüllen zentrale Funktionen in einer Demokratie. Nenne auf Basis von **M38** die Aufgaben von Medien.
2. Arbeite die unterschiedlichen Herausforderungen heraus, mit denen die Presse in Deutschland konfrontiert wird (**M39**).
3. Das Verhältnis von Staat und Medien ist nicht einfach.
   a) Erläutere warum der Staat Geheimnisse haben darf, die Presse jedoch zugleich das Recht hat, diese Geheimnisse öffentlich zu machen.
   b) Überprüfe ausgehend von den Beispielen aus der Presse (**M41**), welche Aufgaben Medien (**M38**) in einer Demokratie erfüllen.

3.3.2 Internet – Chance oder Gefahr für die politische Meinungsbildung?

Zum Thema: Wir können uns heute einfach und schnell über vielfältige Themen im Internet informieren, nicht zuletzt auch über das politische Geschehen. Damit hat das Internet – neben den traditionellen Medien wie Zeitung, Radio und Fernsehen – auch eine Bedeutung für die politische Meinungsbildung gewonnen. Welche Vorteile bietet das Internet in dieser Hinsicht? Und gibt es auch Risiken? Dies ist Gegenstand dieses Unterkapitels.

M42 Das Internet – Wie oft und wofür wird es genutzt?

Onlineanwendungen	Anteil an der Gesamtbevölkerung	Anteil 14- bis 29-Jährige
Suchmaschinen wie Google nutzen	73 %	97 %
Lesen und Schreiben vom E-Mails	63 %	68 %
Online-Nachschlagewerte wie Wikipedia nutzen	35 %	59 %
Onlinebanking	34 %	17 %
Onlinecommunitys wie Facebook nutzen	33 %	62 %
Landkarten oder Stadtpläne im Internet nutzen	26 %	30 %
Ortungsdienste für ortsbezogene Informationen im Internet nutzen	25 %	33 %
Foto-Communitys wie Instagram nutzen	17 %	68 %
Waren im Internet bestellen / Onlineshopping	17 %	10 %
Blogs, also Weblogs von Bloggern nutzen	7 %	15 %
keine Onlinenutzung	11 %	0 %

Quelle: ARD/ZDF-Onlinestudie 2018, Genutzte Onlineanwendungen – mindestens wöchentlich, in: Media-Perspektiven 11/2018, S. 565

EINSTIEGSAUFGABE

Analysiere die Statistik in **M42**.

M43 Internet – Chance oder Gefahr für die Demokratie?

Über das Internet kann man sich viel eigenständiger und umfassender informieren, da viel mehr Informationen zu viel mehr Themen verfügbar sind als in klassischen Medien wie Fernsehen oder Tageszeitung.

Das Web 2.0 entkoppelt Handlung und Verantwortung: Oft wird ein „Shitstorm“ („Beleidigungsunwetter“) über Politiker losgetreten, ohne dass jemand dafür als einzelner verantwortlich gemacht wird.

Die Chancen, seine eigene Meinung selbst einzubringen, sind viel größer. Früher konnte man nur einen Leserbrief schreiben. Heute ist der Aufwand, einen Blog zu kommentieren o. Ä., viel geringer.

Die Meinungsbildung im Internet wird oft nur von wenigen Interessierten vorgenommen, wirkt dann aber häufig wie ein Ergebnis von vielen.

Gebildete, besser Verdienende beeinflussen die Netzinhalte überproportional. Ärmere und ältere Menschen und solche mit einer weniger umfassenden Ausbildung sind deutlich weniger netzpräsent.

Für eine seriöse Auswahl und Aufbereitung politischer (Hintergrund-)Informationen sind Journalisten in Redaktionen von Tages- und Wochenzeitungen am besten ausgebildet. Denn es ist außerordentlich voraussetzungsreich und Zeit fressend, wichtige von unwichtigen, seriöse von unseriösen Informationen im Internet zu trennen.

Dadurch, dass sich viele User in Online-Foren u. Ä. an Diskussionen beteiligen, sind deren Ergebnisse ergiebiger und tragen so besser zur Meinungsbildung bei.

Menschen lassen sich in ihrer Meinungsbildung leicht von der Mehrheit in ihrem Umfeld beeinflussen. Dies können Parteien, Verbände und sogar Regierungen nutzen und „follower“ (Fans) z. B. bei Twitter kaufen, woraufhin sich andere anschließen.

Durch die vielen Internetnutzer werden die Politiker viel genauer beobachtet.

M44 Internet – zentrales Medium für den kundigen Nutzer

Linearmedien wie das Fernsehen und insbesondere der Hörfunk zeichnen sich dadurch aus, dass sie auch als Begleitmedien genutzt werden können und in der Regel nur teilaufmerksam rezipiert [= wahrgenommen] werden. […] Das Fernsehen oder das Radio werden in der Regel […] zu bestimmten Tageszeiten, in bestimmten Situationen oder auch für bestimmte Angebote oder Sendungen, etwa Nachrichten, eingeschaltet. Die mehr oder weniger aufmerksame Zuwendung erfolgt dann in Abhängigkeit von konkreten Inhalten, die individuell in unterschiedlichem Maße als relevant oder interessant wahrgenommen werden. Bei

der Rezeption von Informationen muss relativ viel Zeit investiert werden, um persönlich Interessantes sehen oder hören zu können. [...]
Einer solchen, in Teilen eher flüchtigen, Informationsrezeption bei Linearmedien steht die in der Regel aktivere und damit intensivere Informationsrezeption von Hypertextmedien wie dem Internet gegenüber. [...]
Dabei ist das Internet [...] für seine Nutzer am ehesten noch ein Lesemedium, am ähnlichsten der Tageszeitung, wenn man zunächst von multimedialen Optionen absieht.
Auch Onlinemedien beanspruchen Zeit beim Auffinden von Informationen, bei der Orientierung im Netz. Sie zeichnen sich aber dadurch aus, dass die gesuchten Informationen bei Kenntnis der richtigen Kategorien sehr zielführend sind und rasch aufgefunden werden können. Insofern ist die Informationsleistung des Internets für einen kundigen Nutzer sehr zeiteffektiv. Durch seine Hypertextstruktur vermag das Internet darüber hinaus auch [...] zusätzlich Themenfelder und ihre Bezüge zueinander per Link zu vernetzen. Ein Nutzer kann dann selbst entscheiden, ob er sich auf weitere Informationsschichten bzw. Informationstiefen einlässt und wie viel Zeit er dafür investiert.

Annette Mende/Ekkehard Oehmichen/Christian Schröter, Medienübergreifende Informationsnutzung und Informationsrepertoires, Media Perspektiven 1/2012, S. 16 f.

Rezeption
hier: Erfassung, Wahrnehmung

M45 Das Internet als „goldener Informationskäfig"?

sonntaz: Herr Stalder, was haben Sie zuletzt gegoogelt?
Felix Stalder: Oh je, das mache ich so oft, das fällt mir kaum mehr auf. [...]
Haben Sie bei dieser Suche gemerkt, dass Google seine Suchergebnisse personalisiert, unterschiedliche Nutzer also mit demselben Suchbegriff verschiedene Ergebnisse erhalten?
Konkret bei der Suche nicht. Aber so eine Personalisierung ist für den Einzelnen ja auch fast nicht zu bemerken. Schließlich weiß man in der Regel nicht, wie die Suchergebnisse aussehen würden, wären sie nicht personalisiert oder wenn Google andere Informationen über einen gespeichert hätte.
Sie haben in einem Experiment mit extra dafür angelegten Google-Konten untersucht, wie stark sich die Ergebnisse unterscheiden und im Fazit geschrieben, das Ausmaß sei „überraschend". Wieso?
Weil es gezeigt hat, dass diese ursprüngliche Idee, dass es so etwas wie allgemeines Ranking gibt, wo das Wichtigste oben steht und die weniger wichtigen Sachen weiter unten, kaum mehr stimmt. Was wir finden, hängt in ganz großem Maße von unserer Person ab – oder von dem, wofür uns Google hält. Das fängt bei dem Standort an, von dem wir suchen, unseren Spracheinstellungen und geht weiter über das, was wir in der Vergangenheit gesucht haben, bis hin zu den Informationen, die Google aus seinen anderen Diensten wie etwa Gmail und Adsense über uns gesammelt hat.
Der Autor Eli Pariser, auf den der Begriff der Filter Bubble zurückgeht, bringt ein Beispiel, in dem der eine Benutzer auf Google das

Marktanteile von Internetsuchmaschinen in Deutschland 2016

Internet-suchmaschine	Marktanteil in %
Google	94,52
Bing	4,16
Yahoo	0,98
T-Online	0,12
ASK.com	0,12
AOL Suche	0,08
Yandex	0,06

© Statista 2017

Stichwort „BP" suchte und Nachrichten zu Investitionsmöglichkeiten erhielt, während ein anderer Nutzer mit derselben Suchanfrage Informationen über die von der BP-Bohrplattform „Deepwater Horizon" verursachte Ölpest bekam. Ist das nicht ein sehr extremes Beispiel?

Das ist sicher extrem. Aber ich denke, es ist in der Tendenz nicht ungewöhnlich, weil es in der Logik der Personalisierung die Nutzer in Gruppen einteilt. Und dann wird gefragt: Mit welchen Augen sieht diese Gruppe die Welt? Denen eines Investors oder denen eines Umweltschützers?

Google sagt, sie wollen nur die besten Ergebnisse für den Nutzer.

[...] Woher weiß Google denn im Voraus, was das Beste ist? Weiß ich als Nutzer das überhaupt, wenn ich suche? Das Problem ist: Was ich nicht finde, das fehlt mir nicht. Es kommt immer etwas Passendes, und ob es noch etwas Besseres gibt, das weiß ich ja gar nicht. [...] Google und Facebook sind ja nicht von außen aufgedrängte bösartige Dienste, die ich zwangsweise nutzen muss. Sie sind in vielerlei Hinsicht wirklich nützlich. Aber mit dem Dienst, den der User zu nutzen glaubt, kommen eben noch andere Sachen mit, die für ihn nicht sichtbar sind, wie diese Art goldener Informationskäfig. [...]

Und welchen Einfluss hat die Personalisierung auf eine Gesellschaft?

Wir haben eine Vielzahl von Mechanismen, die uns erlauben, das, was wir von der Welt wahrnehmen, zu filtern. Das ist nicht grundsätzlich neu, wir können die Welt immer nur selektiv wahrnehmen, aber diese Filter werden immer feiner und immer umfassender. Und dadurch nimmt der gesamtgesellschaftliche Vorrat an geteiltem Wissen ab. Wir haben immer mehr Menschen mit ganz viel Nischenwissen und ganz viel Spezialistentum. [...]

Und wieso ist das jetzt problematisch?

[...] Weil verschiedene Gruppen mit ihrer jeweils eigenen Sichtweise auf die Welt sich dann zunehmend einander nicht mehr verständlich machen können.

Felix Stalder ist Medientheoretiker an der Zürcher Hochschule der Künste. Interview: Svenja Bergt, taz, 15.2.2013

AUFGABEN

1. Ordne die Argumente den Funktionen von Medien zu (**M43**).
2. a) Die Autoren von **M44** betonen die Bedeutung des „kundigen Nutzers". Erkläre diese Bedeutung.
   b) Fasse die Aussagen Felix Stalders zum Internet als „goldenen Informationskäfig" zusammen (**M45**).
3. „Das Internet ist zukünftig das zentrale Medium für die Information und Meinungsbildung der Bevölkerung sowie zur Kontrolle der politischen Machthaber." Positioniere dich zu der Aussage. Beschreibe das Stimmungsbild der Klasse zur Aussage. Begründe deinen Standpunkt.

WAS WIR WISSEN

Funktionen der Medien
M38

Unsere Gesellschaft wird häufig als Informations- oder Wissensgesellschaft bezeichnet. Darin drückt sich die herausragende Bedeutung des Wissens bzw. der Übermittlung von Informationen für den Einzelnen und die Gesellschaft aus. Die Informationsgesellschaft gründet sich auf sich rasant entwickelnde, hoch technisierte Massenmedien, wie Fernsehen, Zeitungen oder das Internet. Sie führen zu einer Ausweitung und Beschleunigung der Kommunikation in allen Lebensbereichen. In einer immer komplexer werdenden Welt sind wir auf die Informationen der Massenmedien angewiesen. Die Massenmedien sollten so vollständig, sachlich und verständlich wie möglich informieren, damit ihre Nutzer in die Lage versetzt werden, die Bedeutung von Ereignissen zu begreifen, die Funktionsweise des politischen Systems zu durchschauen und ihre eigenen Interessenlagen zu erkennen. Auch bei der Meinungsbildung fällt den Massenmedien eine bedeutsame Rolle zu. Die Medien sollen die Vielfalt der in der Bevölkerung bestehenden Überzeugungen widerspiegeln und sie in die öffentliche Diskussion einbringen. Ohne Medien wäre es schwierig, alternative Positionen und Meinungen einer breiten Öffentlichkeit zugänglich zu machen. Außerdem decken Journalisten durch eigene Recherchen immer wieder politische Missstände auf. Deshalb werden die Medien auch als „vierte (kontrollierende) Gewalt" bezeichnet.

Presse- und Meinungsfreiheit
M38 – M40

Voraussetzung für die ungehinderte Information durch die Medien ist die in Art. 5 GG verankerte Meinungs- und Pressefreiheit. Danach hat jeder das Recht, seine Meinung in Wort, Schrift und Bild frei zu äußern und zu verbreiten und sich aus allgemein zugänglichen Quellen ungehindert zu unterrichten. Dies gilt für die Medien als Institutionen sowie für jeden Einzelnen. Art. 5 GG wird als Fundament jeglicher freiheitlichen Demokratie betrachtet. Ohne freie Meinungs- und Willensbildung kann es keine freien Wahlen und keine demokratische Mitwirkung der Bürger geben. Gefährdungen für die freie Meinungsbildung ergeben sich vor allem aus der zunehmenden Pressekonzentration und engen personellen und wirtschaftlichen Verflechtungen von Medien und Politik. Der Presserat sorgt dafür, dass sich die Berichterstattung an rechtlichen und moralischen Prinzipien (Pressekodex) orientiert.

Demokratisierung durch das Internet?
M43 – M45

Zwar bietet das Internet bisher nie da gewesene Möglichkeiten der Information und – anders als die anderen Massenmedien – der Interaktion, aber ausschließlich für den medienkundigen Nutzer. Denn zum einen ist die angebotene Informationsmenge für den einzelnen unüberschaubar; und zum anderen personalisieren Suchmaschinen wie Google die Suchkriterien, weswegen in der Tendenz nur Ergebnisse angezeigt werden, die dem ohnehin vorhandenen Weltbild und der politischen Einstellung des Suchenden entsprechen. Das Internet alleine führt also nicht automatisch zu umfassenderer Demokratisierung, sondern nur seine überlegte Nutzung.

SELBSTDIAGNOSE

Ich kann …	Dazu benötige ich u. a. folgende Begriffe …	Das klappt schon …	Hier kann ich noch üben …
…Anspruch und Wirklichkeit von Grundrechten an Beispielen überprüfen.	• Grundgesetz • Grundrechte • Menschenwürde	+/–	**Kap. 3.1** • M2 – M7 • S. 76, Aufg. 1, 2 • WWW*
…die Staatsstrukturprinzipien beschreiben.	• Republik • Demokratie • Bundesstaat • Rechtsstaat • Sozialstaat	+/–	**Kap. 3.1** • M8 – M18 • WWW
…die Bedeutung von Wahlen für ein demokratisches System erläutern.	• Politische Beteiligung • Wahlbeteiligung • Nichtwähler	+/–	**Kap. 3.2** • M19 – M22 • S. 90, Aufg. 2 • WWW
…Wahlsysteme kriteriengeleitet vergleichen.	• Verhältniswahl, Mehrheitswahl • Wahlkreise • Parteilisten		**Kap. 3.2** • M26, M27 • S. 96, Aufg. 4 • WWW
…die Funktionen von Parteien beschreiben.	• Partei • Politische Willensbildung • Wahlkampf	+/–	**Kap. 3.2** • M30, M31 • S. 98, Aufg. 1 • WWW
…die Bedeutung der Medien in einer Demokratie beurteilen.	• Presse- und Meinungsfreiheit • „Vierte Gewalt" • Investigativer Journalismus	+/–	**Kap. 3.3** • M38 – M41 • S. 108, Aufg. 1 • WWW

* *WWW: WAS WIR WISSEN*

WAS WIR KÖNNEN

WikiLeaks

der BLOG

Dürfen wir alles wissen?

„We open governments" ist das Motto von WikiLeaks: „Wir machen Regierungen transparent". Die Organisation bietet eine Internetseite für sogenannte Whistleblower. Das sind Personen, die geheime Informationen an die Öffentlichkeit bringen. Eine wichtige Veröffentlichung auf WikiLeaks ist unter dem Namen Cablegate bekannt geworden: Im November 2010 hat WikiLeaks mit der Veröffentlichung von etwa 250.000 Berichten US-amerikanischer Diplomaten begonnen.

Frida Thurm, www.blog.zeit.de, 8.12.2010

Wie die NSA das Auswärtige Amt ausforschte

Bundesaußenminister Frank-Walter Steinmeier ist offenbar systematisch vom amerikanischen Nachrichtendienst NSA abgehört worden. In den neuesten von der Enthüllungsplattform WikiLeaks veröffentlichten Dokumenten finden sich 20 Nummern, die die NSA dem Auswärtigen Amt zuordnete. In den vergangenen Wochen hatte WikiLeaks bereits insgesamt 125 Spähziele der NSA im Kanzleramt und verschiedenen Bundesministerien veröffentlicht.

John Goetz/Hans Leyendecker, Süddeutsche Zeitung, 20.7.2015

Pro und Kontra WikiLeaks – Hat die Öffentlichkeit ein Recht auf alle Informationen?

Werner Weidenfeld, Jahrgang 1947, ist Professor für Politische Wissenschaften an der Ludwig-Maximilians-Universität München; Sascha Lobo, Jahrgang 1975, ist Blogger, Unternehmer und Berater.

Weidenfeld: Nein. Im Gegenteil. Sie müssen in Demokratien verschiedene Formen der Kommunikation zulassen. Die Regierung etwa muss die Möglichkeit haben, bestimmte Dokumente als geheim zu kennzeichnen. Sonst würde sich ja die Kommunikation der Politik darauf beschränken, was sie sowieso öffentlich sagen wollen in Fernsehauftritten oder in Interviews. Damit wäre die Politik reduziert auf einen ganz minimalen Prozentsatz ihrer Kommunikation. Und das würde alle beschädigen. [...] Im diplomatischen Dienst gehören solche durchaus subtilen, sensiblen Beurteilungen zum Kerngeschäft. Unter den Vorzeichen der Indiskretion sind die kaum mehr möglich.

Lobo: Die Öffentlichkeit hat ein Recht auf mehr Informationen, als sie im Moment bekommt. Regierungen neigen offenbar dazu, Dinge im Geheimen zu besprechen, obwohl sie eigentlich in Volkes Auftrag handeln sollten. Dinge werden als geheim klassifiziert, auf die die Öffentlichkeit durchaus ein Recht hat. Zu dieser Kontrolle ist ja die freie Presse da. WikiLeaks ist eine Art Verlängerung der freien Presse in das Internetzeitalter – als Quelle für investigativen Journalismus. Nicht umsonst arbeitet WikiLeaks mit den renommiertesten publizistischen Organen weltweit zusammen.

Sascha Lobo/Werner Weidenfeld/Claudia Witte, www.tagesschau.de, 29.3.2011

subtil
heikel

Indiskretion
Verrat

investigativ
enthüllend, nachforschend

Aufgabe

Hat die Öffentlichkeit ein Recht auf alle Informationen? Erörtere diese Frage.

3

2

4

1

5
BUNDESRAT

6

4

Der politische Entscheidungsprozess in Deutschland – ist die Macht demokratisch verteilt?

In den Nachrichten wird über das Parlament und die Regierung ständig berichtet. Dort werden wichtige politische Entscheidungen getroffen und Gesetze verabschiedet. Aber welche Aufgaben haben die beiden politischen Akteure und wie arbeiten sie zusammen? Weshalb werden die Ideen der Regierung von einem Teil des Parlaments gelobt und vom anderen kritisiert? Und wird die Arbeit der Regierung auch kontrolliert?

KOMPETENZEN

Am Ende des Kapitels solltet ihr Folgendes können:

- die Stellung des Bundeskanzlers im politischen System erklären
- die Arbeitsweise und die Kontrollfunktion des Deutschen Bundestages sowie die Stellung der Abgeordneten des Deutschen Bundestages darstellen
- den Gang der Gesetzgebung an einem Beispiel erläutern
- den Politikzyklus auf ein politisches Problem übertragen
- den Einfluss des Bundesverfassungsgericht und des Bundespräsidenten auf die Politik erläutern

WAS WISST UND KÖNNT IHR SCHON?

1. Sammelt alle wichtigen politischen Akteure, die euch einfallen, auf einem Blatt. Orientiert euch zu Beginn an den Bildern auf der linken Seite.
2. Gestaltet ein Schaubild, das verdeutlicht, welchen Einfluss eurer Meinung nach die Akteure auf den Entscheidungsprozess haben und in welcher Beziehung sie zueinander stehen.
3. Übertragt euer Schaubild auf ein Plakat und führt einen Galerierundgang (→ Methodenglossar) durch.

4.1 Herrschaft und Kontrolle: Regierung und Opposition

4.1.1 Die Bundesregierung – was heißt es, zu regieren?

Zum Thema: „Regieren heißt Problemlösen." Die Menschen in Deutschland erwarten, dass die Regierung die wichtigsten politischen Probleme löst. Doch wer ist eigentlich diese „Regierung" und nach welchen Prinzipien arbeitet sie? Diese Fragen sind Gegenstand dieses Kapitels.

M1 Womit beschäftigt sich die Bundesregierung?

Kaputte Infrastruktur

Das deutsche Verkehrsnetz muss in vielen Bereichen erneuert werden.

Flüchtlinge

Viele Flüchtlinge müssen versorgt, betreut und in den Arbeitsmarkt integriert werden.

Klimawandel

Eine der größten politischen Herausforderungen stellt der Klimawandel dar.

EINSTIEGSAUFGABE

Sammelt in der Klasse ausgehend von den Fotos Themen, mit denen sich die Bundesregierung aktuell beschäftigt.

M2 Welche Aufgaben erfüllt die Bundesregierung?

Der ehemalige SPD-Vorsitzende Franz Müntefering sagte einmal: „Opposition ist Mist. Lasst das die anderen machen – wir wollen regieren." Alle Politiker wollen regieren! Sie treten in Wahlkämpfen für ihre Parteien an, um eine Mehrheit zu erreichen und „an die Regierung zu kommen". Denn wer regiert, hat die Macht im Land und kann seine politischen Vorstellungen umsetzen und die wichtigsten politischen Probleme des Landes angehen.

Die Regierung kann weitreichende Entscheidungen vorbereiten und beeinflussen: Sie kann dadurch politische Führung zeigen und Gesetze initiieren und entscheiden, ob Steuern erhöht werden, ob die Bundeswehr zu einem Einsatz ins Ausland geschickt wird, ob soziale Leistungen gekürzt werden oder ob man mehr Geld in Bildung investiert. Dazu arbeiten die Ministerien Gesetzesentwürfe aus und bestimmen maßgeblich den politischen Prozess. Allein die Regierung ist somit berechtigt, den Kurs des Landes zu bestimmen, und deswegen wollen Politiker wie der ehemalige SPD-Vorsitzende Müntefering regieren.

Bearbeiter

Opposition
Die Gruppe von Abgeordneten im Parlament, die der Regierungsmehrheit gegenübersteht.

Die Bundesregierung
Der Bundeskanzler und die Bundesminister bilden zusammen die Bundesregierung. Während der Bundeskanzler vom Bundestag gewählt wird, werden die Bundesminister auf Vorschlag des Bundeskanzlers vom Bundespräsidenten ernannt (und auch entlassen).

M3 Wie arbeitet die Bundesregierung?

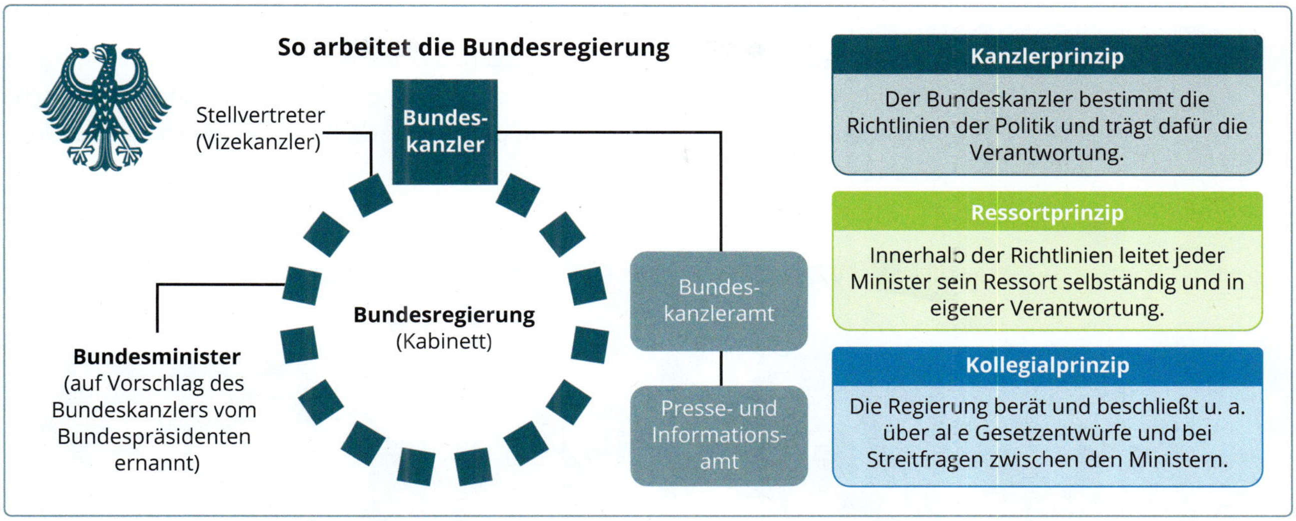

© Bergmoser + Höller Verlag AG, Zahlenbilder 67 123

M4 Die verfassungsrechtliche Stellung des Bundeskanzlers

Der deutsche Bundeskanzler nimmt eine zentrale Rolle im politischen System ein. Seine starke machtvolle Stellung ist im Grundgesetz festgelegt. Der Bundeskanzler verfügt über eine besondere Legitimation, denn aus der Bundesregierung wird nur er direkt vom Bundestag gewählt. Auf seinen Vorschlag werden die Minister vom Bundespräsidenten ernannt. Er kann somit über die Zusammensetzung des Kabinetts entscheiden. Mit seiner Amtszeit endet auch die der gesamten Regierung. Die verfassungsrechtliche Basis für seine starke Stellung liegt in seiner „Richtlinienkompetenz" (Art. 65 GG). Damit kann er unliebsame Entscheidungen verhindern und die zentralen Ziele der Bundesregierung bestimmen.

Auch gegenüber dem Parlament hat der Bundeskanzler Machtmittel, die er gezielt einsetzen kann. So kann er nach Art. 68 GG im Deutschen Bundestag die Vertrauensfrage stellen, um politische Ziele zu erreichen. Verweigert ihm das Parlament die Zustimmung, kann der Bundespräsident auf Antrag des Bundeskanzlers das Parlament auflösen und Neuwahlen ausrufen.

Bearbeiter

Art. 65 GG
Der Bundeskanzler bestimmt die Richtlinien der Politik und trägt dafür die Verantwortung. Innerhalb dieser Richtlinien leitet jeder Bundesminister seinen Geschäftsbereich selbständig und unter eigener Verantwortung. Über Meinungsverschiedenheiten zwischen den Bundesministern entscheidet die Bundesregierung.

AUFGABEN

1. Arbeite aus **M2** die Beweggründe heraus, warum Politiker regieren wollen.
2. Erkläre die zentralen Prinzipien der Arbeitsweise der Bundesregierung (**M3**).
3. Beschreibe die verfassungsrechtliche Stellung des Bundeskanzlers (**M4**).
4. „Regieren ist eine Kunst." (Ludwig Börne). Setze dich mit dem Zitat Börnes auseinander (**M2 – M4**).

4.1.2 Welche Aufgaben hat der Deutsche Bundestag?

Zum Thema: Das einzige politische Organ, das auf Bundesebene von den Bürgern gewählt wird, ist der Deutsche Bundestag. Resultieren daraus besondere politische Aufgaben? Welche diese sind und wie parlamentarische Arbeit überhaupt aussieht, erfahrt ihr in diesem Kapitel.

M5 Was macht der Deutsche Bundestag?

Angela Merkel und Bundestagspräsident Norbert Lammert

Abgeordnete (und ein Minister) im Plenarsaal des Deutschen Bundestages

Schriftzug am Eingangsportal des Reichstags, dem Gebäude des Deutschen Bundestages

Angela Merkel spricht zu den Abgeordneten des Deutschen Bundestages.

EINSTIEGSAUFGABE

Beschreibt die Bilder im Hinblick auf mögliche Aufgaben des Deutschen Bundestages.

M6 Die Aufgaben des Deutschen Bundestages

Die Gesetzgebung ist die Aufgabe des Parlaments; der Deutsche Bundestag [...] beschließt – unter Beteiligung des Bundesrates – alle Gesetze, die in den Kompetenzbereich des Bundes fallen. Die Abgeordneten und Fraktionen des Bundestags können – genau wie der Bundesrat und die Bundesregierung – [...] Gesetze als Entwürfe in den Bundestag einbringen. Hier findet nach einem festgelegten Ablauf die Debatte, Beratung und Abstimmung über den Gesetzentwurf statt.

Eine Aufgabe des Bundestags ist die Wahl des Bundeskanzlers oder der Bundeskanzlerin. Der Vorschlag für eine Kandidatin oder einen Kandidaten kommt vom Bundespräsidenten, so sieht es das Grundgesetz vor. Die Wahl erfolgt ausschließlich durch die Abgeordneten, und zwar ohne vorherige Aussprache und mit verdeckten Stimmzetteln – also geheim. Der Kandidat benötigt die absolute Mehrheit der Stimmen des Parlaments.

Als direkt gewählter Vertretung des Volkes kommt dem Bundestag neben seiner Funktion als Gesetzgeber eine weitere sehr wichtige Aufgabe zu: die Kontrolle der Bundesregierung.

© Deutscher Bundestag, Parlament – Aufgaben, www.bundestag.de, Abruf am 25.05.2020

M7 Die Rechte des Parlaments gegenüber der Regierung

Fragerechte des Bundestags

Große Anfrage

Schriftliche Anfrage zu einem größeren politischen Themenkomplex durch eine Fraktion bzw. mindestens 5 % der Abgeordneten

An die Beantwortung durch die Bundesregierung schließt sich in der Regel eine Debatte vor dem Bundestag an.

Kleine Anfrage

Schriftliche Anfrage zu konkreten Einzelthemen durch eine Fraktion bzw. mindestens 5 % der Abgeordneten

Die Antwort erfolgt schriftlich durch das jeweils zuständige Bundesministerium.

Fragestunde

Einzelfragen zur mündlichen oder schriftlichen Beantwortung, von einzelnen Abgeordneten eingebracht

Mündliche Beantwortung in den beiden wöchentlichen Fragestunden des Bundestags

Möglichkeit für die Abgeordneten, mit Zusatzfragen nachzuhaken

Hauptfunktionen:

- Beschaffung von Informationen
- öffentliche Herausforderung der Regierung durch die Opposition
- Gelegenheit, die Haltung der Opposition darzulegen

Aktuelle Stunde

Politische Debatte mit Kurzbeiträgen zu einem aktuellen Thema auf Verlangen einer Fraktion bzw. von mindestens 5 % der Abgeordneten oder nach Vereinbarung

Redezeit für die Abgeordneten: 5 min; Gesamtdauer: 1 Stunde + Redezeit der Regierung

Nach: © Bergmoser + Höller Verlag AG, Zahlenbilder 66 250

M8 Arbeitsweise des Deutschen Bundestages

Der Bundestag ist eine Mischform aus Arbeitsparlament und Redeparlament. Im Plenum finden richtungweisende politische Debatten statt. Und "hinter den Kulissen" arbeiten die Ausschüsse. Die Vollversammlung aller Abgeordneten des Deutschen Bundestags nennt man Plenum. In den Plenarsitzungen finden die öffentlichkeitswirksamen Auseinandersetzungen statt. Diese Parlamentsdebatten dienen vor allem dazu, die Wähler über die verschiedenen Positionen der im Bundestag vertretenen Parteien zu informieren. […]
Die Dauer einer Debatte wird vom Ältestenrat festgesetzt. Wie viel Redezeit dabei die einzelnen Fraktionen enthalten, wird von deren Größe bestimmt: Je größer eine Fraktion, desto mehr Redeminuten stehen ihr zu. Welche Politiker sprechen dürfen, legen die Fraktionen selbst fest. Der Verlauf folgt dem Prinzip von Rede und Gegenrede: auf eine bestimmte Position soll eine abweichende Meinung folgen. […]
Das Plenum nimmt wichtige Kontrollrechte des Parlaments wahr: In aktuellen Stunden, großen Anfragen, Regierungsbefragungen und Fragestunden befassen sich die Abgeordneten mit aktuellen Themen oder fordern mündliche Stellungnahmen der Bundes-

Bundestagspräsident
Der Bundestagspräsident bekleidet das zweithöchste Amt in unserem Staat. (Das höchste Amt hat der Bundespräsident.) Wenn ein neuer Bundestag gewählt worden ist, wählen die Abgeordneten in geheimer Wahl ihren Präsidenten oder ihre Präsidentin. Normalerweise gehört er oder sie der stärksten Fraktion im Bundestag an. Der Bundestagspräsident repräsentiert den Deutschen Bundestag nach außen und leitet zusammen mit seinen Stellvertretern und Stellvertreterinnen die Sitzungen des Parlaments
Schneider, Gerd / Seid-Toyka, Christiane: Das junge Politik-Lexikon von www.hanisauland.de. Bonn: Bundeszentrale für politische Bildung 2017.

regierung ein. […] In den Ausschüssen können die Abgeordneten in kleinerer Runde die Gesetzesvorlagen diskutieren und den hinzugezogenen externen Sachverständigen zuhören. Die Fraktionen entsenden die Experten unter ihren Abgeordneten in die Ausschüsse. Dieses geschieht entsprechend ihren Kräfteverhältnissen im Parlament. Die Ausschüsse erarbeiten die Vorlagen, die anschließend dem Plenum zur Abstimmung vorgelegt werden. Die anderen Fraktionsmitglieder werden durch ihre Vertreter in den Ausschüssen über die Vorlagen informiert und übernehmen häufig deren Rat.

Martin Hetterich, Stephan Trinius, Aufgaben des Bundestags, www.bpb.de, 28.08.2013

M9 Wen oder was wählt der Deutsche Bundestag?

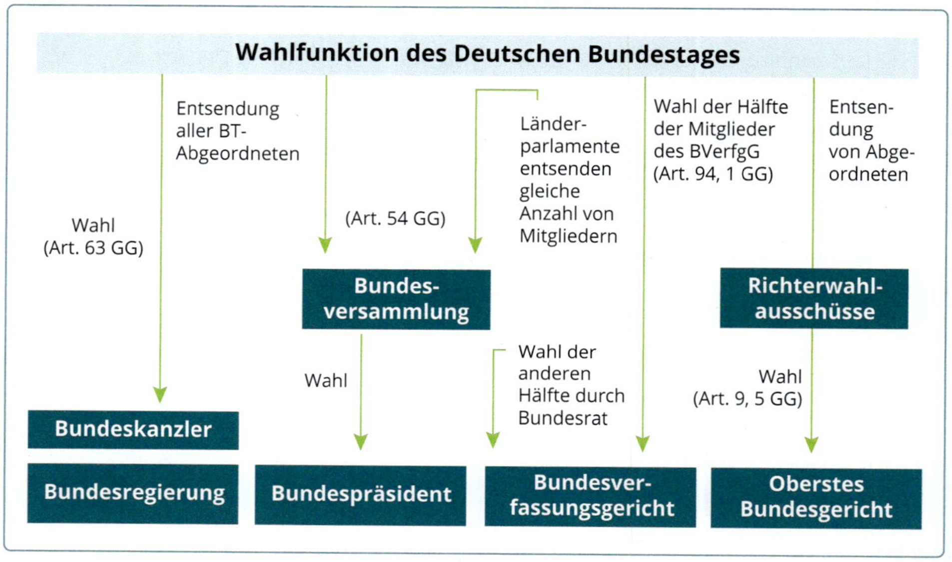

Bearbeiter

M10 Worauf stützen der Bundeskanzler und seine Regierung ihre Handlungsfähigkeit im Parlament?

Die Regierung ist […] abhängig vom Parlament – und zwar nicht nur für die Inkraftsetzung ihrer Vorhaben, sondern in ihrer schieren Existenz. […] Die Mechanismen von Abberufung und Bestellung [der Regierung] bringen zwei den Parlamentarismus prägende Handlungseinheiten hervor: die Regierungsmehrheit und die Opposition. Erstere besteht aus der Parlamentsmehrheit und der von ihr gestützten Regierung, letztere aus den Fraktionen, die diese Regierung nicht tragen. Der Kitt, der die Regierungsmehrheit im Innersten zusammenhält, ist das Interesse am politischen Erfolg – und Erfolg heißt hier letztlich: Erhalt der Regierungsmacht. […] Die [Regierung] kann […] nur erfolgreich sein, wenn sie sich die Gefolgschaft der Parlamentsmehrheit bewahrt.

Suzanne S. Schüttemeyer, Parlamentarische Demokratie, in: Informationen zur politischen Bildung, Heft 295, 2007, S. 4ff.

Konstruktives Misstrauensvotum
Der Bundestag kann nach Art. 67 GG den Bundeskanzler abwählen, indem er mit der absoluten Mehrheit seiner Mitglieder einen Nachfolger wählt. Damit wird gesichert, dass der Bundeskanzler nur dann aus dem Amt entfernt werden kann, wenn sich im Bundestag eine neue Regierungsmehrheit zusammenfindet. Ein konstruktives Misstrauensvotum hat es im Bundestag bisher zweimal gegeben, das gescheiterte gegen Bundeskanzler Willy Brandt 1972 und das erfolgreiche gegen Bundeskanzler Helmut Schmidt 1982.

M11 Kritik als Kernaufgabe der Opposition

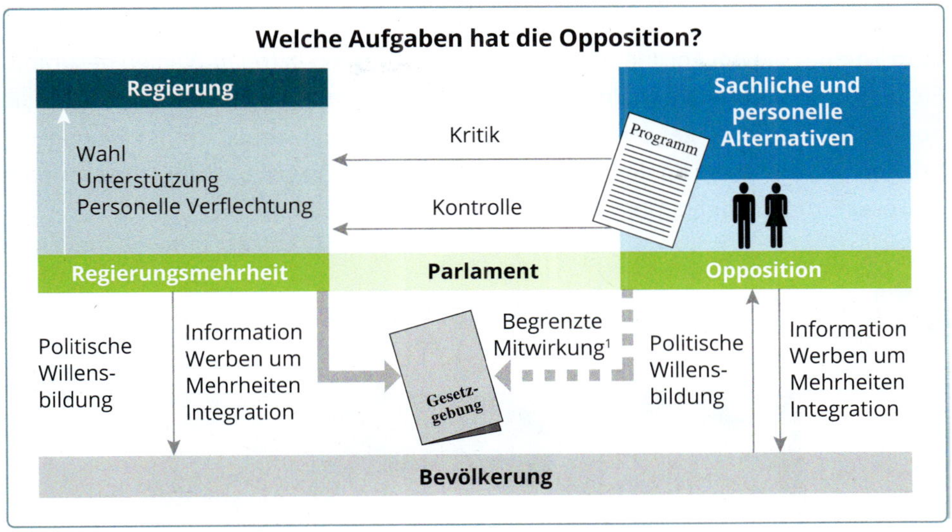

Nach: © Bergmoser + Höller Verlag AG, Zahlenbilder 67 260, [1] über Ausschüsse, evtl. Bundesrat

AUFGABEN

1. Der Deutsche Bundestag ist das Herzstück der Demokratie in Deutschland. Erkläre die zentralen Aufgaben, die der Bundestag erfüllt (**M6, M7, M9**).
2. Ordne die Bilder in **M5** den Aufgaben des Deutschen Bundestages zu (**M6, M8**).
3. Erkläre, weshalb man den Deutschen Bundestag als Mischform aus Rede- und Arbeitsparlament bezeichnen kann (**M8**).
4. Beschreibe, welche Rolle Regierungsmehrheit und Opposition im Parlament spielen (**M10, M11**).
5. Überprüfe die Aussage „Die politische Grenzlinie verläuft nicht zwischen dem Parlament und der Regierung, sondern zwischen der Regierungs- beziehungsweise Parlamentsmehrheit und der Regierung auf der einen Seite sowie der Opposition auf der anderen Seite." (**M5 – M11**).

F ZU DEN AUFGABEN 4, 5
Erstellt eine Liste von Akteuren, auf die der Bundeskanzler und die Regierung beim Lösen von Problemen angewiesen sind. Begründet eure Auswahl.

4.1.3 Wie frei ist ein Abgeordneter?

Zum Thema: Die Abgeordneten des Bundestags werden in freien Wahlen bestimmt. Sie verfügen dadurch über eine hohe Legitimation. Im politischen Alltag stehen sie aber einer Regierung gegenüber, die ihre Gesetzesinitiativen durch den Bundestag bringen will. In diesem Kapitel geht es um die Frage, inwieweit sich die Abgeordneten in dieser Situation behaupten können.

M12 Das freie Mandat der Abgeordneten in der Karikatur

Karikatur: Gerhard Mester

EINSTIEGSAUFGABE

Was erwartest du von einem Abgeordneten, der deine Interessen im Parlament vertritt?

M13 Die Stellung des Abgeordneten: freies Mandat und Fraktionsdisziplin

a) Das freie Mandat

Die Abgeordneten haben weder Instruktionen der von ihnen Vertretenen noch solche ihrer Parteien zu befolgen. Vielmehr obliegt ihnen, allein das zu tun, was nach ihrer persönlichen Überzeugung dem Wohl von Volk und Staat am besten dient. Durch die Entkoppelung des Abgeordneten von jeglicher Bindung an Aufträge und Weisungen versetzt die Verfassung ihn in den Stand, aufgrund seiner durch die Wahl erworbene Legitimation am Prozess der parlamentarischen Willensbildung zu partizipieren und dadurch zugleich an der Integration der Bürger zum Staatsvolk mitzuwirken und ihre Vorstellungen zum überindividuellen Gesamtwillen zusammenzuführen.

Wissenschaftlicher Dienst des Deutschen Bundestages, Fraktionsdisziplin und Abgeordnetenstatus gemäß Art. 38 Grundgesetz, www.bundestag.de, 22.03.2013, S. 3 ff

Art. 38 GG

(1) Die Abgeordneten des Deutschen Bundestags werden in allgemeiner, unmittelbarer, freier, gleicher und geheimer Wahl gewählt. Sie sind Vertreter des ganzen Volkes, an Aufträge und Weisungen nicht gebunden und nur ihrem Gewissen unterworfen.

b) Fraktionsdisziplin

Der einzelne Abgeordnete erlangt über die Mitgliedschaft in einer Fraktion nachhaltigen Einfluss auf das parlamentarische Geschehen und ist zu einer effektiveren Ausübung seines Mandats in der Lage. […]
Mit seiner Fraktionsmitgliedschaft gibt der Abgeordnete seine Freiheit in der Ausübung des Mandats nicht auf, unterwirft sich aber einer „Fraktionsdisziplin". Diese beruht nicht auf Rechtszwang, sondern ist als eine sich selbst freiwillig auferlegte Disziplin Bedingung parlamentarischer Wirksamkeit und eigener Aufgabenerfüllung.

Ebd.

M14 Über die komplizierte Stellung eines Abgeordneten – Interview mit Hans-Christian Ströbele

Herr Ströbele, wie frei ist ein Abgeordneter Ihrer Meinung nach?
Gesetzlich sind die Abgeordneten nicht nur frei, sondern sogar verpflichtet, ihrem Gewissen zu folgen. Politisch sollen sie allerdings auch verantwortungsvoll das Programm ihrer Partei umsetzen, denn auf dieser Basis sind sie gewählt worden. Tatsächlich wird von Abgeordneten einer Regierungspartei oft verlangt, dass sie den Vorlagen der Regierung ohne Widerspruch zur Mehrheit verhelfen. Es hängt von jedem Abgeordneten selbst ab, wie viel Rückgrat er gegenüber Regierung und Fraktionsspitze im Konfliktfall beweist.
Sie sind mit Ihrer Fraktion Bündnis 90/Die Grünen […] in der Opposition. Ist der Druck auf den einzelnen Abgeordneten nun geringer geworden?
Natürlich ist der Druck in einer Regierungsfraktion bei einer Mehrheit von vier Stimmen sehr viel höher als in einer Oppositionsfraktion. Doch auch in der Opposition wird Fraktionstreue erwartet, nur in Ausnahmefällen wird mal akzeptiert, dass Anträgen anderer Fraktionen, die man selbst richtig findet, zugestimmt wird. Leider. Aber auch in einer großen Koalition mit großen Mehrheiten müsste es doch möglich sein, dass die einzelnen Abgeordneten sich nicht ständig einer Fraktionsdisziplin unterwerfen.

Interview des Bearbeiters am 27.06.2008

Hans-Christian Ströbele war von 1998 – 2017 Mitglied des Deutschen Bundestags (ebenso von 1985 – 1987). Direkt gewählter Abgeordneter war er von 2002 – 2017 und wurde damit zum ersten direkt gewählten Bündnisgrünen Mandatsträger im Deutschen Bundestag.

AUFGABEN

1. Art. 38 (1) GG legt fest, dass die Abgeordneten des Deutschen Bundestages in ihren Entscheidungen nicht gebunden sind (**M13**). Erläutere das Spannungsverhältnis zwischen freiem Mandat und Fraktionsdisziplin.
2. Der Abgeordnete Ströbele fordert in **M14**, dass bei wichtigen Entscheidungen nur nach dem Gewissen entschieden werden soll. Begründe bei welchen Themen (z. B. Legalisierung der Sterbehilfe, Erhöhung der Erbschaftssteuer, ...) du selbst glaubst, dass man die Fraktionsdisziplin aufheben sollte.

WAS WIR WISSEN

Bundesregierung
M2, M3

Die Bundesregierung mit dem Kanzler an der Spitze hat die zentrale Aufgabe der politischen Führung. Einerseits soll der Wille der Parlamentsmehrheit von der Regierung in praktische Politik umgesetzt werden. Andererseits formt die Regierung den Mehrheitswillen des Parlaments auch durch politische Initiativen entscheidend mit.

Stellung des Bundeskanzlers
M3, M4

In der Regierung hat der Bundeskanzler eine hervorgehobene Stellung. Er bestimmt nach Art. 65 GG „die Richtlinien der Politik und trägt dafür die Verantwortung" (Kanzlerprinzip), d. h. er legt umfassende Ziele fest (wie z. B. große Reformvorhaben). Darüber hinaus macht er dem Bundespräsidenten Vorschläge zur Ernennung und Entlassung von Kabinettsmitgliedern. Innerhalb der Richtlinien leiten die Minister ihr Ministerium selbständig (Ressortprinzip). Abgeschwächt wird das Kanzlerprinzip auch durch das Kabinettsprinzip. So berät und beschließt das Kabinett als Ganzes über alle Gesetzesentwürfe und entscheidet bei Streitfragen über die Zuständigkeit zwischen einzelnen Ministerien.

Arbeitsweise des Bundestages
M8

Der Bundestag ist eine Mischform aus Arbeits- und Redeparlament. Neben den Reden und Abstimmungen im Plenum findet die Hauptarbeit der Abgeordneten aber vor allem in Fachausschüssen statt. Dort beraten die Abgeordneten, hören Fachleute an, diskutieren die Gesetzesentwürfe und verändern diese.

Kontrolle der Regierung
M6, M7, M11

Eine wichtige Aufgabe des Bundestags ist die Kontrolle der Regierung. Dies ist die Hauptaufgabe der Opposition. In der Praxis der Parteiendemokratie bilden nämlich die Regierung mit dem Bundeskanzler und die Regierungsparteien, die ja die Mehrheit im Parlament haben, eine Handlungseinheit.

Gewaltenverschränkung
M8 – M10

Man spricht in diesem Zusammenhang auch von Gewaltenverschränkung. Zwar üben auch die eigenen Abgeordneten Kritik an der Regierung, doch tun sie dies meist nicht öffentlich. So werden die Kontrollinstrumente des Bundestages wie Kleine und Große Anfrage, Aktuelle Stunden, Fragestunden, Untersuchungsausschüsse etc. hauptsächlich von der Opposition in Anspruch genommen. Außerdem kann die Opposition ihre Kritik wirksam über die Medien äußern und sich dort als die bessere Alternative präsentieren.

Stellung der Abgeordneten
M13, M14

Abgeordnete derselben Partei schließen sich sich im Bundestag zu einer Fraktion zusammen. Die Fraktionen sind die politische Heimat für die Abgeordneten und bilden den organisatorischen Rahmen der Arbeit im Bundestag, denn anders wäre der Bundestag kaum entscheidungsfähig. Bei Abstimmungen folgen die Abgeordneten in der Regel der von der Fraktion festgelegten Linie (Fraktionsdisziplin), obwohl sie eigentlich nach Art. 38 GG in ihren Entscheidungen frei sind (freies Mandat).

WAS WIR KÖNNEN

Als Mitglied des Bundestages die Regierung kontrollieren

Stellt euch vor, ...

... ihr wäret Mitglied des Deutschen Bundestages. Eure Partei stellt gerade den Bundeskanzler und regiert das Land. Nun will die Bundesregierung ein Gesetz in den Bundestag einbringen, mit dem ihr überhaupt nicht zufrieden seid. Was könnt ihr tun, um eure Kritik anzubringen?

Nachfolgende Maßnahmen, auf die Regierung Einfluss zu nehmen, habt ihr in diesem Kapitel kennengelernt:

1. In einer nicht öffentlichen Versammlung Bedenken gegenüber der Parteispitze äußern **(→ S. 124, M13a-b, S. 125, M14)**

2. In einem Fachausschuss des Deutschen Bundestags hinter verschlossenen Türen Kritik üben **(→ S. 121, M8, S. 126, WAS WIR WISSEN)**

3. In einer aktuellen Stunde im Bundestag beantragen, in der in aller Breite und öffentlich Mitglieder der Regierung Stellung nehmen müssen; die Debatte wird sogar im Fernsehen übertragen **(→ S. 121, M7)**

4. Im Kreis aller Abgeordneten deiner Partei (Fraktion) Bedenken äußern **(→ S. 124, M13a-b, S. 125, M14)**

5. ?

Aufgabe

1. Welche Maßnahmen fallen euch noch ein? Erstellt eine Liste.
2. Entscheidet euch, welche angeführten Maßnahmen ihr wählen würdet und welche nicht. Begründet eure Entscheidungen.

4.2 Wie die Politik Probleme löst

4.2.1 Das Problem: Bleibt Wohnraum bezahlbar?

Zum Thema: Die Vorlesungszeit beginnt bald und viele Studierende sind noch auf der Wohnungssuche. Doch die Konkurrenz auf dem Wohnungsmarkt ist sehr groß. Warum bezahlbarer Wohnraum eine Sache für die Politik ist und inwiefern sie auf ein solches Problem Antworten findet, seht ihr in diesem Kapitel.

M15 Knapper Wohnraum – teure Studentenbude

Forderung nach bezahlbarem Wohnraum an einer Häuserwand in Erfurt

Studenten müssen immer mehr Miete für ihre Wohnungen bezahlen. Eine Studie zeigt, die Preise sind sowohl in großen als auch kleineren Studentenstädten stark angestiegen.

© ZEIT ONLINE, Mietpreise für Studenten steigen rasant, www.zeit.de, 11.04.2017

EINSTIEGSAUFGABEN

1. Beschreibt, mit welchem konkreten Problem die Studierenden am Anfang ihres Studiums konfrontiert sind (**M15**).
2. Erklärt, weshalb steigende Mieten ein politisches Problem darstellen (**M15**).

M16 Die Bundesregierung reagiert auf das Problem

Gesetzentwurf der Bundesregierung: Entwurf eines Gesetzes zur Dämpfung des Mietanstiegs auf angespannten Wohnungsmärkten und zur Stärkung des Bestellerprinzips bei der Wohungsvermittlung (Mietnovellierungsgesetz – MietNovG).

Das Gesetz begegnet zwei drängenden Problemen auf dem derzeitigen Mietwohnungsmarkt: Zum einen steigen in prosperierenden Städten die Mieten bei der Wiedervermietung von Bestandswohnun-

Ortsübliche Vergleichsmiete
Die ortsübliche Vergleichsmiete wird ermittelt, indem man die Mieten, die in den letzten vier Jahren für vergleichbaren Wohnraum bezahlt wurden, errechnet. Dies geschieht meist in einer Gemeinde oder Stadt.

gen derzeit so stark an und liegen teilweise in erheblichem Maß über der ortsüblichen Vergleichsmiete. Diese Entwicklung auf angespannten Wohnungsmärkten hat vielfältige Ursachen. Sie führt dazu, dass vor allem einkommensschwächere Haushalte, aber inzwischen auch Durchschnittsverdiener zunehmend größere Schwierigkeiten haben, in den betroffenen Gebieten eine für sie noch bezahlbare Wohnung zu finden. Erhebliche Teile der angestammten Wohnbevölkerung werden aus ihren Wohnquartieren verdrängt. Dieser Entwicklung sollen die neuen Regelungen im Mietrecht des Bürgerlichen Gesetzbuchs begegnen, indem sie die zulässige Miete bei der Wiedervermietung von Wohnraum in angespannten Wohnungsmärkten, die von den Landesregierungen ausgewiesen werden, auf die ortsübliche Miete zuzüglich 10 Prozent begrenzen.
Zum anderen können gerade auch auf diesen angespannten Wohnungsmärkten Vermieterinnen und Vermieter die Kosten von ihnen eingeschalteten Maklerinnen und Makler auf die Wohnungssuchenden abwälzen. Wer sich weigert, die Zahlung der Maklercourtage zu übernehmen, scheidet faktisch aus dem Bewerberkreis aus. Die Änderungen im Gesetz zu Regelung der Wohnungsvermittlung zielen deshalb darauf ab, dass auch bei der Wohnraumsuche das marktwirtschaftliche Prinzip gilt: Wer bestellt, bezahlt. Auch künftig können aber sowohl Mieter als auch Vermittler Auftraggeber des Wohnungsvermittlers sein.

© Bundesanzeiger, Drucksache 447/14, 06.10.2014

Maklercourtage
Eine Provision bzw. Zahlung, die bei einer erfolgreichen Vermittlung eines Wohnobjekts anfällt.

M17 Kontrovers diskutiert: Mietpreisbremse – eine gute Idee?

a) Ulrich Ropertz, Geschäftsführer des Deutschen Mieterbundes in Berlin

„Ja, die Mietpreisbremse ist sinnvoll und notwendig. In Großstädten, Ballungsgebieten und Universitätsstädten müssen Mieter nach einem Wohnungswechsel 20, 30 oder gar 40 Prozent mehr zahlen, als bei ihnen ortsüblich ist. Diese ortsübliche Vergleichsmiete ist die Miete, die Vermieter in einem bestehenden Mietverhältnis höchstens fordern dürfen. Weil aber Wohnungen in Groß- und Universitätsstädten knapp sind, können Vermieter nach einem Mieterwechsel von einem neuen Mieter praktisch nehmen, was sie wollen. Extreme Verteuerungen der Wohnungen sind die Folge. Das muss gestoppt werden.
Wenig hilfreich in der aktuellen politischen Diskussion sind dabei Hinweise auf die Mietpreisentwicklung in den 1960er Jahren oder in den letzten 15 Jahren. Es geht um das Hier und Heute. Profitieren von der Begrenzung der Wiedervermietungsmieten – zehn Prozent oberhalb der Vergleichsmiete – werden all diejenigen, die jetzt eine neue Wohnung anmieten müssen,

die aus beruflichen Gründen oder zu Ausbildungszwecken in die Städte ziehen oder junge Familien, die die erste gemeinsame Wohnung beziehen wollen. Die Mietpreisbremse wird noch in dieser Legislaturperiode kommen: Alle im Bundestag vertretenen Parteien sind sich einig – mit guten Gründen."

Ulrich Ropertz, Ist die Mietpreisbremse eine sinnvolle Idee?, in: Magazin Mitbestimmung 5/2014, S. 9

b) Konstantin Kholodilin, wissenschaftlicher Mitarbeiter beim Deutschen Institut für Wirtschaftsforschung (DIW) in Berlin

„Nein, die Mietsteigerung unserer Tage ist kein außergewöhnliches Phänomen und in keinem Fall eine Mietexplosion. Vielmehr ist sie eine Phase steigender Preise innerhalb eines Schweinezyklus auf dem Wohnungsmarkt. Dieser hat vor allem mit der langen Zeitverzögerung zwischen der Entscheidung, Wohnungen zu bauen, und ihrer Fertigstellung zu tun. Außerdem ist sie nicht in ganz Deutschland, sondern nur in wachsenden Städten zu beobachten. Die steigenden Mieten sind vor allem auf die sich weitende Lücke zwischen einer schnell zunehmenden Zahl von Haushalten und relativ konstantem Wohnungsbestand in Großstädten zurückzuführen. Eine Kappung der Mieten bei Wiedervermietungen wird das Problem eher verschärfen als lösen. Sie wird die Anreize zum Bau neuer Mietwohnungen hemmen, die Signalwirkung der Mietpreise trüben und es den Investoren so erschweren, die Marktbedürfnisse zu erkennen. Ferner wird die Mietpreisbremse die Wartezeit bei den Wohnungssuchenden verlängern und zu vielfältigen legalen und illegalen Umgehungsversuchen führen. Da bei knappen Mietwohnungen tendenziell eher wohlhabende Mieter bevorzugt werden, verfehlt die Mietpreisbremse ihr Ziel, den Geringverdienenden das Wohnen bezahlbar zu machen."

Konstantin Kholodilin, Ist die Mietpreisbremse eine sinnvolle Idee?, in: Magazin Mitbestimmung 5/2014, S. 9

AUFGABEN

1. Beschreibe mithilfe von **M16** mögliche Ursachen und Folgen für die zum Teil stark steigenden Mieten (**M15**).
2. Erkläre, was die Bundesregierung dagegen unternehmen will (**M16**).
3. Mietpreisbremse – eine gute Idee?
   a) Notiere die Argumente der beiden Positionen in **M17** in einer Tabelle.
   b) Vergleiche die Argumente jeweils miteinander und markiere das Argument, das dich am meisten überzeugt hat.
4. Diskutiert die Streitfrage in eurer Klasse, ob die Mietpreisbremse aus eurer Sicht eine gerechte Lösung ist (**M15 – M17**).

4.2.2 Wie entsteht ein Gesetz?

Zum Thema: Mit Gesetzen versucht die Politik, das Leben in Deutschland zu regeln und dringende Probleme zu lösen. Das Gesetzgebungsverfahren verläuft dabei immer nach einem strengen Muster ab. Dieses Kapitel klärt darüber auf, wie dieses Verfahren abläuft und wer daran beteiligt ist.

M18 An den Hebeln der Macht

Karikatur: Thomas Plaßmann, 2005

EINSTIEGSAUFGABE
Erklärt ausgehend von der Karikatur, vor welchen Herausforderungen der Gesetzgeber bei der Entwicklung von Gesetzen steht.

Gesetzgebung im Erklärfilm

Mediencode: 71091-10

M19 Gang der Gesetzgebung

Die meisten Gesetze, die in den Bundestag eingebracht werden, sind Vorlagen der Regierung. Die Entwürfe werden in den zuständigen Fachministerien erarbeitet. Generell können Gesetzentwürfe von der Bundesregierung, aus dem Bundestag oder vom Bundesrat eingebracht werden.

Die erste Beratung im Plenum des Bundestags dient der Begründung des Gesetzesvorhabens und der Erörterung der Grundsätze der Vorlage. Es erfolgt noch kein Beschluss. Der Gesetzentwurf wird anschließend an die fachlich zuständigen Ausschüsse überwiesen und dort intensiv beraten. Dort können in sogenannten „hearings" auch Experten von außerhalb zu einem Gesetz gehört werden. Der Ausschuss kann dann dem Plenum eine Abänderung, Annahme oder Ablehnung des Entwurfs empfehlen.

Die zweite Lesung (Beratung) des Entwurfs erfolgt auf der Grundlage der Ausschussempfehlung. Über die einzelnen Bestimmungen wird dann ab-

Die Rolle des Bundesrates im Gesetzgebungsprozess

Einspruchsgesetze
Bei einem Einspruchsgesetz kann der Bundestag einen Einspruch des Bundesrats in einer weiteren Abstimmung überstimmen.

Zustimmungsgesetze
Die Zustimmung des Bundesrats ist erforderlich, wenn es sich um ein Zustimmungsgesetz handelt, in der Sache also Bund und Länder zuständig sind.

gestimmt. Die dritte Lesung schließt sich unmittelbar an. Anschließend erfolgt die Schlussabstimmung.
Das im Bundestag beschlossene Gesetz wird dann dem Bundesrat zugeleitet. Bei Uneinigkeit über ein Zustimmungsgesetz und einer drohenden Ablehnung kann der Vermittlungsausschuss angerufen werden, der einen Kompromissvorschlag erarbeitet, über den Bundestag und Bundesrat erneut abstimmen. Bundestag und Bundesrat entsenden je 16 ihrer Mitglieder in den Vermittlungsausschuss. Können sich die Vertreter dabei nicht einigen, ist das Gesetz – wenn es sich um ein zustimmungspflichtiges Gesetz handelt – gescheitert.
Nach der Zustimmung des Bundesrates wird das Gesetz dem zuständigen Minister und dem Bundeskanzler zur Unterzeichnung vorgelegt. Anschließend muss noch der Bundespräsident das Gesetz unterzeichnen. Er kann seine Unterschrift nur verweigern, wenn er der Auffassung ist, dass das Gesetz gegen die Verfassung verstößt. Das Gesetz wird im Bundesgesetzblatt verkündet und tritt in Kraft.

Bearbeiter

M20 Auf den Weg gebracht – das Gesetz zur Mietpreisbremse

Der Bundestag hat am Donnerstag, 5. März 2015, die sogenannte Mietpreisbremse auf den Weg gebracht. Mit Stimmen der Fraktionen CDU/CSU und SPD bei Enthaltung der Opposition beschloss das Parlament nach zweiter und dritter Lesung den Gesetzentwurf der Bundesregierung (18/3121, 18/3250) auf Empfehlung des Rechtsausschusses (18/4220).

Union und SPD haben sich auf neue Schutzregeln für Mieter geeinigt. Die sogenannte Mietpreisbremse ist Teil des Koalitionsvertrags. Sie soll Mietern vor allem in begehrten Regionen das Leben erleichtern.

Die Länder haben in ihrer Plenarsitzung am 27. März 2015 das Gesetz zur Einführung der Mietpreisbremse und zur Stärkung des Bestellerprinzips bei der Maklercourtage gebilligt.

Als Maßnahme gegen stark steigende Mieten in gefragten Wohngegenden hat die Bundesregierung am Mittwoch die sogenannte Mietpreisbremse beschlossen. Das Konzept von Justizminister Heiko Maas sieht vor, dass bei Neuvermietungen die Miete nur noch höchstens zehn Prozent über der ortsüblichen Vergleichsmiete liegen soll.

Das Gesetz tritt nach der Ausfertigung durch Bundespräsident Gauck am 1. Juni 2015 in Kraft.

Ausschuss für Recht und Verbraucherschutz berät über den Gesetzentwurf der Bundesregierung.

Bearbeiter

F ZU AUFGABE 3
„Nach dem Gesetz ist vor dem Gesetz“. Recherchiere den aktuellen Stand des Gesetzes im politischen Prozess.

H ZU AUFGABE 4
Berücksichtige bei deiner Begrüdung den Film.

Lobbyismus im Erklärfilm

Mediencode: 71091-11

AUFGABEN

1. Übertrage den Gang der Gesetzgebung (**M19**) in ein Fließdiagramm.
2. Ordne die Meldungen in **M20** den Stationen des Gesetzgebungsverfahrens (**M19**) zu und begründe deine Entscheidung.
3. Analysiere den Gesetzgebungsprozess (**M15 – M20**) zur „Mietpreisbremse“ mithilfe des Politikzyklus (→ Methode auf S. 133).
4. Stelle dir vor, du würdest einen Interessenverband (z. B. den Mieterbund oder den Verband der Wohnungseigentümer) vertreten. An welcher Stelle des Gesetzgebungsprozesses würdest du versuchen, Einfluss zu nehmen? Begründe deine Entscheidung (**M18 – M20**).

METHODE

Wie man politische Prozesse analysieren kann – der Politikzyklus

Modelle sind wichtige Instrumente, mit denen wir die politische Wirklichkeit vereinfacht abbilden können, um sie besser zu verstehen. Im Modell wird nur das Wichtigste dargestellt. Der Politikzyklus ist ein solches Modell und ihm liegt ein gewisses Verständnis von Politik zugrunde: Politik wird hier als eine (endlose) Kette von Versuchen zur Bewältigung gesellschaftlicher Probleme verstanden.
Viele Probleme werden von der Politik gelöst. Es gibt aber auch Probleme, die die Politik dauerhaft beschäftigen, wie z. B. die Energiepolitik.

Problem

Auseinandersetzung
Öffentliche Debatte

Gesetzgebungsprozess

Entscheidung
Beschlussfassung

Bewertung der
Entscheidung

Problem gelöst?
Problem verändert?

Am Beginn des Politikzyklus steht ein Problem, mit dem sich die Politik beschäftigen muss. Es wird öffentlich darüber gestritten, was man tun soll. Dabei spielen auch die Medien eine ganz wichtige Rolle. Es folgt das Gesetzgebungsverfahren in Bundestag und Bundesrat. Ist eine Entscheidung getroffen, dann wird diese wieder in der Öffentlichkeit diskutiert und bewertet. Wenn das Problem damit beseitigt werden kann, dann wird der Politikzyklus nur einmal durchlaufen. Verändert sich das Problem oder sind die getroffenen Maßnahmen nicht wirksam, dann beginnt der Zyklus von vorn. Deshalb spricht man davon, dass Politik eine (endlose) Kette von Versuchen ist, gesellschaftliche Probleme zu lösen.

Kategorien	Schlüsselfragen
Problem	Worin besteht das Problem? Welche Aufgabe hat die Politik zu lösen?
Auseinandersetzung Öffentliche Debatte	Was wirkt auf die Auseinandersetzung ein? Welche Interessen haben die Akteure? Welche Interessenkonflikte und Interessenkonstellationen gibt es? Welche Ziele verfolgen die beteiligten Akteure? Welche Lösungsmöglichkeiten werden diskutiert? Wie sind die Machtkonstellationen?
Gesetzgebungsprozess	Greift der Gesetzgeber das Problem auf? Wie versuchen die Akteure Einfluss auf den Gesetzgebungsprozess zu nehmen?
Entscheidung Beschlussfassung	Zu welchen Ergebnissen hat die Auseinandersetzung geführt? Welche Akteure/Interessen konnten sich durchsetzen?
Bewertung der Entscheidung	Welche Akteure bewerten das Ergebnis positiv? Welche negativ? Welche Interessen und Wertvorstellungen beeinflussen die Bewertung?
Problem gelöst? Problem verändert?	Ist das Problem gelöst oder ist nur die Problemlage verändert? Greift der Vollzug der Entscheidung an den Ursachen an oder werden nur die Folgen bekämpft? Muss das Problem erneut auf die politische Agenda?

M21 Warum gibt es den Bundesrat?

In einem föderalen Staat schließen sich mehrere Gliedstaaten zu einem Bündnis zusammen. So bilden die 16 deutschen Länder gemeinsam einen Bundesstaat, die Bundesrepublik Deutschland. In einem Bundesstaat ist der Gesamtstaat für alles zuständig, was einheitlich geordnet werden muss. Darauf sollte er sich aber auch beschränken, denn die übrigen Angelegenheiten sollen die Gliedstaaten selbst regeln. In Deutschland ist der Bundesrat das Bindeglied zwischen Bund und Ländern. Er ist die Interessenvertretung der Länder auf Bundesebene. Er ist ein Verfassungsorgan des Bundes, besteht aber aus Vertretern der Länder. Über den Bundesrat können die Länder in vielen Fällen die Gesetzgebung des Bundes beeinflussen. Auch in Angelegenheiten der Europäischen Union können die Länder mitwirken. Ihre Mitwirkungsrechte sind dabei genau festgelegt. Der Bundesrat kann keine Änderungen an einem vom Bundestag beschlossenen Gesetz vornehmen. Stimmt er dem Gesetz aber nicht zu, so kann er den Vermittlungsausschuss anrufen. Bei Zustimmungsgesetzen ist die Zustimmung des Bundesrates zwingend erforderlich. Zustimmungsbedürftig sind insbesondere verfassungsändernde Gesetze, aber auch alle Gesetze, die die Finanzen und Verwaltungszuständigkeit der Länder betreffen.

Die Länder der Bundesrepublik Deutschland

Stimmenverteilung im Bundesrat	
Nordrhein-Westfalen	6
Bayern	6
Baden-Württemberg	6
Niedersachsen	6
Hessen	5
Sachsen	4
Rheinland-Pfalz	4
Berlin	4
Sachsen-Anhalt	4
Thüringen	4
Brandenburg	4
Schleswig-Holstein	4
Mecklenburg-Vorpommern	3
Hamburg	3
Saarland	3
Bremen	3

AUFGABEN

1. Der Gesetzgebungsprozess in Deutschland ist vergleichsweise kompliziert. Erörtere Vor- und Nachteile des Verfahrens (**M19 – M21**).
2. Recherchiere im Internet, welche aktuellen Mehrheitsverhältnisse im Bundesrat gegeben sind. Prüfe, ob der Bundesrat in seiner derzeitigen Zusammensetzung einen Gesetzentwurf des Bundestags eher blockieren würde oder eher nicht (**M21**).

4.2.3 Hat der Bundespräsident etwas zu sagen?

Zum Thema: Der Bundespräsident empfängt Staatsgäste, hält wichtige Reden und ist das Staatsoberhaupt Deutschlands. Doch welchen Einfluss hat er auf den politischen Entscheidungsprozess? Dieses Kapitel hilft euch, diese Frage zu beantworten.

M22 Tücken bei der Bundespräsidentensuche ...

Karikatur: Mario Lars, 2016

EINSTIEGSAUFGABE

Nennt Eigenschaften, die ihr von einem Bundespräsidenten erwartet.

M23 Stellung und Aufgaben des Bundespräsidenten

a) Die Stellung des Bundespräsidenten

Trotz seiner geringeren Machtfülle verfügt der Bundespräsident über vielfältige Wirkungsmöglichkeiten, die sich aus seinen grundsätzlichen Aufgaben wie aus seiner persönlichen Autorität herleiten. Der Bundespräsident vertritt den Bund völkerrechtlich und schließt im Namen des Bundes Verträge mit anderen Staaten ab. Nach einem entsprechenden Beschluss des Bundestags ruft er den Verteidigungsfall aus.

Im Gesetzgebungsverfahren fällt ihm die Aufgabe zu, die Bundesgesetze auszufertigen und zu verkünden. Dabei hat er das Recht, sie auf ihre Übereinstimmung mit dem Grundgesetz zu überprüfen. Im Falle des Gesetzgebungsnotstands (Art. 81 GG) kann er zur Lösung des zwischen Regierung und Bundestag entstandenen Konflikts beitragen. Weitgehend eingeschränkt ist aber das Recht des Bundespräsidenten zur Auflösung des Bundestags (Art. 63 GG, 68 GG). Nicht zu unterschätzen ist die Rolle, die der Bundespräsident als oberster Repräsentant des Staates spielt.

Bearbeiter

Wahl des Bundespräsidenten im Erklärfilm

Mediencode: 71091-12

Die Präsidenten der Bundesrepublik Deutschland

Theodor Heuss (FDP) 1949 – 1959

Heinrich Lübke (CDU) 1959 – 1969

Gustav Heinemann (SPD) 1969 – 1974

Walter Scheel (FDP) 1974 – 1979

Karl Carstens (CDU) 1979 – 1984

Richard v. Weizsäcker (CDU) 1984 – 1994

Roman Herzog (CDU) 1994 – 1999

Johannes Rau (SPD) 1999 – 2004

Horst Köhler (CDU) 2004 – 2010

Christian Wulff (CDU) 2010 – 2012

Joachim Gauck (parteilos) 2012 – 2017

Frank-Walter Steinmeier (SPD) seit März 2017

Nach: dpa-Grafik 16197

b) Die Aufgaben des Bundespräsidenten

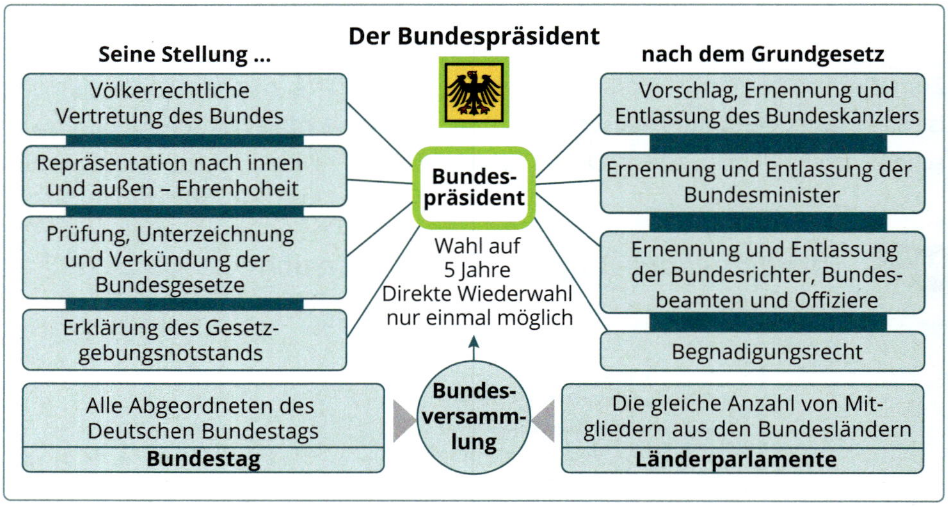

© Bergmoser + Höller Verlag AG, Zahlenbilder 67 100

M24 Ist das Amt des Bundespräsidenten ein politisches Amt?

Die Bedeutung des Bundespräsidentenamtes reicht weit über diese formalen Kompetenzen hinaus. Als eine unabhängige, über dem parteipolitischen Streit stehende Persönlichkeit repräsentiert er das Gemeinsame. Er soll Vertrauen vermitteln, moralische Maßstäbe setzen, Ratschläge erteilen, in Kontroversen ausgleichend wirken, nicht zuletzt Würde ausstrahlen. Allen bisherigen Amtsinhabern gelang es, diese Integrationsfunktion wahrzunehmen, wenn sie dabei auch unterschiedliche Akzente gesetzt haben. In der Regel ist ihr Beliebtheitsgrad höher als der aller oder der meisten anderen Politiker. Das Amt des Bundespräsidenten wird von mehr Bürgern positiv bewertet als jedes andere politische Amt.

Horst Plötzsch, Bundespräsident, www.bpb.de, 15.12.2009

AUFGABEN

1. Arbeite mithilfe von **M23a-b** heraus, welche Stellung der Bundespräsident in Deutschland inne hat und welche Aufgaben er erfüllt.
2. Überlege dir, auf welche politischen und gesellschaftlichen Probleme du hinweisen würdest, wenn du Bundespräsident wärst (**M24**). Tauscht euch dann in der Klasse aus und bestimmt die drei wichtigsten Themen.
3. „Das Amt des Bundespräsidenten ist kein politisches Amt!" Erörtere die These.

4.2.4 Das Bundesverfassungsgericht – Hüter der Verfassung oder Ersatzgesetzgeber?

Zum Thema: In seinen Entscheidungen macht das Bundesverfassungsgericht dem Parlament zum Teil detaillierte Vorgaben, wie ein Gesetz ausgestaltet werden muss. Das hat zu heftigen Diskussionen geführt. Dieses Kapitel zeigt euch auf, welche Kompetenzen das Bundesverfassungsgericht hat und welche Rolle es bei der Kontrolle der Gesetzgebung spielt.

M25 Das Bundesverfassungsgericht (BVerfG) mischt mit …

1

Abschussermächtigung im Luftsicherheitsgesetz nichtig

§ 14 Abs. 3 Luftsicherheitsgesetz (LuftSiG), der die Streitkräfte ermächtigt, Luftfahrzeuge, die als Tatwaffe gegen das Leben von Menschen eingesetzt werden sollen, abzuschießen, ist mit dem Grundgesetz unvereinbar und nichtig. Dies entschied der Erste Senat des Bundesverfassungsgerichts mit Urteil vom 15. Februar 2006.

© 2020 Bundesverfassungsgericht, Pressemitteilung 11/2006, www.bundesverfassungsgericht.de, 15.02.2006

2

Verfassungsbeschwerden gegen akustische Wohnraumüberwachung (so genannter Großer Lauschangriff) teilweise erfolgreich

Der Erste Senat des Bundesverfassungsgerichts hat mit heute verkündetem Urteil entschieden, dass […]ein erheblicher Teil der Vorschriften der Strafprozessordnung (StPO) zur Durchführung der akustischen Überwachung von Wohnraum zu Zwecken der Strafverfolgung verfassungswidrig […] ist.

© 2020 Bundesverfassungsgericht, Pressemitteilung Nr. 22/2004, www.bundesverfassungsgericht.de, 03.03.2004

EINSTIEGSAUFGABE

Lege mit Hilfe der zwei Pressemitteilungen dar, inwieweit das Bundesverfassungsgericht Kontrolle ausübt.

M26 Verfassungsrechtliche Stellung und Aufgaben des Bundesverfassungsgerichts

Deutschland hat mit dem Bundesverfassungsgericht eine eigenständige Institution geschaffen, die darüber wacht, ob sich das Parlament, die Regierung und die Gerichte in ihrer Rechtsprechung an das Grundgesetz halten. Als Hüter der Verfassung kann es jedes Gesetz, alles staatliche Handeln und jede Entscheidung der Gerichte auf ihre Verfassungsmäßigkeit hin überprüfen. Im Zentrum der Arbeit des Gerichts stehen dabei die Grundrechte der Bürgerinnen und Bürger. Es schützt aber nicht nur die Grundrechte der Menschen, sondern formuliert auch rechtsverbindliche Interpretationen

Rahmen für politisches Handeln
Das Grundgesetz der Bundesrepublik Deutschland gibt den Rahmen vor, in dem sich alles politische Handeln vollziehen muss. Artikel 1 (3) GG besagt: „Die […] Grundrechte binden Gesetzgebung, vollziehende Gewalt und Rechtsprechung als unmittelbar geltendes Recht."

Art. 94 GG
(1) Die Mitglieder des Bundesverfassungsgerichtes werden je zur Hälfte vom Bundestage und vom Bundesrate gewählt. Sie dürfen weder dem Bundestage, dem Bundesrate, der Bundesregierung noch entsprechenden Organen eines Landes angehören.

der Artikel des Grundgesetzes. Die deutsche Verfassung enthält nur allgemein formulierte Regeln. Was diese Regeln konkret bedeuten, muss ausgelegt und damit festgelegt werden.

Dabei ist das Gericht für ganz unterschiedliche Bereiche zuständig: Mit der Verfassungsbeschwerde wird insbesondere den Bürgerinnen und Bürgern ermöglicht, ihre grundrechtlich garantierten Freiheiten gegenüber dem Staat durchzusetzen. Jeder, der sich durch die öffentliche Gewalt in seinen Grundrechten verletzt fühlt, kann eine Verfassungsbeschwerde erheben. Man kann sich gegen die Maßnahme einer Behörde, gegen das Urteil eines Gerichts oder gegen ein Gesetz richten.

Nur das Bundesverfassungsgericht darf feststellen, dass ein Gesetz mit dem Grundgesetz nicht vereinbar ist. Wenn ein anderes Gericht ein Gesetz für verfassungswidrig hält und es deshalb nicht anwenden will, muss es zuvor die Entscheidung des Bundesverfassungsgerichts einholen (konkrete Normenkontrolle). Darüber hinaus können die Bundesregierung, eine Landesregierung oder ein Drittel der Mitglieder des Bundestags die Verfassungsmäßigkeit einer Rechtsnorm überprüfen lassen (abstrakte Normenkontrolle).

Das Bundesverfassunsgericht kann auch dann angerufen werden, wenn zwischen Verfassungsorganen oder zwischen Bund und Ländern Meinungsverschiedenheiten über die gegenseitigen verfassungsmäßigen Rechte und Pflichten bestehen (Organstreit). Gegenstand eines Organstreits können beispielsweise Fragen des Parteien-, Wahl- oder Parlamentsrechts sein. Im Bund-Länder-Streit geht es häufig um Kompetenzprobleme.

Bearbeiter

M27 Legitimation und Aufbau des Bundesverfassungsgerichts

Legitimation
Der Begriff „Legitimation" steht für die Rechtfertigung, warum eine Institution oder die darin tätigen Menschen politische Entscheidungen treffen können.

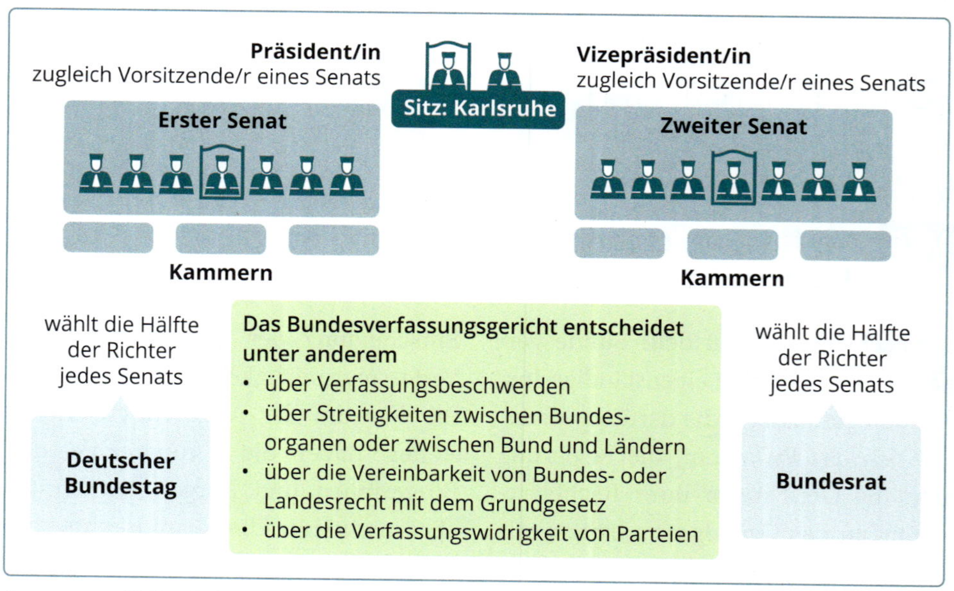

Bergmoser + Höller Verlag AG, Zahlenbilder 129 015

M28 Hat das Gericht zu viel Macht

Kritik am Bundesverfassungsgericht ist nicht neu. Im Gegenteil: Sie ist so alt wie das Bundesverfassungsgericht selbst. Doch der Kritik liegt ein Missverständnis zugrunde. Das Bundesverfassungsgericht war nie unpolitisch. Schon seit seiner Gründung im Jahr 1951 lag es immer wieder im Streit mit der Legislative und der Exekutive. Seit mehr als sechs Jahrzehnten steht das Gericht deshalb unter Generalverdacht der Einmischung in die Politik sowie der verfassungsrechtlichen Knebelung des Gesetzgebers. [...] In der Theorie heißt es, „das Bundesverfassungsgericht wacht über die Einhaltung des Grundgesetzes". Doch die Praxis sieht ganz anders aus. Das Bundesverfassungsgericht ist eben nicht nur Garant für die Menschenwürde und die Grundrechte. Die Verfassungsrichter wachen nicht nur darüber, dass in der Politik die demokratischen Spielregeln eingehalten werden, etwa im Wahlrecht oder bei den Kontrollrechten des Parlaments gegenüber der Regierung. Vielmehr ist das Bundesverfassungsgericht ein politisches Gericht, es urteilt nicht nur über politische Entscheidungen, sondern macht auch Politik. [...] Der politische Einfluss des Gerichts ist groß, schließlich gibt es kaum noch eine politische Entscheidung, die ohne Zutun des Bundesverfassungsgerichts gefällt wird. Schon im Gesetzgebungsverfahren wissen alle Beteiligten, ein Kläger findet sich nach der Verabschiedung eines Gesetzes immer. [...] Doch die Parteien sind vor allem auch selber schuld daran, dass das Bundesverfassungsgericht so viel Macht hat und ihnen deshalb immer wieder vorschreibt, welche Politik sie zu machen haben. [...] Immer wieder werden politische Streitfragen nach Karlsruhe getragen, weil sich die Politik nicht traut, den Wählern reinen Wein einzuschenken. Anderseits ist das Bundesverfassungsgericht zu einem Kampfplatz der Opposition verkommen. Wann immer diese politischen Mehrheitsentscheidungen nicht akzeptieren will, wie [...] bei der Einführung des Betreuungsgeldes, ruft sie nach einem Urteil aus Karlsruhe, um so die verlorene politische Auseinandersetzung zu verlängern.

Christoph Seils, Die Überpolitiker aus Karlsruhe, www.tagesspiegel.de, 04.03.2013

AUFGABEN

1. Beschreibe die verfassungsrechtliche Stellung sowie die Aufgaben des Bundesverfassungsgerichts (**M26**).
2. Vergleiche die Legitimation des Bundestags mit der des Bundesverfassungsgerichts (**M27**).
3. Erkläre, warum das Abschieben von Entscheidungen nach Karlsruhe ein zweischneidiges Schwert für die Politik sein kann (**M28**).
4. Erörtere die Thesen: „Das Bundesverfassungsgericht mischt sich zu sehr in die Politik ein!" und „Erst die Politik verleiht Karlsruhe seine Macht!" (**M26 – M28**).

WAS WIR WISSEN

Gesetze

Politik beschäftigt sich mit der Lösung von Problemen und Konflikten, die für die Gesellschaft von Bedeutung sind. Damit die Lösung für alle Gesellschaftsmitglieder verbindlich ist, wird sie häufig in Form von Gesetzen herbeigeführt. Gesetze enthalten Regeln, denen sich die Betroffenen nicht entziehen können. Sie schützen die Menschen (z. B. Lebensmittelgesetz), ordnen das gesellschaftliche Zusammenleben (z. B. im Bereich des Luft- und Straßenverkehrs) und steuern das Verhalten der Menschen (z. B. Gesetz zur Besteuerung von Zigaretten).

Gang der Gesetzgebung
M15 – M21

Die Gesetzgebung ist ein langwieriger Prozess, an dem Bundesregierung, Bundestag und Bundesrat mitwirken. Aber auch einzelne Interessengruppen versuchen, über ihre Interessenorganisationen oder die öffentliche Meinung Einfluss zu nehmen. Das Initiativrecht haben Bundesregierung, Bundesrat und Bundestag (mindestens fünf Prozent der Abgeordneten). Die meisten Initiativen kommen von der Bundesregierung. Die Entwürfe werden von den Fachministerien ausgearbeitet, vom Kabinett abgesegnet und in den Bundestag eingebracht. Nach den Beratungen im Plenum (1. Lesung) wird der Entwurf an die Ausschüsse verwiesen. Dort findet eine intensive Beratung statt. Experten können befragt, strittige Themen ausdiskutiert und Kompromisse gefunden werden. Unter anderem hier versuchen Interessenverbände, Gesetze in ihrem Sinne zu beeinflussen. Der überarbeitete Entwurf kommt zur 2. und 3. Lesung und zur Beschlussfassung ins Plenum zurück. Anschließend wird im Bundesrat beraten und abgestimmt. Am Ende muss der Bundespräsident das Gesetz unterzeichnen, damit es in Kraft treten kann. Im Bundesanzeiger wird es veröffentlicht.

Politikzyklus
Methode auf S. 133

Politik kann als (endloser) Versuch zur verbindlichen Lösung gesellschaftlicher Probleme oder Konflikte gesehen werden. Am Anfang steht dabei ein ungelöstes Problem. Ob es sich tatsächlich um ein politisches Problem handelt und wie dieses zu lösen ist, darüber wird öffentlich diskutiert. Es folgt der formale Gesetzgebungsprozess. Die parlamentarische Mehrheit macht einen Vorschlag, wie das Problem allgemeinverbindlich gelöst werden soll. Ist das Gesetz vom Bundestag (und Bundesrat) verabschiedet, so muss es umgesetzt werden. Dabei wird es diskutiert und bewertet. Ist das Problem gelöst, so endet der Politikzyklus. Erfolgt eine Neubewertung des Problems, dann beginnt der Zyklus von Neuem.

Der Bundespräsident
M23

Der Bundespräsident wird von der Bundesversammlung (durch Vertreter des Bundestags und der Länder) auf fünf Jahre gewählt. Um seine überparteiliche Stellung nicht zu gefährden, lässt er eine Parteimitgliedschaft oder berufliche Verpflichtungen für die Dauer seiner Amtszeit ruhen. Zu seinen Aufgaben gehören:

- völkerrechtliche Vertretung des Bundes und Abschluss von Verträgen mit anderen Staaten im Namen des Bundes
- Prüfung, Unterzeichnung und Verkündung von Gesetzen

WAS WIR WISSEN

- Vorschlag, Ernennung und Entlassung des Bundeskanzlers
- Ernennung und Entlassung der Bundesminister
- Begnadigungsrecht

Bedeutung des Amtes
M24

Bei diesen Aufgaben handelt es sich weitestgehend um formale Kompetenzen, denn der Bundespräsident hat dabei nur einen geringen Entscheidungsspielraum, es sei denn, er hat begründete Zweifel an der Verfassungsmäßigkeit eines Vorgangs oder eines Gesetzes. Dann kann er seine Unterschrift verweigern. Der tatsächliche Einfluss des Bundespräsidenten beruht auf seiner Überzeugungskraft und seinem Ansehen in der Öffentlichkeit. Gelegentlich wird die Frage nach einer Direktwahl des Bundespräsidenten aufgeworfen

---

Das Bundesverfassungsgericht
M26-M28

Das Bundesverfassungsgericht ist oberster Hüter der Verfassung. Es ist allen anderen Verfassungsorganen (Bundestag, Bundesregierung, Bundesrat, Bundespräsident) gegenüber selbstständig, unabhängig und diesen gleichgeordnet.
Ihm kommen wichtige Aufgaben zu:
- Es entscheidet bei Streitigkeiten zwischen Verfassungsorganen (Organstreit);
- es entscheidet, ob Bürger in ihren Grundrechten verletzt wurden (Verfassungsbeschwerden);
- es kontrolliert bestehende Gesetze hinsichtlich ihrer Übereinstimmung mit der Verfassung (konkrete und abstrakte Normenkontrolle);
- und es entscheidet, ob eine Partei verboten werden soll (Parteiverbot).

Durch seine Rechtsprechung konkretisiert das höchste Gericht die Bestimmungen des Grundgesetzes und entwickelt sie weiter. Kritik erfährt das Gericht, wenn es dem Gesetzgeber detaillierte Lösungsvorschläge unterbreitet („Ersatzgesetzgeber“) oder der Verdacht entsteht, die Opposition benutze das Gericht, um unliebsame politische Mehrheitsentscheidungen zu blockieren (Justizialisierung von Politik). Doch genießt das Bundesverfassungsgericht nach wie vor sehr hohes Ansehen. Der Sitz des 1951 gegründeten Gerichts ist Karlsruhe.

SELBSTDIAGNOSE

Ich kann ...	Dazu benötige ich u. a. folgende Begriffe ...	Das klappt schon ...	Hier kann ich noch üben ...
... die Stellung des Bundeskanzlers im politischen System erklären.	• Verfassungnorm • Verfassungsrealität	+/–	**Kap. 4.1** • M2 – M4 • S. 119, Aufg. 3 • WWW*
... Aufgaben und Arbeitsweise des Deutschen Bundestages darstellen.	• Redeparlament • Arbeitsparlament	+/–	**Kap. 4.1** • M6 – M9 • S 123, Aufg. 1, 3, 4 • WWW
... die Stellung der Abgeordneten des Deutschen Bundestages darstellen.	• Freies Mandat • Fraktionsdisziplin	+/–	**Kap. 4.1** • M13a–b, M14 • S. 125, Aufg. 1, 2 • WWW
... den Politikzyklus auf ein politisches Problem übertragen.	• Problem • Gesetzgebung • Entscheidung	+/–	**Kap. 4.2** • M19, M20, M23a-b • Methode auf S. 133 • S. 132, Aufg. 3 • WWW
... den Gang der Gesetzgebung an einem Beispiel erläutern.	• Bundestag • Bundesrat • Bundesregierung • Bundespräsident	+/–	**Kap. 4.1** • M3, M6 **Kap. 4.2** • M19 – M21, M23 • S. 132, Aufg. 1-3 • WWW
... den Einfluss des BVerfG und des Bundespräsidenten auf die Politik erläutern.	• Grundrechte • Organstreitverfahren • „Ersatzgesetzgeber"?	+/–	**Kap. 4.2** • M24, M28 • S. 136, Aufg. 3 • S. 139, Aufg. 3, 4 • WWW

* *WWW: WAS WIR WISSEN*

WAS WIR KÖNNEN

Schlagzeilen zuordnen

Täglich finden sich in den Medien zahlreiche Meldungen zur Bearbeitung von politischen Problemen. Sie lassen sich alle in das Modell des Politikzyklus einordnen.

Mehrwertsteuer für Hoteliers
Abgeordnete der CDU fordern, dass die Entscheidung, Hoteliers nur mit dem ermäßigten Mehrwertsteuersatz zu belasten, zurückgenommen wird.

Bürgerproteste gegen neues Industriegebiet
Die Ankündigung der Stadtverwaltung, ein neues Industriegebiet auszuweisen, löst eine Flut an Leserbriefen aus.

Autofahren zukünftig mit 17
Bundesregierung macht den Weg frei für das „begleitete Autofahren mit 17". Von der Neuregelung, der Bundestag und Bundesrat noch zustimmen müssen, erhofft sich das Kabinett insgesamt weniger Verkehrsunfälle.

Entscheidung des höchsten Gerichts
Das Rauchverbot in Bayern verstößt nicht gegen das Grundgesetz. Das Bundesverfassungsgericht verwarf eine Verfassungsbeschwerde gegen die per Volksentscheid beschlossene Regelung.

Bundesaußenminister fordert eine Welt ohne Atomwaffen
Staaten sollen abrüsten.

Atomkraftwerke sollen länger laufen
Der Bundestag berät darüber, ob die Laufzeiten für Atomkraftwerke verlängert werden sollen.

Volksentscheid in Bayern
Die Bürger Bayerns stimmen per Volksentscheid für ein strengeres Rauchverbot.

Viele Schulgebäude in schlechtem Zustand
Zur Sanierung fehlt jedoch in vielen Gemeinden das Geld.

45.000 Lehrer fehlen
Jetzt sollen Pensionäre unterrichten.

Alterung der Gesellschaft
In Ostdeutschland mehr offene Lehrstellen als Bewerber.

Aufgabe
Ordne die Meldungen den einzelnen Phasen des Politikzyklus zu und begründe deine Entscheidung.

Islamismus
Parteienverbot
Scharia-Polizei
Menschenrechte
Rechtsextremismus
Alltagsrassismus
Diskriminierung
Meinungsfreiheit
Gewaltenteilung
Sicherheit
Radikalisierung
Linksextremismus
Rechtsstaat
Diskriminierung
Wehrhafte Demokratie
Anarchie
Verfassungsschutz
NPD
Rassismus
Islamischer Staat
Grundrechte
Freiheit

5

Extremismus und wehrhafte Demokratie

Obgleich unsere parlamentarische Demokratie in Deutschland vielen selbstverständlich erscheint, hat sie dennoch Feinde. Verschiedene extremistische Gruppen versuchen, die politische Ordnung Deutschlands zu beseitigen und durch fundamentalistische Strukturen zu ersetzen. Im Fokus der Medien stehen hierbei in den letzten Jahren insbesondere rechts- und linksextremistische sowie islamistische Gruppen. Inwieweit sie wirklich eine Gefahr für unseren demokratischen Verfassungsstaat sind und wie sich letzterer zur Wehr setzen kann, ohne seine Grundüberzeugungen zu verletzten, erfahrt ihr in diesem Kapitel.

KOMPETENZEN

Am Ende des Kapitels solltet ihr Folgendes können:

- Merkmale politischen Extremismus charakterisieren
- Gefahren von links- und rechtsextremistischen sowie islamistischen Gruppierungen für die freiheitlich-demokratische Grundordnung beurteilen
- die Bedeutung der freiheitlich-demokratischen Grundordnung für den Einzelnen bewerten
- das Modell der „wehrhaften Demokratie" erklären

WAS WISST UND KÖNNT IHR SCHON?

Arbeitet in Kleingruppen.

1. Teilt die Begriffe auf der linken Auftaktseite unter euch auf.
2. Erstellt jeweils für jeden Begriff eine kurze Info-Karte, indem ihr folgende Fragen beantwortet: Was bedeutet der Begriff? Woher kennt ihr den Begriff oder wo seid ihr dem Begriff schon einmal begegnet? Was hat der Begriff mit dem Kapitel zu tun?
3. Vergleicht zunächst eure Ergebnisse in der Gruppe, dann in der Klasse.

5.1 Islamismus, Rechts- und Linksextremismus – ein Problem für Deutschland?

Zum Thema: In den Medien wird seit Herbst 2015 politischer Extremismus in Deutschland immer präsenter dargestellt. Deckt sich diese Darstellung mit der Realität? Dieses Kapitel klärt über Art, Auftreten und Entwicklung von politischem Extremismus in Deutschland auf.

M1 Fallbeispiele: Liegt „politischer Extremismus" vor?

a) „Scharia-Polizei" in Wuppertal

„Scharia-Polizei" in Wuppertal

Im Wuppertal sorgte 2014 eine Gruppe Männer im Alter von 19 bis 33 Jahren für Aufregung, als sie in Warnwesten mit dem Schriftzug „Sharia* Police" durch die Stadt patrouillierte. Aus einem Internetvideo geht Polizeiberichten zufolge hervor, dass die Männer versuchten Menschen von dem Besuch von Diskotheken und Spielhallen abzuhalten. Zudem verteilten sie Flyer mit Regeln, auf denen unter anderem stand, man solle keinen Alkohol trinken, sowie nicht spielen, Musik hören oder rauchen.

* *Scharia = religiöses Gesetz im Islam, islamisches Recht*

b) Gewalt gegen Sachgegenstände in Hamburg

Während einer Demonstration gegen den G-20 Gipfel in Hamburg wurde die Filiale eines Einzelhandelsunternehmens zerstört. (Symbol „A in einem Kreis" = Zeichen für Anarchismus, griechisch für „keine/ohne Herrschaft" = Widerstand gegen die bestehende Ordnung.)

c) Ein Mann Tötet Menschen in Halle

Vor der Synagoge in Halle nach dem Anschlag

Nach dem Anschlag auf eine Synagoge herrscht in Halle Trauer und Entsetzen. [Ein 27-jähriger Mann] [...] versuchte, die verschlossenen Türen [einer Synagoge] mit Schüssen zu öffnen, was misslang. Er erschoss dann eine an der Synagoge vorbeilaufende Passantin. Anschließend fuhr er zu einem nahgelegenen Döner-Imbiss und warf einen Sprengsatz, der am Türrahmen abprallte und auf der Straße detonierte. Daraufhin erschoss er einen der Gäste.

©Deutschlandfunk, Halle – Was wir bisher über das Attentat wissen, www.deutschlandfunk.de, 10.10.2019

EINSTIEGSAUFGABE

Positioniere dich zu der Leitfrage, inwiefern es sich bei den Beispielen **M1a-c** um politischen Extremismus handelt.

M2 Politischer Extremismus: Bedeutung und Erscheinungsformen

a) Was ist „politischer Extremismus"?

Im politischen Sinne bedeutet Extremismus die prinzipielle, unversöhnliche Gegnerschaft gegenüber Ordnungen, Regeln und Normen des demokratischen Verfassungsstaates sowie die fundamentale Ablehnung der mit ihm verbundenen gesellschaftlichen und ökonomischen Gegebenheiten. Extremistische Einstellungen basieren i. d. R. auf grundsätzlicher Ablehnung gesellschaftlicher Vielfalt, Toleranz und Offenheit und stellen häufig den Versuch dar, die aktuellen politischen, ökonomischen und sozialen Probleme auf eine einzige Ursache zurückzuführen.

Martina Klein / Klaus Schubert, Extremismus, Das Politik Lexikon, Bonn 2016, S. 113

b) Was sind die häufigsten Erscheinungsformen von Extremismus?

Rechtsextremismus

Der Rechtsextremismus stellt in Deutschland kein einheitliches Phänomen dar. Allgemein herrscht aber die Auffassung vor, dass die Zugehörigkeit zu einer bestimmten Ethnie, Nation oder Rasse zugleich entscheidend für den „Wert" eines Menschen sei. Dieses rechtsextre-

Ethnie

Der Begriff Ethnie kommt aus dem Griechischen (Ethnie = Volkszugehörige, Volk) und bezeichnet in der Soziologie bzw. Ethnologie eine abgrenzbare Menschengruppe. Rassismus und Fremdenfeindlichkeit sind mit dem Begriff verbundene Vorstellungen.

mistische Werteverständnis steht im fundamentalen Widerspruch zu unserem Grundgesetz, das die Würde des Menschen in den Mittelpunkt stellt. Rechtsextremismus ist geprägt von hoher Militanz und einem hohen Gewaltniveau. Das zeigt die große Zahl der fremdenfeindlich motivierten Gewalttaten.

© Bundesamt für Verfassungsschutz, Broschüre „Das Bundesamt für Verfassungsschutz", 2016, S. 19

Militanz
kriegerische Haltung

Linksextremismus

Linksextremisten sehen den Widerstand gegen die bestehende freiheitliche Staats- und Gesellschaftsordnung als einen Kernbereich ihrer politischen Zielsetzung an. Sie streben eine grundlegende Umwälzung der politischen und gesellschaftlichen Verhältnisse in unserem Land an. […] Linksextremisten, vor allem aus der autonomen Szene, bekennen sich offen zum Einsatz von Gewalt als – aus ihrer Sicht – legitimen Bestandteil ihrer Politik. Sie rechtfertigen die eigene Gewalt dabei als angeblich notwendiges Mittel in der politischen Auseinandersetzung, um sich gegen ein vermeintliches System von Zwang, Ausbeutung und Unterdrückung zu wehren. Je nach Situation werden dabei Straftaten unterschiedlichster Art und Intensität begangen.

Ebd., S. 20

legitim
rechtmäßig

Autonome Szene
Die „autonome Szene" sind bestimmte, unterschiedliche linksradikale Bewegungen.

Islamismus / islamistischer Terrorismus

Der Islamismus in Deutschland tritt in verschiedenen Ausprägungen auf. Allen gemeinsam ist der Missbrauch der Religion des Islam für die politischen Ziele und Zwecke von Islamisten. Islamistische Ideologie geht von einer göttlichen Ordnung aus, der sich Gesellschaft und Staat unterzuordnen haben. Dieses Islamverständnis steht im deutlichen Widerspruch zur freiheitlichen demokratischen Grundordnung. Verletzt werden dabei vor allem die demokratischen Grundsätze der Trennung von Staat und Religion, der Volkssouveränität, der Gleichstellung der Geschlechter sowie der religiösen und sexuellen Selbstbestimmung. Insbesondere gewaltorientierte Strömungen stellen eine große Gefahr auch innerhalb Deutschlands dar.

Ebd., S. 23

AUFGABE

Bearbeitet die folgende Aufgabe in Kleingruppen:

a) Arbeitet aus **M2a** die (allgemeinen) Merkmale des politischen Extremismus bzw. aus **M2b** die Merkmale der jeweiligen Extremismusform heraus.
b) Vergleicht eure Ergebnisse in der Klasse.
c) Überprüft nach der Auseinandersetzung mit dem Begriff und den Formen politischen Extremismus erneut eure Positionen aus der Einstiegsaufgabe zu **M1**.

H ZU AUFGABE
→ S. 270

F ZU AUFGABE
Sammle aus aktuellen Pressenachrichten Beispiele für politischen Extremismus und stelle deine Ergebnisse in der Klasse vor.

M3 Anzahl politisch motivierter Kriminalität (PMK)

Kriminalität (PMK) in den Jahren 2017 und 2018 in Deutschland

Phänomene*	PMK-Rechts	PMK-Links
Tötungsdelikte	0 (0)	0 (0)
Versuchte Tötungsdelikte	4 (6)	3 (0)
Körperverletzungen	904 (938)	499 (363)
Brandstiftungen und Sprengstoffexplosionen	47 (11)	150 (109)
Landfriedensbruch	10 (14)	784 (90)
Sachbeschädigung	1.317 (905)	3.190 (2.219)
Nötigung / Drohung	336 (352)	80 (71)
Propagandadelikte**	11.894 (12.404)	Keine Angaben
extremistisch motivierte Straftaten gesamt	19.467 (19.409)	6.393 (4.622)

** Deliktgruppen der Phänomenbereiche im Jahresvergleich 2017 und 2018 (in Klammern)*
*** Erklärung: → Lexikon für Sozialkunde auf S. 302*

Nach: Bundesamt für Verfassungsschutz, Verfassungsschutzbericht 2018, www.verfassungsschutz.de, 27.06.2019, S.25 und 32

M4 Gemeinsamkeiten zwischen extremistischen Einstellungen

Bei allen Differenzen gibt es eine Reihe gemeinsamer Merkmale des modernen politischen Extremismus. Hierzu gehören der Absolutheitsanspruch der eigenen Auffassungen, Dogmatismus, die Unterteilung der Welt in Freund und Feind, aber auch Verschwörungstheorien und Fanatismus [...]. Extremistische Ideologien sind geschlossene Denkgebäude, die von ihren Anhängern angewandt oder ausgelegt, nicht aber reflektiert und fortentwickelt werden. Sie haben einen quasi-religiösen Status, sie werden nicht diskutiert, sondern geglaubt. Politik besteht nicht aus einer Programmatik, Politik ist vielmehr Weltanschauung, die alle Lebensbereiche regelt.

Sie gilt als ewiggültig oder von Natur aus wahr. Der Glaube an Volksgemeinschaft und Nation oder an die historische Mission der Arbeiterklasse und die Diktatur des Proletariats oder an die Vorschriften des Korans und den islamischen Gottesstaat treten an die Stelle politischer Programmatiken, denen es um die Diskussion und Durchsetzung von rationalen Zielen geht. Der ewige Überlebenskampf – gegen die „Verräter" und „Ungläubigen" oder die „jüdisch-bolschewistische Weltverschwörung" oder die „kapitalistische Ausbeutung" und den „Imperialismus" – und die Utopie einer „homogenen Volksgemeinschaft", einer „klassenlosen Gesellschaft" oder eines „Gottesstaates" gelten nicht als diskussionswürdige Programme, sondern als substantielle und unverrückbare Grundfeste des politischen Glaubensbekenntnisses.

Die demokratische Idee der Herrschaft auf Zeit und der beständigen Legitimation und Kontrolle der politischen Führung durch ein institutionelles System von checks and balances ist dem politischen Extremismus fremd, denn sie unterläuft das Bild eines starken Staates.

Hans-Gerd Jaschke, Rechts- und Linksextremismus, Islamismus, in: ders., Politischer Extremismus, VS Verlag für Sozialwissenschaften, Wiesbaden 2006, S. 31

Hans-Gerd Jaschke, deutscher Politikwissenschaftler, forscht über Extremismus.

Dogmatismus
starres und unkritisches Festhalten an Meinungen, Überzeugungen oder Ähnliches.

Checks and balances
Aus dem Englischen: Überprüfung und Ausgleich. Meint das Kontrollsystem zur gleichmäßigen Machtverteilung zwischen Gesetzgebung, Regierung und Rechtssprechung.

M5 Thüringens Innenminister zur Entwicklung des politischen Extremismus

Georg Maier (SPD) ist Minister für Inneres und Kommunales des Freistaates Thüringen.

In Thüringen organisiert sich die rechtsextremistische Szene laut dem neuen Verfassungsschutzbericht immer besser. Derzeit gebe es im Freistaat rund 900 Rechtsextremisten, so Innenminister Georg Maier (SPD) [...]. Rund 250 von ihnen gelten als gewaltbereit und gefährlich. Insgesamt 1.228 rechts motivierte Straftaten zählten die Verfassungsschützer im Jahr 2018. Obwohl die Anzahl der Delikte zurückging, steigt die Gewaltbereitschaft spürbar. [...] Als Beispiel nennt Georg Maier aktuelle Fälle, wie der Mord an dem CDU-Politiker Walter Lübcke. [...] Auch der Anschlag auf die Synagoge von Halle zeigt laut Maier, wie rechtsextreme Gewalt zunehmend eskaliert. Den Nährboden für diesen Rechtsterrorismus sieht der SPD-Politiker in der zunehmenden Radikalisierung im Internet. Lügen, Hass und Hetze seien in Internetforen und WhatsApp-Gruppen an der Tagesordnung. Doch nicht nur die Ideologie sei gefährlich, so Stephan Kramer, Präsident des Thüringer Amtes für Verfassungsschutz. Vielmehr beobachtet seine Behörde seit Jahren „eine erlebnisorientierte rechtextreme Szene". Kampfsportstudios, Jugendclubs und Konzertveranstaltungen sind nur einige Beispiele, wie offen der Rechtsextremismus inzwischen gelebt werde. Auch beim Islamismus kann der Innenminister keine Entwarnung geben. [...] Der Verfassungsschutz [zählt] rund 130 Islamisten und Salafisten mit Gewaltbezug. [...] Zurückgegangen sind auch die politisch links motivierten Straftaten. Insgesamt 310 Fälle zählten die Verfassungsschützer 2018, rund 120 weniger als im Vorjahr. 30 Delikte fallen dabei in den Bereich der Gewaltkriminalität.

Alexander Reißland, Verfassungsschutzbericht – Innenminister sieht im Rechtsextremismus die größte Gefahr für Thüringen, in: www.mdr.de, 11.11.2019

AUFGABEN

1. Bearbeitet die Tabelle in **M3** in Partnerarbeit.
   a) Wertet die Tabelle **M3** aus, indem ihr die politisch motivierte Kriminalität der Anzahl nach ordnet.
   b) Erklärt, inwiefern die Ereignisse in **M3** für Staat und Gesellschaft gefährlich sein können. Ordnet eure Aussagen nach Pro- und Kontra-Argumenten.
2. Erstelle mit Hilfe der Materialien **M2b** und **M4** eine Mindmap (→ Methode auf S.151), in der du Gemeinsamkeiten und Unterschiede der dargestellten Extremismusformen zusammenfasst.
3. Diskutiert in der Klasse die Aussage von Herrn Maier, dass die zunehmende Radikalisierung im Internet einen Nährboden für Rechtsterrorismus sei (**M5**).

F ZU AUFGABE 2
Recherchiert die im Text in M4 angedeuteten Unterschiede der verschiedenen Richtungen politischen Extremismus. Untersucht dabei folgende Punkte: Entstehungsgeschichte, Mittel, Ziele, Menschenbild.

METHODE

Eine Mindmap erstellen

I. Worum geht es?

Eine Mindmap (englisch: *mind map*; auch: *Gedanken[land]karte, Gedächtnis[land]karte*) erstellen, ist eine Technik, die für das Erschließen oder das visuelle Darstellen eines Themengebietes oft zum Einsatz kommt. Hierbei sollen Gedanken freien Lauf erhalten und so die Fähigkeit des Gehirns zur Kategorienbildung genutzt werden.

II. Geht dabei so vor:

1. Schritt: Das Thema bestimmen

Zuerst gilt es, ein möglichst konkretes Thema bzw. einen bestimmten Begriff zu bestimmen. Schreibt dieses Thema/diesen Begriff in die Mitte eines Papiers.

2. Schritt: Hauptäste setzen

Zieht Linien/Hauptäste von dem Thema/Begriff in verschiedene Richtungen. Schreibt dann Oberbegriffe in Großbuchstaben am Ende der Hauptäste. Mit diesen Oberbegriffen strukturiert ihr das Thema/den Begriff grundlegend, überlegt hier also genau, welche Begriffe ihr für die Hauptäste wählt.

3. Schritt: Nebenarme setzen

Ergänze nun Nebenarme mit einer zweiten (und evtl. dritten) Gedankenebene.

4. Schritt: Erweiterung und Abschluss

Nun erweitert eure Mindmap: Ihr könnt an jedem Arm Begriffe und Ideen ergänzen, gerade wo euch etwas einfällt.

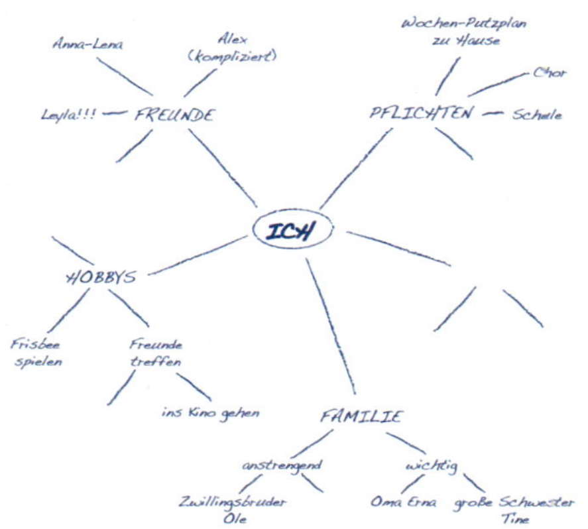

Bearbeiter

WAS WIR WISSEN

Politischer Extremismus
M2

Ein Kennzeichen des politischen Extremismus ist die Gegnerschaft zu den Ordnungen, Regeln und Normen des demokratischen Verfassungsstaates. Prinzipien einer freiheitlich-demokratischen Ordnung wie Volkssouveränität, Gewaltenteilung, Rechtsstaatlichkeit und die Achtung der Menschenrechte werden von Extremisten abgelehnt. Charakteristisch für politischen Extremismus ist der Anspruch auf unbedingte Richtigkeit der eigenen Auffassungen. Unterschiedliche Interessen und Meinungen werden nicht geduldet (Antipluralismus). Damit einher geht die Aufteilung der Welt in die Kategorien Freund und Feind. Da Extremisten ihre politische Haltung als die einzig richtige ansehen, liefe deren Herrschaft auf die Abschaffung der Demokratie und die Errichtung einer Diktatur hinaus.

Rechtsextremismus
M2 – M5

Typische Merkmale rechtsextremistischer Gruppen und Ideologien sind Intoleranz, Rassismus, Antisemitismus und Fremdenfeindlichkeit. Rechtsextremistische Bewegungen verfolgen das Ziel eines autoritären, antipluralistischen und antidemokratischen Gesellschaftssystems und bedrohen damit die freiheitlich demokratische Grundordnung Deutschlands.

Linksextremismus
M2 – M5

Innerhalb der politischen Linken werden jene Gruppen linksextremistisch eingestuft, die die parlamentarische Demokratie und vor allem den Kapitalismus als Wirtschafts- und Gesellschaftssystem verneinen. Linksextremistische Gruppen streben – teils unter Verwendung von Gewalt – nach einem egalitären, klassenlosen Gesellschaftssystem.

Islamismus
M2 – M5

Verschiedene extremistische politische Ideologien und Bewegungen, die den Islam zum Fundament haben, werden mit dem Begriff „Islamismus" beschrieben. Allen Strömungen innerhalb des Islamismus liegen u. a. folgende Ansichten zugrunde: Islam als einzige Quelle für das politische System, politische und religiöse Einheit aller Muslime der Welt (Umma), Abschaffung des weltlichen Staats und Einführung der Staatsreligion sowie Widerstand gegenüber fremder, nicht-muslimischer Einmischung.

WAS WIR KÖNNEN

Umgang mit politischem Extremismus

Karikatur: Heiko Sakurai, 2015

Aufgaben

1. Analysiere die Karikatur nach einer dir bekannten Schrittfolge (→ Methode auf S. 51).

2. Stellt euch vor: Ihr seid Politikberater der Bundesregierung. Die Zahl politisch extremistischer Straftaten ist gestiegen. Als Politikberater müsst ihr der Bundesregierung Handlungsempfehlungen vorschlagen.

a) Teilt die Klasse in Kleingruppe auf. Arbeitet verschiedene Handlungsempfehlungen heraus.

b) Vergleicht und diskutiert die Ergebnisse mit den anderen Gruppen.

3. Positioniert euch zu der Frage, inwiefern politischer Extremismus eine Herausforderung für unseren Staat bedeutet.

5.2 Die freiheitlich-demokratische Grundordnung (FDGO)

5.2.1 Die FDGO und ihre Prinzipien – für unsere Gesellschaft (un)wichtig?

Zum Thema: Oftmals sprechen wir von „unserer Demokratie“ oder „unserer Republik“, wenn wir unseren Staat bzw. unsere Art von Zusammenleben meinen. Was aber genau diesen Staat bzw. unsere Art zu leben ausmacht, bleibt im Unklaren. Sind es bestimmte Werte oder die Artikel des Grundgesetzes? Letzteres nähert sich der Kernstruktur unseres Gemeinwesens mit dem Begriff der „freiheitlich-demokratischen Grundordnung“ (FDGO), die es z.B. zu schützen (Art. 10, 2 GG) oder zu verteidigen (Art. 87a GG) gilt. Was genau die FDGO ausmacht und inwiefern sie prägend für unser Zusammenleben ist, erfahrt ihr in diesem Kapitel.

M6 Aussagen von politischen Extremisten

Stell dir vor, du begegnest Leuten, die es als normal ansehen, ...

1 ... zur Sabotage von Gebäuden, Institutionen und Fahrzeugen aufzurufen.

2 ... Wahlplakate aufzuhängen, die Religionsgemeinschaften verunglimpfen.

3 ... die Demokratie abzulehnen, da alle Gesetze und Regeln nur von Gott kommen können.

4 ... die Abschaffung von Privateigentum und die Verstaatlichung von Firmen zu fordern.

5 ... Frauen weniger wert zu schätzen als Männer.

6 ... Ausländer als krimineller als Deutsche anzusehen.

7 ... Gewalt zu bejahen, wenn es darum geht, seine Ziele durchzusetzen.

Bearbeiter

EINSTIEGSAUFGABEN

Bearbeitet die Aussagen in **M6** in Partnerarbeit.

a) Ordnet die Aussagen den Extremismusformen (**M2b, Kap. 5.1**) zu.

b) Nennt aus den Aussagen Ansichten, die für das Zusammenleben in unserem demokratischen Staat problematisch sein könnten.

M7 Was genau ist die „freiheitlich-demokratische Grundordnung"? Das Bundesverfassungsgericht klärt auf …

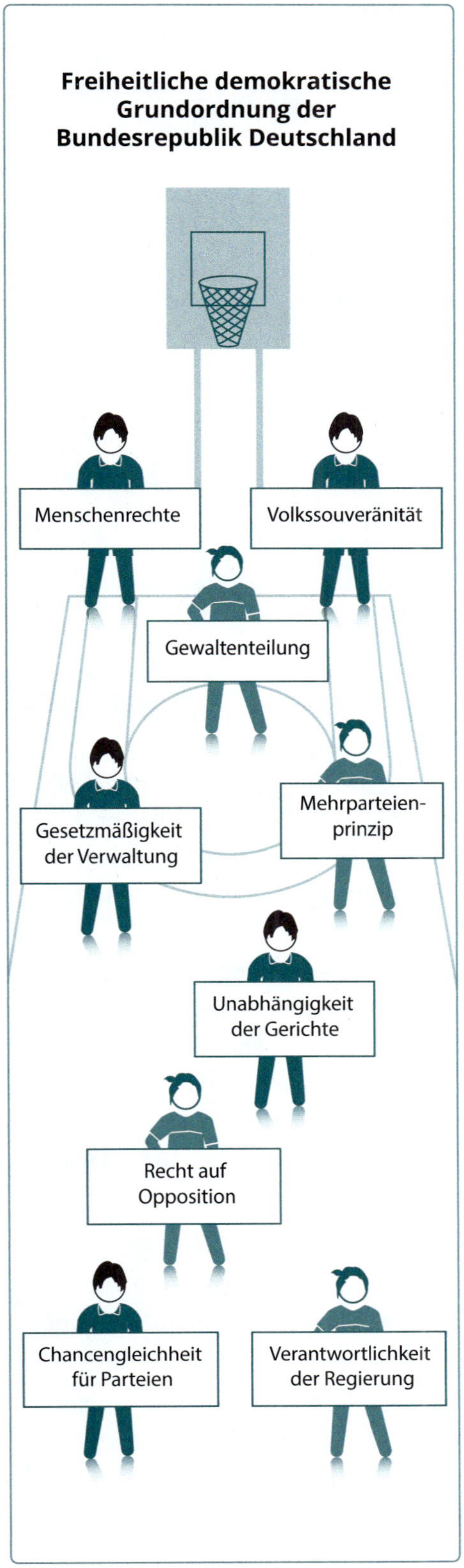

Der Begriff der „freiheitlich-demokratischen Grundordnung" wird zwar im Grundgesetz erwähnt, aber weder im Grundgesetz noch in den anderen (einfachen) Gesetzen erläutert. Das Bundesverfassungsgericht hat dies 1952 und 1956 im Rahmen von zwei Urteilen gegen verfassungswidrige Parteien nachgeholt und bezeichnet die freiheitliche und demokratische Grundordnung als eine Ordnung: „die nur unter Ausschluss jeglicher Gewalt- und Willkürherrschaft eine rechtsstaatliche Herrschaftsordnung auf der Grundlage der Selbstbestimmung des Volkes nach dem Willen der jeweiligen Mehrheit und der Freiheit und Gleichheit darstellt. Zu den grundlegenden Prinzipien dieser Ordnung sind mindestens zu rechnen:

- die Achtung vor den im Grundgesetz konkretisierten Menschenrechten, […],
- die Volkssouveränität,
- die Gewaltenteilung,
- die Verantwortlichkeit der Regierung,
- die Gesetzmäßigkeit der Verwaltung,
- die Unabhängigkeit der Gerichte,
- das Mehrparteienprinzip und
- die Chancengleichheit für alle politischen Parteien mit dem Recht auf verfassungsmäßige Bildung und Ausübung einer Opposition."

Verfassungsfeindlich sind daher solche Bestrebungen oder Zielsetzungen, die gegen diese Grundprinzipien gerichtet sind.

© Ministerium für Inneres und Kommunales des Landes NordrheinWestfalen (Hg.), Freiheitlich demokratische Grundordnung, www.andi.nrw.de, Abruf am 26.09.2019

M8 „Freiheitlich-demokratische Grundordnung" in der Karikatur

Benjamin Franklin (1706-1790)
„Wer die Freiheit aufgibt um Sicherheit zu gewinnen, der wird am Ende beides verlieren."

Karikatur: Thomas Plaßmann / Baaske Cartoons, 2014

H ZU AUFGABE 1a
→ S. 270

H ZU AUFGABE 1b
→ S. 270

AUFGABEN

1. Teilt euch in Gruppen auf und bearbeitet folgende Aufgaben:
   a) Stellt die Prinzipien der freiheitlich-demokratischen Grundordnung (**M7**) im Einzelnen dar, indem ihr für jedes Prinzip ein Beispiel beschreibt.
   b) Ermittelt u. a. mithilfe einer tabellarischen Gegenüberstellung, inwiefern die Formen von Extremismus in **M1** und **M2b** gegen die freiheitlich-demokratische Grundordnung verstoßen.
   c) Stellt euch vor, die Prinzipien der FDGO sind die Spieler einer Basketballmannschaft. Allerdings dürfen immer nur fünf Spieler auf das Spielfeld, während die anderen auf der Ersatzbank Platz nehmen. Begründe, welche fünf Spieler (Prinzipien) deiner Meinung nach am Spiel teilnehmen müssen (**M7**).
   d) Überprüft, gegen welche Prinzipien der FDGO die Aussagen aus **M6** verstoßen.

2. Analysiere die Karikatur in **M8**.
   a) Stelle dar, auf welche Problematik der Karikaturist hinweisen möchte.
   b) Diskutiere, inwiefern die Bauarbeiter in der Karikatur den Schutzwall auf Kosten der FDGO weiterbauen sollten.

3. Entwirf einen Staat, der von Personen mit extremistischen Ansichten regiert wird. Welche Auswirkungen hätte das für die Menschen, die in diesem Staat leben, d. h. welche Prinzipien der freiheitlich-demokratischen Grundordnung müssten aufgegeben werden (**M6 – M8**)?

5.2.2 Wie wird die freiheitlich-demokratische Grundordnung geschützt? – die wehrhafte Demokratie

Zum Thema: Unsere freiheitlich demokratische Grundordnung und die damit verbundenen Rechte und Freiheiten bestehen seit fast 70 Jahren. Doch bleiben wir diesen auch in Zeiten innerer und äußerer Bedrohungen treu? Am Beispiel der „wehrhaften" Demokratie" erfahrt ihr in diesem Kapitel, inwiefern sich unser Staat mithilfe des Grundgesetzes gegen innere und äußere Feinde schützen kann.

M9 Die wehrhafte Demokratie: Freiheit und Sicherheit?

Karikatur: Gerhard Mester

EINSTIEGSAUFGABE

Beschreibe die Problematik der Karikatur in **M9** mit eigenen Worten.

M10 Wie wird unsere Demokratie geschützt? – Die wehrhafte Demokratie im Grundgesetz

Die „wehrhafte Demokratie" der Bundesrepublik Deutschland kann als eine Reaktion auf das Scheitern der Weimarer Republik verstanden werden. Der Aufstieg der Nationalsozialisten, deren erklärtes Ziel die Abschaffung der Demokratie war, warf die Frage auf, wie sich ein demokratischer Staat gegen politischen Extremismus wehren kann, ohne die Freiheitsrechte seiner Bürger zu sehr einzuschränken. Im Zentrum der wehrhaften Demokratie steht die sogenannte Ewigkeitsgarantie des Art. 79 Abs. 3. Darin heißt es: „Eine Änderung dieses Grundgesetzes, durch welche die Gliederung des Bundes in Länder, die grundsätzliche Mitwirkung der Länder bei der Gesetzgebung oder die in den Artikeln 1 und 20 niedergelegten Grundsätze berührt werden, ist unzulässig." Zu den Grundsätzen gehören u. a. die Menschenwürde, die Rechts-, Sozial- und Bundesstaatlichkeit sowie das Demokratieprinzip.

wehrhafte Demokratie
In einer wehrhaften bzw. streitbaren Demokratie wird die freiheitliche Ordnung vom Staat geschützt und kann nicht auf legalem Weg oder mithilfe legaler Mittel aufgehoben werden.

Artikel 5 GG
(1) Jeder hat das Recht, seine Meinung in Wort, Schrift und Bild frei zu äußern und zu verbreiten und sich aus allgemein zugänglichen Quellen ungehindert zu unterrichten. Die Pressefreiheit und die Freiheit der Berichterstattung durch Rundfunk und Film werden gewährleistet. Eine Zensur findet nicht statt. [...]
(3) Kunst und Wissenschaft, Forschung und Lehre sind frei. Die Freiheit der Lehre entbindet nicht von der Treue zur Verfassung.

Artikel 9 GG
(1) Alle Deutschen haben das Recht, Vereine und Gesellschaften zu bilden.
(2) Vereinigungen, deren Zwecke oder deren Tätigkeit den Strafgesetzen zuwiderlaufen oder die sich gegen die verfassungsmäßige Ordnung oder gegen den Gedanken der Völkerverständigung richten, sind verboten. [...]

Artikel 18 GG
Wer die Freiheit der Meinungsäußerung, insbesondere die Pressefreiheit (Artikel 5 Abs. 1), die Lehrfreiheit (Artikel 5 Abs. 3), die Versammlungsfreiheit (Artikel 8), die Vereinigungsfreiheit (Artikel 9), das Brief-, Post- und Fernmeldegeheimnis (Artikel 10), das Eigentum (Artikel 14) oder das Asylrecht (Artikel 16a) zum Kampfe gegen die freiheitliche demokratische Grundordnung missbraucht, verwirkt diese Grundrechte. Die Verwirkung und ihr Ausmaß werden durch das Bundesverfassungsgericht ausgesprochen.

Artikel 20 GG
(1) Die Bundesrepublik Deutschland ist ein demokratischer und sozialer Bundesstaat.
(2) Alle Staatsgewalt geht vom Volke aus. Sie wird vom Volke in Wahlen und Abstimmungen und durch besondere Organe der Gesetzgebung, der vollziehenden Gewalt und der Rechtsprechung ausgeübt.
(3) Die Gesetzgebung ist an die verfassungsmäßige Ordnung, die vollziehende Gewalt und die Rechtsprechung sind an Gesetz und Recht gebunden.
(4) Gegen jeden, der es unternimmt, diese Ordnung zu beseitigen, haben alle Deutschen das Recht zum Widerstand, wenn andere Abhilfe nicht möglich ist.

Artikel 21 GG
(1) Die Parteien wirken bei der politischen Willensbildung des Volkes mit. Ihre Gründung ist frei. Ihre innere Ordnung muss demokratischen Grundsätzen entsprechen. [...]
(2) Parteien, die nach ihren Zielen oder nach dem Verhalten ihrer Anhänger darauf ausgehen, die freiheitliche demokratische Grundordnung zu beeinträchtigen oder zu beseitigen oder den Bestand der Bundesrepublik Deutschland zu gefährden, sind verfassungswidrig. Über die Frage der Verfassungswidrigkeit entscheidet das Bundesverfassungsgericht. [...]

Artikel 79 GG
(3) Eine Änderung dieses Grundgesetzes, durch welche die Gliederung des Bundes in Länder, die grundsätzliche Mitwirkung der Länder bei der Gesetzgebung oder die in den Artikeln 1 und 20 niedergelegten Grundsätze berührt werden, ist unzulässig.

F ZU AUFGABE
Recherchiere das Ende der Weimarer Republik und stelle deine Ergebnisse in der Klasse vor.

AUFGABE
Erkläre mit Hilfe des Materials aus **M10** die Funktionsweise der wehrhaften Demokratie, um unsere freiheitlich-demokratische Grundordnung zu schützen.

WAS WIR WISSEN

Freiheitlich-demokratische Grundordnung
M7

Zu den grundlegenden Prinzipien der freiheitlich-demokratische Grundordnung gehören:

- die Achtung der im Grundgesetz festgeschriebenen Menschenrechte,
- die Volkssouveränität,
- die Gewaltenteilung,
- die Verantwortlichkeit der Regierung,
- die Gesetzmäßigkeit der Verwaltung,
- die Unabhängigkeit der Gerichte,
- das Mehrparteienprinzip,
- die Chancengleichheit für alle politischen Parteien mit dem Recht auf verfassungsmäßige Bildung und Ausübung einer Opposition.

Wehrhafte Demokratie
M10

Die freiheitliche demokratische Grundordnung darf nicht gefährdet oder abgeschafft werden. Deshalb wird unsere Demokratie als wehrhafte oder streitbare Demokratie bezeichnet. Zu den Mitteln der wehrhaften Demokratie gehören:

- Auf Antrag können verfassungswidrige Parteien vom Bundesverfassungsgericht verboten werden.
- Vereinigungen, die sich gegen die verfassungsmäßige Ordnung richten, können vom Innenminister verboten werden.
- Die Grundrechte einzelner Personen können vom Bundesverfassungsgericht verwirkt werden, wenn sie diese zum Kampf gegen die Demokratie missbrauchen.
- Bedienstete im öffentlichen Dienst können auf ihre Verfassungstreue verpflichtet werden.
- Als letztes Mittel räumt das Grundgesetz den Deutschen ein Recht zum Widerstand gegen jeden ein, der es unternimmt, die verfassungsmäßige Ordnung zu beseitigen, wenn keine andere Abhilfe möglich ist.

SELBSTDIAGNOSE

Ich kann ...	Dazu benötige ich u. a. folgende Begriffe ...	Das klappt schon ...	Hier kann ich noch üben ...
... Merkmale politischen Extremismus charakterisieren.	• freiheitlich-demokratische Grundordnung (FDGO) • Erscheinungsformen von Extremismus • Militanz	+/–	**Kap. 5.1** • M2, M4 • Aufgabe auf S. 148 • WWW*
... Gefahren von links- und rechtsextremistischen sowie islamistischen Gruppierungen für die freiheitlich-demokratische Grundordnung beurteilen.	• politische motivierte Kriminalität • Terrorismus	+/–	**Kap. 5.1** • M3, M5 • S. 150, Aufg. 1, 2
... die Bedeutung der freiheitlich-demokratischen Grundordnung für den Einzelnen bewerten.	• Schutz vor Gewalt und Willkürherrschaft • Selbstbestimmung des Volkes	+/–	**Kap. 5.2** • M7 • S. 156, Aufg. 1 • WWW
... das Modell der „wehrhaften Demokratie“ erklären.	• politischer Extremismus • Freiheitsrechte der Bürger schützen	+/–	**Kap. 5.2** • M10 • Aufgabe auf S. 158 • WWW

* *WWW: WAS WIR WISSEN*

WAS WIR KÖNNEN

Die wehrhafte Demokratie: Freiheit oder Sicherheit?

Die Idee einer „streitbaren" oder auch „wehrhaften' Demokratie wird in der Politikwissenschaft [...] schon seit den 1930-iger Jahren diskutiert. Darauf weist der Politologe Hans-Gerd Jaschke hin.

Das Problem, das bis heute besteht: Wie viel Freiheit verträgt eine Demokratie und wie viel Sicherheit braucht sie? Zu viel Freiheit, so Jaschke, eröffne auch extremistischen und antidemokratischen Kräften politischen Spielraum. Zu viel Sicherheit hingegen, zu viele Verbote etwa, erdrosseln die individuellen Freiheitsrechte und höhlen die Demokratie von innen aus. Über das Verhältnis beider Prinzipien wurde und wird in der Bundesrepublik heftig gestritten, weil in den Prinzipien der „wehrhaften Demokratie" auch die Einschränkung von Grundrechten, etwa das Recht auf freie Meinungsäußerung, angelegt ist.

Der Parlamentarische Rat, der 1948/49 das Grundgesetz der Bundesrepublik erarbeitete, nahm ausdrücklich Bezug auf die Erfahrungen der Weimarer Republik. Nicht noch einmal sollte es Verfassungsgegnern gelingen, das demokratische System derart zu demontieren. Die Idee der „wehrhaften Demokratie" ist daher im Grundgesetz der Bundesrepublik verankert und durch verschiedene Artikel festgeschrieben. [...] Es kommt immer wieder die Frage auf, ob Demokratie wehrhaft sein darf. Stehen Verfassungsschutz und Parteiverbot nicht im Widerspruch zur freiheitlich demokratischen Ordnung? Muss eine Demokratie Holocaustleugner, Verfassungsfeinde und religiöse Fundamentalisten tolerieren?

Die Meinungen darüber sind geteilt. Ja, das muss eine Demokratie aushalten, lautet eine Ansicht. Denn wenn sie extreme Meinungen nicht aushält, was unterscheidet sie dann noch von autoritären Regimen? Außerdem sei gerade das Parteiverbot ein ungeeignetes Mittel, mit Extremismus umzugehen. Das Argument ist nicht von der Hand zu weisen, denn mit einem Verbot hört das Problem in der Regel nicht plötzlich auf. Im Gegenteil, die Erfahrung hat gezeigt, dass die Betroffenen nach anderen Wegen suchen und ihre Aktivitäten im Geheimen fortsetzen. Das macht es für die Öffentlichkeit schwieriger, sie wahrzunehmen.

Andere hingegen halten Toleranz für begrenzt. Sie befürchten, dass sich die Geschichte der Weimarer Republik wiederholt, die sich im Rückblick von ihren Feinden regelrecht auffressen lassen hat. [...] Auf Parteiverbote kann die Demokratie vielleicht verzichten. Aber auf wehrhafte Bürger, die verfassungsfeindliche Meinungen nicht tolerieren, ist sie notwendigerweise angewiesen.

Tanja Zakrzewski, Wehrhafte Demokratie, in: www.politische-bildung-brandenburg.de, Abruf am 11.03.2020

Aufgabe

Setze dich mit der Position der Autorin zur wehrhaften Demokratie auseinander.

Spielanleitung:

Ein Betrag von 5.000 (fiktiven) Euro soll unter zwei Parteien aufgeteilt werden. Beide Parteien argumentieren miteinander öffentlich vor der Klasse um die Aufteilung des Betrags. Dieser Aushandlungsprozess ist zeitlich begrenzt: maximal 10 Minuten.

Kommt es in dieser Zeit nicht zu einer einvernehmlichen Aufteilung des Betrags, verfällt der Betrag.

Gelingt die einvernehmliche Aufteilung, wird zur Besiegelung darüber ein Vertrag geschlossen.

Schülerinnen und Schüler, die nicht einer der beiden Parteien angehören, nehmen die Rolle von (Presse-)Beobachtern ein, die die ausgetauschten Argumente protokollieren.

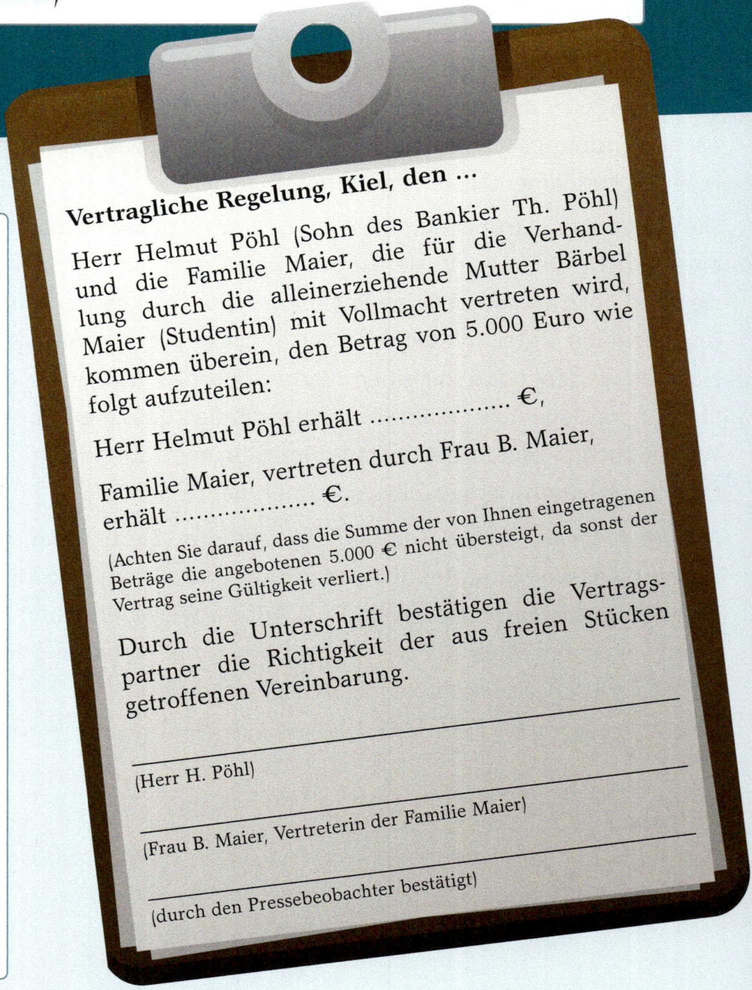

Vertragliche Regelung, Kiel, den ...

Herr Helmut Pöhl (Sohn des Bankier Th. Pöhl) und die Familie Maier, die für die Verhandlung durch die alleinerziehende Mutter Bärbel Maier (Studentin) mit Vollmacht vertreten wird, kommen überein, den Betrag von 5.000 Euro wie folgt aufzuteilen:

Herr Helmut Pöhl erhält .... €,

Familie Maier, vertreten durch Frau B. Maier, erhält .... €.

(Achten Sie darauf, dass die Summe der von Ihnen eingetragenen Beträge die angebotenen 5.000 € nicht übersteigt, da sonst der Vertrag seine Gültigkeit verliert.)

Durch die Unterschrift bestätigen die Vertragspartner die Richtigkeit der aus freien Stücken getroffenen Vereinbarung.

(Herr H. Pöhl)

(Frau B. Maier, Vertreterin der Familie Maier)

(durch den Pressebeobachter bestätigt)

6

Wandel und Herausforderungen in der modernen Gesellschaft

Unsere moderne Gesellschaft befindet sich in einem steten Wandel. Die Verteilung von Chancen und Einkommen, Aufbau und Altersdurchschnitt der Bevölkerung, Herkunft und Bildung der Menschen verändern sich. Wie kann der Wandel positiv gestaltet werden?

KOMPETENZEN

Am Ende des Kapitels solltet ihr Folgendes können:

- Erscheinungsformen sozialer Ungleichheit als Merkmal von Gesellschaften beschreiben
- mithilfe verschiedener Dimensionen das Problem sozialer Ungleichhheit analysieren
- Bedeutung sozialer Ungleichheit für den Zusammenhalt und die Entwicklung einer Gesellschaft problematisieren und diskutieren
- Erscheinungsformen des demografischen Wandels in modernen Gesellschaften beschreiben
- Folgen des demografischen Wandels für die Gesellschaft beurteilen

WAS WISST UND KÖNNT IHR SCHON?

1. Spielt das Rollenspiel wie in der Spielanleitung vorgegeben möglichst mit unterschiedlichen Gruppen und vergleicht die Ergebnisse.
2. Definiert für euch den Begriff Gerechtigkeit.

6.1 Soziale Ungleichheit

6.1.1 Ungleich gleich ungerecht?

Zum Thema: Es gibt Unterschiede zwischen Menschen, die einerseits aus freien Entscheidungen der Menschen resultieren, so z. B. Hobbies, Kleidungsstil usw. Andererseits sind manche Unterschiede nicht frei wählbar, wie z. B. das Geschlecht, die ethnische Abstammung oder die Berufsposition. Aber ist soziale Ungleichheit zugleich ungerecht? Damit beschäftigt sich dieses Kapitel.

M1 Wie sollen die Einkommen verteilt werden?

Frau Meier kommt aus einem einfachen Elternhaus. Sie hat den Hauptschulabschluss gerade so geschafft und arbeitet heute 45 Stunden in der Woche für ein Gebäudereinigungsunternehmen. Sie ist sehr fleißig und macht ihre Aufgabe gut, aber die harte Arbeit strengt sie sehr an. Sie hat zwei Kinder.

Herr Peters kommt als Einzelkind aus einem betuchten Elternhaus. Seine Eltern haben dafür gesorgt, dass er die besten Schulen besucht hat. Er hat ein Ingenieur-Studium abgeschlossen. Heute ist er leitender Manager in einem Unternehmen mit 300 Mitarbeitern. Er ist alleinstehend.

Herrn Sollings Eltern bezogen beide Hartz IV. Er war jedoch ehrgeizig, machte das Abitur nach und absolvierte neben seinem Job ein Fernstudium in Betriebswirtschaft. Wegen einer Wirtschaftskrise verlor er seine Arbeit. Bis heute hat er keine neue Anstellung gefunden. Er hat eine ebenfalls arbeitslose Frau und drei kleine Kinder.

Frau Höfer kommt aus einem Lehrerhaushalt. Sie hat ein Studium der Sprachwissenschaften abgeschlossen. Unmittelbar nach dem Studium hatte sie einen Autounfall, den sie nicht verschuldet hat. Sie leidet seitdem unter Gedächtnisstörungen und Angstzuständen und wird nie arbeiten können.

Herrn Niklas Vater arbeitete als Kohlearbeiter, seine Mutter war Hausfrau. Er selbst war in der Schule eigentlich gut, versäumte es aber, den Realschulabschluss zu machen, da er oft die Schule schwänzte. Er findet Arbeit grundsätzlich zu anstrengend und trifft sich lieber mit seinen Freunden.

EINSTIEGSAUFGABE

Angenommen, euch steht ein Betrag von 15.000 Euro zur Verfügung. Teilt nun den beschriebenen Personen die Monatseinkommen zu, die ihr für gerecht haltet. Begründet und vergleicht eure Ergebnisse.

M2 Arm und Reich in Deutschland

Steuerpflichtige nach Anteil am zu versteuernden Einkommen und am Einkommensteueraufkommen, 2018*

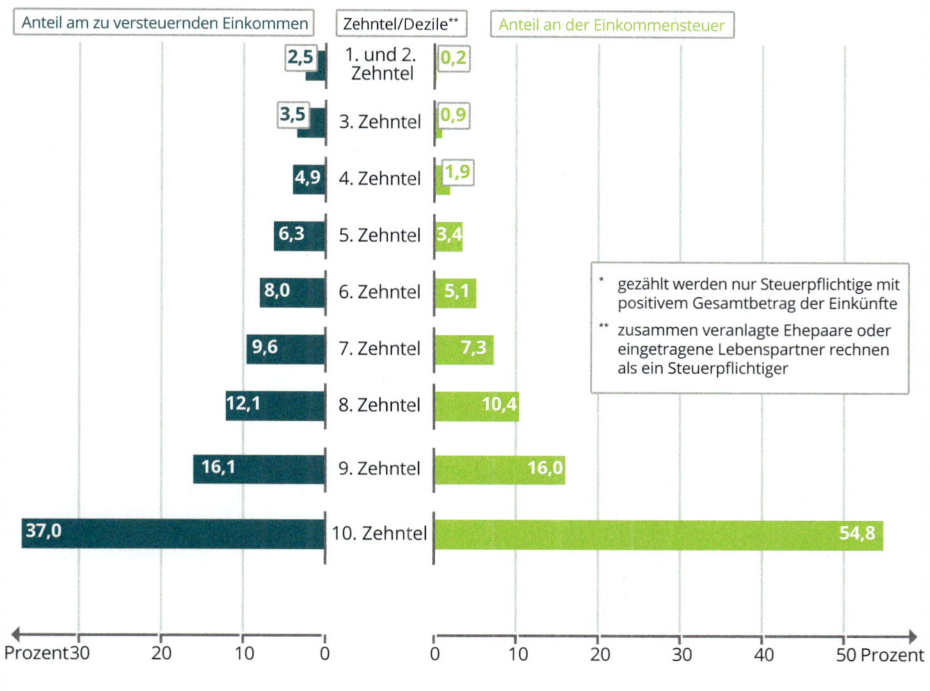

Quelle: Bundeszentrale für politische Bildung, www.bpb.de, http://creativecommons.org/licenses/by-nc-nd/3.0/de/, durch Bearbeiter aktualisiert

Einkommensteuerpflichtige und Einkommensteuer

Für die Berechnung der Anteile am Einkommensteueraufkommen werden zunächst alle Einkommensteuerpflichtigen aufsteigend nach der Höhe der Einkünfte sortiert. Dann wird die Verteilung in zehn gleich große Teile zerlegt und für jedes Zehntel (Dezil) die Summe der Einkommensteuerleistungen berechnet. Anschließend wird der Anteil der Einkommensteuerleistung der einzelnen Dezile am gesamten Einkommensteueraufkommen berechnet.

Lesehilfe:
Die – gemessen an der Höhe der Einkünfte – oberen 10 Prozent der Einkommensteuerpflichtigen zahlten im Jahr 2018 54,8 Prozent des gesamten Lohn- und Einkommensteueraufkommens. Ihr Anteil am zu versteuernden Einkommen betrug 37,0 Prozent.

M3 Ist Ungleichheit ungerecht?

Ungleichheiten im Steuersystem, ungleiche Bildungschancen, Ungleichheiten in der medizinischen Versorgung etc. Handelt es sich in all diesen Fällen tatsächlich um Beispiele sozialer Ungerechtigkeit?

Nicht notwendigerweise! Denn es gibt zum einen unterschiedliche Vorstellungen darüber, was als gerecht oder ungerecht zu bezeichnen ist. So sind hohe Einkommensungleichheiten nur dann ungerecht, wenn man soziale Gerechtigkeit als Ergebnisgleichheit versteht, also jeder das Gleiche bekommen sollte. Einkommensungleichheiten können aber auch sozial gerecht sein, wenn man der Ansicht ist, dass die Einkommensverteilung in einer Gesellschaft die individuelle Leistungsfähigkeit widerspiegeln sollte. In beiden Fällen beruft man sich auf Gerechtigkeit, kommt aber jeweils zu einem anderen Urteil. […] Ungleichheiten sind somit nicht per se ungerecht und auch nicht immer im Namen der sozialen Gerechtigkeit zu korrigieren.

Stefan Liebig/Meike May, Dimensionen sozialer Gerechtigkeit, in: Aus Politik und Zeitgeschichte, 16.11.2009, S. 3

M4 Prinzipien der Gerechtigkeit

In der politischen Debatte gibt es Übereinstimmung darin, dass das politische System und seine Gesetze „gerecht" gestaltet werden sollten. Dabei ist man sich allerdings nicht einig darüber, was unter „gerecht" zu verstehen ist. Verschiedene Gerechtigkeitsbegriffe haben sich herausgebildet:

(1) Die Auffassung einer **Chancengerechtigkeit**, die allen die gleichen Start- und Entwicklungschancen garantiert, indem finanzielle Notlagen weitgehend ausgeglichen werden. Die wirtschaftlich Starken zeigen sich solidarisch, indem sie höhere Steuern an den Staat abführen.

(2) Die Vorstellung einer **Leistungsgerechtigkeit**, welche zwar jedem das Überleben sichert, die „Leistungserbringer" und Steuerzahler zur Unterstützung arbeitsloser und nicht arbeitsfähiger Personen aber nicht belastet. Wer am Markt erfolgreich ist, der wird auch belohnt.

(3) Die **Bedarfsgerechtigkeit** verfolgt das Ziel, dass der anerkannte Bedarf (nach Essen, Kleidung, kultureller Teilhabe etc.) eines jeden Gesellschaftsmitglieds gedeckt werden kann. Dazu werden die Einkommensstarken stärker belastet, um finanzielle Notlagen auszugleichen.

M5 Interview mit einem Nobelpreisträger

Frage: Umverteilung, national wie international, ist Ausfluss der heute nahezu allgemein akzeptierten Idee sozialer Gerechtigkeit. Halten Sie davon denn gar nichts?

Hayek: Nein, nicht das Geringste. Was heißt denn hier Gerechtigkeit? Wer ist denn da gerecht oder ungerecht? Die Natur? Oder Gott? Jedenfalls nicht Menschen, da die Verteilung, die aus dem Marktprozess hervorgeht, nicht das beabsichtigte Ergebnis menschlichen Handelns ist. Daher ist der Begriff der sozialen Gerechtigkeit in einer marktwirtschaftlichen Ordnung mit freier Berufswahl völlig sinnlos. Soziale Gerechtigkeit kann es nur in Befehlswirtschaften geben, wo der Staat über die relativen Einkommen der einzelnen Bürger bestimmt. [...] Diese unglückselige Idee sogenannter sozialer Gerechtigkeit behauptet, dass die Entlohnung des Einzelnen nicht davon abhängen soll, was er tatsächlich zum Sozialprodukt beiträgt, sondern davon, was er verdient.

Frage: Was heißt dann für Sie Gerechtigkeit?

Hayek: Es gibt für mich nur eine Gerechtigkeit, das ist die Gleichheit vor dem Gesetz. Jede Abweichung davon, selbst mit besten Absichten, öffnet der Willkür Tür und Tor, zerstört die Freiheit und damit den höchsten Wert, weil Voraussetzung für alle anderen Werte.

Interview mit dem Nobelpreisträger für Wirtschaftswissenschaften Friedrich August von Hayek (1899 – 1992), Wirtschaftswoche Nr. 11, S. 36, 8.3.1981

AUFGABEN

1. Beurteile die Einkommensverteilung in Deutschland (**M2**, **linkes Diagramm**).
2. Grenze die Begriffe Ungleichheit und Ungerechtigkeit voneinander ab (**M3**).
3. Ordne zu, welche Vorstellung von sozialer Gerechtigkeit der Nobelpreisträger Hayek vertritt (**M4**, **M5**). Nimm dazu Stellung.

F ZU AUFGABE 1
Überprüfe dein Urteil, indem du den Beitrag zum Steueraufkommen (**M2**, **rechtes Diagramm**) berücksichtigst.

6.1.2 Leistungsgesellschaft pur – ein Modell ohne Makel?

Zum Thema: Es ist oft von einer Leistungsgesellschaft die Rede: Wer sich anstrengt, kann es „nach oben" schaffen. Doch ist Leistung der einzige Faktor, auf den es ankommt? Ist eine reine Leistungsgesellschaft überhaupt erstrebenswert? Diesen Fragen wird in diesem Kapitel nachgegangen.

M6 Wie bist du da rübergekommen?

Karikatur: Karl-Heinz Schoenfeld

EINSTIEGSAUFGABE
Interpretiert die Karikatur.

M7 Die schlechte Leistungsgesellschaft

Mit seinem Buch über Kapital im 21. Jahrhundert [...] ist der Pariser Ökonom [Piketty] an die Spitzen der Sachbuchbestsellerlisten gestürmt.

Ein Grund dafür ist, dass es sich nicht nur um eine ökonomische Theorie ungleicher Einkommens- und Vermögensverteilung handelt, sondern um den Angriff auf eine ganze Gesellschaftsbeschreibung. Ihr Name ist „Meritokratie". [...] Youngs Formel lautete „Begabung + Anstrengung = Verdienst". Kollektive Merkmale einer Person – Geschlecht, ethnische Zugehörigkeit, das Milieu ihres Aufwachsens oder ihr Alter – spielen hingegen in einer perfekten Meritokratie keine Rolle. Der Zusammenhang zwischen der Herkunft eines Individuums und seiner sozialen Position wäre darum, statistisch betrachtet, ein zufälliger. [...]

Das Ideal der Meritokratie wird bemerkenswerterweise von linken wie von sehr liberalen Sozialwissenschaftlern bejaht. [...] Verschieden sind [...] nur die vorgeschlagenen Maßnahmen zur Herstellung von Meritokratie: die

Meritokratie
Diesen Begriff hatte 1958 der englische Soziologe Michael Young eingeführt. Er bezeichnet eine Gesellschaft, in der die Individuen nur nach ihren individuellen Merkmalen eingeschätzt werden. Ihr Einkommen entspricht ihrer Produktivität, ihre Berufe wählen sie nach ihren Fähigkeiten, ihr gesellschaftlicher Status entspricht ihrer Leistung.

Jürgen Kaube, Frankfurter Allgemeine Sonntagszeitung, 4.5.2014, S. 18

einen setzen auf Konkurrenz und vollständige Märkte (z. B. Kreditmärkte für Bildungsdarlehen), die anderen auf Gesamtschulen, Quoten, spezielle Förderung und Steuerprogression. Auch Piketty verwendet die Meritokratie als normatives Kriterium für das Gelingen einer Gesellschaftsordnung. Denn nur im Zurückbleiben hinter diesem Ideal ähnelt ja unsere Gesellschaft derjenigen um 1800, mit der sie Piketty vergleicht. Was hingegen Gesundheit und Lebenserwartung angeht, Bildung, Freizeit und Konsum, die Chance Verbrechensopfer zu werden, oder die Chance, einen Prozess zu gewinnen, hat sich die Lage der kapitalarmen Bevölkerungskreise - also unsere Lage - durchaus stark verbessert. Nur dass eben nach wie vor die Vererbung von Kapital als Schlüssel zu allen möglichen anderen Privilegien sehr ungleich erfolgt.

Doch ist die Meritokratie überhaupt ein sinnvolles Gesellschaftsmodell? [...] Kann man sich denn eine Gesellschaft vorstellen, in der auf die Frage „Wem verdanken Sie ihren Erfolg?" die Antwort „Wenn ich es recht bedenke: ausschließlich mir selbst!" nicht merkwürdig wirkt? Michael Young hatte die reine Leistungsgesellschaft 1958 nicht zufällig in Form einer Satire eingeführt, um auf einige ihrer Probleme hinzuweisen. Sie fangen bei dem Umstand an, dass man soziale „Vererbung" von Vorteilen nur dann völlig ausschließen kann, wenn man den Eltern die Kinder genau so wegnimmt wie den Kindern das Vermögen der Eltern. Außerdem brauchte man Schulen, die egalitär und perfekt auf das spätere Berufsleben vorbereiten, „Humankapitalgesellschaften mit unbeschränkter Haftung" sozusagen. [...]

Young selbst fragte, wie Individuen in einer perfekten Meritokratie damit zurechtkämen, dass dann auch alle ihre Misserfolge allein ihnen zugerechnet würden. Anders formuliert: Würden die Leute wirklich an Meritokratie glauben, verlören in dieser recht viele Bürger jede Selbstachtung. Wie kritikfähig und leistungsbereit wären umgekehrt Eliten, denen jedes Gefühl dafür fehlt, dass auch Glück und günstige Umstände dazu gehören, um erfolgreich zu sein? [...]

Die Debatte über das Konzept der Meritokratie, [...] enthält keine Empfehlungen für oder gegen Erbschafts- oder Vermögenssteuern. Aber dass man Herkunft für ganze Schichten neutralisieren und für perfekte soziale Mobilität sorgen kann, ohne in einem gesellschaftlichen Albtraum zu landen, schließen ihre Ergebnisse aus. Wenn die Wirklichkeit vom Ideal der Chancengleichheit und des rein leistungsabhängigen Erfolgs abweicht, liegt es darum nicht nur an der Wirklichkeit, sondern mindestens so sehr am Ideal.

Jürgen Kaube, Frankfurter Allgemeine Sonntagszeitung, 4.5.2014, S. 18

AUFGABE

Stellt euch vor, ihr lebt in einem Land, in dem das Leistungsprinzip (**M7**) gänzlich verwirklicht ist:
Verfasst in Partnerarbeit ein Streitgespräch darüber, ob ihr in einer solchen Gesellschaft leben wollt.

6.1.3 Welche soziale Struktur hat Deutschland?

Zum Thema: Anhand von Unterscheidungsmerkmalen – dies können z. B. Bildung, Beruf und Einkommen, aber auch weitere Merkmale sein – ist es möglich, die soziale Struktur einer Gesellschaft in Schichtungsmodellen abzubilden. Wie das funktioniert und welche Beispiele es für solche Modelle gibt, ist Gegenstand dieses Kapitels.

M8 Ein Modell zur Schichtung der Gesellschaft erstellen

Petra Plietsch
a) 17 J.
b) ledig, 1 Bruder (Student Medizin)
c) Fissau, EFH
d) Schülerin, 11. Kl.
e) 600 €

Erna Puhvogel
a) 82 J.
b) verwitwet, 2 Kinder
c) Sieversdorf, Mietwohnung
d) Kauffrau (früher, immer halbtags)
e) 11.900 €

Hans Salschick
a) 21 J.
b) ledig, 0 Kinder
c) Malente, 1 Zi. Whg.
d) Malerlehre (abgebrochen), Gelegenheitsjobber (1 x Woche Garten)
e) Hartz IV: 4.908 € + Wohngeld

Klaus Heuberger
a) 46 J.
b) verh., 4 Kinder
c) Eutin, EFH Blaue Lehmkuhle
d) selbständiger Fleischermeister, 6 Angestellte, Umsatz: 1,1 Mio. €, Gewinn: 44.000 €
e) 35.000 €

a) Alter, b) Familienstand, c) Wohnort, d) beruflicher Status, e) Einkommen (pro Jahr, verfügbares Einkommen)

Martha Kleinschmidt
a) 48 J.
b) ledig
c) Ahrensbök, EFH Eutiner Str.
d) Hausfrau
e) ca. 80.000 € Kapitalerträge

Ursula Standmittel
a) 41 J.
b) ledig, keine Kinder
c) Kiel, Altstadtwohnung
d) selbständige Apothekerin, 8 Angestellte, Umsatz: 3,2 Mio. Euro, Gewinn: 110.000 €
e) 76.000 €

Bettina Dornhage
a) 51 J.
b) geschieden, 3 Kinder
c) Kasseedorf, EFH
d) MdB, SPD
e) 68.000 €

Hartmut Herndom
a) 65 J.
b) verh., 3 Kinder
c) Frankfurt, EFH
d) Vorstandsvorsitzender Deutsche Bahn AG
e) 2,35 Mio. €

Heinz Kuppler
a) 26 J.
b) ledig, 2 Kinder
c) Kleinstrelitz (40 km südlich von Leipzig)
d) Rangierer
e) 17.000 €

Carina Schönhaar
a) 23 J.
b) verlobt
c) Cottbus, RMH (Reihenmittelhaus mit Verlobtem, zur Miete)
d) Friseurin (Gesellin)
e) 16.000 €

Ali Kügculu
a) 35 J.
b) verh., 1 Kind
c) Hamburg, Speicherstadt
d) Ingenieur, selbst. Teppichhändler, Umsatz: 2 Mio., 16 Mitarbeiter (Familie)
e) 120.000 €

Gosha Sikorski
a) 26 J.
b) geschieden, 2 Kinder
c) Kiel Mettenhof, 4 Zi.-Whg.
d) ungelernt, arbeitslos, inoffiziell 5 Putzjobs (jeden Vormittag 5 Std. á 9 €/h)
e) 4.908 € (Hartz IV) + WG, 3.700 € Kindergeld, ca. 11.000 € (Putzen)

Karl „Charlie" Halbseidel
a) 44 J.
b) 3 x geschieden, 2 Ki.
c) Hamburg, Reeperbahn
d) Gastronom und Hotelier, Umsatz: ca. 5 Mio., 10 Mitarbeiterinnen
e) 450.000 €

Günter Schlauberger
a) 73 J.
b) verh., 1 Kind, 2 Enkel
c) Timmendorfer Strand, EFH Nähe Promenade
d) Oberstudiendirektor a.D.
e) 55.000 €

EINSTIEGSAUFGABE

Ordnet die folgenden Personen modellhaft so über- bzw. untereinander und / oder nebeneinander an, dass sie entsprechend ihrem Rang die Gesellschaftspyramide in Deutschland abbilden, wie ihr sie wahrnehmt. Stellt euer Modell vor, erklärt es und setzt euch mit Einwänden auseinander.

M9 Eine moderne Landkarte der Gesellschaft: die Sinus-Milieus

Die Sinus-Milieus® in Deutschland 2020

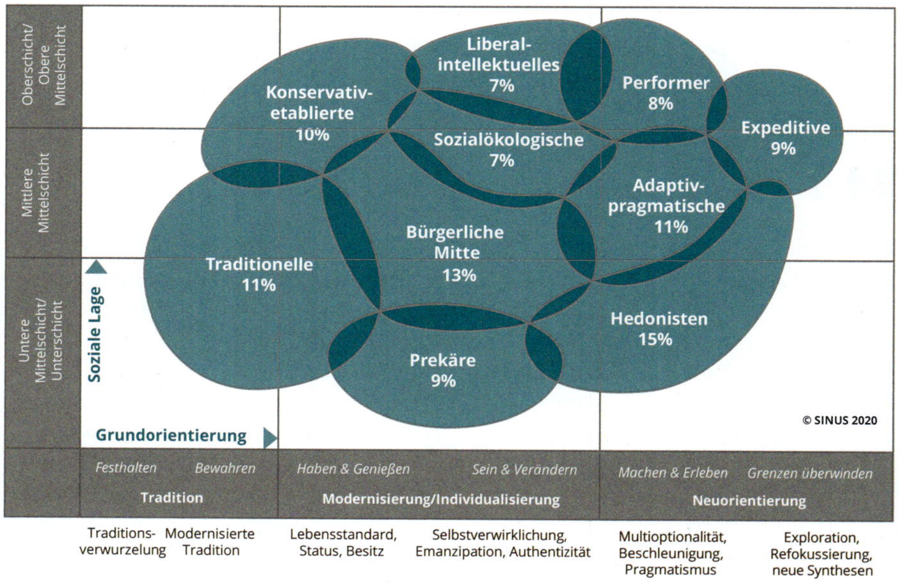

Die Sinus-Milieus liefern ein wirklichkeitsgetreues Bild der soziokulturellen Vielfalt in Gesellschaften, in dem sie die Befindlichkeiten und Orientierungen der Menschen, ihre Werte, Lebensziele, Lebensstile und Einstellungen sowie ihren sozialen Hintergrund genau beschreiben. Mit den Sinus-Milieus kann man die Lebenswelten der Menschen somit „von innen heraus" verstehen, gleichsam in sie „eintauchen". Mit den Sinus-Milieus versteht man, was die Menschen bewegt und wie sie bewegt werden können. Denn die Sinus-Milieus nehmen die Menschen ganzheitlich wahr, im Bezugssystem all dessen, was für ihr Leben Bedeutung hat.

© SINUS Markt- und Sozialforschung GmbH, www.sinus-institut.de (Abruf am 12.03.2020)

Konservativ-etabliertes Milieu: Klassisches Establishment mit Exklusivitäts- u. Führungsanspruch, zeigt aber auch Tendenz zum Rückzug. **Liberal-intellektuelles Milieu**: Aufgeklärte Bildungselite mit liberaler Grundhaltung u. postmateriellen Wurzeln, hat starken Wunsch nach Selbstbestimmung. **Milieu der Performer**: Effizienz-orientierte Leistungselite, denkt global, hohe IT-Kompetenz, sieht sich als stilistische Trendsetter. **Expeditives Milieu**: Unkonventionelle, kreative Avantgarde, individualistisch, sehr mobil, digital vernetzt, sucht nach Grenzen. **Bürgerliche Mitte**: Der leistungs- u. anpassungsbereite Mainstream, bejaht die gesellschaftl. Ordnung, strebt nach berufl. u. soz. Etablierung sowie nach Sicherheit u. Harmonie. **Adaptiv-pragmatisches Milieu**: Zielstrebige, junge Mitte der Gesellschaft mit ausgeprägtem Lebenspragmatismus u. Nutzenkalkül. **Sozialökologisches Milieu**: Idealistisch, konsumkritisch, globalisierungsskeptisch, besitzt ausgeprägtes ökologisches und soziales Gewissen. **Traditionelles Milieu**: Ordnungsliebende Kriegs- u. Nachkriegsgeneration, kleinbürgerlich oder der Arbeiterwelt verhaftet. **Prekäres Milieu**: Um Teilhabe bemühte Unterschicht, Zukunftsangst u. Ressentiments. **Hedonistisches Milieu**: Spaß- u. erlebnisorientiert, verweigert sich den Konventionen u. Leistungserwartungen der Gesellschaft.

AUFGABEN

1. Ordnet die Personen aus **M8** in das Sinus-Milieu-Modell (**M9**) ein und begründet eure Zuordnung.
2. Auftraggeber für Milieuforschungen sind vor allem Parteien, Ministerien, Unternehmen oder gesellschaftlich relevante Gruppen und Organisationen: Analysiere, inwiefern der Gebrauch solcher Modelle zur Darstellung sozialer Ungleichheit hilfreich ist.

6.1.4 Werte und Wertewandel: Sind Männer und Frauen gleichberechtigt?

Zum Thema: Männer gehen arbeiten, Frauen versorgen zuhause die Kinder. So sah die Rollenverteilung unserer Großelterngeneration aus. Heute sind Frauen emanzipierter, gehen arbeiten und verdienen eigenes Geld. Inwiefern sich auch die Rollenbilder in unserer Gesellschaft verändert haben, ist Gegenstand dieses Kapitels.

M10 Mein Leben mit 30 ...

Claudia ist eine erfolgreiche Unternehmerin.

Katja hat ihren Job als Bankkauffrau wegen ihrer Tochter aufgegeben.

Simon ist Unternehmensberater.

Philipp ist für die Erziehung seines Sohnes zuständig.

EINSTIEGSAUFGABE

Wie stellt ihr euch euer Leben mit 30 vor? Entscheidet euch für ein Bild und erläutert, warum ihr euch darin (nicht) wiederfinden könnt.

M11 Soziale Rollen und Rollenklischees

In unserem Alltag nehmen wir sehr viele Rollen an: die der Schülerin oder des Schülers, die des Sohnes oder der Tochter, des Freundes oder der Freundin usw. Je nachdem mit wem wir gerade zusammen sind und in welcher Situation wir uns befinden, verhalten wir uns unterschiedlich. Wir verhalten uns entsprechend unserer sozialen Rolle. Der Begriff soziale Rolle bezeichnet die Erwartungen, die an uns gestellt werden, wenn wir uns in einer bestimmten Rolle befinden. Diese werden durch verschiedene so genannte Sozialisationsinstanzen vermittelt.

Eine wichtige Sozialisationsinstanz ist die Familie. Kinder lernen hier grundlegende Verhaltensweisen von ihren Eltern.

Manche Erwartungen an eine bestimmte Rolle sind in einer Gesellschaft mittlerweile festgefahren und entsprechen teilweise nicht mehr der

Umfrage unter Vätern: Fortsetzung des Modells des alleinigen Ernährers
Laut einer Umfrage der Zeitschrift Eltern wünschen sich zwar viele Väter mehr Zeit mit der Familie, halten aber zugleich am Modell als alleiniger Ernährer fest. 89 Prozent der befragten Väter arbeiten in Vollzeit, nur vier Prozent in Teilzeit. Zugleich sagen 43 Prozent, dass sie gern mehr Zeit für die Familie hätten, doch nur ein Drittel der Befragten würde gerne in Teilzeit arbeiten.

Realität. Solche festgefahrenen Erwartungen nennt man Rollenklischees. So gibt es typische Frauen und Männer Rollenklischees: Frauen seien demzufolge sehr emotional, redeten viel und gingen nur zu zweit auf die Toilette. Männer hingegen zeigten kaum Gefühle und redeten hauptsächlich über Autos und Fußball.

Die Mutter am Herd, der Vater im Büro sind ebenfalls Rollenklischees, die heutzutage in Deutschland eigentlich als veraltet gelten. Denn immer mehr Frauen kehren nach der Geburt ihrer Kinder wieder in ihren Beruf zurück. Wenn wir aber genauer hinsehen, bemerken wir, dass in der Familie oft weiterhin traditionelle Rollenverteilung vorherrschen: Der Vater arbeitet in Vollzeit und verdient das meiste Geld, die Mutter kümmert sich um die Familie und den Haushalt und arbeitet zusätzlich in Teilzeit. Laut der Studie „Weichenstellungen für die Aufgabenteilung in Familie und Beruf" vom Institut für Demoskopie Allensbach aus dem Jahr 2015 trifft dies auf 58 % der Familien zu. In weiteren 17 % arbeitet nur der Vater, während die Mutter nicht arbeiten geht.

Bearbeiter

M12 Aufgabenverteilung in der Familie heute

Hinweise zur Grafik
Durchschnittliche Zeitverwendung von Erwerbstätigen in Doppelverdienst-Haushalten für Erwerbsarbeit, Hausarbeit und Kinderbetreuung an einem Werktag in Stunden – nach Geschlecht, Familienstand und Erwerbsumfang in den Jahren 2004, 2009 und 2014
Nach: SOEP, 2015

Alle Erwerbstätigen						
	Insgesamt		Verheiratet*		Nicht verheiratet	
	Frauen	Männer	Frauen	Männer	Frauen	Männer
Erwerbsarbeit**						
2014	6,8	9,4	6,5	9,4	8,5	9,2
2004	6,7	9,5	6,4	9,5	8,3	9,6
Hausarbeit						
2014	2	1,2	2,1	1,2	1,6	1,1
2004	2,4	1,2	2,5	1,2	1,9	1,2
Kinderbetreuung***						
2014	6,4	2,5	6,4	2,4	5,6	2,7
2004	7,8	2,2	8	2,1	6,8	2,8

** Nur heterosexuelle Paarhaushalte, ** schließt Wegzeiten mit ein, *** Kinder bis 6 Jahre im Haushalt, Quelle: Nach: SOEP, 2015*

AUFGABEN

1. Beschreibe, wie du dir die Rollenverteilung in deiner zukünftigen Familie vorstellst (**M11**).
2. Erläutere mithilfe des Schaubildes in **M12**, wie sich die Rollenverteilung in der Familie in den letzten Jahren verändert hat.
3. Diskutiere unter Verwendung der Begriffe „Ungleichheit" und „Ungerechtigkeit" (Vgl. dazu **M3**, S. 165) die These, dass die Aufgabenverteilung in der heutigen Familie weiterhin traditionellen Werten folgen sollte.

M13 Gleichberechtigung von Frauen und Männern

Obwohl in Deutschland seit langem die Gleichberechtigung der Geschlechter festgelegt ist, ist diese Gleichberechtigung noch nicht überall gegeben. So findet man zum Beispiel im Berufsleben weit weniger Frauen als Männer in führenden Positionen. Das gilt sowohl für die Wirtschaft, für die Verwaltung als auch für die Politik. Wie Untersuchungen gezeigt haben, liegt das keineswegs an einer schlechteren Ausbildung oder geringerer Leistungsbereitschaft der Frauen. Der Grund dafür liegt vielmehr in traditionellen Rollenverteilungen und dem oftmals mangelndem Willen, diese zu ändern. Um den gut ausgebildeten Frauen bessere Chancen zu geben, beschloss der Bundestag 2015 schließlich mit großer Mehrheit die Einführung einer Frauenquote. Seit 2016 gilt in bestimmten Großunternehmen bei der Aufsichtsratswahl eine Quote von mindestens 30 Prozent, d. h. dass gut hundert börsennotierte Unternehmen, in denen die Arbeitnehmer voll mitbestimmungsberechtigt sind, bei der Besetzung von Aufsichtsratsposten den 30-Prozent-Anteil für Frauen einhalten müssen. Ansonsten muss der Posten unbesetzt bleiben. Etwa 3500 weitere Unternehmen sind verpflichtet, sich eigene Zielgrößen zur Erhöhung des Frauenanteils in Aufsichtsräten, Vorständen und obersten Management-Ebenen zu setzen.

Nach: Gerd Schneider, Christiane Toyka-Seid, Das junge Politik-Lexikon, www.hanisauland.de, Abruf am 11.07.2017

Frauenquote – im Erklärfilm

Mediencode: 71091-13

M14 Kontrovers diskutiert: Ist die Frauenquote sinnvoll?

a) Ja! Die Frauenquote ist ein Anfang

Die Frauenquote kommt, endlich, das ist eine historische Zäsur. [...] Was bevorsteht, ist eine Auseinandersetzung, die bisher bequem umschifft werden konnte, nun aber vom Gesetzgeber zur Pflicht gemacht wird. Strengt euch gefälligst an!, lautet sein Auftrag. Findet endlich Lösungen, wie Frauen und Männer sich Macht und Chancen gerechter teilen können, egal ob sie Kinder haben oder nicht. Das rührt ans Innerste der bundesdeutschen Gesellschaft [...]. Anteilseigner und Betriebsräte müssen sich ab sofort den Kopf zerbrechen, wo sie gute Bewerberinnen für Aufsichtsratsposten finden. Vorgesetzte müssen Frauen Führungsjobs anvertrauen und große Budgets – und den weiblichen Nachwuchs systematisch vorbereiten auf mehr Verantwortung im Beruf. Frauen müssen endlich aufhören, sich kleiner zu machen als sie sind, und sich, es hilft nichts, früher losreißen von ihren Kindern. Sonst werden sie nie Entscheiderinnen.

Constanze von Bullion, Frauenquote: Halleluja, der Anfang ist gemacht!, www.sueddeutsche.de, 06.03.2015

b) Nein! Die Frauenquote ist nicht sinnvoll

Die verstärkte Repräsentation von Frauen in Führungspositionen ist ein gutes Ziel. [...] Frauenfeindlich, das will im Jahr 2019 niemand sein. Bloß: Ist die Frauenquote nicht das eigentlich frauenfeindlichste aller Antidiskriminierungsinstrumente? [...] Die Tatsache, dass es wenige Frauen in Spitzenpositionen gibt, ist durchaus zu kritisieren. Dennoch gibt es gute Gründe dafür, Quoten abzulehnen. [...]

In der Realität bestehen diskriminierende Machtstrukturen, insbesondere in Form von Netzwerken, von denen in erster Linie Männer profitieren. Um diese zu durchbrechen, ist es notwendig, Frauen zu ermächtigen und zu unterstützen, damit sie sich selbst Strukturen aufbauen können. Eine verpflichtende Quote ist dafür ein zu plumpes Instrument. Frauenquoten schaffen Quotenfrauen, was letztlich dem Anliegen schadet. Denn eine Frauenquote ist [...] ein Armutszeugnis für Frauen. Anstatt ihnen zuzutrauen, dass sie sich auf dem freien Markt durchsetzen können, erklärt man sie zu hilfsbedürftigen Wesen. Das ist das Gegenteil von Emanzipation, das ist Patronage. Viele [...] greifen in Verteidigung der Frauenquote paradoxerweise auf Rollenbilder zurück, die sie eigentlich abschaffen wollen: der privilegierte Mann, die zum Objekt gemachte Frau. So werden im Namen der positiven Diskriminierung Stereotype zementiert.

Anna Schneider, Frauenquoten: der Siegeszug eines Denkfehlers, in: www.nzz.ch, 05.12.2019

AUFGABE

4. In **M14a-b** werden Argumente für / gegen die Frauenquote genannt.

a) Arbeitet in Kleingruppen die Argumente aus den Texten heraus.

b) Fügt den unterschiedlichen Positionen eigene Argumente hinzu.

c) Führt abschließend ein Pro-Kontra-Streitgespräch (→ Methode auf der nächsten Seite) zu der Frage „Bringt die Frauenquote mehr Gleichberechtigung in der Berufswelt?“ in der Klasse durch.

Methode

Ein Pro-Kontra-Streitgespräch führen

I. Worum geht es?

Im Pro-Kontra-Streitgespräch wird ein konfliktreiches Thema von allen Seiten beleuchtet. Es geht bei diesem Streitgespräch nicht darum, den „Gegner" durch bessere Argumente zu „schlagen", vielmehr soll ein Thema facettenreich erschlossen werden. Unterschiedliche Meinungen und konträre Perspektiven werden mit dem Ziel zusammengetragen, sich mit verschiedenen Sichtweisen auseinander zu setzen. Die Teilnehmer sammeln in zwei Gruppen zu einer These oder einer Frage Argumente zur Begründung ihres Standpunktes. Es ist durchaus erwünscht, Positionen zu vertreten, die nicht mit der eigenen Meinung identisch sind. So können festgefahrene Positionen verlassen werden, und die Thematik wird neu durchdacht. Nach der Sammlung der Argumente in den Kleingruppen erfolgt eine Diskussion mit Vertretern der zwei Gruppen.
Außer Befürwortern und Gegnern der These gibt es sowohl einen Moderator als auch Beobachter. Der Moderator ist neutraler Leiter des Streitgesprächs, d. h. er darf nicht erkennbar auf einer der beiden Seiten stehen. Als Beobachter agieren die Gruppenmitglieder, die nicht aktiv am Streitgespräch teilnehmen. Sie bekommen konkrete Beobachtungsaufträge.

II. Geht dabei so vor:

1. Schritt: Vorbereitung

- Aufteilung in zwei Gruppen (Pro- bzw. Kontra-Gruppe)
- Festlegung der jeweiligen Redner (drei pro Gruppe)
- Vorbereitung der Argumentation mithilfe des ausgegebenen Materials

2. Schritt: Durchführung des Streitgespräches

a. Darstellung der These durch den ersten Redner der Gruppe „Pro" – max. drei Minuten
b. Widerrede durch den ersten Redner der Gruppe „Kontra" – max. drei Minuten
c. Striktes Abwechseln der zwei Gruppen: geregelter Austausch der Argumentation
d. Zusammenfassendes Schlusswort durch den jeweiligen Hauptredner

3.Schritt: Auswertung

- Distanzierung: Redner äußern ihre Gefühle und Erfahrungen
- Bewertung des Streitgesprächs durch Beobachter
- Abstimmung über Streitpunkt im Plenum

Nach: Sibylle Reinhardt, Politik Didaktik. Praxishandbuch für die Sekundarstufe I und II, Berlin 2005, S. 203-205

6.1.5 Was bedeutet Armut in Deutschland?

Zum Thema: „Deutschland gehört zu den reichsten Ländern der Welt!" – dieser Feststellung würde jeder sofort zustimmen. Trotzdem gibt es bei uns viel Armut. Wie passt das zusammen? In diesem Kapitel erfahrt ihr, wer von Armut betroffen ist und welche Überwindungsmöglichkeiten zurzeit diskutiert werden.

M15 Fallbeispiele: Armut hat verschiedene Gesichter …

Peggy Schmitt, 35, mit ihren Zwillingstöchtern

Fall 1: Peggy Schmitt lebt mit ihren Zwillingstöchtern Mia und Sandra (12) in einer Dreizimmerwohnung in Witten, für die sie 520 € Miete inkl. Heizkosten zahlen. Sie beziehen „Hartz IV". Peggy hat, nachdem sie schwanger war, ihre Ausbildung als Bürokauffrau abgebrochen. Von ihrem Partner (seit acht Monaten arbeitslos) hat sie sich getrennt. Sandra braucht einen neuen Badeanzug und Mia würde gerne Klavierunterricht nehmen. Sie können es sich nicht leisten. Beide Kinder bleiben in ihrer Freizeit fast nur noch zu Hause, weil sie weder Geld für Getränke noch für das Kino haben.

Bearbeiter

Carsten Hamann, 53 Jahre

Fall 2: Carsten Hamann hatte vor ein paar Jahren noch einen gut bezahlten Job in der Modebranche. Er wurde krank und erhielt schließlich die Kündigung. Nachdem das ALG I auslief, schämte er sich, zum Jobcenter zu gehen und „Hartz IV" zu beantragen. Eine Zeit lang hat er noch alles verkauft, was Geld brachte (Mac, iPhone, gute Klamotten …), aber irgendwann war alles weg. Er hatte zwar im Hinterkopf, dass er bald die Miete nicht mehr würde zahlen können, aber den Gedanken verdrängt. Irgendwann ging es ihm psychisch und körperlich so schlecht, dass er ins Krankenhaus eingeliefert wurde. In der Zeit ist seine Wohnung geräumt worden. Seitdem schläft er nachts in einem „Obdachlosen-Café". Mittags geht er zur „Tafel".

Bearbeiter

Ingrid Simsik, 73 Jahre

Fall 3: Ingrid Simsik (73) verbringt ihren Ruhestand meistens recht zurückgezogen in ihrer Zweizimmerwohnung in einer Kleinstadt im Bergischen Land. Für all ihre Unternehmungen muss sie genau rechnen. Nach ihrer Ausbildung hatte sie lange in einem Pharmaunternehmen gearbeitet. Als ihre erste Tochter geboren wurde, stieg sie für fünf Jahre aus dem Beruf aus. Danach arbeitete sie mit Unterbrechungen in Teilzeit weiter. Sie bekommt nun eine monatliche Rente von 690 Euro. Ihren alten Opel hat sie nur noch behalten, weil Ingrid Simsik zusätzlich eine Witwenrente von 400 Euro bekommt. Das macht 1090 Euro im Monat, mehr als die Hälfte davon bezahlt sie für Miete, Strom, Telefon und Versicherungen. Zum Leben bleiben ihr täglich etwa zwölf Euro.

Bearbeiter

EINSTIEGSAUFGABE

Armut ⟷ keine Armut

Begründet, inwiefern die Personen in den Fallbeispielen in **M15** als arm gelten. Ordnet die Fälle auf einer Skala ein und begründet eure Zuteilung.

M16 Armutsmessung – ab wann gilt jemand als arm?

Es gibt unterschiedliche Messungen von Armut. Die Weltbank benutzt eine *absolute Armutsdefinition*. Sie definiert Menschen als extrem arm, wenn sie weniger als 1,90 US-Dollar pro Tag zur Verfügung haben. Bei diesem Ansatz wird die Kaufkraft des US-Dollars in lokale Kaufkraft umgerechnet. Das heißt, dass extrem arme Menschen nicht in der Lage sind, sich täglich die Menge an Gütern zu kaufen, die in den USA 1,90 US-Dollar kosten würden. Die 1,90-Dollar-Grenze wird als finanzielles Minimum angesehen, das eine Person zum Überleben braucht. Wird diese Definition genommen, dann hat es in den letzten Jahrzehnten deutliche Erfolge in der weltweiten Armutsbekämpfung gegeben: Der Prozentsatz an extrem armen Menschen ist von 12,8 % im Jahr 2012 auf 9,6 % im Jahr 2015 gesunken. Auch in absoluten Zahlen bedeutet das einen Rückgang von 902 Mio. auf 702 Mio. Menschen. Allerdings ist dieses Maß für die Situation in den Ländern der nördlichen Hemisphäre nicht besonders aussagekräftig. Deshalb wird in der Europäischen Union ein anderes, *ein relatives Maß für Armut* verwendet: Danach gilt als armutsgefährdet, wer weniger als 60% des mittleren Haushaltseinkommens zur Verfügung hat. Das sind in Deutschland 15,4 % der Bevölkerung oder circa 12 Millionen Menschen (2015).

Bearbeiter

M17 Wer ist armutsgefährdet?

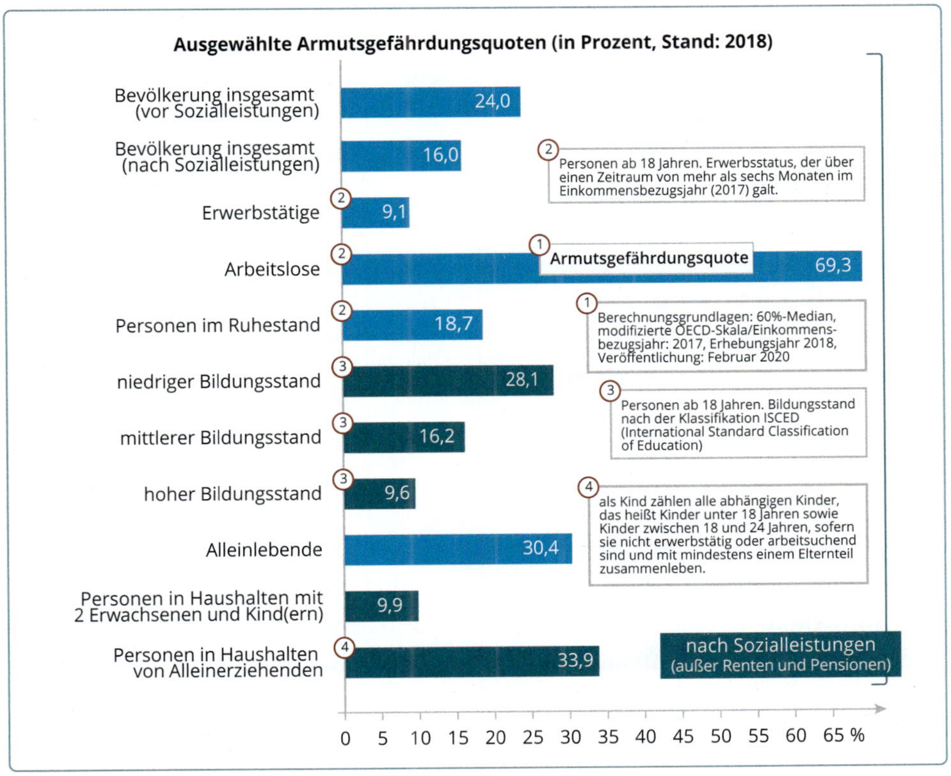

Quelle: Statistisches Bundesamt: Leben in Europa (EU-SILC) – Einkommen und Lebensbedingungen in Deutschland und der Europäischen Union – Fachserie 15 Reihe 3 – 2018, 27.02.2020

M18 Kontroverse um Armut in Deutschland

Paritätischer Wohlfahrtsverband
Der „Deutsche Paritätische Wohlfahrtsverband – Gesamtverband e.V." ist ein gemeinnütziger eingetragener Verein mit Sitz in Berlin. Der Verband setzt sich hauptsächlich für die Kranken und Schwachen der deutschen Gesellschaft ein.

Armutsbericht
Auch die Bundesregierung legt einen Armutsbericht vor. Dieser Armutsbericht ist der Bericht „Lebenslagen in Deutschland – Armuts- und Reichtumsbericht der Bundesregierung" und wird verkürzt oft als Armutsbericht bezeichnet. Die Bundesregierung gibt in regelmäßigen Abständen einen Bericht zur wirtschaftlichen und sozialen Lage der Bürger Deutschlands heraus. Der Bericht fokussiert vor allem die Armut in Deutschland und nennt politische Maßnahmen, mit der die Bundesregierung die Armut zu bekämpfen versucht.

a) Paritätischer Wohlfahrtsverband: Armut steigt in Deutschland.

In seinem Armutsbericht zeigt der Paritätische Wohlfahrtsverband, dass die Armut in Deutschland fast unverändert hoch bleibt. Sie liegt bei 15,4 Prozent und damit nur 0,1 Prozentpunkte unter dem Vorjahreswert. Zwar sank sie 2014 in neun Bundesländern, dafür stieg sie aber auch in bevölkerungsreichen Regionen wie Bayern von 11,3 auf 11,5 Prozent und Nordrhein-Westfalen von 17,1 auf 17,5 Prozent. Hauptrisikogruppen seien Alleinerziehende und Erwerbslose sowie Rentnerinnen und Rentner, deren Armutsquote rasant gestiegen sei und erstmals über dem Durchschnitt liege, so der Verband. [...] Am stärksten sind laut dem Bericht Erwerbslose von Armut betroffen – ihr Anteil liegt bei 58 Prozent – und Alleinerziehende, deren Anteil bei 42 Prozent liegt. Auch die Kinderarmutsquote ist mit 19 Prozent hoch und liegt noch immer deutlich über dem Durchschnitt, wobei die Hälfte der armen Kinder in Haushalten Alleinerziehender lebt. Als alarmierend bezeichnete der Sozialverband, der seinen Bericht erstmals gemeinsam mit zahlreichen weiteren Sozialverbänden vorlegte, die Entwicklung in Rentnerhaushalten: Bei ihnen sei die Armut seit 2005 etwa zehn Mal so stark angewachsen wie beim Rest der Bevölkerung. [...] Als arm gelten laut einer Definition der EU Menschen, die über weniger als 60 Prozent des mittleren gesellschaftlichen Einkommens verfügen. Rechnerisch sind dies 12,5 Millionen Menschen, davon rund 3,4 Millionen Rentner. Laut Paritätischem Wohlfahrtsverband werden in Deutschland Haushalte mit einer Person und einem Einkommen von weniger als 892 Euro pro Monat als arm bewertet. Bei einer Familie mit zwei Kindern liegt die Grenze bei 1.872 Euro. Nach Daten des Statistischen Bundesamts aus dem Jahr 2013 verfügen die obersten zehn Prozent der Haushalte über 51,9 Prozent des Nettovermögens – die untere Hälfte nur über 1 Prozent. Zum Vergleich: 1998 hatten die reichsten zehn Prozent nur 45,1 Prozent, die unteren 50 Prozent 2,9 Prozent des Vermögens.

Angelika Finkenwirth, Armutsbericht 2016: Armut in Deutschland sinkt nur leicht, www.zeit.de, 23.02.2016

b) Armut ist nicht gleich Armut ...

Ich bin der Ansicht, dass beim Deutschen Paritätischen Wohlfahrtsverband jemand mal dringend Urlaub machen müsste, um den Kopf freizubekommen. [...] Nie herrschte in Deutschland so viel Armut wie heute, aha. Dieser Satz ist Nonsens in seiner reinsten Form. Während des Dreißigjährigen Krieges sind die Armut und die regionale Zerrissenheit in Deutschland garantiert um einiges größer gewesen. Auch im Hungerwinter 1946/47 oder während der Weltwirtschafts-

krise war die Armut in Deutschland ausgeprägter als heute. Jedes Mal, wenn solche Sätze mithilfe von Kollegen ihren Weg in die Medien finden, unkommentiert, Sätze, die jedes zwölfjährige Kind als Unsinn erkennt, geniere ich mich ein wenig für meinen Beruf. [...]
Ich war beruhigt, als ich einen klugen Essay entdeckte zum Thema Armut in Deutschland, von Georg Cremer, Generalsekretär des Caritasverbandes. Auch er findet den Satz daneben. Armutsstatistiken sind generell fragwürdig, weil jeder als „arm" gilt, der weniger als 60 Prozent des Durchschnittseinkommens zur Verfügung hat. In einem superreichen Land, in dem das Durchschnittseinkommen bei einer Million Euro liegt, giltst du mit 590.000 Euro als Armer. Das war mir bekannt. Aber ich bin fast vom Hocker gefallen, als ich bei Cremer las, dass mein älterer Sohn, mein geliebtes Fleisch und Blut, in der deutschen Armutsstatistik auftaucht. Ich schwöre, der Junge hat alles, was er braucht. Die Armutsschwelle liegt bei Alleinstehenden in Deutschland bei etwa 900 Euro im Monat. Mein Sohn studiert in einer anderen Stadt und hat dort ein Zimmer. Ich überweise ihm weniger als 900 Euro. Er gilt deshalb laut Statistik als ein Mitglied im Millionenheer der deutschen Armen. Das ist keine Satire – ich hasse es, wenn ich diesen Satz schreiben muss, aber manchmal komme ich leider nicht darum herum. Studierende mit eigenem Haushalt und weniger als 900 Euro tauchen im deutschen Armutsbericht auf, egal, wie viel Kohle die Eltern haben. Wenn er zu mir zieht, würde in der Statistik allerdings unser gemeinsames Haushaltseinkommen zählen. Er wäre von einem Tag auf den anderen wieder ein junger Mann aus der Mittelschicht. Aber er zieht ein Leben im Elend vor. [...] Ich weiß, dass es in Deutschland echte Armut gibt.

Harald Martenstein, Über Armutsforschung und Nesthocker, www.zeit.de, 02.06.2015

Harald Martenstein, Journalist und Autor, bei einer Lesung im Leipziger Hauptbahnhof

AUFGABEN

1. Vergleiche die Konzepte der absoluten und relativen Armut (**M16**).
2. Analysiert in Partnerarbeit die Grafik in **M17** zu den Armutsquoten, indem ihr u. a. darstellt, wer in Deutschland statistisch besonders armutsgefährdet ist.
3. Entwickelt zu zweit auf der Grundlage von **M15 – M17** drei konkrete politische Maßnahmen zur Armutsvermeidung. Vergleicht abschließend eure Maßnahmen in der Klasse.
4. Führt in der Klasse mithilfe eurer Kenntnisse und der Texte in **M18a-b** ein Pro- und Kontra- Streitgespräch (→ Methode auf S. 175) über das Thema: „Armut in Deutschland – ein Widerspruch?"

6.1.6 Worauf baut das soziale Sicherungssystem?

Zum Thema: Das Kernstück des Sozialstaates in Deutschland ist die gesetzliche Sozialversicherung. Mit ihr sollen Lebensrisiken gemeinsam getragen werden. Aber welche Risiken werden abgesichert und wer muss dafür welchen Beitrag zahlen? Gegenstand dieses Kapitels sind die einzelnen Bausteine der gesetzlichen Sozialversicherung.

M19 Gesetzliche Sozialversicherung: Niemand muss im Regen stehen ...

Karikatur: Aurel-Cartoonstudio, 2012

EINSTIEGSAUFGABEN

1. Benennt „Lebensrisiken", die in der Karikatur **M19** dargestellt werden.
2. Setzt euch mit der Hauptaussage in der Karikatur **M19** auseinander, indem ihr eine passende alternative Überschrift formuliert.

M20 Das System der sozialen Sicherung in Deutschland

a) Die Säulen der sozialen Sicherung

Sozialleistungen

Systeme des öffentlichen Dienstes	Staatlich geförderte private Vorsorge	Gesetzliche Sozialversicherung	Förder- und Fürsorgesysteme	Arbeitgebersysteme
• Beamtenpensionen • Beihilfe • Familienzuschläge	• Private Altersvorsorge („Riester-Rente", „Rürup-Rente") • Private Pflegeversicherung („Pflege-Bahr")	• Gesetzliche Rentenversicherung • Gesetzliche Krankenversicherung • Pflegeversicherung • Arbeitslosenversicherung • Unfallversicherung	• Kindergeld • Elterngeld • Grundsicherung für Arbeitssuchende (ALG II, Sozialgeld für Angehörige) sowie im Alter • Sozialhilfe • BAföG	• Entgeltfortzahlung im Krankheitsfall • Betriebliche Altersvorsorge

Bearbeiter

b) Elemente der sozialen Sicherung in Deutschland

Gesetzliche Sozialversicherung					Versorgungsleistungen
1883: Gesetzliche Krankenversicherung (SGB V)	1884: Gesetzliche Unfallversicherung (SGB VII)	1889: Gesetzliche Rentenversicherung (SGB VI)	1927: Gesetzliche Arbeitslosenversicherung (SGB III)	1995: Gesetzliche Pflegeversicherung (SGB XI)	• Kriegs- und Gewaltopfer • Familienleistungsausgleich: – Kindergeld – Kinderzuschlag • Wohngeld • Ausbildungsförderung • Leistungen zur Rehabilitation und Teilhabe behinderter Menschen (SGB IX) (Beachte: Mischformen mit Elementen der Fürsorge und Versorgung bei Leistungsberechnungen und Leistungserbringung sind möglich.)

Mindestsicherungssysteme (Fürsorgeleistungen)		
1991: SGB VIII	Kinder- und Jugendhilfe • Hilfen zur Erziehung für junge Menschen und Familien • Kinderschutz • Kinderbetreuung / Kindertagesstätten • Jugend(sozial)arbeit	Zusätzliche Sozialleistungen (Auswahl): • Betreuungsgeld • Unterhaltsvorschuss • Zulagen private Altersvorsorge („Riester-Rente")
2005: SGB II	Grundsicherung für Arbeitssuchende (ALG II / Sozialgeld)	Soziale Dienste Gesundheitsbezogene Dienste Bildungsbezogene Dienste • Dienstleistungen im öffentlichen Interesse • öffentliche (Teil-)Finanzierung • erbracht von den Wohlfahrtsverbänden, anderen freien sowie öffentlichen Trägern
1961 / 2005: SGB XII	Grundsicherung im Alter und bei Erwerbsminderung / Sozialhilfe	
1993: Asylbewerberleistungsgesetz		

Bearbeiter

Sozialgesetzbuch (SGB)
Im Jahre 1969 wurden die zahlreichen Gesetze und Verordnungen zum Sozialrecht in einem Gesetzeswerk, dem Sozialgesetzbuch (SGB), zusammengefasst. Derzeit gibt es zwölf Bücher im SGB. In diesen Büchern werden im Wesentlichen die verschiedenen Zweige der gesetzlichen Sozialversicherung (→ M5a-b) und andere staatliche Fürsorgeleistungen, die aus Steuermitteln finanziert werden, geregelt.

Erklärfilm „Gesetzliche Sozialversicherung"

Mediencode: 71091-14

AUFGABEN

1. Ordne die staatlichen Sozialleistungen aus **M20a** den Lebensrisiken der Karikatur **M19** zu.
2. Erkläre mithilfe von **M20b** den Unterschied zwischen staatlichen Fürsorge- und Versorgungsleistungen.

WAS WIR WISSEN

Dimensionen sozialer Ungleichheit

Zu allen Zeiten waren manche Menschen innerhalb der Gesellschaft besser gestellt als andere. Diese soziale Ungleichheit lässt sich auch in den modernen Industrie- und Dienstleistungsgesellschaften beobachten. Am deutlichsten ist die Ungleichheit bei der Verfügbarkeit von Einkommen und der damit verbundenen Teilhabe an Macht und Prestige. Ungleichheit lässt sich aber auch im Bereich von Bildung, bei der Stellung von Männern und Frauen oder bei der Herkunft beobachten. Üblich ist eine vertikale Differenzierung, also eine Schichtung in „Oben und Unten".

Ungleich gleich ungerecht?
M3, M4

Die bestehenden Ungleichheiten in einer Gesellschaft werden oft „automatisch" als ungerecht und deshalb als beseitigenswert empfunden. Deshalb sollten die Begriffe Ungleichheit und Ungerechtigkeit getrennt werden. Bei der Beschreibung von Ungleichheit handelt es sich zunächst nur um eine Feststellung (Sachaussage). Empfindet man die Ungleichheit als ungerecht, so ist dies ein Werturteil. Gerechtigkeit ist dabei keine objektive, messbare Größe. Was gerecht ist und was nicht, hängt von den Maßstäben ab, die der Betrachter anlegt. So unterscheidet man Chancen-, Leistungs- und Bedarfsgerechtigkeit.

Sozialstruktur
M9

Jüngere Versuche zur Beschreibung der Gesellschaft tragen der fortschreitenden Differenzierung Rechnung und ergänzen Merkmale wie das Einkommen um Merkmale, die die verschiedenen Wertorientierungen (z. B. Lebensziele, Vorstellungen vom Glück) der Menschen berücksichtigen. Die Verknüpfung dieser Merkmale führt zu verschiedenen sozialen Milieus einer Gesellschaft. Ein sehr bekanntes Modell der Sozialstruktur ist das Modell der Sinus-Milieus.

Armut
M16, M17

Nach einer häufig verwendeten Definition ist jemand arm, wenn das Einkommen nicht ausreicht, um einen Lebensstandard zu verwirklichen, der in der Bezugsgemeinschaft als „normal" angesehen wird. Dazu gehören insbesondere auch Benachteiligungen im Bereich von Gesundheit, Bildung, gesellschaftlicher und kultureller Teilhabe. Da diese Form der Armut schwer messbar ist, wird heute meist von relativer Armut gesprochen. Als relativ arm gelten Personen oder Haushalte, deren Nettoeinkommen weniger als 60 % des Durchschnittseinkommens beträgt (in der EU verwendete Definition).

Wie der Sozialstaat für die Schwächsten sorgt
M20

Ein wichtiges Ziel des Staates ist es, alle diejenigen zu unterstützen und denen zu helfen, die besonders schwach sind und sich nicht selbst gegen alle Wechselfälle des Lebens schützen können. Zu sozialpolitischem Handeln ist der Staat durch das Sozialstaatsgebot des Grundgesetzes verpflichtet (Art. 20 und Art. 28 GG). Der Staat verbindet das Ziel des sozialen Ausgleichs in Form von Chancengleichheit mit dem Ziel der sozialen Existenzsicherung. Indem der Staat mit seiner Sozialpolitik eingreift, um einen Ausgleich sozialer Gegensätze zu bewirken, trägt er auch zur Sicherung des sozialen Friedens bei.

WAS WIR KÖNNEN

Prinzipien der Gerechtigkeit – ein Gedankenexperiment

Entwirf mit deinen Mitschülern eine Verfassung für eine gerechte Gesellschaft. Schreibe in Artikeln die Grundsätze nieder, die du für eine gerechte Gesellschaft für wichtig und notwendig hältst.

Es gelten dabei folgende Bedingungen:

1. Du weißt, wie eine Gesellschaft im allgemeinen funktioniert und dass es bestimmte Grundgüter gibt. „Die wichtigsten gesellschaftlichen Grundgüter sind Rechte, Freiheiten und Chancen sowie Einkommen und Vermögen." (John Rawls)

   Es kommt also darauf an, nach welchen Grundsätzen diese Grundgüter verteilt werden sollen.

2. Der „Schleier der Unwissenheit":

   Alle individuellen Dinge über dich selbst weißt du nicht – nicht dein Alter, nicht dein Geschlecht, auch nicht deine Begabungen, vor allem aber nicht die politische, soziale und wirtschaftliche Lage, die du künftig einnehmen wirst.

   Es kommt also darauf an, dass du in deinem eigenen Interesse bei der Festlegung der Grundsätze eine unparteiische Haltung einnimmst.

Prinzipien der Gerechtigkeit – ein Gedankenexperiment

Entwurf einer Verfassung für eine gerechte Gesellschaft

Artikel 1: ...

Artikel 2: ...

Artikel 3: ...

6.2 Auswirkungen des demografischen Wandels

6.2.1 Der demografische Wandel in Deutschland

Zum Thema: Der demografische Wandel gilt als eine der großen Herausforderungen für Deutschland. Was ist unter dem Begriff demografischer Wandel zu verstehen und auf welchen Ursachen gründet er? Dies ist Gegenstand dieses Kapitels.

Demografischer Wandel
Mit dem demografischen Wandel werden die Veränderungen in der Bevölkerungszusammensetzung hinsichtlich ihrer Größe und Struktur (v.a. Alterszusammensetzung) bezeichnet.

M21 Wie entwickelt sich die Altersstruktur der Bevölkerung in Deutschland?

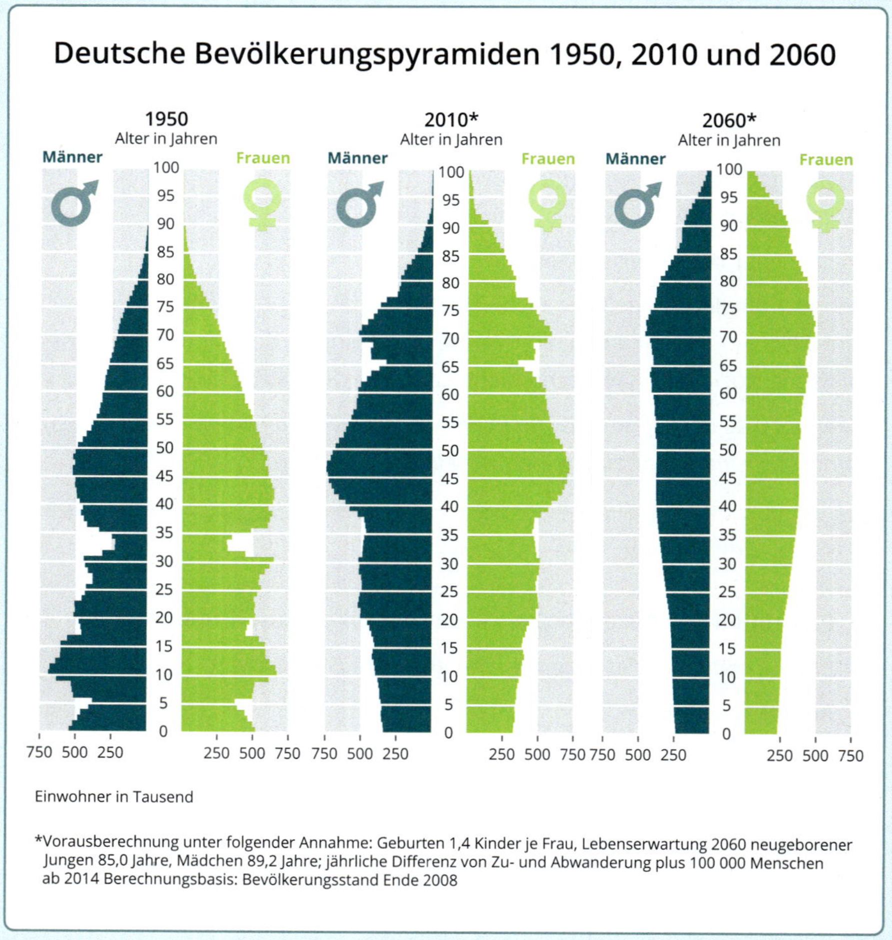

dpa Grafik 4301; Statistisches Bundesamt, Globus 4301

Erklärfilm „Demografischer Wandel"

Mediencode: 71091-15

EINSTIEGSAUFGABE

Bestimmt in den Grafiken eure eigene Position sowie die eurer Eltern und Großeltern. Was stellt ihr fest?

M22 Warum die Deutschen so wenig Kinder bekommen

Als Hauptgrund gegen eigene Kinder werden die hohen Kosten angeführt. Laut Berechnungen des Statistischen Bundesamtes liegen diese bei über 600 Euro monatlich oder rund 130.000 Euro bis zum 18. Lebensjahr. Daher verwundert es nicht, dass [...] fast zwei Drittel der Bevölkerung (63%) die finanziellen Belastungen als Erklärung für Kinderlosigkeit nennen. [...] Auf Platz zwei liegt [...] die Sorge, an eigener Freiheit einzubüßen (61%). [...] Den fehlenden richtigen Partner und Schwierigkeiten bei der Vereinbarkeit von Karriere und Familie [führen 40%] an. Es zeigt sich hierbei zudem, dass die Bemühungen von Unternehmen, familienfreundlichere Strukturen zu bieten, bisher nicht den gewünschten Erfolg gebracht haben. [...] Knapp die Hälfte der Bürger (46%) sorgt sich um die zukünftige gesellschaftliche Entwicklung, sei es in puncto Arbeitsplatzentwicklung, Wirtschaftswachstum, Klimawandel oder Terror – und nennt daher die unsichere Zukunft als einen Grund, sich gegen Kinder zu entscheiden.

Stiftung für Zukunftsfragen: Kinder = Kein Geld, Keine Freiheit, Keine Karriere? Warum die deutschen Keine Kinder bekommen. Forschung aktuell 270/2016, S. 1f.

M23 Ursachen der steigenden Lebenserwartung

Dass die Gesellschaft altert, liegt neben einer sinkenden Geburtenrate auf der einen Seite auch an einer steigenden durchschnittlichen Lebenserwartung der Bevölkerung. Diese hat mehrere Ursachen. Dazu zählt insbesondere der medizinische Fortschritt (Verbesserungen in den Bereichen medizinische Diagnostik, Arzneimittel, Mikrochirurgie, Organtransplantationen, Biotechnik). Aber auch ein gewandeltes Gesundheitsbewusstsein (bessere Ernährung, weniger Raucher, mehr Bewegung), die verbesserte Sicherheitstechnik in unterschiedlichen Bereichen (Verkehr, Arbeitswelt) und generell ein Rückgang gesundheitsgefährdender, körperlich belastender und unfallträchtiger Arbeitsplätze lassen die Menschen immer älter werden.

AUFGABEN

1. Stelle die Ursachen des demografischen Wandels in einer differenzierten Mindmap (→ Methode auf S. 151) dar (**M21 – M23**).
2. Erläutere, welche wirtschaftlichen, sozialen und politischen Probleme sich durch den demografischen Wandel für Deutschland ergeben können.

6.2.2 Soziale Sicherung in der alternden Gesellschaft – Beispiel Rentenversicherung

Zum Thema: Der demografische Wandel hat Auswirkungen auf unsere sozialen Sicherungssysteme. Nicht zuletzt am Beispiel der Rentenversicherung werden die Folgen einer alternden Gesellschaft erkennbar. „Die Rente ist sicher!" – jahrzehntelang zweifelte niemand daran. Doch inwiefern dies auch noch für eure Renten gilt, ist Gegenstand dieses Kapitels.

M24 Die Rente und der Generationsvertrag

Karikatur: Universitäts- und Landesbibliothek Münster, N. Schöpper K 12,057

EINSTIEGSAUFGABE

Beschreibe, auf welches Problem die Karikatur aufmerksam macht.

M25 Die gesetzliche Rentenversicherung im 21. Jahrhundert

Der Generationenvertrag
Der Begriff entstand mit dem sogenannten Umlageverfahren in der Rentenversicherung, eingeführt 1957 durch die Rentenreform unter Bundeskanzler Adenauer.

a) Generationenvertrag

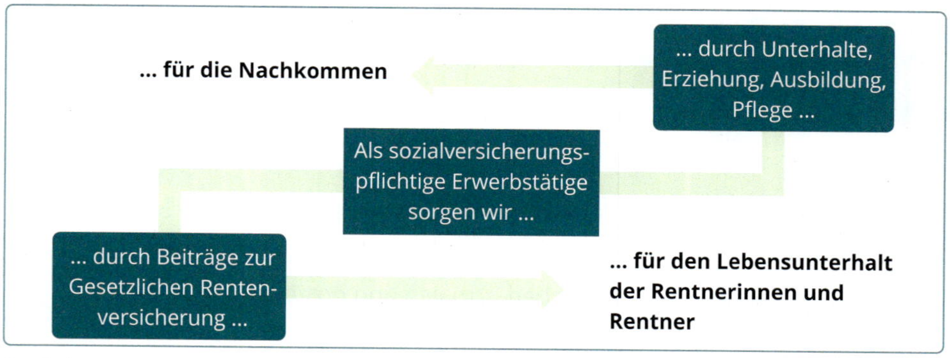

Bearbeiter

b) Welche Herausforderungen hat die gesetzliche Rentenversicherung zu stemmen?

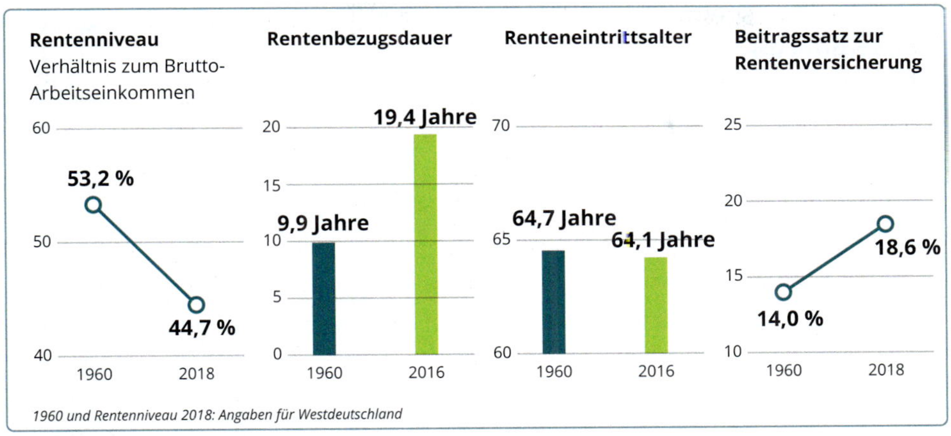

© picture alliance/dpa, Infografik, Globus 12285, Quelle: Deutsche Rentenversicherung, BMAS

c) Der Generationenvertrag – ein Auslaufmodell?

Der Generationenvertrag bzw. das Umlageverfahren ist durch die rückläufigen Geburtenzahlen, den Anstieg der Lebenserwartung und damit durch verlängerte Rentenlaufzeiten instabil geworden. Auf diese Entwicklung haben die vergangenen Bundesregierungen bereits reagiert und z. B. das Rentenniveau gesenkt. Es soll von 52 % im Jahr 2009 auf ca. 46 % im Jahr 2024 sinken. Zusätzlich wurde das Renteneintrittsalter schrittweise erhöht, es steigt von ehemals 65 Jahre auf 67 Jahre. Um die „Lücke" auszugleichen, die den zukünftigen Rentenempfängern entsteht, fördert der Staat private Zusatzversicherungen, indem er Zulagen finanziert, wenn das Versicherungsangebot bestimmte Bedingungen erfüllt. Diese private Zusatzversicherung mit staatlicher Förderung wurde nach ihrem „politischen Vater", dem ehemaligen Arbeitsminister Walter Riester, „Riester-Rente" genannt.

Bearbeiter

Rentenniveau
Das Rentenniveau bezeichnet das Verhältnis zwischen einer „Standardrente" und dem durchschnittlichen Nettoeinkommen. Die Standardrente erhält jemand, der 45 Jahre lang mit durchschnittlichem Einkommen in die Rentenversicherung eingezahlt hat. Das Rentenniveau ist demnach ein Orientierungswert.

M26 Bausteine und Ideen einer Rentenreform

1. Das Renteneintrittsalter wird noch weiter erhöht (z. B. auf 70).

2. Der Beitragssatz zur Rentenversicherung für Arbeitnehmer und Arbeitgeber wird erhöht.

3. Die zusätzliche private Vorsorge wird verpflichtend gemacht. Jedem Arbeitnehmer wird automatisch ein gewisser Prozentsatz dafür vom Gehalt abgezogen.

4. Der Staat finanziert aus Steuern eine einheitliche Grundrente, die nur das Überleben sichert. Jeder Einzelne kann zusätzlich privat vorsorgen.

5. Die Zahl der Beitragszahler wird erweitert, indem Beamte und Selbstständige auch versicherungspflichtig werden.

6. Der Beitragssatz wird von der Kinderzahl abhängig gemacht – wer keine Kinder hat, zahlt höhere Beiträge.

7. Die Altersvorsorge wird vollständig zur Privatsache.

?

Bearbeiter

M27 Zuwanderung als Lösung?

a) Pro: Deutschland braucht Zuwanderung

Gerade Deutschland braucht Zuwanderer. Wir stehen vor einem ernsthaften Problem der Überalterung. Wenn sich nichts ändert, erwartet uns eine Zukunft mit weniger Arbeitskräften und mickrigen Wachstumsraten. [...] Als alternde Gesellschaft läuft Deutschland Gefahr, den Anschluss zu verpassen. [...] Ohne nennenswerte Nettozuwanderung* würde die Zahl der Erwerbstätigen über die nächsten zehn Jahre um rund 4,5 Millionen schrumpfen.

David Folkerts-Landau, Lasst sie kommen!, www.zeit.de, 15.10.2015
Der Autor ist Chefvolkswirt der Deutschen Bank.

**Nettozuwanderung: Differenz zwischen Zuwanderern und Abwanderern.*

b) Kontra: Zuwanderung kostet viel Geld

Selbst bei einer Integration der Zuwanderer in den deutschen Arbeitsmarkt innerhalb von 6 Jahren belaufen sich die Zusatzkosten langfristig auf 900 Mrd. Euro. [...] Eine durch Integrations- und Qualifikationskriterien gesteuerte Zuwanderung könnte sich hingegen positiv auf die öffentlichen Haushalte auswirken. Selbst im günstigsten Fall einer schnellen Integration in den Arbeitsmarkt, werden sich dauerhaft jährliche fiskalische Lasten für die deutschen Steuerzahler in Höhe von 17 Mrd. Euro ergeben. [...] Scheitert die Integration hingegen dauerhaft, drohen noch deutlich höhere Kosten.

Stiftung Marktwirtschaft, Pressmitteilung: Planlose Zuwanderung kostet dauerhaft 17 Mrd. Euro pro Jahr, in: www.stiftung-marktwirtschaft.de, 24.11.2015

AUFGABEN

1. Beschreibe mit eigenen Worten das Grundprinzip des Generationenvertrages (**M25**).
2. a) Analysiere die Auswirkungen des demografischen Wandels auf das Rentensystem der Bundesrepublik.
   b) Konkretisiere die Lösungsvorschläge aus **M26** für die Herausforderungen der gesetzlichen Rentenversicherung.
   c) Erstellt ein Klassenranking, welche Vorschläge aus eurer Sicht am realistischsten sind, um umgesetzt zu werden. Begründet euren Standpunkt.
3. Kann durch eine kontrollierte Zuwanderung das Finanzierungsproblem der Rentenversicherung gelöst werden? Simuliert ein Streitgespräch (→ Methode auf S. 175) zu dieser Frage.

WAS WIR WISSEN

Demografischer Wandel
M21 – M23

Fehlender Nachwuchs und eine steigende Lebenserwartung führen zu einer nachhaltigen Veränderung des Bevölkerungsaufbaus in der Bundesrepublik Deutschland. Aufgrund des seit den 1960er-Jahren beobachtbaren Geburtendefizits, bei dem die Elterngeneration nicht mehr voll ersetzt wird, wandelt sich die „Bevölkerungspyramide" zu einer „Urne" und schließlich zu einem „Pilz". Dies bedeutet einen steigenden Altersdurchschnitt bei gleichzeitig schrumpfender Gesamtbevölkerung.
Im Ergebnis wird der Anteil der über 65-Jährigen von 20 Prozent im Jahr 2008 auf 35 Prozent im Jahr 2060 ansteigen. Zudem wird die Gruppe der Hochbetagten über 80 Jahren in den kommenden Jahrzehnten zahlenmäßig voraussichtlich überproportional wachsen.
Dieser sogenannte demografische Wandel der Bevölkerung in Deutschland erweist sich wegen seiner Folgen als eine der größten gesellschaftlichen Herausforderungen in den kommenden Jahren.

Soziale Sicherung
M25

Alle Sozialversicherungszweige sind von einem ausgeglichenen Verhältnis von Beitragszahlern und Beitragsempfängern abhängig, da sie auf dem Generationenvertrag beruhen. Durch den demografischen Wandel entsteht hier ein immer größer werdendes Missverhältnis, da die Beitragszahler weniger werden und die Leistungsempfänger immer mehr. Gleichzeitig werden die Leistungen auch länger beansprucht. Die Situation verschärft sich dadurch, dass die Gesundheitskosten durch mehr ältere und damit krankheitsanfällige Menschen steigen werden. Ebenso wird ein vermehrter Pflegebedarf durch die wachsende Zahl der Hochbetagten entstehen.

Wirtschafts- und Arbeitswelt

Da die Personen im Erwerbsalter durchschnittlich älter werden und ihre Zahl weniger, sehen manche die ökonomische Leistungsfähigkeit in Deutschland als gefährdet an. Die Erhaltung der Leistungsfähigkeit älterer Erwerbspersonen gewinnt deshalb zukünftig für die Wirtschaft an Bedeutung. Investitionen in die Arbeitskraft alternder Belegschaften werden damit zu einem zentralen Handlungsfeld der Wirtschaft. Der demografische Wandel muss nicht zwingend einen Fachkräftemangel bewirken, wenn man frühzeitig beginnt, betroffene Berufe attraktiver zu machen.

Auswirkungen auf die Infrastruktur

Der demografische Wandel wirkt sich auch auf die Infrastruktur von Städten und Gemeinden aus. Weil ganze Wohnviertel vergreisen oder leer stehen, Schulen oder Kindergärten geschlossen werden müssen und der Bedarf an altersgerechten Wohnungen, Altenheimen und Pflegeeinrichtungen steigt, müssen Stadtplaner nach neuen Lösungen suchen. Wichtige Bausteine zur Stärkung des Zusammenhalts entstehen vor allem auf kommunaler Ebene durch die Gestaltung von generationsübergreifenden Wohn- und Lebensräumen.

SELBSTDIAGNOSE

Ich kann ...	Dazu benötige ich u. a. folgende Begriffe ...	Das klappt schon ...	Hier kann ich noch üben ...
... Erscheinungsformen sozialer Ungleichheit als Merkmal von Gesellschaften beschreiben.	• Ungleichheit • (Un)Gerechtigkeit	+/–	**Kap. 6.1** • M2, M3, M13, M15 • S. 166, Aufg. 1 • WWW*
... mithilfe verschiedener Dimensionen das Problem sozialer Ungleichheit analysieren.	• Einkommen • Bildung • Gleichberechtigung von Mann und Frau • Herkunft • Soziale Schicht	+/–	**Kap. 6.1** • M8, M9, M11-M13, M16, M17 • WWW
... Bedeutung sozialer Ungleichheit für den Zusammenhalt und die Entwicklung einer Gesellschaft problematisieren und diskutieren.	• Armut • Armutsgefährdungsquote • Leistungsgesellschaft	+/–	**Kap. 6.1** • M7, M11, M13, M14, M18 • S. 172, Aufg. 3 • S. 174, Aufg. 4 • S .179, Aufg. 4 • WWW
... Erscheinungsformen des demografischen Wandels in modernen Gesellschaften beschreiben.	• Lebenserwartung • Geburtenzahl • Bevölkerungspyramide	+/–	**Kap. 6.2** • M21 – M23 • S. 185, Aufg. 1, 2 • WWW
... Folgen des demografischen Wandels für die Gesellschaft beurteilen.	• Generationenvertrag • Soziale Sicherung • Fachkräftemangel • Zuwanderung	+/–	**Kap. 6.2** • M25, M27 • S. 188, Aufg. 2 • WWW

* *WWW: WAS WIR WISSEN*

WAS WIR KÖNNEN

Mythos: Alterung bedroht Deutschlands Wohlstand

Die Vergreisung wird von vielen als tickende Zeitbombe gesehen. Ein aktueller Alterungsbericht der EU-Kommission prognostiziert, dass für Deutschland die jährlichen öffentlichen Ausgaben für Renten, Gesundheit und Pflege von 19 % des BIP im Jahre 2013 auf 21,7 % im Jahre 2030 und auf 23,8 % im Jahre 2060 steigen werden. Das bedeutet für den deutschen Staatshaushalt Zusatzkosten von fast einer halben Billion Euro. Wahrlich bedrohliche Aussichten. Zumindest auf den ersten Blick.

Trotzdem aber bleibt die Angst vor der Vergreisung ein fataler Irrtum! Denn wie wunderbar ist es doch zunächst einmal, dass mehr Menschen so viel länger leben können – und zwar (viel) gesünder – als alle ihre Vorfahren. Wie erbärmlich, darin eine Gefahr zu sehen.

Die Gesellschaft vergreist zwar, aber sie altert nicht wirklich. Denn die Alten von morgen haben mit ihren Großeltern etwa so viel gemeinsam wie das Telefon der 1950er Jahre mit dem Smartphone von heute. Alter bedeutet immer weniger Gebrechlichkeit, Vereinsamung, Unbeweglichkeit oder Hilfsbedürftigkeit. Viele bleiben bis ins Greisenalter aktiv und leistungsfähig. Nach dem Berufsleben beginnen sie neue Karrieren in Politik und Ehrenamt. Sie schreiben sich an Universitäten als Studierende ein, streben einen Abschluss an, und manche wollen noch promovieren. Einige werden in fortgeschrittenem Alter sogar noch einmal Vater. Noch nie hat das Geburtsjahr so wenig über Verhalten, Wünsche und Möglichkeiten ausgedrückt. [...]

Die Deutschen werden zwar länger leben, aber sie werden deswegen nicht länger pflegebedürftig oder bettlägerig sein als ihre Vorfahren. [...] Anders, als von vielen befürchtet, wird die individuelle Pflegebedürftigkeit nicht dramatisch steigen, sie verschiebt sich nur – parallel zur steigenden Lebenserwartung [...] nach hinten. [...]

Zweifelsohne werden durch den historisch beispiellosen demografischen Wandel eine Reihe von Herausforderungen entstehen. [...] Das gilt besonders für die sozialen Sicherungssysteme. [...] Noch nie waren so viele Deutsche so gut gebildet wie heute. Jugendliche beanspruchen immer mehr Zeit für ihre Ausbildung. Sie kommen deshalb erst in fortgeschrittenem Alter auf den Arbeitsmarkt. [...] Eine Erhöhung der Erwerbsbeteiligung älterer Arbeitnehmer mag auf den ersten Blick dem Wunsch der Seniorinnen und Senioren nach Ruhe und mehr Freizeit widersprechen. Das kann in einigen Fällen auch so sein. Vielfach jedoch sieht die Realität anders aus. Es gibt Ältere, denen Arbeiten Genugtuung spendet, die in ihrem täglichen Tun einen Sinn sehen, der ihnen wichtig ist, die gerne (noch) gebraucht werden wollen. [...] Für manche ergibt sich aus einer Beschäftigung im Alter die Möglichkeit eines gerne genommenen Zuverdienstes, um die Rente aufzubessern. Und für andere bietet sie Anerkennung, Wertschätzung und Zugehörigkeit.

Thomas Straubhaar, Der Untergang ist abgesagt. Wider die Mythen des demografischen Wandels, Hamburg 2016, S. 59 ff.

Thomas Straubhaar, Professor der Universität Hamburg für Internationale Wirtschaftsbeziehungen; Mitglied des Kuratoriums der Friedrich-Naumann-Stiftung für die Freiheit (= parteinahe Stiftung der FDP); Botschafter der Initiative Neue Soziale Marktwirtschaft (= im Jahr 2000 vom Arbeitgeberverband Gesamtmetall gegründete Denkfabrik)

Aufgabe

Analysiert den Text im Hinblick auf die Einschätzung des Autors bezüglich der Folgen des demografischen Wandels.

Hauptstädte in der EU

7

Die Europäische Union – ein Erfolgsmodell?

Die Europäische Union hat derzeit 27 Mitglieder. Lange hieß es, dass weitere Staaten ins „Haus“ der EU einziehen wollen. Doch mit dem Brexit wurde die EU erstmals kleiner. Was hat dies zu bedeuten? Wie ändert sich dadurch das Leben in der EU? Und hat das EU-Motto „in Vielfalt geeint“ angesichts des Brexits immer noch Sinn?

KOMPETENZEN

Am Ende dieses Kapitels solltet ihr Folgendes können:

- Meilensteine in der Entwicklung der EU und Ziele der europäischen Integration charakterisieren
- Beispiele für Einflussnahmen der EU auf das Leben in den Mitgliedstaaten beschreiben
- demokratische Mitwirkungsmöglichkeiten im europäischen Willensbildungs- und Entscheidungsprozess erläutern
- den Stellenwert politischer Organe der EU im Entscheidungsprozess beurteilen
- zu Errungenschaften und Herausforderungen der europäischen Integration Stellung nehmen

WAS WISST UND KÖNNT IHR SCHON?

1. Ordnet auf der Europakarte den Ziffern die passenden Mitgliedsländer der EU und deren Hauptstädte zu.

2. Europa ist kein Staat und seine Bevölkerung ist keine einheitliche Nation. Stattdessen vereint Europa eine Vielzahl unterschiedlicher Sprachen, Traditionen und Kulturen. Stellt in einer Collage das offizielle Motto Europas „In Vielfalt geeint“ anschaulich dar.

3. a) Informiert euch in den aktuellen Nachrichten, welche Herausforderungen sich gegenwärtig für die Europäischen Union stellen.

b) Ordnet diese den folgenden Bereichen zu: *a) gemeinsame Werte, b) politische Entscheidungen, c) geografische Überlegungen/ Größe der EU, d) Gestaltung der gemeinsamen Wirtschaft und Währung,*
e) Umgang mit Krisen.

7.1 Die Europäische Union - Werte und Institutionen

7.1.1 Die Entwicklung der EU – eine Erfolgsgeschichte?

Zum Thema: Ein festes Fundament macht noch kein solides Haus. Gilt dies auch für die EU? Fragen nach dem Fundament, den einzelnen Etagen des Hauses „Europäische Union" sowie dem Kitt, der alles zusammenhält, sind Gegenstand dieses Kapitels.

M1 Die EU erhält den Friedensnobelpreis

Rede des damaligen Präsidenten des Europäischen Rates Van Rompuy anlässlich der Verleihung des Friedensnobelpreises an die Europäische Union, Oslo, 10.12.2012:

[V]oller Demut und Dankbarkeit nehmen wir hier gemeinsam den Friedensnobelpreis im Namen der Europäischen Union entgegen. In Zeiten der Unsicherheit erinnert dieser Tag die Menschen in Europa und der ganzen Welt an den ureigensten Zweck der Europäischen Union: die Brüderlichkeit zwischen den europäischen Nationen jetzt und in Zukunft zu stärken. Dies ist unsere Aufgabe. Dies war die Aufgabe der Generationen vor uns. Und dies wird die Aufgabe der Generationen nach uns sein. [...]

Der Krieg ist so alt wie Europa. Unser Kontinent trägt die Narben von Speeren und Schwertern, Kanonen und Gewehren, Schützengräben und Panzern. Für unsere Tragödie fand Herodot vor 2.500 Jahren folgende Worte: „Im Frieden begraben die Söhne ihre Väter. Im Krieg begraben die Väter ihre Söhne". Nach zwei schrecklichen Kriegen, die unseren Kontinent und die Welt in den Abgrund gestürzt haben, verwirklichte Europa doch einen dauerhaften Frieden.

Hier kommt die „Geheimwaffe" der Europäischen Union ins Spiel: Eine einzigartige Methode, unsere Interessen so eng miteinander zu verknüpfen, dass ein Krieg nahezu unmöglich wird.

Quelle: http://ec.europa.eu © Europäische Union, 1995 – 2016, Für die Wiedergabe und Anpassung ist allein die C.C.Buchner Verlag GmbH & Co. KG verantwortlich.

Umstrittene Auszeichnung

Die hohe Auszeichnung für die Europäische Union ist nicht unumstritten. Drei frühere Preisträger, der südafrikanische Erzbischof Desmond Tutu, der argentinische Menschenrechtler Adolfo Peréz Esquivel und die nordirische Friedensaktivistin Mairead Maguire forderten in einem gemeinsamen Schreiben die Stockholmer Nobelstiftung auf, die Verleihung des Friedensnobelpreises an die EU zurückzuziehen.

Sie erklärten, dass die EU „eindeutig kein Vorkämpfer für den Frieden" sei, und dass der Wille des Preisstifters Alfred Nobel durch die Entscheidung des Komitees verfälscht würde. „Die EU strebt nicht nach der Verwirklichung von Nobels globaler Friedensordnung ohne Militär", schrieben sie weiter. Die EU gründe kollektive Sicherheit auf militärischen Zwang und die Durchführung von Kriegen.

Irina Serdyuk, Hat die EU den Nobelpreis verdient? www.taz.de, 04.12.2012

EINSTIEGSAUFGABEN

1. Analysiert die Rede mithilfe der Methode auf S. 277.
2. Stelle die Einwände der Menschenrechtler (**Randspalte zu M1**) den Argumente, die für die Verleihung des Friedensnobelpreises sprechen, gegenüber.

M2 Das „Haus der Europäischen Union" im Bau – Meilensteine

Die EU lässt sich anschaulich mit dem Bild eines großen Hauses vergleichen. Die ersten Bewohner des Hauses waren ihre sechs Gründerstaaten. Diese Staaten haben gleichsam eine Hausordnung, den ersten Vertrag über die Regeln des Zusammenlebens, geschlossen. Bis heute wurde diese Hausordnung, durch zahlreiche Verträge erweitert. Immer mehr vormals nationale Entscheidungen und Regelungen wurden so in gemeinsames politisches Handeln überführt (Vergemeinschaftung). Parallel dazu wurde das Haus weiter ausgebaut (Erweiterung der EU). Dass das Haus nicht zerfällt, sondern bestenfalls erhalten bleibt, bzw. sogar noch größer wird, ist die Aufgabe der Architekten: die Staats- und Regierungschefs der EU-Staaten. Diese mussten auch Wege finden, um das Zusammenleben in der Hausgemeinschaft zu regeln und zu fördern: gemeint sind die politischen Organe der EU. Nachfolgende Meilensteine zeigen die wichtigsten Bausteine der Europäischen Union.

Die Europäische Union – ein unvollendetes Bauwerk

Gründerländer der EU
Belgien, Deutschland, Frankreich, Italien, Luxemburg und die Niederlande

1945-1959: Ein Europa des Friedens – die Anfänge der Zusammenarbeit [...]
Seit dem Jahr 1950 beginnt mit der Europäischen Gemeinschaft für Kohle und Stahl die wirtschaftliche und politische Vereinigung der europäischen Länder zur Sicherung eines dauerhaften Friedens. Mit dem Vertrag von Rom, der im Jahr 1957 unterzeichnet wird, entsteht die Europäische Wirtschaftsgemeinschaft (EWG) – der gemeinsame Markt.

1960-1979: Die Europäische Gemeinschaft wird größer – die erste Erweiterung
Die 1960er Jahre bieten gute Bedingungen für die Wirtschaft; ein Faktor hierfür ist die Abschaffung der Zölle auf den Handel zwischen den EU-Mitgliedstaaten. [...] Am 1. Januar 1973 werden Dänemark, Irland und das Vereinigte Königreich Mitgliedstaaten der Europäischen Union; die EU hat jetzt neun Mitgliedstaaten. [...] Über die EU-Regionalpolitik werden hohe Beträge für ärmere Gebiete bereitgestellt, um Infrastrukturen aufzubauen und Arbeitsplätze zu schaffen. Das Europäische Parlament erhält mehr Einfluss auf die EU-Politik; im Jahr 1979 können alle Bürger erstmals ihre Vertreter im Parlament direkt wählen. [...]

1980-1999: Das neue Gesicht Europas – der Fall der Berliner Mauer
[...] Im Jahr 1981 wird Griechenland zehntes Mitglied der EU; der Beitritt Spaniens und Portugals folgt fünf Jahre später. Im Jahr 1986 wird die Einheitliche Europäische Akte unterzeichnet. Dieser Vertrag schafft die Grundlage für ein umfassendes, über sechs Jahre angelegtes Programm zur Lösung der Probleme, die beim freien grenzübergreifenden Handel innerhalb der EU auftreten; damit entsteht der Binnenmarkt. Mit dem Fall der Berliner Mauer am 9. November 1989 und der Öffnung der seit 28 Jahren bestehenden Grenze zwischen Ost- und Westdeutschland wird eine große politische Wende ausgelöst [...] In den 1990er Jahren werden zwei Verträge geschlossen: Der Vertrag über die Europäische Union („Vertrag von Maastricht") und der Vertrag von Amsterdam. [...] Im Jahr 1993 wird die EU um drei Mitgliedstaaten erweitert: Österreich, Finnland und Schweden. Ein kleines Dorf in Luxemburg dient als Namensgeber für die Übereinkommen von Schengen, die Reisenden die Möglichkeit geben, die Grenzen ohne Passkontrolle zu überqueren. [...]

Die Europäische Union im Erklärfilm
Mediencode: 71091-16

2000-2009: Weiterer Ausbau
Der Euro ist jetzt für viele EU-Bürger die neue Währung. In diesen zehn Jahren führen immer mehr Mitgliedstaaten den Euro ein. [...] Nach dem Beitritt von insgesamt zehn neuen Staaten im Jahr 2004 sowie Bulgarien und Rumänien im Jahr 2007 können die politischen Gräben zwischen Ost und West als überwunden betrachtet werden. [...] Der Vertrag von Lissabon wird von allen EU-Mitgliedstaaten unterzeichnet und tritt im Jahr 2009 in Kraft. Durch ihn erhält die EU moderne Institutionen und effizientere Arbeitsverfahren.

2010-heute: Ein Jahrzehnt der Herausforderungen
Europa leidet unter der weltweiten Wirtschaftskrise. Die EU hilft mehreren Ländern bei der Bewältigung ihrer Schwierigkeiten und gründet die Bankenunion, um für mehr Sicherheit und Zuverlässigkeit im Bankensektor zu sorgen. Im Jahr 2012 erhält die Europäische Union den Friedensnobelpreis. Im Jahr 2013 wird Kroatien der 28. EU-Mitgliedstaat. [...] Infolge der Annexion der Halbinsel Krim durch Russland wird eine neue Sicherheitspolitik eingeführt. Im Nahen Osten und in verschiedenen anderen Weltregionen breitet sich der religiöse Extremismus aus; dies führt zu Unruhen und Kriegen, in deren Folge viele Menschen aus ihrer Heimat vertrieben werden und Zuflucht in Europa suchen. Die EU steht vor der Frage, wie sie diese Menschen aufnehmen kann, wird aber gleichzeitig selbst Schauplatz mehrerer Terroranschläge. Am 23. Juni 2016 stimmt Großbritannien für den Austritt aus der EU.

Nach: © Europäische Union 1995-2017, Die Geschichte der Europäischen Union, http://ec.europa.eu, Abruf am 09.01.2017, Für die Weitergabe und Anpassung ist allein die C.C.Buchner Verlag GmbH & Co. KG verantwortlich.

M3 Der Kitt des „Europäischen Hauses": Werte, Ziele und Symbole der EU

a) Werte der EU

§ **Art. 2 EU-Vertrag**
„Die Werte, auf die sich die Union gründet, sind die Achtung der Menschenwürde, Freiheit, Demokratie, Gleichheit, Rechtsstaatlichkeit und die Wahrung der Menschenrechte einschließlich der Rechte der Personen, die Minderheiten angehören. Diese Werte sind allen Mitgliedstaaten in einer Gesellschaft gemeinsam, die sich durch Pluralismus, Nichtdiskriminierung, Toleranz, Gerechtigkeit, Solidarität und die Gleichheit von Frauen und Männern auszeichnet."

Der Vertrag von Lissabon (EU-Vertrag, EUV) wurde am 13.12.2007 unterzeichnet.

b) Ziele der EU

Als Ziele der Europäischen Union nennt der EU-Vertrag unter anderen die Förderung des Friedens, die Schaffung eines Binnenmarkts mit freiem und unverfälschtem Wettbewerb, Wirtschaftswachstum, Preisstabilität, Soziale Marktwirtschaft, Umweltschutz, soziale Gerechtigkeit, kulturelle Vielfalt, weltweite Beseitigung der Armut und die Förderung des Völkerrechts.

Bearbeiter

c) Symbole der EU

Die EU kennt verschiedene Symbole. Die wichtigsten sind hier genannt:

- **EU-Flagge:** Die zwölf kreisförmig angeordneten Sterne der europäischen Flagge symbolisieren Vollkommenheit, Vollständigkeit und Einheit. Die Sterne auf der Flagge stehen daher für die Harmonie der europäischen Völker. Die Zahl der Sterne hat nichts mit der Anzahl der Mitgliedstaaten zu tun.
- **Hymne:** Seit 1972 ist der letzte Satz von Ludwig van Beethovens 9. Symphonie die Hymne des Europarats. Bei der Komposition ließ sich Beethoven von Schillers Gedicht „Ode an die Freude" inspirieren. Seit 1986 ist die „Ode an die Freude" offizielle Hymne der Europäischen Union. Sie hat bisher keinen offiziellen Text.
- **Europatag:** Am 9. Mai 1950 unterbreitete Robert Schuman, damaliger französischer Außenminister, in einer Rede vor Pressevertretern in Paris seinen Vorschlag für ein Vereintes Europa als unerlässliche Voraussetzung für die Aufrechterhaltung friedlicher Beziehungen (Schuman-Erklärung). Dieser Tag gilt als Grundstein der heutigen Europäischen Union.
- **Motto der EU:** Der Lissabon Vertrag enthält erstmals einen offiziellen Leitspruch bzw. ein offizielles Motto für die Europäische Union Es heißt: „In Vielfalt geeint".

Bearbeiter

Die Flagge der Europäischen Union gilt als eines der wichtigsten Symbole der EU.

AUFGABEN

1. Angenommen, du müsstest einem Nicht-Europäer erklären, warum es die EU überhaupt gibt. Schreibe ihm mithilfe von **M2** eine E-Mail, indem du wichtige Beweggründe für den „Hausbau" der EU in aller Kürze erklärst.
2. Bearbeitet **M2** in Gruppen.
   a) Teilt euch die einzelnen Meilensteine der EU-Integration in der Gruppe auf und arbeitet aus jedem Stein wichtige Integrationsschritte (Verträge, Erweiterungen, Institutionen, ...) mit Jahreszahlen für den „Hausbau" heraus.
   b) Gestaltet in der Gruppe ein Plakat des europäischen „Hauses".
3. a) Erläutere die in **M3a** formulierten Werte der EU.
   b) Setze dich mit den Zielen der EU (**M3b**) auseinander, indem du ein Ranking nach Umsetzbarkeit / Dringlichkeit einzelner Ziele erstellst.
4. Sammele nationale Symbole und Rituale, die du aus Deutschland oder anderen Ländern kennst. Welche Funktion haben solche Symbole? Vergleiche diese abschließend mit den europäischen Symbolen in **M3c**.

H ZU AUFGABE 1
→ S. 270

F ZU AUFGABE 4
Stellt euch vor, es wird ein europaweiter EU-Feiertag eingeführt. Die Idee dahinter ist, den Bürgern Europas die Vielfalt und die Einheit der EU näher zu bringen und eure Stadt plant, diesen groß zu feiern. Entwickelt ein Konzept, wie der Tag in eurer Stadt gestaltet werden könnte.

7.1.2 EU-Institutionen – „die in Brüssel“ oder „wir in Europa“?

Zum Thema: „Die in Brüssel“ ist mittlerweile nicht selten zu einem Schimpfwort nationaler Politiker geworden, wenn es darum geht, „EU-Gesetze“ umzusetzen. Ist die Kritik gerechtfertigt oder überzogen? Wer, wie und wann im „EU-Gesetzgebungsverfahren“ in Erscheinung tritt und inwiefern „die in Brüssel“ von „uns in Europa“ gewählt werden, ist Gegenstand dieses Kapitels.

M4 Fallbeispiel: Familie Keller auf dem Weg in den Urlaub ...

Sommer 2017, Familie Keller ist in den Sommerferien auf dem Weg in den Urlaub. „piep piep. piep piep.“ klingelt es plötzlich aus allen Hosentaschen gleichzeitig. Eine SMS, an jeden! „Und, wer schreibt?“, fragt der Vater, der gerade am Steuer sitzt und nicht an sein Handy gehen kann. „Kenn' ich nicht. Unbekannte Nummer. Ich glaube die EU oder so.“ Nicht ganz. Es ist der Mobilfunkanbieter, der seine Kunden da informiert, wie hoch die Tarife im Ausland sind. Mit der EU hat das dennoch etwas zu tun ... .

Bearbeiter

EINSTIEGSAUFGABE

Stelle den Fall in **M4** dar und berichte in der Klasse von deinen Erfahrungen: Hast du schon einmal „böse“ Überraschungen erlebt, als die Handyrechnung nach dem Urlaub kam?

M5 Smartphone-Nutzung im Ausland – die EU hilft mit ...

Mit Roaming wird die Nutzung eines fremden Mobilfunknetzes bezeichnet. Anhand der Roaminggebühren wird gezeigt, wie die EU Einfluss auf unseren Alltag nimmt und welche EU-Organe bei einem „Gesetzesvorgang“ betroffen sind.

a) Das Problem: Hohe Roamingkosten im Ausland

Kontinuierliche Senkung der Roaming-Gebühren pro MB Datenvolumen		Letzte Senkung der Roaming-Gebühren am 30.04.2016 vor der geplanten vollständigen Abschaffung im Juni 2017	
2013	45ct/MB	Abgehende Anrufe	5ct
2014	23,8ct/MB	Ankommende Anrufe	1,14ct
2015	20ct/MB	SMS	2ct
2016	5ct/MB	MB Datenvolumen	≤5ct/MB

Nach: © Bundesnetzagentur für Elektrizität, Gas, Telekommunikation, Post und Eisenbahnen, Aktuelle Roaming-Regelungen in der Europäischen Union, www.bundesnetzagentur.de, 06.05.2016

b) Kommission legt Verordnungsvorschlag zum Auslandsroaming vor

Die Kommission schlägt 2008 vor, die bis dahin gültige Roamingverordnung Nr. 717/2007 auf SMS auszudehnen und zum 1. Juli 2009 Preisobergenzen für das SMS-Roaming einzuführen. Die Vorschläge hat die Kommission bereits in einen ausformulierten Verordnungsentwurf gegossen.

c) Europäisches Parlament verabschiedet Roamingverordnung

Die Deckelung von Preisen für Mobilfunk-Textnachrichten (SMS) im EU-Ausland (Roaming) ist unter Dach und Fach. Das Europäische Parlament hatte den entsprechenden Kommissionsvorschlägen nach einer politischen Einigung zwischen Parlament und Rat in seiner Plenartagung im April **2009** mit überwältigender Mehrheit (646 Ja-Stimmen, 22 Nein-Stimmen und 9 Enthaltungen) zugestimmt.

d) Der Einfluss der Mitgliedstaaten – der Ministerrat

Die Minister der 27 EU-Mitgliedstaaten verabschiedeten im **Juni 2009** einstimmig die neuen EU-Roamingvorschriften. Die neuen EU-Roamingvorschriften werden für die Verbraucher zu weiteren Preissenkungen um bis zu 60 % führen – und zwar ab 1. Juli 2009. Dadurch werden die Verbraucher für den SMS-Versand im EU-Ausland garantiert nicht mehr als 0,11 € (ohne MwSt.) bezahlen müssen. Mit der Annahme im Rat ist der letzte Schritt des Gesetzgebungsverfahrens abgeschlossen, sodass der Präsident des Europäischen Parlaments und der Vorsitzende des Rates die Verordnung am 18.6.2009 förmlich unterzeichnen konnten. Einige Tage später wurde sie dann im Amtsblatt der EU veröffentlicht. Da die neuen Bestimmungen in einer EU-Verordnung enthalten sind, galten sie ab 1. Juli 2009 unmittelbar in allen der damaligen 27 EU-Mitgliedstaaten.

e) Der EuGH: Roamingverordnung rechtskräftig

Als Reaktion auf das Urteil des Europäischen Gerichtshofs, dass die EU-Roamingverordnung gültig und angemessen sei, hat die Kommission angekündigt, Roaminggebühren im EU-Raum bis 2015 auf Null drücken zu wollen. Die Handybetreiber T-Mobile, Vodafone, O_2 und Orange hatten in Großbritannien Klage gegen die Verordnung eingelegt. Als Begründung nannten sie den ungerechtfertigten Eingriff in den freien Markt. Der EuGH sah einen solchen nicht gegeben.

f) 2012: EU-Parlament und Ministerrat beschließen neue EU-Roaming-Verordnung

Am 13. Juni 2012 wird vom Ministerrat und dem Parlament eine weitere Roaming-Verordnung erlassen, weil die alte Verordnung ausgelaufen ist. Die Verordnung Nr. 531/2012 enthält weitere Regelungen zur Gebührensenkung bei SMS und Datenroaming (Internetnutzung im Ausland). Außerdem wird eine Preisobergrenze festgelegt, die eine Mobilfunkrechnung für Roaming-Gebühren nicht überschreiten darf. Bis 2017 sollen die Roaming-Gebühren ganz abgeschafft werden in der EU.

Bearbeiter

M6 Das Gesetzgebungsverfahren der EU

Die Rechtsakte („Gesetze") der EU

Verordnungen
Verordnungen sind ab dem Zeitpunkt ihrer Verabschiedung auf Gemeinschaftsebene für jedermann verbindlich; sie gelten unmittelbar in jedem Mitgliedstaat und müssen nicht erst in nationales Recht umgesetzt werden.

Richtlinien
Richtlinien legen Ziele fest, wobei es Aufgabe der Mitgliedstaaten ist, diese auf nationaler Ebene anzuwenden; sie geben den Mitgliedstaaten Ergebnisse verbindlich vor, stellen ihnen jedoch frei, wie sie diese erreichen.

Beschlüsse
Beschlüsse beziehen sich auf ganz bestimmte Themen; sie sind in allen ihren Teilen für diejenigen verbindlich, an die sie gerichtet sind. Eine Entscheidung kann an alle Mitgliedstaaten, einen Mitgliedstaat, ein Unternehmen oder eine Einzelperson gerichtet sein.

Empfehlungen und Stellungnahmen
Empfehlungen und Stellungnahmen sind nicht rechtsverbindlich; sie geben lediglich den Standpunkt der Organe zu einer bestimmten Frage wieder.

© 2016 Euro-Informationen, Armin Czysz/Angela Joosten, Gesetzgebung, www.eu-info.de (26.2.2016)

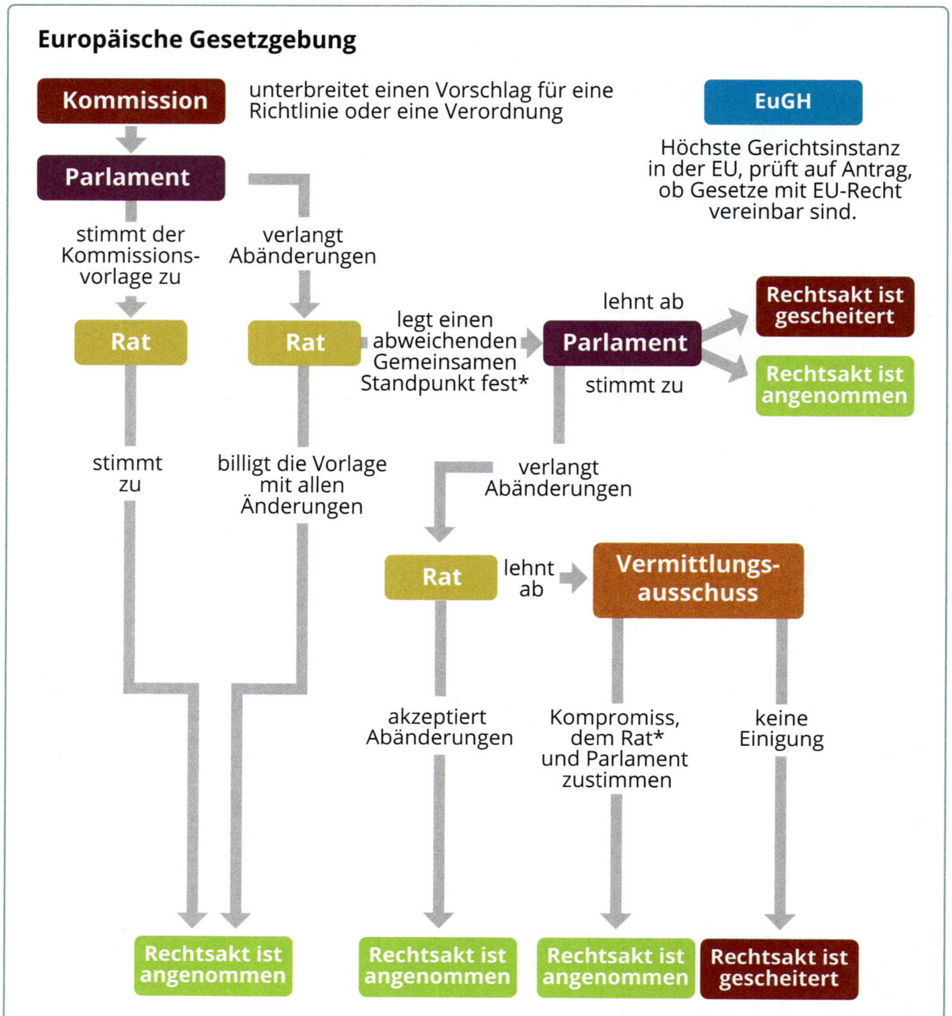

* Der Rat beschließt mit qualifizierter Mehrheit; will er sich über das Votum der Kommission hinwegsetzen, ist Einstimmigkeit erforderlich.

Bergmoser + Höller Verlag AG, Zahlenbilder 715420

AUFGABEN

1. Beschreibe den Weg der Roamingverordnung anhand von **M5**.
   a) Arbeite die einzelnen Schritte heraus, die unternommen wurden, dass Familie Keller die in **M4** enthaltende SMS erhalten konnte.
   b) Beschreibe mit Hilfe von Grafik **M6**, welche europäischen Institutionen an der Roamingverordnung mitgearbeitet haben.

2. Begründe auf Grundlage der Werte und Ziele der EU (**M3a** und **b**), warum diese Verordnung durch die EU festgelegt werden kann.

M7 Die EU-Organe im Überblick

Wenn man den Fall der Roamingverordnung wirklich verstehen will, kommt man nicht umhin, genauer zu schauen: Welche Aufgaben haben die einzelnen Organe, die in diesem Fall aktiv sind, und wer ist Mitglied der Organe?

Das EU-Parlament

Das Europäische Parlament wird von den Bürgern der Europäischen Union gewählt, um ihre Interessen zu vertreten. Seine Ursprünge gehen zurück bis in die 1950er-Jahre und zu den Gründungsverträgen. Seit 1979 werden die Europaabgeordneten von den Bürgern direkt gewählt.

Die Wahlen finden alle fünf Jahre statt. Jeder EU-Bürger, hat das aktive und passive Wahlrecht. Das Parlament vertritt somit den demokratischen Willen der Bürger der Union und macht ihre Interessen gegenüber den anderen EU-Organen geltend. Dem gegenwärtigen Parlament gehören 704 Abgeordnete plus ein Präsident aus allen 27 Mitgliedstaaten an. Das Parlament hat drei wesentliche Aufgaben: Es teilt sich die gesetzgebende Gewalt mit dem Rat in vielen Politikbereichen. Durch die direkte Wahl des Parlaments wird die demokratische Legitimierung des europäischen Rechts gewährleistet. Es übt eine demokratische Kontrolle über alle Organe der EU und insbesondere über die Kommission aus. Es stimmt der Benennung der Kommissionsmitglieder zu oder lehnt sie ab und kann einen Misstrauensantrag gegen die gesamte Kommission einbringen. Es teilt sich die Haushaltsbefugnis mit dem Rat und kann daher Einfluss auf die Ausgaben der EU ausüben. In letzter Instanz nimmt es den Gesamthaushalt an oder lehnt ihn ab. Der offizielle Sitz des Europäischen Parlaments ist in Straßburg. Hier finden zwölfmal im Jahr die Plenarsitzungen statt. Die Ausschüsse und Fraktionen tagen allerdings in Brüssel, wo ebenfalls Plenarsitzungen stattfinden.

Das EU-Parlament in Straßburg/Frankreich: An vier Tagen im Monat müssen alle Parlamentarier samt Mitarbeitern und Akten nach Strassburg reisen. Für die verschiedenen Arbeits- und Tagungsorte sind historische Gründe verantwortlich.

Der Ministerrat

Der Rat ist zusammen mit dem EU-Parlament das wichtigste Entscheidungsgremium der EU. Er vertritt die Mitgliedstaaten, und an seinen Tagungen nehmen die Fachminister aus den nationalen Regierungen der EU-Staaten teil. Die Zusammensetzung der Ratstagungen hängt vom zu behandelnden Sachgebiet ab. Stehen zum Beispiel Wirtschaftsfragen auf der Tagesordnung, so kommen die Wirtschafts- und Finanzminister der einzelnen Länder im ECOFIN-Rat zusammen. Alle im Rat vertretenen Minister sind befugt, für ihre Regierungen verbindlich zu handeln. Außerdem sind die im Rat tagenden Minister ihrem nationalen Parlament sowie den von ihm vertretenen Bürgern gegenüber politisch verantwortlich. Dies gewährleistet die demokratische Legitimierung der Ratsbeschlüsse. Je nachdem, in welchen Politikbereich die Vorlagen

Sitz des EU-Ministerrates: Justus-Lipsius-Gebäude in Brüssel

fallen, über die der Rat entscheidet, sieht der Vertrag von Lissabon verschiedene Abstimmungsverfahren vor. Der Rat der EU entscheidet entweder einstimmig, mit einfacher oder qualifizierter Mehrheit. Grundsätzlich gilt seit 1.11.2014, dass eine qualifizierte Mehrheit erreicht ist, wenn drei Bedingungen erfüllt sind: Zustimmen müssen mindestens 55 Prozent der Mitglieder im Rat, die mindestens 15 Staaten repräsentieren und gemeinsam mindestens 65 Prozent der EU-Bevölkerung abbilden. Vier Staaten können eine Sperrminorität bilden.

Das Gebäude der EU-Kommission in Brüssel

Die Europäische Kommission

Die Kommission ist von den nationalen Regierungen unabhängig. Sie vertritt und wahrt die Interessen der gesamten EU. Die Kommission erarbeitet Vorschläge für neue europäische Rechtsvorschriften, die sie dem Parlament und dem Rat vorlegt. Sie ist auch die Exekutive der EU, d. h. sie ist für die Umsetzung der Beschlüsse des Parlaments und des Rates verantwortlich. Dies bedeutet, dass sie das Tagesgeschäft der EU führt: Umsetzung der politischen Maßnahmen, Durchführung der Programme und Verwaltung der Mittel. Die Kommission besteht aus 28 Männern und Frauen. Jeder EU-Mitgliedstaat stellt ein Kommissionsmitglied. Die Neubesetzung der Kommission erfolgt alle fünf Jahre innerhalb von sechs Monaten nach der Wahl des Europäischen Parlaments. Die Kommission ist dem Parlament gegenüber politisch rechenschaftspflichtig. Es kann der Kommission als Ganzes das Misstrauen aussprechen und sie so zum Rücktritt zwingen. Die EU-Kommission hat im Wesentlichen vier Aufgaben: Sie macht dem Parlament und dem Rat Vorschläge für neue Rechtsvorschriften. Sie setzt die EU-Politik um und verwaltet den Haushalt. Sie sorgt (gemeinsam mit dem Gerichtshof) für die Einhaltung des europäischen Rechts. Sie vertritt die EU auf internationaler Ebene, zum Beispiel durch Aushandeln von Übereinkommen zwischen der EU und anderen Ländern.

Die Haupttürme des Europäischen Gerichtshofes in Luxemburg

Der Europäische Gerichtshof

Der EuGH ist das höchste europäische Gericht im Gerichtssystem der EU und hat u. a. die Aufgabe, auf Antrag zu prüfen, ob die Rechtsakte der EU rechtmäßig sind (Nichtigkeitsklagen) und die Mitgliedstaaten ihren Verpflichtungen aus den Verträgen nachkommen (Vertragsverletzungsverfahren). Jedes EU-Mitgliedsland entsendet einen Richter auf sechs Jahre mit der Möglichkeit der Verlängerung der Amtszeit. Der Präsident des EuGH wird von den EuGH-Richtern ebenfalls auf sechs Jahre gewählt. Der EuGH-Präsident kann uneingeschränkt wiedergewählt werden.

Der Europäische Rat

Im Europäischen Rat treffen sich die Staats- und Regierungschefs der EU-Mitgliedstaaten, der Präsident des Europäischen Rates, der Kommissionspräsident und der Hohe Vertreter der EU für Außen- und Sicherheitspolitik.

Der Europäische Rat ist die höchste Repräsentanz der Europäischen Union. Bei den Gipfeltreffen werden die Leitlinien der EU-Politik festgelegt und Fragen, die auf unterer Ebene (d. h. von den Ministern bei einer normalen Ministerratstagung) nicht geregelt werden konnten, gelöst.

Der Europäische Rat darf nicht mit dem Ministerrat (Rat der Europäischen Union) verwechselt werden.

Bearbeiter

Der Europäische Rat trifft sich mindestens zweimal im Jahr in Brüssel.

M8 Subsidiaritätsprinzip: Wann wird die EU tätig?

In Artikel 5 des EG-Vertrages heißt es: „In den Bereichen, die nicht in ihre ausschließliche Zuständigkeit fallen, wird die Gemeinschaft nach dem Subsidiaritätsprinzip nur tätig, sofern und soweit die Ziele der in Betracht gezogenen Maßnahmen auf der Ebene der Mitgliedstaaten nicht ausreichend erreicht werden können und daher wegen ihres Umfangs oder ihrer Wirkungen besser auf Gemeinschaftsebene erreicht werden können."

Das Subsidiaritätsprinzip dient nicht nur der Erhaltung der Eigenständigkeit der EU-Staaten, es hilft auch, ein Stückchen „EU-Bürokratie" abzubauen.

Die Europäische Kommission muss bei jeder Gesetzesinitiative nachweisen, dass sie die jeweilige Aufgabe besser lösen kann als die Regionen oder die Mitgliedstaaten.

Bearbeiter

EG-Vertrag

Der EG-Vertrag von 1992 ist der „Vertrag zur Gründung der Europäischen Gemeinschaft" und war ein Vorläufer des EU-Vertrags (Vertrag von Lissabon).

AUFGABEN

Arbeitet in Kleingruppen.

1. Erarbeitet die einzelnen Institutionen der EU (**M7**) mithilfe eines Gruppenpuzzles (→ Methodenglossar).
   a) Stellt in den Expertengruppen die Zusammensetzung, die Aufgaben und Zuständigkeiten der jeweiligen Institution dar.
   b) In den Stammgruppen informiert ihr euch gegenseitig über die erarbeiteten Institutionen. Fasst eure Ergebnisse abschließend in einer „Übersichtstabelle zu allen Organen" zusammen.
2. a) Erstellt eine Positionslinie zu der These: „Wir werden nur noch von denen aus Brüssel regiert." und beschreibt das Stimmungsbild der Klasse.
   b) Begründet euren Standpunkt schriftlich und bezieht dabei die Informationen zur Zusammensetzung der politischen Institutionen der EU (**M7, M8**), dem Gang der Gesetzgebung (**M6**) und die Hinweise zu den Gesetzen der EU (**Randspalte auf S. 200**) mit ein.

H ZU AUFGABE 2
Untersucht die EU-Organe noch einmal darauf hin, an welchen Stellen doch auch Mitglieder der Bundesregierung oder des Bundestages oder der Bundesbürger Einfluss nehmen können.

WAS WIR WISSEN

Friedensprojekt Europa
M1

Erst nach den schrecklichen Erfahrungen des 2. Weltkriegs reifte die Idee eines vereinten Europas. Durch die gemeinsame Kontrolle kriegswichtiger Industrien (Montanunion) war der Grundstein für eine dauerhafte friedliche Kooperation zwischen den europäischen Staaten gelegt. Die Friedenssehnsucht der Menschen, die Einbindung Deutschlands in ein supranationales Bündnis, die wirtschaftliche und politische Behauptung europäischer Großmächte gegenüber den Supermächten USA und UdSSR waren die wichtigsten Motive und Antriebskräfte für die europäische Integration nach 1945.

Entwicklung der EU
M2

Das Anwachsen der EU von ursprünglich 6 Gründerstaaten zu heute 27 Mitgliedstaaten zeigt die große Attraktivität der EU. Um auch mit einer größeren Mitgliederzahl handlungsfähig zu bleiben, war es notwendig, dass die EU sich einer institutionellen Reform unterzieht. Jedoch gelang es weder durch den Vertrag von Amsterdam (1999) noch durch den Vertrag von Nizza (2003), das Institutionengefüge der EU zu modernisieren. Zudem scheiterte der Verfassungsvertrag im Jahr 2005. Der Vertrag von Lissabon (2009) ist nun der bisher umfassendste vierte Versuch, diese Aufgabe zu bewältigen.

Gemeinsame Werte
M3

Das Fundament der europäischen Einigung sind die gemeinsamen Werte: Wahrung der Menschenrechte, Frieden, Freiheit, Rechtsstaatlichkeit und Demokratie. Die europäische Integration bescherte Europa die längste Friedensepoche in ihrer bisherigen Geschichte.

Gesetzgebungsverfahren in der EU
M5 – M8

Mit dem Vertrag von Lissabon ist das EU-Parlament neben dem EU-Ministerrat gleichberechtigter Gesetzgeber in der EU geworden. Beide müssen einem Gesetzesentwurf zustimmen. Grundsätzlich hat nur die EU-Kommission das Recht, Gesetzentwürfe vorzulegen. Ein Gesetzesvorschlag der Kommission wird in einem mehrstufigen Verfahren von Ministerrat und EU-Parlament beraten. Sofern es im regulären Verfahren nicht zu einer Einigung zwischen Ministerrat und EU-Parlament kommt, tritt ein Vermittlungsausschuss in Aktion. Er setzt sich aus einer gleich großen Zahl von Mitgliedern aus EU-Parlament und Ministerrat zusammen und muss binnen sechs Wochen eine Einigung herbeiführen. Wenn dies nicht gelingt, ist der geplante Rechtsakt gescheitert.

Arten von Rechtsakten
Randspalte zu M6

Verordnungen sind ab dem Zeitpunkt ihrer Verabschiedung auf Gemeinschaftsebene für jedermann verbindlich; sie gelten unmittelbar in jedem Mitgliedstaat und müssen nicht erst in nationales Recht umgesetzt werden. *Richtlinien* legen Ziele fest, wobei es Aufgabe der Mitgliedstaaten ist, diese auf nationaler Ebene anzuwenden; sie geben den Mitgliedstaaten Ergebnisse verbindlich vor, stellen ihnen jedoch frei, wie sie diese erreichen. *Beschlüsse* beziehen sich auf ganz bestimmte Themen; sie sind in allen ihren Teilen für diejenigen verbindlich, an die sie gerichtet sind. *Empfehlungen* und *Stellungnahmen* sind nicht rechtsverbindlich; sie geben lediglich den Standpunkt der EU zu einem bestimmten Sachverhalt wieder.

WAS WIR KÖNNEN

Sollte das Urheberrecht an das digitale Zeitalter angepasst werden?

[Artikel 13 der EU-Urheberrechtsrichtlinie bestimmt], dass Diensteanbieter, die Werke in großem Umfang speichern oder öffentlich zugänglich machen, in Absprache mit den Rechteinhabern geeignete Maßnahmen ergreifen müssen, um sicherzustellen, dass [...] die Rechte der Urheber nicht verletzt werden. Das soll für Dienste gelten, die eine gewisse Größe überschreiten oder länger als drei Jahre am Markt aktiv sind. [...]
[Wie] wahrscheinlich ist es denn, dass der Artikel 13 wirklich zur Etablierung von Inhalts- beziehungsweise Uploadfiltern führt? An dieser Frage scheiden sich die Geister. Im Gesetzesentwurf heißt es, dass unter Umständen notwendige „Inhaltserkennungstechniken geeignet und angemessen sein" müssen. Explizit nach Filtern verlangt der Text in seiner derzeitigen Form nicht. Der Artikel verlangt aber nach Absprachen zwischen Rechteinhabern und den Plattformen. [...]
Ob wirklich solche Uploadfiler zum Einsatz kommen werden, hängt auch davon ab, wie wirksam sie aus technischer Sicht sind. [...] Noch komplizierter und aufwändiger und in gewisser Hinsicht aussichtsloser wird es für die Filter- und Erkennungssyteme, wenn man Fremdmaterial erlaubt nutzt. Frank Pallas von der TU-Berlin sagt: „Ist das jetzt eine Parodie gewesen? Ist es jetzt vielleicht auch einfach ein Zitat gewesen? [...] Das ist jedenfalls nach meiner Kenntnis noch nicht mal in den Kinderschuhen geschweige denn irgendwie in einer anwendbaren Form." [...]
Vor allem die Angst vor einer Etablierung einer Zensurinfrastruktur sticht hervor. Auch hier sind sich die Experten überwiegend einig, dass durch die Einrichtung solcher Filter gleichzeitig die Infrastruktur geschaffen wird, auch Inhalte gezielt zu filtern. [...] Linus Neumann vom CCC [Chaos Computer Club] weist zudem darauf hin, dass es bereits aktuell Bestrebungen gebe, terrorverherrlichende und ähnliche Inhalte zu filtern. Zur Filterung von Meinungen oder missliebigen Inhalten sei es dann nicht mehr weit. [...]
Dabei sind solche Filtersystemen nicht alternativlos. Einige Befürworter des Artikels 13 betonen, wenn die Verwerter und Rechteinhaber weitreichende Lizenzen erteilten und die Nutzer, also in dem Fall die Plattformen, gewillt sind, sich zu einigen und Gebühren zu zahlen, dann brauche es die Filter nicht. Weitere Vorschläge umfassen einfach zu erwerbende und zu prüfende Lizenzen zum Beispiel mit digitalen Wasserzeichen zur Erkennung. [...] Auch ein Vorschlag: ohne Filter vorzuschreiben sollten einfach umsetzbare Sanktionsmöglichkeiten gegen Urheberrechtsverstöße eingeführt werden, so dass sich von selbst ein Anreiz ergibt, derlei Verstöße entweder nicht zu begehen oder sie besser zu erkennen.

Jan Rähm, Warum Kritiker Angst vor Zensur haben, in: www.deutschlandfunk.de, 09.03.2019

Uploadfilter
Ein Uploadfilter überprüft Inhalte, die auf öffentlich zugänglichen Plattformen hochgeladen werden, nach bestimmten Kriterien. Sind diese Kriterien verletzt, wird der Inhalt abgewiesen oder verändert. Dies geschieht gestützt auf entsprechende Software in einem automatisierten Verfahren. Uploadfilter können eingesetzt werden, um z.B. das Hochladen krimineller Inhalte zu verhindern oder um urheberrechtlich geschütztes Material zu erkennen.

Aufgaben

1. Analysiere den Text mit Hilfe der Methode auf S. 276.
2. Begründe, warum es sich bei der Frage um das Urhebeerrecht um eine gesamteuropäische Aufgabe handelt (vgl. dazu **M5 – M8** in diesem Kapitel).
3. Informiere dich über den aktuellen Stand zur Debatte um den Artikel 13 des EU-Urheberrechts.

Demonstration in Berlin gegen die EU-Urheberrechtsrichtlinie.

7.2 Wirtschaftliche Integration der EU

7.2.1 EU-Binnenmarkt – Erfolgsmodell mit Tücken?

Zum Thema: EU-Kritiker schimpfen nicht selten über das „Bürokratie-Monster“ in Brüssel. Doch dienen die Regeln des gemeinsamen Marktes nicht auch den Unternehmen und Verbrauchern? In diesem Kapitel geht es um die Vor- und Nachteile unseres großen gemeinsamen EU-Binnenmarktes.

M9 Europa im Alltag

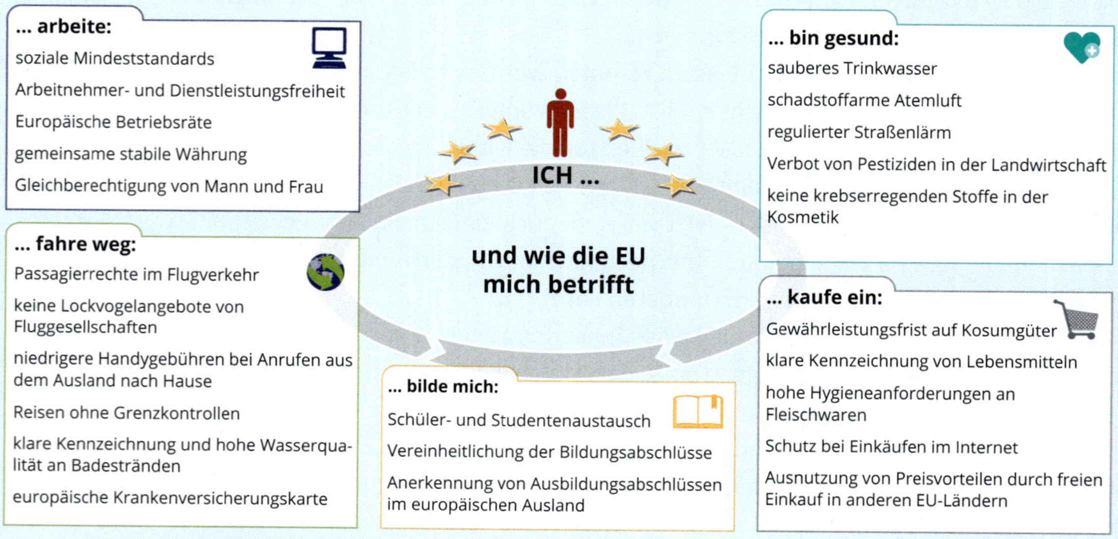

Bundeszentrale für politische Bildung, www.bpb.de, 23.9.2009

EINSTIEGSAUFGABE

Arbeitet mithilfe des Ampelspiels (→ Methodenglossar) heraus, welche Regelungen der EU ihr für hilfreich (grün) oder überflüssig (rot) haltet, gelb steht für „weiß nicht, keine Meinung“.

M10 Der Europäische Binnenmarkt – ein Markt für 500 Millionen Bürger

Vier Freiheiten
Im Binnenmarkt gelten die vier Freiheiten: Freier Warenverkehr, Personenfreizügigkeit, Dienstleistungsfreiheit, freier Kapital- und Zahlungsverkehr.

Man kann sich die EU wie einen riesigen Marktplatz vorstellen. Da können sich Personen, Waren, Geld und Dienstleistungen frei bewegen. Diesen gemeinsamen Markt, den sogenannten „Binnenmarkt“, gibt es seit 1993. Er hat dazu geführt, dass die EU heute der größte Wirtschaftsraum der Welt ist. Auf keinem anderen Gebiet arbeitet die Europäische Union so eng zusammen wie in der Wirtschaft. Der Binnenmarkt hat viele Vorteile. So können EU-Bürger ohne Probleme in einem anderen Mitgliedsland wohnen, studieren, arbeiten, ein Unternehmen gründen oder ihre Rente genießen. EU-Bürger und -Unternehmen dürfen ein Bankkonto im europäischen Ausland eröffnen, ein Haus kaufen, Kredite aufnehmen oder Geld investieren. Ganz wichtig für den gemeinsamen Markt ist, dass die EU-Länder untereinander keine Zölle mehr verlangen. Stell dir als Beispiel einen Schuhhersteller vor: Dieser kann jetzt seine Schuhe nicht mehr nur den rund 80 Millionen Deutschen, sondern allen 480 Millionen EU-Bürgern zum gleichen Preis verkaufen. Um die größere Nachfrage zu befriedigen, muss er mehr Stiefel und Sandalen produzieren. Dafür stellt die Firma neue Mitarbeiter ein – so schafft der Binnenmarkt neue Arbeitsplätze. Gleichzeitig senkt das Schuhunternehmen die Preise. Sonst schnappen ihm nämlich die vielen neuen Konkurrenten aus ganz Europa die Kunden weg. In der Wirklichkeit ist genau dies geschehen. So sind Flüge und Telefongespräche seit Einführung des Binnenmarkts erheblich billiger geworden.

© Europäische Union, 1995-2017, http://ec.europa.eu, Für die Weitergabe und Anpassung ist allein die C.C.Buchner Verlag GmbH & Co. KG verantwortlich.

EU-Binnenmarkt

So viel Prozent der Exporte der EU-Länder gingen in die EU-Partnerländer

Slowakei	**84,9 %**
Luxemburg	**84,1**
Tschechien	**83,9**
Ungarn	**81,7**
Polen	**79,7**
Rumänien	**76,9**
Portugal	**76,8**
Slowenien	**73,5**
Niederlande	**73,4**
Belgien	**72,4**
Österreich	**70,8**
Estland	**70,6**
Kroatien	**68,1**
Lettland	**67,3**
Bulgarien	**66,6**
Spanien	**66,4**
Litauen	**58,8**
Finnland	**58,8**
Dänemark	**58,4**
Deutschland	**58,4**
Frankreich	**58,1**
Schweden	**57,9**
Griechenland	**56,1**
Italien	**55,9**
Malta	**55,6**
Irland	**47,5**
Zypern	**47,0**
Vereinigtes Königreich	**46,2**

Quelle: Eurostat (2020); Stand 2019

M11 Der Europäische Binnenmarkt in der Kritik

In jedem Land regelt eine Vielzahl von Gesetzen und Vorschriften den Warenverkehr [...]. Wenn nun verschiedene Länder ihren Markt zusammenlegen, [...] was durch den Binnenmarkt geschehen ist, muss man sich auf gemeinsame Standards einigen. [...] Da ist zum Beispiel die Geschichte mit dem Apfelwein, die gut die Tücken des Binnenmarkts illustriert. Für Waren, also auch für Getränke, muss es klare Definitionen geben. Jeder Supermarktkunde weiß, wenn auf einem Obstsaft „Saft" steht, besteht er zu 100 Prozent aus Fruchtsaft, ohne den Zusatz von Wasser und Zucker. Ob der Saft aus Spanien oder aus Deutschland kommt, ist egal. In gleicher Weise hat man auch festgelegt, dass Wein aus Trauben hergestellt sein muss. Das ist der Apfelwein natürlich nicht, er ist also kein Wein. Jedem deutschen Verbraucher ist das selbstverständlich klar, aber was ist mit einem Kunden in Großbritannien, der die Flasche sieht und „...wein" liest? Deshalb wollte die Europäische Kommission im Interesse der Verbraucherinformation untersagen, den Apfelwein so zu nennen – ein Vorhaben, das nach Protesten aus Deutschland übrigens zu den Akten gelegt wurde.

Eckart D. Stratenschulte, Der Europäische Binnenmarkt – Erfolgsmodell mit sozialer Schieflage? www.bpb.de, Abruf am 02.01.2017

AUFGABEN

1. Erkläre den EU-Binnenmarkt und seine Vorteile. Berücksichtige dabei die Grafik in der Randspalte auf dieser Seite (**M10**).
2. Erläutere am Beispiel des Apfelweins die grundlegenden Probleme des Binnenmarktes (**M11**).
3. Nimm Stellung dazu, ob du diese oder andere dir bekannte Regelungen für notwendig oder übertrieben hältst (**M10, M11**).

F ZU DEN AUFGABEN 1-3
Beurteile, inwiefern es sich im Hinblick auf den Binnenmarkt für einen Staat „lohnt", Mitglied der EU zu sein.

7.2.2 Der Euro als Zahlungsmittel – ein Schritt zur europäischen Integration?

Zum Thema: Am 01.01.2020 wurde unsere Währung erwachsen. Seit 18 Jahren ist der Euro als Zahlungsmittel im Umlauf – und hat in Zeiten der Euro-Krise mehr Kritiker denn je. In diesem Kapitel erfahrt ihr, inwiefern der Euro trotz seiner Kinderkrankheiten als einer der wichtigsten Bausteine der europäischen Integration gesehen wird.

M12 Welche Länder haben den Euro bereits eingeführt?

Der Euro wurde am 01.01.1999 als Buchgeld für bargeldlose Zahlungen und buchhalterische Zwecke eingeführt. Die Banknoten und Münzen sind seit dem 01.01.2002 im Umlauf. 19 EU-Länder und damit ca. 340 Millionen Menschen benutzen den Euro mittlerweile als Zahlungsmittel. Euro-Befürworter sehen den Euro daher als einen der wichtigsten Bausteine der europäischen Integration.

Die Euroländer

EU-Mitglieder, die den Euro als offizielle Währung eingeführt haben, und das Jahr der Euro-Einführung

Belgien	1999
Deutschland	1999
Finnland	1999
Frankreich	1999
Irland	1999
Italien	1999
Luxemburg	1999
Niederlande	1999
Österreich	1999
Portugal	1999
Spanien	1999
Griechenland	2001
Slowenien	2007
Malta	2008
Zypern	2008
Slowakei	2009
Estland	2011
Lettland	2014
Litauen	2015

EU-Mitglieder, die den Euro (noch) nicht eingeführt haben, und ihre derzeit gültige Währung

Bulgarien	Lew
Dänemark	Dänische Krone
Kroatien	Kuna
Polen	Złoty
Rumänien	Leu
Schweden	Schwed. Krone
Tschechien	Tschech. Krone
Ungarn	Forint

© Globus-Grafik 13907, Quelle: Europäische Union, Stand 2020

EINSTIEGSAUFGABE

Beschreibe die Grafik **M12** und vergleiche, welche Länder zur EU gehören und in welchen der Euro als Zahlungsmittel gilt. Was stellst du fest?

M13 Der Euro – Einführungs- und Stabilitätskriterien

An der Währungsunion müssen alle Staaten der EU teilnehmen. Allerdings erst dann, wenn die Staaten einander in ihrer wirtschaftlichen Entwicklung ähnlich sind. Um dies zu gewährleisten, hat der Vertrag von Maastricht für die Aufnahme von Ländern in die Europäische Wirtschafts- und Währungsunion (EWWU) feste Kriterien definiert, die sogenannten Konvergenzkriterien:*

- Neuverschuldung bis zu 3% des Bruttoinlandsprodukts (BIP)
- Staatsverschuldung bis zu 60 % des BIP
- Inflationsrate darf nicht mehr als 1,5 Prozentpunkte über derjenigen der drei preisstabilsten Mitgliedstaaten liegen.

Dies ist notwendig, da Spannungen zwischen Ländern entstehen können, wenn sie sich wirtschaftlich unterschiedlich entwickeln. Um dies zu verhindern, wurde außerdem der Stabilitäts- und Wachstumspakt (kurz: Euro-Stabilitätspakt) im Vertrag von Amsterdam 1997 verankert. Abgesehen von dem Kriterium der Preisstabilität ist dieser mit den Maastrichter Konvergenzkriterien identisch.

** Konvergenz bezeichnet dabei die allmähliche Annäherung der Teilnehmerländer in wichtigen wirtschaftlichen Grunddaten.*

Bearbeiter

Euro in Großbritannien, Dänemark und Schweden
Großbritannien und Dänemark haben 1992 in den Verträgen von Maastricht zur „Europäischen Wirtschafts- und Währungsunion" eine „Opting out" – Klausel als Zustimmung für die Vertragsunterzeichnung ausgehandelt. Sie dürfen dem Euro-Raum fernbleiben. Alle anderen Staaten, die nach 1992 der EU beitreten, verpflichten sich, den Euro als Zahlungsmittel einzuführen, wenn die Konvergenzkriterien erfüllt werden. Schweden gilt als Sonderfall, da es die Konvergenzkriterien absichtlich nicht erfüllt, um den Euro nicht einführen zu müssen. Dieser Vorgang wird von der EU-Kommission geduldet.

M14 Der Euro – was bringt uns eine gemeinsame Währung?

Unternehmen haben es leichter, Waren im Ausland zu kaufen oder zu verkaufen. Und wenn man in Portugal im Supermarkt steht, weiß man sofort, ob das Eis am Stiel teurer ist als zu Hause oder nicht. Auch entfallen die Umtauschgebühren für andere Währungen. Der Euro soll die Vertiefung der europäischen Integration durch die Vergemeinschaftung der Geldpolitik und den daraus erwachsenden weiteren Koordinierungsbedarf in anderen Politikfeldern wie Arbeitsmarkt-, Sozialpolitik etc. fördern. Zudem schafft der Euro ein Gegengewicht zur weltweiten Dominanz des US-Dollars und der amerikanischen Wirtschaft. Schließlich ist der Euro ein entscheidender Schritt hin zu einer politischen Union, er sollte ein europäisches Wir-Gefühl (Identität) stiften.

Bearbeiter

AUFGABEN

1. Erkläre deinem Nachbarn, welche Kriterien erfüllt sein müssen, damit der Euro in einem Mitgliedsland Zahlungsmittel wird (**M13**).
2. Arbeite die Vorteile einer gemeinsamen Währung aus **M14** heraus.
3. Beurteile, ob es gelingt, dass der Euro eine gemeinsame europäische Identität stiftet. Diskutiert dies in der Klasse (**M12 – M14**).

7.2.3 Der Euro in der Krise – ein Schritt zum Zerfall der EU?

Zum Thema: „In guten wie in schlechten Zeiten" heißt es auf dem Standesamt. Lässt sich dies auf die Euro-Länder bzw. auf die gesamte EU übertragen? Inwiefern die Eurokrise die EU eint oder spaltet ist Gegenstand dieses Kapitels.

M15 Eurokrise – Fahrt auf der Titanic?

Eurokrise – im Erklärfilm

Mediencode: 71091-17

Karikatur: Klaus Stuttmann, 2010

EINSTIEGSAUFGABE

Sammelt in der Klasse Fragen zur Eurokrise, die die Karikatur aufwirft. Überprüft, inwiefern euch die folgenden Materialien **M16 - M19** darauf eine Antwort geben.

M16 Das Kernproblem der Eurokrise

Haushaltsdisziplin
Hier ist der Staatshaushalt gemeint. Staaten sind nicht „diszipliniert", wenn sie zu hohe Schulden machen.

Maastricht-Kriterien
→ M13

Für viele Wirtschaftswissenschaftler ist das Kernproblem des Euros die mangelnde Haushaltsdisziplin der Euro-Staaten. Seit Jahren werden die Maastricht-Kriterien gelinde ignoriert, die Staatsverschuldung der Euro-Länder erreicht schwindelnde Höhen. [...] [Das] Vertrauen in die Solidität der Finanz- und Wirtschaftspolitik eines Landes geht verloren, als Folge sinkt dessen Kreditwürdigkeit. Die Wiederherstellung dieses Vertrauens sollte nach übereinstimmender Meinung deshalb erste Priorität genießen. [...] Eine solide und nachhaltige Haushaltspolitik ist nach übereinstimmender Meinung der meisten Finanz- und Wirtschaftsexperten die erste Priorität. Im Klartext bedeutet das: Die Kriterien von Maastricht sind strikt einzuhalten – ansonsten wird der Euro dauerhaft unter einem Mangel an Glaubwürdigkeit und Vertrauen leiden.

© ARD-aktuell / tagesschau.de, Was tun gegen die Euro-Krise?, www.tagesschau.de, 22.10.2015

M17 Die Eurokrise in Griechenland und im Euroraum: welche Lösungen hat die EU?

Die Griechenland-Krise beschäftigt die Europäische Union seit 2010. Damals war bekannt geworden, dass das Haushaltsdefizit des Landes höher ist als ursprünglich angenommen. Weil Griechenland Teil der Eurozone ist, hat die Krise Auswirkungen auf ganz Europa. Drei Rettungspakete haben Europäische Kommission, Europäische Zentralbank und der Internationale Währungsfonds inzwischen geschnürt, um Griechenland vor dem Bankrott zu bewahren. Doch die Hilfen sind mit strikten Auflagen verbunden: Griechenland soll seine Behörden verschlanken, Staatsbesitz privatisieren, die Steuerhinterziehung reduzieren, das Rentensystem reformieren und die Wirtschaft modernisieren, um die Schulden abbauen zu können. Viele Griechen leiden unter den Einschnitten, die damit verbunden sind. [...] Aus eigener Kraft kommt das Land nicht aus der Krise. Internationaler Währungsfond (IWF), Europäische Zentralbank (EZB) und Euro-Länder halfen 2010 mit Krediten in Höhe von 110 Milliarden Euro, da die Zinssätze für griechische Staatsanleihen auf dem Markt unbezahlbar waren. Doch schon 2012 benötigte Hellas weitere Kredite, um seine Gläubiger wie Banken, Versicherungen und Investmentfonds zu bedienen. Mit einem zweiten Rettungspaket in Höhe von weiteren 130 Milliarden Euro und einem Schuldenschnitt von Privatgläubigern in Höhe von 107 Milliarden Euro sollte die Schuldenkrise eingedämmt werden. Mit einem beispiellosen zusätzlichen Hilfspaket für verschuldete Länder in Höhe von bis zu 720 Milliarden Euro wollen EU und IWF Spekulationen gegen die Gemeinschaftswährung Euro verhindern.

© 2016 Landeszentrale für politische Bildung Baden-Württemberg, Finanzkrise in Griechenland, www.lpb-bw.de, Abruf am 02.04.2020

Haushaltsdefizit
Schulden des Staates

EU-Rettungspakete
Alle Rettungspakete und Hilfskredite sind keine Schenkungen an Griechenland, sie müssen samt Zinsen zurückgezahlt werden.

M18 Welche Folgen hätte es gehabt, wenn Griechenland nicht geholfen worden wäre?

Eine Verweigerung der finanziellen Hilfe für Griechenland hätte sehr wahrscheinlich zum Staatsbankrott geführt. Denn die griechische Regierung hätte sich nicht mehr am Kapitalmarkt refinanzieren und fällige Forderungen und Verbindlichkeiten nicht mehr bedienen können. Dies wird von Kritikern der Rettung als wünschenswert beschrieben. Doch Tatsache ist, dass die politischen und ökonomischen Folgen immens gewesen wären – und in ihrer Tragweite völlig unabsehbar. Die Auswirkungen wären wohl nicht auf Griechenland beschränkt geblieben, sondern hätten vermutlich ganz Europa erfasst und den Euro als Gemeinschaftswährung bedroht. Dieser Unsicherheit musste entgegengetreten werden. Deshalb war es für die EU-Staats- und Regierungschefs wichtig, den Staatsbankrott Griechenlands abzuwenden. Das heißt im Klartext: Obwohl die Rettung nicht alternativlos war, hätte ihr Ausbleiben womöglich

Refinanzierung am Kapitalmarkt
Am Kapitalmarkt refinanzieren bedeutet, sich Geld auf dem Kapitalmarkt zu leihen.

Rezession
Wirtschaftskrise

weit dramatischere Folgen gehabt. Der deutsche Steuerzahler hätte die griechische Pleite dann wohl nicht mit Steuern, sondern womöglich mit einer tiefen Rezession und Verwerfungen im europäischen Bankensektor bezahlt. Eine Verweigerung der Unterstützung für Griechenland hätte nebst einer Schwächung des Euro (Wechselkursverhältnis) auch politisch ein negatives Bild auf Europa, d. h. auf die Mitgliedstaaten der Europäischen Union, geworfen.

David Gregosz, Sebastian Müller, Eva Rindfleisch, Matthias Schäfer, Fragen und Antworten zur Eurokrise, www.kas.de, Abruf am 02.04.2020

M19 Die Eurokrise als Chance zu noch mehr Integration?

Die meisten Ökonomen sind sich einig: Der Euro kann nur dann dauerhaft sicher sein, wenn die Staats- und Regierungschef dazu bereit sind, nationale Kompetenzen an eine unabhängige, europäische Entscheidungsinstanz abzugeben – wie im Fall der Europäischen Zentralbank. Sie fordern eine Art europäische Wirtschaftsregierung. Dass das bisher noch nicht der Fall ist, wird von nicht wenigen als ein Geburtsfehler des Euros angesehen. Zu groß sind die Unterschiede in den Leistungsbilanzen der Euro-Staaten. „Einen einheitlichen wirtschaftspolitischen Willen gab und gibt es in Europa nicht", meint auch Karin Höhn vom Kölner Institut der Deutschen Wirtschaft. Ihrer Meinung nach hatte die Entscheidung für den Euro „keinen einheitlichen und schon gar nicht einheitlichen ökonomischen Grund. Der Konsens war zum größten Teil politisch motiviert."
Doch ob man es nun gut heißen will oder nicht: „Der Euro macht uns zu einer Schicksalsgemeinschaft", sagte Hendrik Enderlein, Professor an der Hertie School of Governance, jüngst in einem Zeitungsinterview. Seiner Ansicht nach könnte auch die EU-Kommission die Rolle einer Wirtschaftsregierung ausfüllen. Voraussetzung sei aber, dass die Kommission wieder zu einer politisch unabhängigen Institution werde. Doch gerade darin liegt [...] die Krux. Einer so grundlegenden Änderung der europäischen Verträge müssten alle Mitgliedstaaten zustimmen.

© ARD-aktuell / tagesschau.de, Was tun gegen die Euro-Krise?, www.tagesschau.de, 22.10.2015

AUFGABE

„Der Euro macht uns zu einer Schicksalsgemeinschaft.", sagt Prof. Enderlein in **M19**. Setze dich ausgehend von den Materialien **M15 - M19** mit der Aussage von Prof. Enderlein auseinander.

WAS WIR WISSEN

Der Binnenmarkt und die vier Freiheiten
M9 – M11

Ein Binnenmarkt bezeichnet ein abgegrenztes Gebiet, in dem Menschen ungehindert wirtschaften können. Normalerweise findet sich ein solches Gebiet nur innerhalb von Staaten, doch haben sich die Mitglieder der EU nach einem Abkommen von 1993 dazu entschlossen, einen gemeinsamen Markt zu gründen. Ziel des EU-Binnenmarktprojektes war der Abbau sämtlicher Hindernisse, die dem grenzüberschreitenden Handel im Wege standen. Der Binnenmarkt basiert auf den sog. vier Freiheiten: dem ungehinderten Austausch von Waren und Dienstleistungen, dem unbeschränkten Kapitalverkehr, der freien Wahl des Arbeitsplatzes sowie dem ungehinderten Personenverkehr (Wegfall von Grenzkontrollen). Um einen vollständigen Binnenmarkt zu erreichen, mussten viele Vorschriften angeglichen werden. In einigen Bereichen, wie bei der Anerkennung verschiedener Berufsabschlüsse, ist der Binnenmarkt bis heute noch nicht vollendet.

Die europäische Währungsunion
M12 – M14

Die im Maastrichter Vertrag festgelegte Wirtschafts- und Währungsunion ist neben der Erweiterung der EU das bisher wohl ehrgeizigste Ziel europäischer Politik. Sie schmiedet die nationalen Volkswirtschaften noch enger zusammen. Die Befürworter und Verteidiger der gemeinsamen Währung sehen in ihr die „Krönung" des europäischen Binnenmarkts und einen entscheidenden Schritt zur Vertiefung europäischer Integration hin zu einer politischen Union. Darüber hinaus dient die gemeinsame Währung dem Wohlstand und bildet ein Gegengewicht zur Dominanz des US-Dollars. Die Kritiker halten die Einführung des Euros für verfrüht, weil weder die wirtschaftlich-soziale noch die politische Integration weit genug vorangeschritten ist. Voraussetzung für die Teilnahme an der Währungsunion ist die Erfüllung der Konvergenzkriterien. Alle Mitgliedstaaten der EU – bis auf Großbritannien und Dänemark – haben sich dazu verpflichtet, den Euro als gemeinsame Währung einzuführen und auf die Erreichung und Einhaltung der Konvergenzkriterien hinzuarbeiten. Um auf Dauer eine nachhaltige wirtschaftliche Konvergenz innerhalb der EU zu erreichen, wurde 1997 zudem der Stabilitätspakt beschlossen. Er fordert von den Mitgliedstaaten eine solide Wirtschafts- und Finanzpolitik.

Die Krise der europäischen Währungsunion
M15 – M19

Die Schuldenkrise hat die europäische Währungsunion vor die schwerste Belastungsprobe seit ihrer Gründung gestellt. Nachdem die griechische Regierung das wahre Ausmaß der Staatsverschuldung ihres Landes offen gelegt hatte, erschien eine zukünftige Finanzierung der Verschuldung des Landes ungewiss. Gegen den „Grexit" sprach, dass er den Fortbestand der Eurozone und damit auch der gesamten Europäischen Union gefährdet hätte. Für Griechenland hätte dies zunächst eine starke Abwertung seiner eigenen Währung – der Drachme – bedeutet. Die Drachme hätte stark gegenüber dem Euro abgewertet, lebenswichtige Importe wären dadurch erheblich teurer geworden, Massenarmut und Unruhen hätten die Folge sein können. Die Schuldenlast wäre weiter gestiegen. Die Krise hat Schwächen in der Konstruktion der europäischen Währungsunion offen gelegt, die weitergehende Reformen der EWU notwendig machen.

WAS WIR KÖNNEN

Kontrovers diskutiert: der Euro

Hendrik Enderlein ist Präsident und Professor für Politische Ökonomie an der Hertie School of Governance in Berlin sowie Direktor des Think Tanks Jacques Delors Centre.
Dieser Meinungsbeitrag erschien kurz nach Beginn der Euro-Krise im Juli 2011.

Pro Euro: Henrik Enderlein – Europa bleibt nur die Flucht nach vorn

Die Krise im Euroraum steht für ein Scheitern der Politik, nicht der Ökonomie. Aus volkswirtschaftlicher Sicht stand immer fest, dass der Euro ein politisch motiviertes Projekt sein musste. Ein Währungsraum, der nicht homogen ist, wird bei einer einzigen Geldpolitik zwangsläufig Ungleichgewichte hervorbringen. Um diese Ungleichgewichte zu verhindern, bedarf es politischer Intervention. Dazu gab es in der Gründungsphase zwei stimmige Vorstellungen. Nach dem französischen Ansatz stand die gemeinsame Währung am Anfang. Sie musste durch eine Wirtschaftsregierung ergänzt werden. Dem gegenüber stand eine deutsche Position. Demnach musste zuerst der integrierte Wirtschaftsraum entstehen, ehe die gemeinsame Währung als Schlussstein eingesetzt werden konnte. Europa hat daraus einen Kompromiss gemacht. Die gemeinsame Währung wurde eingeführt – ohne einen Institutionenrahmen, der die Entstehung eines homogenen Wirtschaftsraums fördert. Ärgerlicher als dieser Sündenfall ist allerdings, dass politische Akteure das Problem wider besseres Wissen verschleppt haben. Die meisten Mitgliedsländer betrieben ihre Finanzpolitik, als gäbe es den Euro nicht. Keines der überhitzten Peripherie-Länder machte einen Versuch, die Vermögenspreise oder Lohnkosten unter Kontrolle zu bringen. Um die Entwicklung im Bankensektor schien sich niemand zu kümmern. Trotz dieses Politikversagens wäre es fahrlässig, das Projekt Euro infrage zu stellen. Einmal eingeführt, lässt sich die gemeinsame Währung nicht mehr entflechten. Es wäre juristisch unmöglich, ökonomisch fatal, politisch gefährlich und gesellschaftlich töricht. Es gibt keine juristischen Mechanismen, die eine Entflechtung zulassen. Auch ökonomisch macht die Aufspaltung des Euro keinen Sinn. Länder wie Griechenland könnten zwar ihre Währung abwerten, müssten ihren Schuldenberg aber in höheren Eurobeträgen abbauen. Würden Staats- und Privatschulden in Drachmen umgewandelt, dann käme es zu zahllosen Kreditausfällen im Rest des Euroraums. Der Zusammenbruch der Lehman-Bank erscheint im Vergleich zu diesem Orkan wie eine leichte Brise. Europa bleibt nur die Flucht nach vorn. Damit wir uns nicht missverstehen: Es geht nicht um die naiven Träumereien eines überzeugten Europäers. Anders als bei der Einführung des Euro geht es heute um eine funktionale ökonomische Logik. Wenn wir keinen volkswirtschaftlichen Suizid begehen wollen, dann muss diese Währung in ihrer jetzigen Form bestehen bleiben. Wenn sie bestehen bleiben soll, dann bleibt nur der Schritt zu mehr Europa und zu weitreichenden Souveränitätsverlagerungen von der nationalen auf die europäische Ebene.

Henrik Enderlein, Frankfurter Allgemeine Zeitung, 23.7.2011

WAS WIR KÖNNEN

Kontra Euro: Fritz W. Scharpf – Auch Sparprogramme ändern nichts an den Ursachen

Die europäische Währungsunion kam auf französischen Druck zustande. Aber die deutsche Politik sorgte dafür, dass die Europäische Zentralbank (EZB) dem Modell der Bundesbank nachgebildet wurde. Sie war für die Geldwertstabilität verantwortlich. Indem sie ihre Politik präzise auf die bundesdeutsche Wirtschaft ausrichtete, ermöglichte sie inflationsfreies Wachstum und stabile Beschäftigung. In der Währungsunion konnte die EZB die Geldwertstabilität sichern. Aber sie richtet ihre Geldpolitik an Durchschnittswerten aus, während die wirtschaftlichen Bedingungen in den [19] Mitgliedsländern weit voneinander abweichen. Deshalb müssen die monetären Impulse für Länder mit Wachstums- und Inflationsraten über und unter dem Euro-Durchschnitt destabilisierend wirken. Das erste Opfer war Deutschland mit seiner niedrigen Inflationsrate. Hier waren die EZB-Zinsen zu hoch, sie reduzierten die schwache Nachfrage noch weiter. Zwischen 2001 und 2005 stagnierte die Wirtschaft, die Arbeitslosigkeit stieg. Den kranken Mann Europas retteten die Gewerkschaften, die mit niedrigen Lohnabschlüssen die Flucht in den Export ermöglichten. In den GIPS-Ländern Griechenland, Irland, Portugal und Spanien waren die Inflationsraten höher und die Realzinsen niedrig. Die zu billigen Kredite erzeugten eine überhitzte Nachfrage, rasches Wachstum, höhere Beschäftigung und rasch steigende Löhne – die dann die internationale Wettbewerbsfähigkeit untergruben. Das Ergebnis war ein Teufelskreis: In den GIPS-Ländern stiegen die Importe, in Deutschland die Exportüberschüsse. Die Erlöse konnten hierzulande gar nicht konsumiert werden. Sie flossen dorthin, wo die Nachfrage nach Krediten besonders hoch war. Im Ergebnis finanzierten die deutschen Überschüsse die private Überschuldung in den GIPS-Ländern. Aus privaten Schulden wurde eine staatliche Schuldenkrise, als die Staaten ihre Banken retten mussten. Auch die Sparprogramme ändern nichts an den Ursachen der Fehlentwicklung. Auch eine europäische Wirtschaftsregierung hätte da nichts bewirkt. Sie würde allen Mitgliedstaaten die Kontrolle über die ihnen noch verbliebenen Instrumente der Wirtschaftspolitik entziehen – und ihre demokratische Legitimität untergraben. Eine einheitliche Geldpolitik, die keine Rücksicht auf unterschiedliche Bedingungen in den Mitgliedstaaten nimmt, wird immer wieder Krisen erzeugen. Deshalb müsste eine reformierte EZB Instrumente entwickeln, die eine differenzierende monetäre Steuerung erlauben. Ist das nicht möglich, müsste die Währungsunion auf die Länder verkleinert werden, deren Wirtschaft so eng mit der deutschen verbunden ist, dass eine einheitliche Geldpolitik keine Fehlsteuerung bewirkt.

Fritz W. Scharpf, Frankfurter Allgemeine Zeitung, 23.7.2011

Fritz W. Scharpf ist ein deutscher Rechts- und Politikwissenschaftler. Er ist emeritierter Direktor am Max-Planck-Institut für Gesellschaftsforschung in Köln. Dieser Meinungsbeitrag erschien kurz nach Beginn der Euro-Krise im Juli 2011.

Aufgaben

1. Gib den Standpunkt der beiden Autoren zur Eurokrise mit eigenen Worten wieder.
2. Stelle ihre Argumente gegenüber und markiere das für dich jeweils stärkste.
3. Positioniere dich abschließend zu der Aussage Enderleins, dass der Euro als Währung in seiner jetzigen Form erhalten bleiben muss. Begründe deinen Standpunkt unter Bezugnahme der Argumente der beiden Autoren.

7.3 Herausforderungen für die EU: Beitritts- und Austrittsverhandlungen

7.3.1 EU-Erweiterung – soll jeder Staat in Europa Mitglied werden dürfen?

Zum Thema: Die Debatte der EU-Erweiterung ist so alt wie die EU selbst. Doch inwiefern ist es etwas anderes, eine EU mit 27 Mitgliedern zu „erweitern" als eine EU mit anfangs noch sechs Mitgliedern? Gegenstand dieses Kapitels sind die Vor- und Nachteile einer Erweiterung der EU.

M20 Der Stand der EU-Erweiterungsdebatte

EU-Beitritte, Beitrittskandidaten und Austritte

Die sechs Gründerstaaten 1958
Belgien
Deutschland
Frankreich
Italien
Luxemburg
Niederlande

Beitritt 1973
Dänemark
Großbritannien
Irland

Beitritt 1981
Griechenland

Beitritt 1986
Portugal
Spanien

Beitritt 1995
Finnland
Österreich
Schweden

Beitritt 2004
Estland
Lettland
Litauen
Malta
Polen
Slowakei
Slowenien
Tschechien
Ungarn
Zypern

Beitritt 2007
Bulgarien
Rumänien

Beitritt 2013
Kroatien

Austritt 2020***
Großbritannien

Beitrittskandidaten:
Türkei*
Mazedonien**
Montenegro**

Als weitere potenzielle Kandidatenländer gelten Albanien, Bosnien und Herzegowina, Serbien und Kosovo.

Nach: Globus-Grafik 3216; vom Bearbeiter aktualisiert, Stand: 2020
** Beitrittsverhandlungen laufen;*
*** Beitrittskandidaten noch ohne Verhandlungen;*
**** Der Austritt erfolgte am 31. Januar 2020.*
Stand: März 2020

EINSTIEGSAUFGABE

Bestimmt in der Gruppe die geografischen Grenzen Europas (**M20**).

M21 Wer kann EU-Mitglied werden?

a) Grundsätze einer EU-Mitgliedschaft nach Art. 49 EUV

Art. 49 EUV

„Jeder europäische Staat, der die in Artikel 2 genannten Werte achtet und sich für ihre Förderung einsetzt, kann beantragen, Mitglied der Union zu werden. Das Europäische Parlament und die nationalen Parlamente werden über diesen Antrag unterrichtet. Der antragstellende Staat richtet seinen Antrag an den Rat; dieser beschließt einstimmig nach Anhörung der Kommission und nach Zustimmung des Europäischen Parlaments, das mit der Mehrheit seiner Mitglieder beschließt. Die vom Europäischen Rat vereinbarten Kriterien werden berücksichtigt."

b) Beitrittskriterien: Kopenhagener Kriterien

Um der EU beitreten zu dürfen, muss die Türkei, wie alle anderen beitrittswilligen Staaten die sog. Kopenhagener Kriterien erfüllen. Diese wurden 1993 vom Europäischen Rat der Staats- und Regierungschefs in Kopenhagen formuliert:

Kopenhagener Kriterien	
Das politische Kriterium	Garantie institutioneller Stabilität, Schaffung einer demokratischen und rechtsstaatlichen Ordnung, Einhaltung der Menschenrechte und Schutz von Minderheiten.
Das wirtschaftliche Kriterium	Verpflichtung zur Schaffung einer funktionsfähigen Marktwirtschaft und Nachweis dem Wettbewerbsdruck innerhalb des EU-Binnenmarktes standhalten zu können.
Das Acquis-Kriterium	Übernahme aller Rechte und Pflichten, die sich aus der Mitgliedschaft ergeben. (Acquis communautaire: gemeinschaftlicher Besitzstand)

Bearbeiter

M22 Vor- und Nachteile einer EU-Erweiterung

Regulierung und Zentralisierung behindert Freiheit und Wirtschaft
Europa als dynamischer Kontinent lebt vor allem auch durch den Wettbewerb. Kaum eine gesellschaftliche Ebene ist heutzutage von den Regulierungen der europäischen Verwaltung unberührt. Diese Eingriffe behindern auf vielfältige Weise die Bemühungen einzelner.

Ausufernde Bürokratie
Im Zentrum der Kritik steht vor allem die ausufernde Bürokratie der Europäischen Union. Nach inoffiziellen Schätzungen sind knapp 170.000 Menschen mit der Formulierung, der Implementierung und Überwachung der europäischen Gesetzgebung beschäftigt.

EU: stärkster globaler Wirtschaftsraum
Der europäische Binnenmarkt erhöht die Handels- und Wirtschaftsaktivität innerhalb der Gemeinschaft. Die europäischen Staaten sind der größte Exporteur und Importeur von Waren und Dienstleistungen. [...]

Die EU gewährleistet dauerhaft den Frieden
Das wohl größte Verdienst der Europäischen Union ist die Vermeidung von zwischenstaatlichen Konflikten auf dem Kontinent.
Große militärische Auseinandersetzungen wie in der ersten Hälfte des 20. Jahrhunderts sind durch das Miteinander undenkbar geworden. Beispielsweise gab es in Deutschland noch nie eine so lange Friedenszeit.

Die EU unterstützt den Binnenmarkt
Jeder europäische Staat profitiert von der Zugehörigkeit zum größten einheitlichen Binnenmarkt der Welt. Der Euro erleichtert die Handelsaktivitäten zwischen den EU-Ländern. Umtauschgebühren entfallen und Verbraucher können die Preise europaweit direkt vergleichen.

Mangelnde Transparenz der Entscheidungen der EU
Um willkürlichen Machtgebrauch zu verhindern, ist ein Mindestmaß an Transparenz von Nöten. EU-Behörden haben die Entscheidungsprozesse sehr kompliziert gemacht und diese außerhalb der öffentlichen Aufmerksamkeit platziert.

Wenig Gemeinsamkeiten der EU-Mitgliedstaaten
In Europa gibt es keine gemeinsame Sprache und damit keine gemeinsame Öffentlichkeit. Ein konstruktiver Diskurs kommt nicht zustande. Egoismus ist vorprogrammiert: jeder nimmt, was er kriegen kann, Rücksicht wird kaum genommen.

Die EU schützt demokratische Verhältnisse
EU-Staaten müssen demokratische Standards einhalten. Länder die noch nicht der Mitgliedschaft angehören aber den Beitritt planen, kommen nicht um Reformprozesse herum.

Die Umweltpolitik der EU
Die Gemeinschaft setzt sich erfolgreich für die Umwelt ein. Weltweit ist die EU nicht nur Vorreiter bei der Verringerung des CO_2-Ausstoßes und beim Klimaschutz sondern auch vorbildlich im Bereich der Abfallpolitik sowie des Natur- und Artenschutzes.

Nach: Peter Hermann, Geteilte Meinungen: 5 Mal Pro und Contra EU, www.gevestor.de, Abruf am 02.04.2020

AUFGABEN

1. Erläutert mithilfe von **M21** die Beitrittsbedingungen für einen Staat, um Mitglied der EU zu werden.
2. Erstellt eine Positionslinie (→ Methodenglossar) zur Zukunft der EU. An deren einem Ende steht die Aussage: „Die Aufnahme…" und an deren anderem Ende „Eine EU-Erweiterung…". Beschreibe das Klassenbild und begründe deinen Standpunkt.

7.3.2 Fallbeispiel EU-Austritt: Wer profitiert vom Brexit?

Zum Thema: Der „Brexit" gilt als eines der größten Themen der EU überhaupt. Was ihn u. a. so spannend macht, ist sein unsicherer Ausgang – für die EU und für Großbritannien. Dieses Kapitel widmet sich dem „Brexit" aus Sicht der EU und Großbritanniens.

M23 EU am Abgrund?

Karikatur: Klaus Stuttmann, 2016

EINSTIEGSAUFGABE
Beschreibe das Problem, auf das die Karikatur aufmerksam macht.

M24 Wie kann ein Staat aus der EU austreten, und welche Bindungen sind noch möglich?

Rechtlich geregelt ist das Austrittsverfahren im Vertrag über die Europäische Union [in Artikel 50]. […] Konkret wird dieses Verfahren eingeleitet, indem der austretende Mitgliedstaat seine Entscheidung dem Europäischen Rat mitteilt. […] Ab dieser Meldung beginnt eine Frist von zwei Jahren, in der die EU und das Vereinigte Königreich über die Einzelheiten des Austritts und die künftigen Beziehungen verhandeln können. [Dies hat die damalige Premierministerin Theresa May am 29.03.2017 einige Monate nach dem Referendum mitgeteilt.] Die Frist kann nur einstimmig verlängert werden. Verstreicht sie ohne Ergebnis, verlieren die Europäischen Verträge ihre Gültigkeit für das Vereinigte Königreich, ohne dass die Austrittsbedingungen und der Rahmen für die weiteren Beziehungen geregelt wären.

Besonders wichtig wird die Frage nach den handelsrechtlichen Beziehungen zwischen dem Vereinigten Königreich und der EU sein. Andere Nichtmitglieder haben dazu sehr verschiedene Wege gewählt:

„Austritt aus der EU" im Vertrag von Lissabon
Seit Ende 2009 gilt Artikel 50 Absatz 1 EU-Vertrag: „Jeder Mitgliedstaat kann im Einklang mit seinen verfassungsrechtlichen Vorschriften beschließen, aus der Union auszutreten."

EWR und EU
Im Europäischen Wirtschaftsraum (EWR) gelten in Bezug auf dessen Binnenmarkt die gleichen Rechte und Pflichten wie in der EU. Bei der Ausgestaltung dieser Regeln orientiert sich der EWR an die EU, sprich: Die EWR-Staaten handeln nach den EU-Verträgen, stimmen aber nicht darüber ab.

- Norwegen ist Mitglied im Europäischen Wirtschaftsraum (EWR). Damit gelten die Rechte und Pflichten des EU-Binnenmarktes auch für Norwegen, das allerdings nur geringes Mitspracherecht bei der Erstellung dieser Regeln hat.
- Die Schweiz ist Mitglied in der Europäischen Freihandelsassoziation (EFTA) und regelt ihren Zugang zum Binnenmarkt über bilaterale Verträge.
- Die Türkei befindet sich in einer Zollunion mit der EU, sie übernimmt daher die europäischen Zolltarife gegenüber Drittländern, ohne dabei eine direkte Mitsprache zu haben.
- Für alle Länder, die keine individuellen Handelsvereinbarungen mit EU abgeschlossen haben, gelten die Regelungen der Welthandelsorganisation (WTO).

© Auswärtiges Amt, Wie funktioniert ein Austritt aus der Europäischen Union konkret?, www.auswaertiges-amt.de, 24.06.2016

M25 Welche Folgen hat der Brexit?

Für die EU bedeutet der Brexit ein Imageschaden. Im schlimmsten Fall könnte der Brexit in Europa eine Art Kettenreaktion auslösen. Dann geht es auf einmal nicht mehr nur um das Verhältnis der Europäer zu den Briten – sondern um die gesamte Staatengemeinschaft. [...] 2,2 Millionen Menschen, die in Großbritannien arbeiten, kommen aus dem EU-Ausland. Sie profitieren bislang von der Arbeitnehmerfreizügigkeit in der EU. [...] Drei Viertel der EU-Bürger, die in Großbritannien arbeiten, erfüllen nicht die Kriterien, die Ausländer für ein Visum im Land brauchen [...] Laut einer Prognose des National Institute of Economic and Social Research könnte der Brexit die Zuwanderung um zwei Drittel reduzieren. Das würde auch Deutsche treffen, die in Großbritannien arbeiten wollen – allerdings nicht in einem so starken Ausmaß. Die meisten von ihnen sind hochqualifiziert und haben daher gute Chancen auf ein Visum [...]. Unklar ist allerdings, wie sich die Preise [für Touristen] entwickeln. Weil das Pfund nach dem Brexit deutlich abwerten dürfte, würde der Urlaub in Großbritannien für EU-Bürger günstiger – gleichzeitig könnten die Flugpreise jedoch steigen. [...] Aktuell studieren gut 18.000 Deutsche in Großbritannien, umgekehrt sind rund 3.500 Briten an deutschen Unis eingeschrieben. Die Modalitäten für die Teilnahme britischer Unis am beliebten Erasmus-Austauschprogramm müssen im Zuge der Austritts-Verhandlungen auf jeden Fall ebenfalls neu verhandelt werden. Bislang ermöglicht Erasmus Studierenden einen reibungslosen und gebührenfreien Austausch für ein oder zwei Semester.

Carla Neuhaus/Tilmann Warnecke/Markus Grabitz, Europa ohne Großbritannien, Was der Brexit für uns bedeutet, www.tagesspiegel.de, 24.06.16

AUFGABE

Arbeitet in arbeitsteiliger Gruppenarbeit die möglichen Folgen des Brexits für die Briten, die EU und für Deutschland heraus (**M23 – M25**).

WAS WIR WISSEN

EU-Erweiterung
M21, M22

Alle Staaten Europas dürfen einen Antrag auf Mitgliedschaft in der EU stellen. Um in die EU einzutreten, gilt es, die sogenannten Kopenhagener Kriterien (Politisches Kriterium, wirtschaftliches Kriterium und acquis-Kriterium) zu erfüllen. Das Thema EU-Erweiterung ist häufig Gegenstand politischer Debatten.

Gründe für eine EU-Erweiterung können sein
- Frieden in der EU und in den betreffenden Staaten
- Stabilität für Demokratie, Menschenrechte
- Wohlstand

Gründe gegen eine EU-Erweiterung können sein:
- „Bürokratiemonster" wird noch größer
- EU wird zu groß
- Verschärfter Konkurrenzdruck durch Niedriglohnländer
- Verlagerung von Arbeitsplätzen

Austritt Großbritanniens aus der EU
M24, M25

Im Juni 2016 erklärte Großbritannien per **Volksentscheid** seinen **Austritt** aus der EU. Dieser sogenannte Brexit stellt einen Einschnitt im europäischen Integrationsprozess dar, da zum ersten Mal ein Land die EU verlassen wird.
Der Brexit stellt die EU vor große und neue Herausforderungen. Denn es ist sehr schwer einzuschätzen, welche Folgen der Brexit für die EU haben wird und wie die EU darauf reagieren soll.

So könnte der Brexit ablaufen

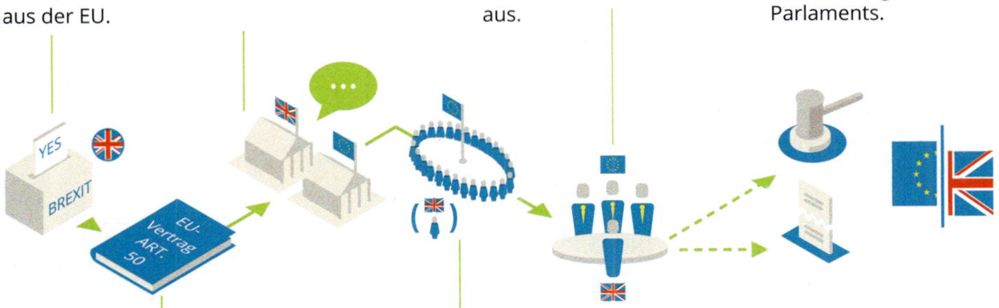

dpa-Grafik 24109

SELBSTDIAGNOSE

Ich kann …	Dazu benötige ich u. a. folgende Begriffe …	Das klappt schon …	Hier kann ich noch üben …
… Meilensteine in der Entwicklung der EU und Ziele der europäischen Integration charakterisieren.	• Montanunion • Römische Verträge • Einheitliche Europäische Akte • Verträge von Amsterdam und Nizza • Euro • Vertrag von Lissabon	+/–	**Kap. 7.1** • M1 – M3 • S. 197, Aufg. 2, 3 • WWW*
… Beispiele für Einflussnahmen der EU auf das Leben in den Mitgliedstaaten beschreiben.	• Rechtsakte der EU: Verordnungen, Richtlinien, Beschlüsse • Gesetzgebungsverfahren in der EU	+/–	**Kap. 7.1** • M4 – M6 • S. 200, Aufg. 1, 2 • WWW **Kap. 7.2** • M9 - M11, M14
… den Stellenwert politischer Organe der EU im Entscheidungsprozess beurteilen.	• EU-Parlament • EU-Kommission • EU-Rat • Rat der Europäischen Union • EuGH	+/–	**Kap. 7.1** • M7, M8 • S. 203, Aufg. 1
… demokratische Mitwirkungsmöglichkeiten im europäischen Willensbildungs- und Entscheidungsprozess erläutern.	• EU-Parlament • Subsidiaritätsprinzip	+/–	**Kap. 7.1** • M7, M8 • S. 203, Aufg. 2
… zu Errungenschaften und Herausforderungen der europäischen Integration Stellung nehmen.	• Europäische Währungsunion • Euro-Krise / Staatsschuldenkrise • EU-Erweiterung • Austritt Großbritanniens aus der EU („Brexit“)	+/–	**Kap. 7.2** • M16 – M19 • Aufgabe auf S. 212 • WWW **Kap. 7.3** • M22, M24, M25 • S. 218, Aufg. 2 • Aufgabe auf S. 220 • WWW

* *WWW: WAS WIR WISSEN*

WAS WIR KÖNNEN

A) E-Mail an den Präsidenten der Vereinigten Staaten von Amerika (USA): „Die EU ist ein / kein Erfolgsmodell, weil ...“

Der US-Präsident Donald Trump berichtete in einem Interview im Januar 2017 von seiner Begeisterung für den Brexit. Seiner Meinung nach würden noch andere Länder aus der EU austreten – dies sei nur eine Frage der Zeit. Schreibt ihm in Kleingruppen eine E-Mail mit euren Statements zur Europäischen Union, inwiefern sie ein / kein Erfolgsmodell ist. Verwendet dabei mindestens sieben der folgenden Begriffe.

Frieden	Europäische Integration
EuGH	EU-Mitgliedschaft
Brexit	Türkei-Beitritt
Friedensnobelpreis	Werte und Ziele der EU
EU-Rechtsakte	Subsidiarität
Bürokratie	Demokratiedefizit
Organe der EU	EU-Beitrittskandidaten

B) Text für die Hymne der Europäischen Union konzipieren

Die Hymne der Europäischen Union (→ S. 197, M3c) hat bisher keinen offiziellen Text und kann daher nicht gesungen, sondern nur instrumental gespielt werden. Entwickelt Ideen für einen Text der europäischen Hymne, der das Thema „Europäische Union – ein Erfolgsmodell?“ zum Inhalt hat. Berücksichtigt dabei mindestens drei der oben stehenden Begriffe.

Aufgabe

Bearbeitet in Kleingruppen die Aufgaben in A) oder B). Präsentiert eure Ergebnisse abschließend in der Klasse.

DER SPIEGEL
Nr. 23/4.6.07
Deutschland: 3,50 €
4 190700 703502 23
PRINTED IN GERMANY
GLOBALISIERUNG
Gewinner
Verlierer
Österreich € 3,80
Schweiz sfr 6,30
BeNeLux € 4,–
Dänemark dkr 39,–
Finnland € 5,95
Frankreich € 4,50
Griechenland € 5,10
Großbritannien £ 3,50
Italien € 4,50
Japan (inkl. tax) Yen 1.764
Norwegen NOK 47,–
Polen (ISSN 00387452) Zl 22,–
Portugal (cont.) € 4,50
Schweden skr 49,–
Spanien € 4,50
Spanien / Kanaren € 4,70
Türkei YTL 10,–
Ungarn Ft 1.250,–
www.spiegel.de

8

Globalisierung – Fluch oder Segen?

Marshall McLuhan, ein kanadischer Philosoph, bezeichnete 1962 die Welt als „global village". Er wollte damit ausdrücken, dass die Welt durch elektronische Vernetzungen zu einem „Dorf" zusammengewachsen ist. Durch das Internet kann man heute mit Menschen aus aller Welt zeitgleich in Kontakt treten. Was bedeutet Globalisierung, welche Ursachen hat sie und welche Folgen hat sie für Gesellschaft, Wirtschaft und Politik?

KOMPETENZEN

Am Ende dieses Kapitels solltet ihr Folgendes können:

- das Phänomen der wirtschaftlichen Globalisierung anhand eines Fallbeispiels darstellen
- Ursachen, Dimensionen und Merkmale der Globalisierung erklären
- erörtern, inwieweit die „Globalisierung" Wohlstand für alle bedeutet
- Positionen globalisierungskritischer Organisationen wie Attac bewerten
- begründet zur Frage „Globalisierung – Fluch oder Segen?" Stellung nehmen

WAS WISST UND KÖNNT IHR SCHON?

1. Beschreibt das Spiegel-Titelbild auf der linken Seite.
2. Benennt die Probleme, auf die das Titelbild aufmerksam machen will.
3. Formuliert ein Spontanurteil zu der Frage: „Stellt die Globalisierung einen Fluch oder Segen dar?" Haltet euer Ergebnis schriftlich fest.

8.1 Wirtschaftliche Globalisierung heute

8.1.1 „Globale" Jeansproduktion – überwiegen die Vor- oder Nachteile weltweiter Produktionsprozesse?

Zum Thema: Wir alle tragen Produkte an und mit uns, die weltweit produziert werden. Was bedeutet dies für Unternehmen, Verbraucher und Arbeitskräfte? Anhand der „globalen" Jeansproduktion erfahrt ihr in diesem Kapitel, inwiefern durch Globalisierung weltweit Vor- und Nachteile entstehen.

M1 Fallbeispiel: die „globale" Jeansproduktion

a) Einzelne Arbeitsschritte verteilt auf der ganzen Welt …

Arbeitsschritte	km
1 Die Baumwolle wird in **Kasachstan** oder **Indien** […] geerntet und anschließend in die Türkei versandt.	0
2 In der **Türkei** wird die Baumwolle zu Garn versponnen.	4800
3 In **Taiwan** wird die Baumwolle mit chemischer Indigofarbe aus Deutschland gefärbt.	15000
4 Aus dem gefärbten Garn werden **in Polen** die Stoffe gewebt.	27000
5 Das Innenfutter und die kleinen Schildchen […] kommen aus **Frankreich**,	28600
6 die Knöpfe und Nieten aus **Italien**.	
7 Alle Zutaten werden auf die **Philippinen** geflogen und dort zusammengenäht.	42300
8 In **Griechenland** erfolgt die Endverarbeitung mit Bimsstein.	54000
9 Die Jeans werden in **Deutschland** verkauft und getragen und schließlich in die Altkleidersammlung […] gegeben.	56300
10 In einem **niederländischen** Betrieb wird die Kleidung sortiert.	57100
11 Von dort wird sie mit Schiffen und LKW auf den **afrikanischen Kontinent** gebracht.	64000

© mediafant, Weltreise einer Jeans, www.globalisierung-online.de, Abruf am 02.11.2016

b) Gründe der „globalisierten" Jeans-Produktion

Die Gründe für einen weltweiten Produktionsprozess (globalisierte Produktion) liegen vor allem in den sinkenden Transportkosten, fallenden Handelsbeschränkungen sowie in einfacher werdenden Kapitaltransfers. Dank dieser Entwicklungen scheint es lohnenswert, die Produktion dorthin zu verlagern, wo es am billigsten ist. Hauptprofiteure sind vor allem multinationale Unternehmen. Doch diese globale Arbeitsteilung hat nicht selten einen hohen ökologischen wie auch sozialen Preis, z. B. Produktion bei geringeren Umweltstandards oder Wegfall von lohnintensiven Arbeitsplätzen.

Bearbeiter

EINSTIEGSAUFGABE

Überprüfe anhand von **M1** inwiefern sich der Preis deines Kleidungsstückes rechtfertigt.

M2 Wer verdient was an einer Jeans, produziert in Fernost?

Diesen Teil eines Jeanspreises bekommt ... :

1% Lohn an alle ArbeitnehmerInnen (die Baumwolle pflücken, nähen u.a.)

11% Transport (Transportkosten, Steuern, Importgebühren, ...)

13% Material (Materialkosten, Kosten für Farben, ...)

25% Marke (Gewinn, Entwicklung, Design, Werbung, Verwaltung, ...)

50% Einzelhandel (Geschäftsgewinn, Verkaufspersonal, Ladenmiete, ...)

Nach: © Ökoprojekt MobilSpiel e.V., Die lange Reise einer Jeans, www.praxis-umweltbildung.de, Abruf am 02.11.2016

M3 Globale Produktionsbedingungen in der Kritik: die Tragödie von Rana Plaza

Aufräumarbeiten nach dem Einsturz des Fabrikgebäudes im April 2013 in Dhaka, Bangladesh

Merina: „Nie mehr werde ich in einer Textilfabrik arbeiten." […] Merina zählte vergangene Woche zu den Überlebenden des größten Unglücks in der Geschichte der Textilindustrie des Landes. […] Tatsächlich war der Rana Plaza, dieser erst im Jahr 2010 in Windeseile hochgezogene Fabrikkomplex mit seinen Tausenden kleinen Nähtischen, Symbol eines beispiellosen Aufschwungs. „China-Relokalisierungshandel" nennt sich dieser Boom im Fachjargon. Die ganze Welt will davon profitieren – zulasten Chinas. Es geht darum, die Abhängigkeit des Westens von der chinesischen Weltfabrik zu durchkreuzen. Damit die Chinesen nicht die Preise diktieren. Das bettelarme Bangladesch bot sich als Ersatzweltfabrik an – und die Investoren kamen schneller als gedacht. Große westliche Textilmarken wie H&M oder auch das amerikanische Kaufhaus Wal-Mart verlagerten in den vergangenen Jahren ihre Produktionsstätten von China nach Bangladesch. Wie im Zeitraffer wuchs dort die heute zweitgrößte Textilindustrie der Welt heran. […] „Die Regierung, die lokalen Fabrikbesitzer und die internationale Textilindustrie zahlen den Arbeitern in Bangladesch Löhne, die zu den niedrigsten in der Welt zählen. Gleichzeitig haben sie sich nie um die Sicherheitsbedingungen der Arbeiter gekümmert, die Kleider für die Menschen in aller Welt machen", analysiert Brad Adams, Asien-Direktor der Menschenrechtsorganisation Human Rights Watch. Und was machen die Textilkonzerne? Meist ducken sie sich weg.

Georg Blume, Was machen die Textilkonzerne?, www.zeit.de, 02.05.2013,

Einsturz des Fabrikgebäudes in Bangladesh
Am 24. April 2013 stürzte in Dhaka, Bangladesh, ein marodes Fabrikgebäude ein, mehr als 1000 Menschen starben dabei, viele Näherinnen wurden schwer verletzt. Der Vorfall brachte die Arbeitsbedingungen in den Textilfabriken wieder in die öffentliche Diskussion, da auch viele bekannte Firmen wie C&A, Mango oder KiK in dieser Fabrik produzieren ließen.

M4 Ein Textilabkommen soll helfen ...

Unglücksfälle wie der Einsturz von Rana Plaza in Bangladesch im Jahr 2013 haben das Thema sozialer und ökologischer Missstände in der weltweiten Textilproduktion auf tragische Weise in das öffentliche Bewusstsein gerückt [...]. Bundesentwicklungsminister Dr. Gerd Müller hat im Mai 2014 den Runden Tisch der Textil- und Bekleidungsindustrie, des Handels, der Gewerkschaften und Zivilgesellschaft ins Leben gerufen. Dieser Prozess führte zur Gründung des Bündnisses für nachhaltige Textilien am 16. Oktober 2014. Das Textilbündnis umfasst derzeit über 180 Partner aus Wirtschaft, Politik und Zivilgesellschaft. Welches Ziel verfolgt das Bündnis für nachhaltige Textilien? Das Textilbündnis bündelt die Kraft und Expertise seiner Mitglieder, um soziale, ökologische und ökonomische Verbesserungen entlang textiler Wertschöpfungsketten zu erreichen. Dieses Ziel verfolgt das Bündnis mit Hilfe von vier Strategieelementen:

- Gemeinsame Definition von Bündniszielen, Umsetzungsanforderungen mit Zeitzielen und Monitoring-Prozessen;
- Verbesserung der Rahmenbedingungen in den Produktionsländern und Politikempfehlungen für Deutschland und die EU;
- Transparente Kommunikation über Bündnisfortschritte und nachhaltige Textilproduktion im Allgemeinen;
- Bündnis-Plattform, um Fortschritte und die Machbarkeit der Umsetzung zu prüfen und zu unterstützen, Erfahrungen zu teilen und voneinander zu lernen. [...]

Das Textilbündnis ist [...] eine Plattform, auf der die beteiligten Akteure den Fortschritt bei der Umsetzung der Bündnisziele gemeinsam überprüfen, sich über Best Practices austauschen und voneinander lernen können.

© Bündnis für nachhaltige Textilien, Das Bündnis für nachhaltige Textilien, www.textilbuendnis.com, Abruf am 03.11.2016

F ZU DEN AUFGABEN 1-4
Weitere Reportagen zur globalen Herstellung verschiedener Produkte findest du unter:
- Ein H&M-T-Shirt: „Das Welthemd", erschienen am 16.12.2010, online auf *www.zeit.de*
- Eine elektrische Zahnbürste der Firma Philips „Die Weltbürste", erschienen im Spiegel spezial (*www.spiegel.de*) am 15.11.2005

Stelle deiner Klasse einen oder beide Produktionswege vor.

F ZU AUFGABE 4
Gestaltet ein Werbeplakat für eine eurer Lösungsstrategien und stellt es der Klasse vor.

AUFGABEN

1. Wie teuer war deine letzte Jeans? Berechne mithilfe von **M2**, wer wieviel dieses Preises bekommen hat. Diskutiert in der Klasse diese Aufteilung.
2. Erläutere anhand des Beispiels in **M3**, welche negativen und positiven Folgen die Globalisierung der Textilproduktion für die Textilkonzerne, das Land Bangladesch sowie die Näherinnen haben.
3. Entwickele für die in **M3** genannten Probleme Lösungsstrategien.
4. Berurteile, inwiefern das Textilabkommen in **M4** dazu beiträgt, die in **M3** beschriebenen Probleme zu lösen.
5. Diskutiert in der Klasse, ob es durch globale Produktionsprozesse weltweit mehr Gewinner oder Verlierer gibt.

8.1.2 Globalisierung – was sind deren Ursachen, Dimensionen und Merkmale?

Zum Thema: Wenige Begriffe werden so oft in so unterschiedlichen Zusammenhängen verwendet wie der Begriff „Globalisierung“. Doch kaum jemand kann erklären, was eigentlich genau mit „Globalisierung“ gemeint ist. Gegenstand dieses Kapitels sind daher die Ursachen, Dimensionen und Merkmale von „Globalisierung“.

M5 Globalisierung: Was bedeutet es für uns?

a) Globalisierung bedeutet für mich ...

b) Was denken Jugendliche über Globalisierung?

© statista 2016, Shell Jugendstudie 2015, Was verbinden Sie persönlich mit der Globalisierung, www.de.statista.de, Abruf am 22.02.2017

EINSTIEGSAUFGABEN

1. Formuliert mithilfe der in **M5a** aufgeführten Begriffe eine eigene Definition von Globalisierung und vergleicht diese in der Klasse.
2. Analysiere die Grafik in **M5b** im Hinblick auf Unterschiede zu euren Ergebnissen aus Aufgabe 1. Wie können diese Unterschiede begründet werden?

Globalisierung im Erklärfilm

Mediencode: 71091-18

M6 Was genau ist Globalisierung?

„Globalisierung" ist ein relativ neuer Begriff. Er tauchte erstmals 1983 im Titel eines englischsprachigen Buches auf, erst 1988 in einem deutschsprachigen. Inzwischen ist der Begriff „Globalisierung" allgegenwärtig. […] Der Begriff verweist […] auf die Entstehung neuer weltumspannender sozialer Handlungszusammenhänge. […] Globalisierung beschreibt das Entstehen einer Welt, deren Mitglieder durch unterschiedlichste Handlungszusammenhänge miteinander verbunden sind, wobei die Bedeutung nationaler Grenzen abnimmt.

Michael Zürn, Der Begriff „Globalisierung", in: Informationen zur politischen Bildung, Regieren jenseits des Nationalstaats, Heft 325, 1/2015, S. 4 f.

M7 Welche Dimensionen der Globalisierung gibt es?

Die kulturelle Globalisierung – oder das „globale Dorf"
- weltumspannende Kommunikation ermöglicht
- die globale Wirkungsmacht von Marken und Kulturgegenständen

→ Entsteht eine globale Einheitskultur?

Die gesellschaftliche Globalisierung – die Weltgesellschaft
- Tourismus und Migration intensivieren transnationale Austauschbeziehungen
- Umweltgefahren machen vor territorialen Grenzen nicht Halt

→ Verhalten wir uns über die Grenzen solidarisch?

Die ökonomische Globalisierung – die globale Wirtschaft

Es entsteht eine globale Wirtschaft auf der Basis
- globaler Produktionsketten und -netzwerke
- globaler Güter-, Arbeits- und Finanzmärkte

→ Gelingt in einer globalen Wirtschaft eine Wohlfahrtssteigerung und ihre gerechte Verteilung?

Die politische Globalisierung – Weltregelwerk und Weltinnenpolitik
- internationale Märkte verlangen nach internationalen, durchsetzungsfähigen Rechtsnormen und somit
- internationalen Institutionen

→ Gelingt es den Nationalstaaten, gemeinsam die Probleme der Globalisierung zu meistern?

Freihandel

Freihandel begründet sich in der Lehre des klassischen Wirtschaftsliberalismus. Nach Adam Smith und David Ricardo nimmt der Wohlstand eines Landes dann zu, wenn sich der Staat so wenig wie möglich in die Wirtschaft einmischt und jeder das produziert, was er am kostengünstigsten anbieten kann.

M8 Antriebskräfte der Globalisierung

Globalisierung oder die Vernetzung der Welt hat sich durch das Internet und die Digitalisierung der Kommunikation rasant entwickelt. Mit dem Internet werden Grenzen, Entfernungen und Zeitzonen überwunden, jeder Mensch kann theoretisch jederzeit mit jedem anderen Menschen auf der Welt kommunizieren. Das Internet mit seinen Vernetzungen ist gleichsam ein Symbol für Globalisierung.

Verbesserte Verkehrswege, schnellere Transportmittel und geringere Kosten für Mobilität erleichtern den Austausch von Gütern und die Reisetätigkeit.

Globalisierung ist in erster Linie ein

ökonomisches Phänomen. Voraussetzung für die Zunahme des grenzüberschreitenden Warenhandels ist die Liberalisierung des Handels durch Öffnung der Märkte und Abbau von Zöllen und Protektionismus (Deregulierung). Dafür sorgte seit 1947 das allgemeine Zoll- und Handelsabkommen (englisch General Agreement on Tarifs and Trade, GATT) und dessen Nachfolgeorganisation die WTO.

Der Arbeit der WTO liegt die Überzeugung zugrunde, dass Freihandel für alle Beteiligten von Vorteil ist (Freihandelsdoktrin). Dabei stützt sich die WTO auf die Vordenker des freien Handels Adam Smith und David Ricardo, die beide davon ausgehen, dass ein freier Handel allen Wohlstandsgewinne bringen.

Der Weltmarkt wuchs erheblich mit der Integration der osteuropäischen Staaten seit 1990 und der marktwirtschaftlichen Öffnung Chinas. Die Rückständigkeit der sozialistischen, vom Weltmarkt abgeschotteten Staaten schien bzw. scheint die Richtigkeit der Freihandelsdoktrin zu bestätigen.

Seit den 1980er-Jahren erreicht die Globalisierung eine neue Qualität durch die zunehmende internationale Vernetzung von Produktionsprozessen. Neue Produktions- und Kommunikationstechnologien ermöglichen es multinationalen Unternehmen, sich in globalen Netzwerken von z. B. Tochterunternehmen zu organisieren. Das Auslandsengagement der Unternehmen zeigt sich vor allem im starken Wachstum der Direktinvestitionen. Schließlich entwickelte sich in den 1990er-Jahren die Mobilität des Finanzkapitals. Kapitalanleger und Kreditnehmer agieren grenzüberschreitend, es bildet sich ein globaler Finanzmarkt. Das Volumen der Finanztransaktionen übersteigt heute das Handelsvolumen um ein Vielfaches.

Direktinvestitionen
Form der Auslandsinvestition. Kapitalexport durch Wirtschaftssubjekte eines Landes in ein anderes Land mit dem Ziel, dort Immobilien zu erwerben, Betriebsstätten oder Tochterunternehmen zu errichten, ausländische Unternehmen zu erwerben oder sich an ihnen mit einem Anteil zu beteiligen, der einen entscheidenden Einfluss auf die Unternehmenspolitik gewährleistet. Gegensatz: Portfolio-Investition, die vorrangig der Geldanlage dient.

Martin Klein, Direktinvestition, in: Gabler Wirtschaftslexikon, www.wirtschaftslexikon.gabler.de (15.2.2016)

AUFGABEN

1. Vergleiche deine eigene Definition von Globalisierung aus der Einstiegsaufgabe mit der Definition in **M6**.
2. Ordne für jede Dimension der Globalisierung passende Beispiele aus deinem Alltag/deiner Stadt/Gemeinde oder aus dem politischen Tagesgeschehen zu (**M7**).
3. In **M8** werden unterschiedliche Faktoren für die Entwicklung von Globalisierung beschrieben. Ordne diese nach der Wirkungsstärke hinsichtlich der gegenwärtigen und zukünftigen Entwicklung ein.
4. „Schon früh am Morgen klingelt der Wecker – Made in China. Während des Frühstücks genießen wir den Kaffee aus Kolumbien in Südamerika und essen ein Brötchen mit französischem Käse. Das Radio bringt gerade die neuesten Charts aus den USA und Enland…"

   Ergänze den Tagebucheintrag, indem du überlegst, wo und wann du an einem ganz normalen Tag mit Globalisierung in Berührung kommst.

M9 Was sind die Merkmale der Globalisierung und wie können sie gemessen werden?

Wesentliche Merkmale der Globalisierung sind vor allem die Zunahme internationalen Handels (M9a) sowie der internationalen Wirtschaftsbeziehungen (M9b) und die Expansion ausländischer Direktinvestitionen (M9c) bzw. die Anzahl multinationaler Unternehmen (M9d). Um diese Merkmale erfassen zu können, werden messbare Indikatoren gebraucht, die im Folgenden dargestellt werden.

Lesehilfe zur Grafik
Hier gilt der Index 1950 = 100, d. h. die Wirtschaftsleistung im Jahr 1950 wird als 100% festgelegt. Ein Wert von 155 im Jahr 1960 für das BIP bedeutet dann, dass das BIP im Vergleich zu 1950 um 54% angestiegen ist.

a) Wie entwickelte sich der Handel von 1950 bis 2018?

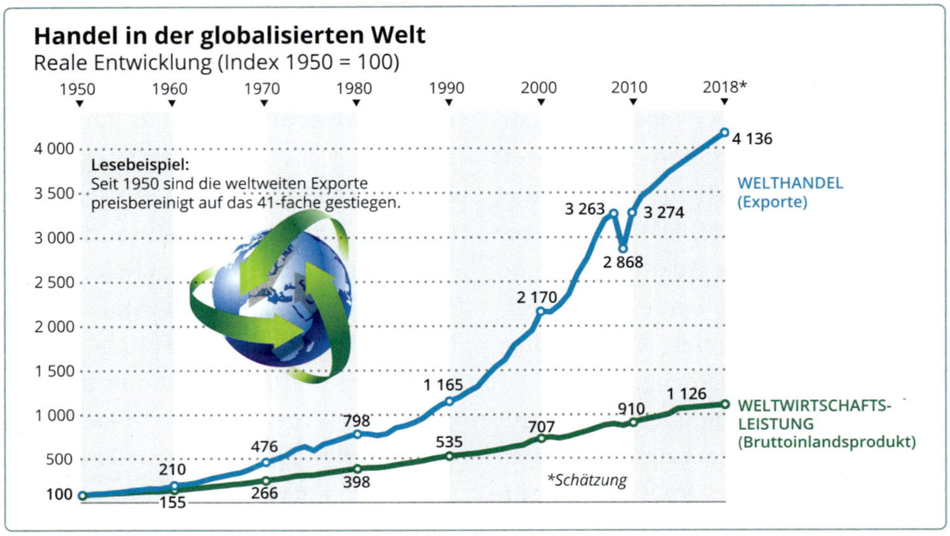

Globus Grafik 13507; Quelle: WTO, eigene Berechnungen

Bruttoinlandsprodukt (BIP)
Gesamtwert aller Waren und Dienstleistungen, die innerhalb eines Jahres in einem Land als Endprodukte hergestellt werden. Das BIP gilt als wichtiger Indikator für den Zustand einer Wirtschaft.

b) Wer handelt mit wem? Warenhandel im Jahr 2017

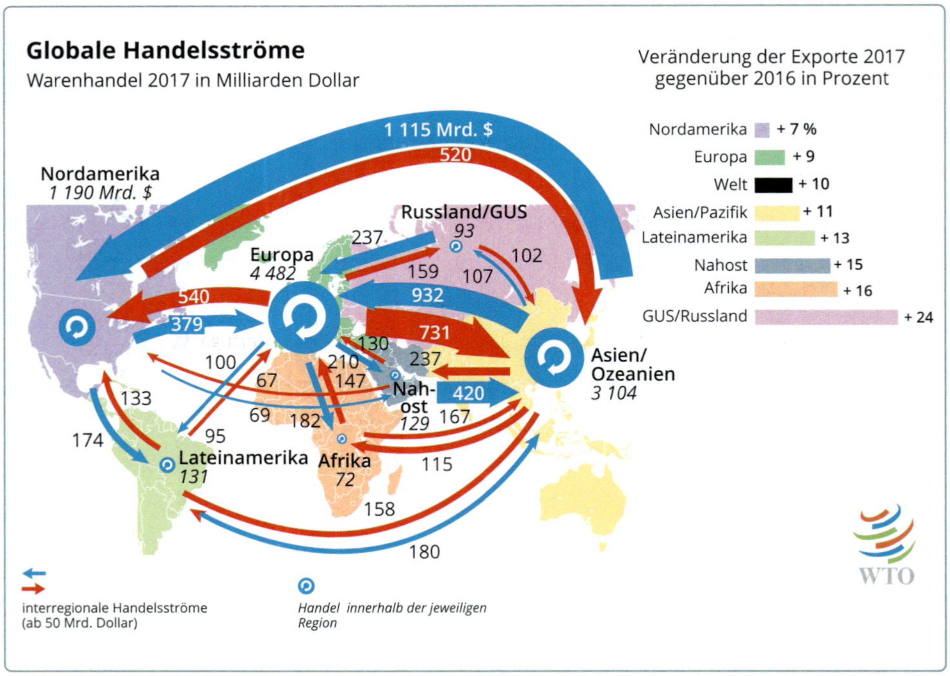

Globus Grafik 13029; Quelle: World Trade Organization, Stand: 2018

c) Direktinvestitionen* (FDI: foreign direct investment)

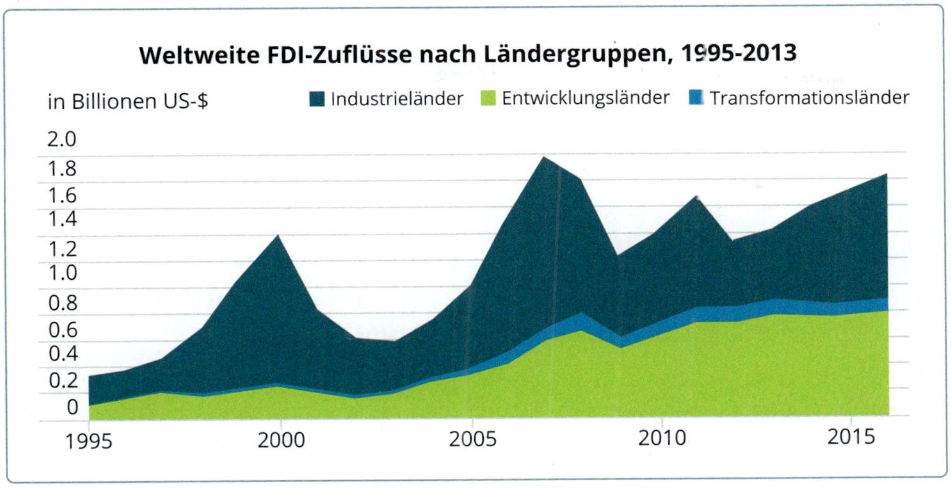

Quelle: UNCTAD, WIR 2014
S. Benz, J. Karl, E. Yalci, Der UNCTAD World Investment Report 2014, Die Entwicklung ausländischer Direktinvetitionen, in ifo Schnelldienst, 15/2014, 14.08.14. Die Daten ab 2014 beruhen auf Schätzungen.

Hinweise zur Grafik M9c
In absoluten Zahlen haben die Entwicklungsländer erstmals 2012 mehr Direktinvestitionen erhalten (778 Mrd. USD entspricht weltweitem Anteil von 53,6 %) als die Industriestaaten.

**Direktinvestitionen sind eine Form der Auslandsinvestitionen. Sie beschreiben Kapitalexporte durch Wirtschaftssubjekte eines Landes in ein anderes Land.*

d) Umsätze und BIP ausgewählter Unternehmen und Staaten

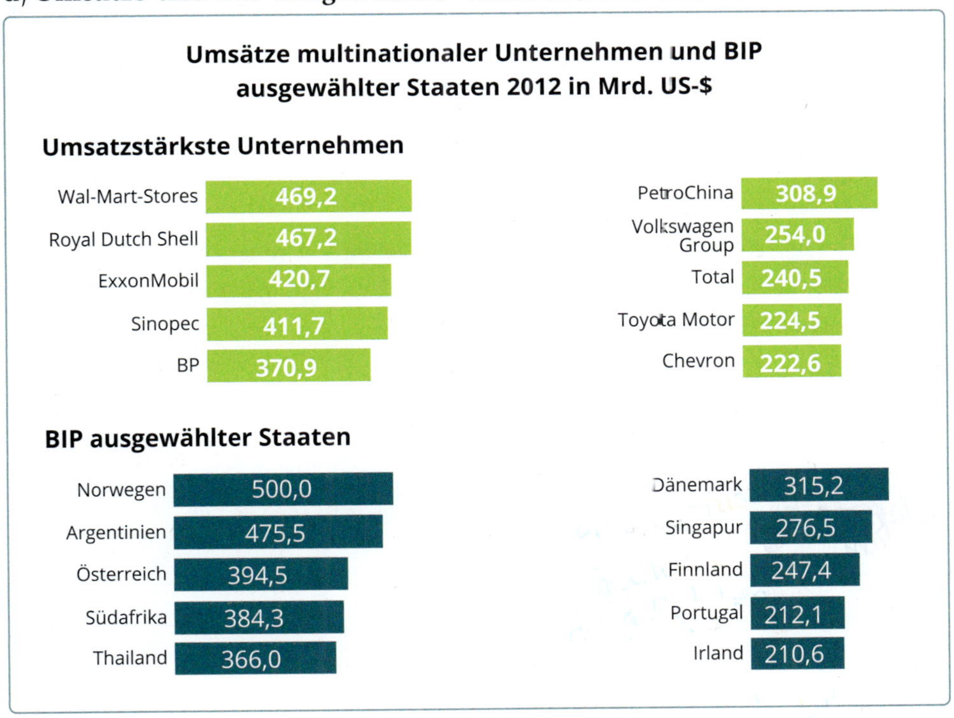

Quellen: Forbes / Weltbank 2014

AUFGABE

Analysiere die Grafiken (mithilfe der Methode auf S. 83) in **M9a-d**.
Kläre dabei die Frage, inwieweit „Globalisierung an Fahrt gewinnt".

WAS WIR WISSEN

Der Begriff der Globalisierung
M6

Globalisierung ist ein vieldeutiger Begriff, der unterschiedliche Dimensionen umfasst: wirtschaftliche, gesellschaftliche, politische, kulturelle und ökologische. Allen Bereichen gemeinsam ist die weltumspannende Vernetzung, die einen nationalen Blickwinkel alleine nicht mehr erlaubt. Diese wird besonders in der ökonomischen Dimension deutlich.

Antriebskräfte und Faktoren
M8

Wirtschaftliche Globalisierung ist ein Prozess, der seit den 1980er-Jahren eine enorme Dynamik entwickelte, die Entstehung globaler Unternehmen förderte und zu einem weltweiten Markt führte. Folgende Faktoren sind dafür zu nennen:

- Die Liberalisierung der Weltmärkte durch den Abbau von Handelsbeschränkungen (GATT/WTO) auf der Grundlage der Lehre vom Freihandel.
- Die Einführung der digitalen Kommunikationstechnologien (Internet) und Veränderungen der Transportlogistik (z. B. Container), die zu einem starken Rückgang der Mobilitäts- und Kommunikationskosten führten.
- Ferner die Öffnung der Märkte der sozialistischen Staaten, die bis 1990 vom Weltmarkt abgeschottet waren sowie
- die zunehmende wirtschaftliche Bedeutung Chinas mit fast 1,4 Mrd. Menschen für den Weltmarkt.

Merkmale und Indikatoren der ökonomischen Globalisierung
M9

Merkmale sind messbare Veränderungsprozesse transnationaler Aktivitäten, wie z. B. das Wachstum des Welthandels im Vergleich zum Wachstum des globalen BIP oder das Wachstum der Auslandsinvestitionen.
Indikatoren sind zahlenmäßig erfassbare Messeinheiten (entweder absolute Werte oder prozentualer Vergleich zum Vorjahr), mit denen die Entwicklung der einzelnen Merkmale statistisch dargestellt wird.

WAS WIR KÖNNEN

EU-Kommission: Plastikverbot als Chance für Europa?

China will Europas Müll nicht mehr

Mehr als die Hälfte des weltweiten Mülls wurde bislang nach China verkauft. Damit ist nun Schluss: Die Regierung in Peking hat einen Importstopp verhängt. Umweltaktivisten jubeln – doch Deutschland bekommt ein Problem. Milliarden Tonnen Plastikmüll fallen in den Industrieländern jährlich an und landen oft in China. 2016 verschiffte allein Deutschland 560.000 Tonnen Alt-Plastik in die Volksrepublik. Das ist etwa ein Drittel der gesamten EU-Exporte von 1,6 Millionen Tonnen in das Land, das daraus neuen Kunststoff macht.

© ARD-aktuell / tagesschau.de, China will Europas Müll nicht mehr, in: tagesschau.de, 18.04.2018

© dpa-Grafik: 30354; Quelle: Umweltbundesamt

EU-Plastikverbot: Ein Problem in eine Chance verwandeln

Schätzungsweise 37 Kilogramm Plastikmüll verursacht allein jeder Deutsche jedes Jahr. EU-weit ist der Müllberg gut 26 Millionen Tonnen schwer. Und ein nicht geringer Teil davon landet in der Umwelt, vor allem in den Meeren in Form gigantischer Müllstrudel von sogenanntem Mikroplastik. Die Folgen für Fische und Vögel, aber letztlich auch für den Menschen seien verheerend, betont EU-Kommissionsvize Frans Timmermans. [...]

Deshalb sagte die EU-Kommission auch schon vor längerer Zeit dem Plastikmüll den Kampf an. Eine Richtlinie gegen Einweg-Plastiktüten gibt es bereits; nun legt die Behörde weitere konkrete Vorschläge auf den Tisch.

WAS WIR KÖNNEN

„Unsere Richtlinie deckt 70 Prozent des Plastikmülls ab, der an Europas Stränden zu finden ist", so Timmermans. „Wir zielen auf die zehn meistverbreiteten Einwegprodukte, die in der Umwelt landen und die sich nur sehr schwer recyceln lassen." Müll zu vermeiden hält die EU-Kommission immer noch für die beste Strategie. Kern der neuen Richtlinie, die Timmermans und sein finnischer Kollege Jürki Katainen in Brüssel präsentierten, ist daher eine Schwarze Liste mit Wegwerfartikeln, auf die man problemlos verzichten könnte. Auf der Verbots-Agenda ganz oben: zum Beispiel Plastikgeschirr und Plastikbesteck, wie sie bei Kinderpartys oder Grillfesten häufig verwendet werden.

„In der Praxis bedeutet das: Sie werden im Supermarktregal keine Wattestäbchen mehr aus Plastik finden", erklärt Timmermans. „Wohl aber solche aus einem umweltfreundlicheren Material. Dasselbe gilt für Strohhalme, Kaffeerührer, Ballonhalter und Teller."

Darüber hinaus nehmen die Kontrolleure eine Reihe von Wegwerfartikeln ins Visier, die zwar nicht verboten, wohl aber massiv zurückgedrängt werden sollen. Darunter Verpackungen für Fastfood oder Getränke, Plastikdeckel oder Luftballons. Der Entwurf der Kommission nimmt dabei die Hersteller solcher Produkte verstärkt in die Pflicht. Für sie soll es finanzielle Anreize geben, weniger der praktischen, aber umweltschädlichen Helferlein zu produzieren. Neben der Kunststoffindustrie will man aber auch die Mitgliedsstaaten an den Kosten beteiligen, etwa für die Säuberung der Natur oder für Aufklärungskampagnen.

Auf lange Sicht, so der für Wachstum und Beschäftigung zuständige EU-Kommissar Katainen, spare die EU nicht nur geschätzte 6,5 Milliarden Euro, sie tue auch etwas für ihr gutes Gewissen und verschaffe sich international einen Wettbewerbsvorteil. Die Grundidee sei, das Problem in eine Chance zu verwandeln. Einwegplastik, das wertvolle Ressourcen verschlinge, sei nun mal keine clevere Wahl – weder ökonomisch noch ökologisch, so der Finne.

Holger Romann, EU-Plastikverbot: Ein Problem in eine Chance verwandeln, in: www.tagesschau.de, 28.05.2018

Aufgaben

1. Sammle die gesamten Plastikverpackungen eines Tages, die du verwendest, und wiege sie aus. Berechnet anschließend den Gesamt- und Durchschnittswert für eure Klasse. Stellt diese Zahlen ins Verhältnis zur gesamten Müllproduktion in Deutschland.
2. Erkläre, warum es sich bei der Frage des deutschen Müllexportes um ein globales Problem handelt (vgl. dazu **M9a-b**).
3. Beurteile, ob es sich bei einem europaweiten Plastikverbot um eine legitime und effiziente Maßnahme handelt, den Plastikmüll in Deutschland und der EU zu reduzieren.
4. Diskutiere, ob das Plastikverbot eher Konfliktpotential oder eine Kooperationsmöglichkeit zwischen den Dimensionen Ökonomie und Ökologie im Rahmen der Globalisierung ausmacht (vgl. dazu **M7**).

8.2 „Globalisierung“ – Wohlstand für alle?

Zum Thema: Weltweit stand „Globalisierung“ lange Zeit für Wachstum und Wohlstand. Doch diese Sichtweise scheint sich zu ändern. Vermehrt wird „Globalisierung“ nun für Pleiten und Arbeitslosigkeit verantwortlich gemacht. Was stimmt denn nun? In diesem Kapitel geht es um die Vor- und Nachteile einer globalisierten Weltwirtschaft.

M10 Globalisierung in der Karikatur

Karikatur: Thomas Plaßmann / Baaske Cartoons, 2005

EINSTIEGSAUFGABEN

1. Gib die Kritik des Karikaturisten aus **M10** mit eigenen Worten wieder.
2. Stimmt in der Klasse über die Kapitelfrage „Wirtschaftliche Globalisierung – mehr Gewinne als Verluste?“ ab. Haltet euer Ergebnis fest.

M11 Sozioökonomische Entwicklung weltweit

a) Armut nach Weltregionen

	Arme, die von weniger als 1,90 US-$ pro Tag leben					
	in Mio.			Anteil in %		
Region	**1990**	**2012**	**2015***	**1990**	**2012**	**2015***
Ostasien und Pazifik	995,5	147,2	82,6	60,6	7,2	4,1
Europa und Zentralasien	8,8	10,1	4,4	1,9	2,1	1,7
Lateinamerika und Karibik	78,2	33,7	29,7	17,8	5,6	5,6
Naher Osten und Nordafrika	k.A.	k.A.	k.A.	k.A.	k.A.	k.A.
Südasien	574,6	309,2	231,3	50,6	18,8	13,5
Afrika südlich der Sahara	287,6	388,8	347,1	56,8	42,7	35,2
Welt insgesamt	1.958,6	896,7	702,1	37,1	12,7	9,6

*Weltbank (Hg.), Global Monitoring Report 2015/2016, S. 4; *Prognose*

b) Soziale Schlüsselindikatoren

	Beendigung der Grundschule (in %)		Kindersterblichkeit* (in Promille)		Lebenserwartung (in Jahren)	
Region	**1990**	**2018**	**1990**	**2018**	**1990**	**2017**
Ostasien und Pazifik	95,3	97,7	56,8	15,0	68,9	75,9
Europa und Zentralasien	96,6	97,2	30,8	8,7	72,0	77,7
Lateinamerika und Karibik	92,0	98,6	54,6	16,4	68,3	75,3
Naher Osten und Nordafrika	75,1	91,3	65,1	21,9	65,8	73,9
Südasien	63,3	91,9	129,6	42,1	58,1	69,2
Afrika südlich der Sahara	54,1	68,8	180	77,5	50,2	60,9

Weltbank: Education Statistics (EdStats), World Development Indicators, 2020

c) Wirtschaftskraft

	Entwicklung des realen Bruttoinlandsprodukts pro Kopf in ausgewählten Regionen, Angabe in US-Dollar Kaufkraftparität						
	1990	**1995**	**2000**	**2005**	**2010**	**2015**	**2018**
Europäische Union	14.810	17.725	22.070	26.803	32.847	38.223	43.399
Ostasien und Pazifik	3.204	4.509	5.716	8.033	11.705	16.136	19.330
Europa und Zentralasien	11.607	12.685	15.887	20.307	26.071	30.852	34.703
Lateinamerika und Karibik	5.970	7.555	8.808	10.544	13.438	15.662	16.590
Naher Osten und Nordafrika	7.750	9.047	10.921	13.608	16.559	18.877	20.712
Südasien	1.277	1.652	2.134	2.941	4.112	5.671	7.085
Afrika südlich der Sahara	1.719	1.762	1.985	2.564	3.225	3.814	3.988

Weltbank: GDP per capita, PPP, World Development Indicators, 2020

M12 Globalisierung ist Ungleichmacherei – oder das Dilemma der globalen Wachstumsmärkte

Das Stichwort Globalisierung signalisiert ursprünglich eine Angleichung. Überall bekommt man den gleichen Softdrink, das gleiche Handy; dieselben Autos werden rund um den Globus gefahren und das Internet ist überall das Gleiche. Allgemeiner gesagt: Die Arbeits- und Lebensbedingungen gleichen sich dem Stand in den Industrieländern an, und wo sie das (noch) nicht tun, besteht zumindest der Wunsch dazu. Aber wie die Idee des Wachstums täuscht auch die der Globalisierung. Denn Globalisierung bewirkt nicht Gleichheit, sondern viel eher die weitere Differenzierung von ohnehin schon ungleichen Einkommens- und Vermögensverhältnissen.

Globalisiert werden auch die Lieferketten fast aller Produkte. Die Einzelteile werden überall in der Welt produziert und zusammengefügt. Das ist beim Handy und dem Auto so, aber auch beim Joghurt und der Schokolade. Wenn Liefer- und Wertschöpfungsketten globaler werden, entsteht zunehmend die Frage nach sozialen und ökologischen Bedingungen, unter denen produziert wird:

Wie viel illegale Kinderausbeutung steckt in der Kakao-Ernte in Westafrika, wie viel tropischer Urwald muss den indonesischen Palmöl-Plantagen weichen? Verdient das organisierte Verbrechen am Abbau von Rohstoffen mit?

Heute nehmen Versuche zu, für wichtige Rohstoffe zu vereinbaren, welche menschenrechtlichen und ökologischen Bedingungen mindestens einzuhalten sind. Beispiele gibt es für Palmöl, Kakao, Kaffee, Baumwolle, Mineralien, Holz, Fisch und eine Reihe weiterer Stoffe.

Einzelne Firmen oder Verbände sowie Umweltorganisationen haben hierzu Nachhaltigkeits-Standards entwickelt. Das Dilemma ist jedoch, dass die Masse der globalen Wirtschaftsbeziehungen den Nachhaltigkeitsstandards nicht folgt. Es ist daher an der Zeit, neue Wege und Instrumente zu finden. Die Nachhaltigkeitspolitik muss in eine neue Phase übergehen. Die globale Dimension nationalen Handelns wird größer und nimmt an Bedeutung zu. Der moderne Staat hat eine Verantwortung über seine Grenzen hinaus. Er muss seine extraterritorialen Menschenrechtsverpflichtungen wahrnehmen und sich den Grenzen der ökologischen Belastbarkeit stellen. Risiko, Chancen und Verantwortung von Unternehmen sind umfassend zu berücksichtigen. Nachhaltigkeitspolitik muss die Transformation mit menschlichem Antlitz vorantreiben.

Wir brauchen ein deutliches Weniger an gesetzten Denknormen wie die Wachstums-Konvention und ein deutliches Mehr an Verantwortung, die von Einzelnen und der Gemeinschaft insgesamt angenommen werden.

Günther Bachmann, Das Dilemma der globalen Wachstumsmärkte, in: Zeitschrift für Gemeinschaftskunde, Geschichte und Wirtschaft DEUTSCHLAND & EUROPA, hrsg. v. LpB. Baden-Württemberg, Heft 70 – 2015, S. 50 f.

M13 Globalisierungskritik am Beispiel des Netzwerkes Attac

Mit einem Flashmob im Frankfurter Apple Store haben Aktivistinnen und Aktivisten des globalisierungskritischen Netzwerkes Attac am Samstag die intransparenten Geschäfte und Steuertricks des Konzerns angeprangert. Die Globalisierungskritikerinnen und -kritiker entrollten im Ladeninneren ein Banner mit der Aufschrift „Steuertricks stoppen!" und hielten Plakate hoch mit Forderungen wie „Unitary Tax einführen!", Zahlt die 13 Milliarden" und „Es gibt kein Hausverbot für Protest!". „Das aggressive Geschäftsmodell der Steuertrickser-Konzerne schadet der Allgemeinheit und muss endlich gestoppt werden. Allein Apple schuldet den Menschen in Europa 13 Milliarden Euro. Dieses Geld fehlt für Bildung, Gesundheit und die Bekämpfung des Klimawandels. Apple, SAP und Amazon müssen angemessen Steuern zahlen", sagt Attac-Steuerexperte Alfred Eibl.

Infolge eines geheimen Deals mit der irischen Regierung hat Apple von 2003 bis 2014 ganze 13 Milliarden Euro zu wenig Steuern in der EU bezahlt. Durch die Extraregelung in Irland versteuert der Konzern seinen Profit nur minimal – 2014 etwa entrichtete Apple nur 0,005 Prozent

Attac
Das Netzwerk Attac gilt als eine der bekanntesten globalisierungskritischen Bewegungen, nicht zuletzt aufgrund der Unterstützung von bekannten Personen des öffentlichen Lebens. Seit Jahren wächst die Zahl der Mitglieder in Deutschland.

Jahr	Mitglieder
2000	337
2001	3.045
2003	13.176
2006	16.770
2009	22.062
2013	27.402
2020	> 29.000

Steuern auf seine Gewinne in der EU. 2016 verlangte die EU-Kommission daher von Irland, das Geld zurückzufordern. Doch die irische Regierung will die 13 Milliarden lediglich auf einem Treuhandkonto deponieren, bis über ihren Widerspruch entschieden ist. Auch im Fall anderer Digitalkonzerne sind Geheimdeals mit nationalen Regierungen Grund für eine viel zu geringe Besteuerung. […]

Attac fordert EU-weite Mindeststeuersätzen und eine Gesamtkonzernsteuer. Bei dieser müssen transnationale Konzerne eine globale, nach Staaten gegliederte Bilanz vorlegen. Auf dieser Basis können Gewinne den Staaten zugeordnet und dort besteuert werden. Eine starke EU-weite Gesamtkonzernsteuer würde Steuertricks à la Apple effektiv verhindern. Die Aktion in Frankfurt war Teil einer europaweiten Kampagne, mit der sich Attac gegen Steuertricks multinationaler Konzerne und für eine Gesamtkonzernsteuer engagiert. Auch in Frankreich und Österreich haben Aktive des Netzwerkes in und vor Apple Stores demonstriert und diese teilweise besetzt.

Attac Trägerverein e.V., Attac-Flashmob gegen Steuertricks in Frankfurter Apple Store, 12.03.2018, www.attac.de

Attac-Aktivisten positionieren sich am 10.03.2018 in Frankfurt am Main mit Transparenten gegen Steuertricks vor einem Apple-Store.

Wohlfahrtsversprechen
Im Kontext der Globalisierungsdebatte bezieht sich dieser Begriff auf die Steigerung des sozialen, materiellen und kulturellen Wohlergehens der Menschen durch die Teilhabe am wirtschaftlichen Wachstum.

AUFGABEN

1. Prüfe mithilfe von **M11**, inwiefern Globalisierung Wohlfahrtsversprechen einlösen kann.
2. Fasse die Kritik an der Globalisierung thesenartig zusammen und stelle deine Ergebnisse der Klasse vor (**M12**).
3. Erläutere zusammen mit deinem Nachbarn die Nachhaltigkeitsstrategie Bachmanns (**M12**). Vergleicht eure Ergebnisse mit anderen Gruppen in der Klasse.
4. Nimm Stellung: Inwieweit hältst du die Kritik von Attac an der ökonomischen Globalisierung und die Formen der Kritik für berechtigt (**M13**)? Vergleiche deine Ergebnisse mit deinem Nachbarn.

WAS WIR WISSEN

Ökonomische Globalisierung in der Kritik
M11 – M13

Auf der einen Seite hat die wirtschaftliche Globalisierung den Lebensstandard fast überall auf der Welt erhöht: Armut ging ebenso zurück wie die Kindersterblichkeit, die Lebenserwartung hat sich erhöht. Auf der anderen Seite sind die Unterschiede zwischen Arm und Reich größer geworden. Menschenrechte werden vor allem in den unterentwickelten Staaten (Kinderarbeit) nicht beachtet, und die Ausbeutung der natürlichen Ressourcen nimmt ebenso wie die Schädigung der Umwelt (Klimaerwärmung) zu.
Globalisierungskritische Organisationen, wie z.B. Attac, vertreten die Auffassung, dass die Globalisierung besonders den international agierenden Konzernen und damit den Kapiteleignern nutzt. Sie kritisieren, dass die Regierungen sich zu stark an den Interessen der Wirtschaft orientieren.

Gewinner der Globalisierung
M11

Vorteile und Chancen der Globalisierung können vor allem die sogenannten Globalisierungsgewinner wahrnehmen, dazu gehören:
- transnational agierende Unternehmen mit umfassenden und schnellen Handlungs-, Reaktions- und Investitionsmöglichkeiten;
- Kapiteleigentümer, die die Möglichkeiten für Transfers, Investitionen und Kapitelverlagerungen nutzen können;
- Nationen mit stabiler politischer und wirtschaftlicher Situation, ausgebauter Infrastruktur, entwickelten Technologien und gut ausgebildeter Bevölkerung.

Verlierer der Globalisierung
M12, M13

Bestimmte Länder, Bevölkerungsgruppen oder Unternehmen sind von vielen Chancen ausgeschlossen und gehören tendenziell zu den Verlierern, z. B.
- die wenig entwickelten Länder in Afrika und Asien;
- Unternehmen, die vom weltweiten Wettbewerb wegen mangelnder finanzieller Ausstattung oder fehlender Innovationsfähigkeit ausgeschlossen sind;
- Erwerbstätige, deren Branchen auf dem Weltmarkt nicht mehr wettbewerbsfähig sind oder keine anderen Chancen auf dem Arbeitsmarkt wahrnehmen können;
- Personengruppen, denen wegen mangelnder Qualifikation oder anderer Barrieren der Zugang zu Ausbildung und Weiterbildung verwehrt ist.

SELBSTDIAGNOSE

Ich kann ...	Dazu benötige ich u. a. folgende Begriffe ...	Das klappt schon ...	Hier kann ich noch üben ...
... das Phänomen der wirtschaftlichen Globalisierung anhand eines Fallbeispiels darstellen.	• globalisierte Produktion • globale Arbeitsteilung • globale Jeans-produktion	+/–	**Kap. 8.1** • M1 – M4 • S. 228, Aufg. 2
... Definitionsansätze von Globalisierung vergleichen sowie Ursachen, Antriebskräfte und Merkmale der Globalisierung erklären.	• Dimensionen der Globalisierung • Liberalisierung des Handels • grenzüberschreitender Warenhandel • Direktinvestitionen	+/–	**Kap. 8.1** • M6 – M9 • S. 231, Aufg. 1 • WWW*
... erörtern, inwieweit „Globalisierung" Wohlstand für alle bedeutet.	• Soziökonomische Entwicklung • Wachstum • Nachhaltigkeit	+/–	**Kap. 8.2** • M11, M12 • S. 240, Aufg. 1 • WWW
... Positionen globalisierungskritischer Organisationen wie Attac bewerten.	• Attac • Kritik am Wachstumsparadigma	+/–	**Kap. 8.2** • M13 • S. 240, Aufg. 4 • WWW

* *WWW: WAS WIR WISSEN*

WAS WIR KÖNNEN

A) Spontanurteil überprüfen

Wirf erneut einen Blick auf das von dir aufgestellte Spontanurteil von der Auftaktseite. Hat sich dies im Laufe der Unterrichtseinheit verändert? Reflektiere deine Urteilsbildung, indem du aufschreibst, wie sich dein Urteil vom ersten „Bauchgefühl" bis zum Ende dieses Kapitels verändert hat. Gehe vor allem darauf ein, welche Argumente für Änderungen oder Bestätigungen ausschlaggebend waren.

B) Bedingungen für das Gelingen von Globalisierung

„Damit alle Beteiligten von der Globalisierung profitieren können, brauchen wir faire Verkehrsregeln, Signale und eine Verkehrspolizei. Das Gesetz des Stärkeren muss durch Regeln ersetzt werden, die gewährleisten, dass auch die Ärmsten auf dieser Autobahn Platz haben."

Mohammad Yunus, Armut besiegen, Das Programm des Friedensnobelpreisträgers, Leseprobe, www.files.hanser.de, Übersetzer: Stephan Gebauer, Abruf am 04.11.2016, S. 6

*Mohammad Yunus (*1940), rechts im Bild, indischer Wirtschaftswissenschaftler, erhielt 2006 den Friedensnobelpreis für seine Idee der Mikrokredite. Mikrokredite sind Kleinstkredite und gelten als ein Instrument der Entwicklungspolitik.*

Aufgaben

1. Überprüfe, wie oben unter A) angegeben, dein Spontanurteil.
2. Du bist Mitglied einer großen Partei und bist zuständig für den Bereich „Globalisierung". Ausgehend von dem Zitat von Mohammad Yunus (B) sollst du „Verkehrsregeln" entwickeln, die helfen, Globalisierung sinnvoll zu steuern. Überlege dir dafür konkrete Maßnahmen und schreibe eine Rede für den nächsten Parteitag, mit welcher du die anderen Mitglieder von deinen Ideen überzeugen kannst.

Unterwasserkonferenz gegen Meeresspiegelanstieg

Minenwarnung am Wegesrand (2012, Bosnien und Herzegowina)

Syrische Flüchtlinge aus Kobane am 09.07.2015 auf dem Weg in die Türkei

Staatsvertreter am Konferenztisch der Vereinten Nationen, Sicherheitsrat in New York, USA

Soldat und Dorfältester in Afghanistan

Kinder vor zerstörten Häusern im syrischen Bürgerkrieg

Pistolenskulptur „Knotted Gun" vor dem UN-Hauptgebäude in New York, USA

9

Wege zum Frieden

Die zahlreichen Kriege und Konflikte auf der Welt zeigen, dass bis heute Frieden und Sicherheit alles andere als selbstverständlich sind. Klimaveränderungen, Kriege, Konflikte, Hunger und Armut bedrohen die Menschen weltweit. Durch die Globalisierung, die man auch als Entgrenzung der Welt bezeichnet, wirken sich Krisen irgendwo auf der Welt auf die gesamte Weltgemeinschaft aus.

KOMPETENZEN

Am Ende dieses Kapitels solltet ihr Folgendes können:

- die Begriffe „Krieg" und „Frieden" erklären
- den Stellenwert von Terrorismus als Bedrohung für den Weltfrieden erschließen
- die Rolle der NATO bei der Friedenssicherung beurteilen
- die Rolle der Vereinten Nationen für den Weltfrieden bewerten

WAS WISST UND KÖNNT IHR SCHON?

1. Ergänze folgenden Satz in Einzelarbeit: „Frieden und Sicherheit bedeuten für mich ..."
2. Vergleicht eure Ergebnisse. Achtet auf Gemeinsamkeiten bzw. Unterschiede.
3. Betrachte die Bilder auf der gegenüberliegenden Seite und notiere Bedrohungen / Herausforderungen und mögliche Lösungsansätze zur Erhaltung von Frieden und Sicherheit. Erweitere deine Aufzeichnungen um eigene Überlegungen.
4. Diskutiert in der Klasse darüber, was ihr für die größte Bedrohung / Herausforderung bzw. den bestmöglichen Lösungsansatz haltet.

9.1 Terrorismus im 21. Jahrhundert

9.1.1 Krieg und Frieden – was überwiegt heute?

Zum Thema: „Den ungerechtesten Frieden finde ich immer noch besser als den gerechtesten Krieg." (Cicero, 106 v. Chr. – 43 v. Chr.) Doch wo hört das eine auf und fängt das andere an? Die Definitionen von Krieg und Frieden und die Frage, was von beiden heute überwiegt, erarbeitet ihr euch in diesem Kapitel.

M1 Frieden oder Krieg – Ansichtssache ...

1 „Frankreich ist im Krieg"

François Hollande nach den Terroranschlägen im November 2015 in Paris, in: er/Reuters/AFP/dpa, Präsident Hollande „Frankreich ist im Krieg", www.spiegel.de, 17.11.2015, Übersetzer: Elisabeth Erdmann-Köhler*

** Hollande, französischer Präsident von 2012-2017*

2 „Wir haben in Europa dauerhaften Frieden, keinen frostigen Waffenstillstand."

© Europäische Union, 1995-2017, Herman Van Rompuy und José Manuel Durão Barroso**, Dankesrede zum Friedensnobelpreis: Vom Krieg zum Frieden, http://ec.europa.eu, 10.12.2012, Übersetzer: unbekannt*

**Herman Achille Van Rompuy war Präsident des Europäischen Rates von 2009-2014.*

***José Manuel Durão Barroso war von 2004-2014 EU-Kommissionspräsident.*

3 „Europa bleibt die friedlichste Region der Welt"

dpa, Global Peace Index 2015: Gegensätze von Krieg und Frieden werden krasser, www.wiwo.de, 17.06.2015, Übersetzer: unbekannt

4 „Nur zehn Länder weltweit gelten dem „Global Peace Index" zusammen als vollkommen friedlich: [...] Deutschland gehört nicht dazu."

FOCUS Online, Deutschland gehört nicht dazu: Überall Krieg und Konflikte? Nur diese zehn Länder leben in Frieden, www.focus.de, 14.06.2016, Übersetzer: unbekannt

EINSTIEGSAUFGABE

Überlege mögliche Gründe, die zu den unterschiedlichen Aussagen über die Situation in Europa und der Welt geführt haben könnten.

M2 Ist „Krieg" gleich „Krieg"? Der Wandel des Kriegsbildes

Asymmetrischer Krieg
Ungleichmäßiger Krieg

Guerilla
„Kleiner Krieg": Aufständische, gegen eine Besatzungsmacht oder die eigene Regierung

Krieg bedeutet, Interessenkonflikte zwischen a) Staaten (zwischenstaatlicher Krieg), b) Bevölkerungsgruppen (Bürgerkrieg) oder zwischen c) Staaten und einzelnen Bevölkerungsgruppen (asymmetrischer Krieg) mit Waffengewalt auszutragen.

Auch wenn das Kriegsgeschehen auf der Welt unübersichtlich ist, lassen sich doch Entwicklungen herauslesen. So wurden in den vergangenen 15 Jahren nur noch sehr wenige zwischenstaatliche Kriege ausgetragen, bei denen sich zwei Staaten mit militärischen Großverbänden bekämpfen. Beobachter sprechen deshalb auch vom „Aussterben" des klassischen zwischenstaatlichen Krieges. Die überwiegende Anzahl von Kriegen sind heute jedoch innerstaatliche oder asymmetrische Kriege: Lokale Warlords, Rebellen- und Guerillagruppen, „Befreiungsarmeen" und internationale Terrornetzwerke tragen organisierte militärische Gewalt in die Mitte der Gesellschaften hinein.

Bearbeiter

M3 Ist „Frieden" gleich „Frieden"?

Die Unterscheidung zwischen negativem und positivem Frieden geht auf den norwegischen Friedensforscher Johan Galtung zurück.

Negativer Frieden
- Abwesenheit von direkter Gewalt, insbesondere Abwesenheit organisierter Gewaltanwendung, Zustand des „Nicht-Krieges"
- Gegenbegriff: Krieg
- Ziel: keine gewaltförmige Konfliktaustragung, Waffenstillstand, Friedensvertrag, Sicherheit

Positiver Frieden
- Abwesenheit von direkter, struktureller und kultureller Gewalt in allen Gesellschaftsbereichen
- Gegenbegriff: Gewalt
- Ziel: dauerhafter Frieden, friedvolle Gesellschaft durch: Gerechtigkeit, Einhaltung von Menschenrechten, Versöhnung und Verständigung, etc.

Bearbeiter

Direkte Gewalt
Eine Person beabsichtigt bestimmte Folgen der von ihr angewandten Gewalt.

Strukturelle Gewalt – Indirekte Gewalt
Unterdrückung und / oder Ausnutzung einzelner Personen oder Gesellschaftsschichten mithilfe politischer bzw. wirtschaftlicher Strukturen

Kulturelle Gewalt
Alles innerhalb der Kultur einer Gesellschaft, das dazu dienen kann, direkte oder strukturelle Gewalt zu rechtfertigen.

M4 Kriege 2019: Welche Regionen sind besonders betroffen?

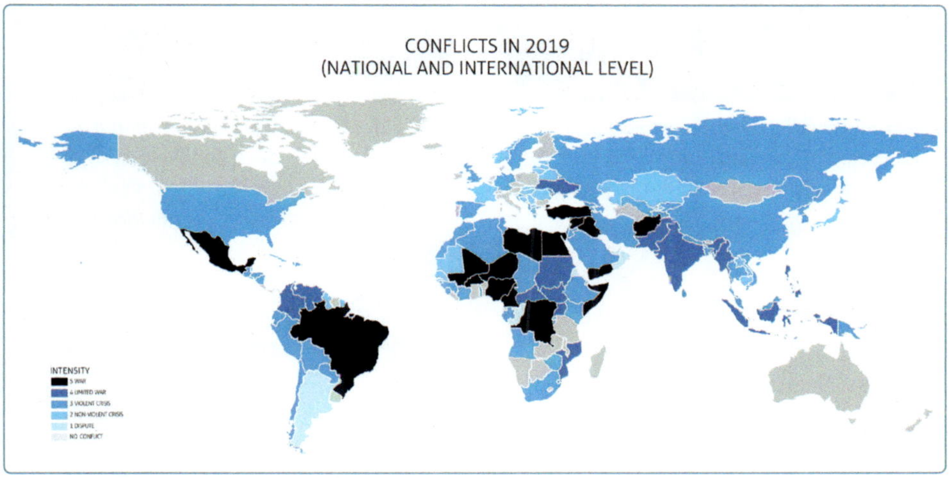

© 2020 HIIK, CONFLICT BAROMETER 2019, www.hiik.de, 01.03.2020

AUFGABEN

1. Erkläre, wie sich das Kriegsbild verändert (**M2**).
2. Beschreibe den Unterschied zwischen positivem und negativem Frieden (**M3**).
3. Erschließe aus der Karte in **M4** die Regionen der Erde, die am stärksten von Konflikten betroffen sind. Begründe, welche Ursachen gerade in diesen Regionen den nötigen Zündstoff für Konflikte liefern.

F ZU DEN AUFGABEN 2, 3
Informiere dich über den „Global Peace Index", seine Entstehung, Datengrundlage und Kriterien, und stelle deine Ergebnisse in der Klasse vor.

9.1.2 Terrorismus im 21. Jahrhundert – eine neue Bedrohung für den Weltfrieden?

Zum Thema: Wie im Einstiegskapitel 9.1.1 gesehen, gibt es immer weniger „klassische" Kriege. Dies heißt aber nicht, dass die Welt gleichzeitig sicherer geworden ist. In diesem Kapitel erfahrt ihr, wie und ob terroristische Attacken eine neue Bedrohung für den Weltfrieden darstellen.

M5 Fallbeispiel: Terrorakte islamistischer Terrorgruppen

Abschiedsvideo eines Selbstmordattentäters; Selbstmordattentate gehören zur Strategie islamistischer Terrorgruppen.

Anschlag mit Verkehrsflugzeugen auf das World Trade Center in New York am 11.09.2001. Die Terrororganisation al-Qaida übernahm die Verantwortung dafür.

EINSTIEGSAUFGABE

Beschreibe die beiden Bilder in **M5**. Welche Vorgehensweisen der Terroristen lassen sich daraus ableiten?

M6 Welche Formen von Terrorismus werden unterschieden?

Die Erscheinungsformen und Begründungen für Terrorismus haben sich in den letzten Jahren verändert. In den 1970er und1980er Jahren haben rechts- und linksextremistische Gruppen – in Deutschland zum Beispiel die Rote Armee Fraktion (RAF) – mit Gewalt für eine neue Wirtschafts- und Gesellschaftsordnung in ihrem jeweiligen Land gekämpft.

Andere Terrororganisationen wie die nordirische IRA oder die baskische ETA sind nationalistisch-separatistisch. Sie kämpften für die Unabhängigkeit einer Region oder sahen sich als Befreiungskämpfer von einer

Besatzungsmacht. Beim internationalen wie auch beim transnationalen Terrorismus stehen weltanschauliche und religiöse Gründe im Vordergrund. Sie verfolgen häufig eine eigene Vision des göttlichen Willens und sind über Grenzen hinweg organisiert. Diese Terrororganisationen bewegen sich frei in vielen Ländern und haben Stützpunkte in Staaten, die sie unterstützen oder dulden. Sie nutzen moderne Kommunikationstechniken und Verkehrsverbindungen. Ein Musterbeispiel dafür ist die al-Qaida bzw. auch der sogenannte „Islamische Staat" (IS). Staatlich gestützte Terrorgruppen können auch als außenpolitische Werkzeuge der neuen Kriegsführung gegen andere Staaten dienen. Bei der Anwerbung, Radikalisierung, Unterweisung und Kontaktaufnahme zwischen den Mitgliedern von Terrornetzen bzw. Einzelpersonen spielt das Internet mittlerweile eine sehr große Rolle. Statt streng hierarchisch organisierten Netzwerke gibt es außerdem vermehrt halbautonome Zellen, die sich online austauschen.

Ziele des internationalen bzw. transnationalen Terrorismus sind häufig westliche Demokratien, da sie als offene Gesellschaften ein ideales Feindbild geben. Die Menschen können sich frei bewegen und haben weitgehend ungehindert Zugang zu öffentlichen Einrichtungen. Die Taten werden systematisch geplant und sollen durch hohe Opferzahlen unter Zivilisten Angst und Schrecken in den liberalen Gesellschaften erzeugen. Der demokratische Staat und seine Bürger sollen dadurch geschwächt werden. Hinzu kommt, dass es umstritten und schwierig ist, schärfere Schutz- und Antiterrormaßnahmen in einer Demokratie durchzusetzen.

Bearbeiter

Unterschied zwischen „internationalem" und „transnationalem" Terrorismus

Oftmals wird statt vom „internationalen Terrorismus" vom „transnationalen Terrorismus" gesprochen. Die beiden Formen unterscheiden sich hauptsächlich durch die geringere Bedeutung staatlicher Unterstützung beim transnationalen Terrorismus. Waffen und Gelder erhalten diese Gruppen in der Regel aus privaten Quellen bzw. eigenen Netzwerken. Außerdem setzen sie sich aus Bürgern verschiedener Länder zusammen.

Guido Steinberg, Transnationaler Terrorismus, in: Informationen zur politischen Bildung, Nr. 326, 2/2015, S.17

M7 Terroristische Angriffe in Europa

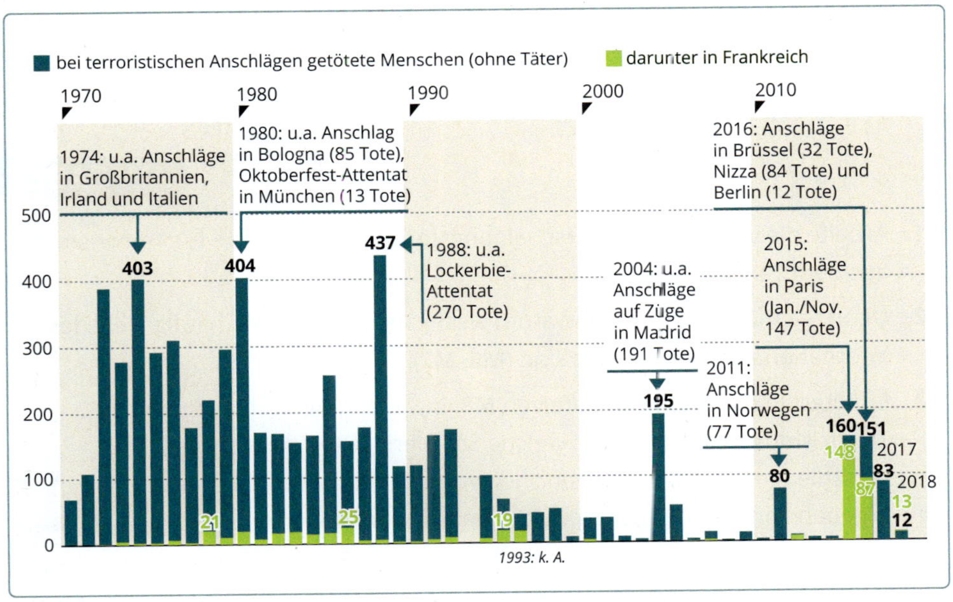

dpa-Grafik 24451; Quelle: Global Terrorism Database, University of Maryland, vom Bearbeiter aktualisiert, Stand: Mai 2020

M8 Kontroverse: Ist Terrorismus eine Gefahr für Deutschland?

Pro: Für die Sicherheit der Bundesrepublik Deutschland [...] ist und wird auf absehbare Zeit der islamistisch motivierte internationale Terrorismus die virulenteste Bedrohung und eine der größten Herausforderungen für die Sicherheitsbehörden bleiben. Die Bedrohungslage ist allerdings dynamisch und das nicht erst seit dem 11. September 2001. Die Gefährdungen, denen wir uns gegenübersehen, werden in zehn Jahren sicherlich nicht dieselben sein wie heute. Unsere Sicherheitsbehörden stehen daher vor großen Herausforderungen. Der internationale Terrorismus zielt darauf ab, Angst und Schrecken zu verbreiten. Er bedroht nicht nur die individuelle Freiheit und Sicherheit unserer offenen Gesellschaft [...], sondern stellt auch bewährte Strukturen der internationalen Ordnung infrage.

© Bundesministerium des Innern – 2016, Sicherheit – Terrorismusbekämpfung, www.bmi.bund.de, Abruf am 30.11.2016

Kontra: Es gibt einen erheblichen Unterschied zwischen der allgemeinen und der persönlichen Gefährdung. Auch wenn die Gefahr, dass ein Anschlag stattfindet, gegeben ist, ist die Wahrscheinlichkeit, dass ein Einzelner zum Opfer wird, viel geringer als die Gefahr, Opfer eines Verkehrsunfalls oder etwa auch eines Unwetters oder einer schweren Infektion zu werden. Dies gilt auch in Ländern, in denen die Terrorgefahr deutlich höher ist als bei uns. Deshalb sollte man auch im Hinblick auf die bestehende Gefahr des Terrorismus sein Leben nicht einschränken.

© Bundesministerium des Innern – 2016, Sicherheit – Terrorismusbekämpfung – Häufig gestellte Fragen zum Thema Islamistischer Terrorismus – Muss ich Angst haben?, www.bmi.bund.de, Abruf am 30.11.2016

AUFGABEN

1. Arbeite die verschiedenen Erscheinungsformen und Gründe für Terrorismus aus dem Text (**M6**) heraus.
2. Überlege mögliche Gründe, warum westliche Demokratien häufig Ziele des internationalen Terrorismus sind (**M6**, **M7**).
3. Erläutert in der Klasse mithilfe von **M8**, inwiefern Deutschland von Terrorismus bedroht ist und welche Schwierigkeiten sich aus dessen verschiedenen Erscheinungsformen von terroristischen Anschlägen ergeben könnten (**M8**, unter Zuhilfenahme von **M6**).
4. Nehmt Stellung zur These: Der Terrorismus im 21. Jahrhundert hat den klassischen Krieg als größte Bedrohung für den Frieden abgelöst (**M4, M5 – M8**).

F ZU AUFGABE 3
Führe in deinem Bekanntenkreis (Familie, Schule, etc.) eine Umfrage durch. Frage z. B. danach, ob sie aufgrund von möglichen Anschlägen bestimmte Orte meiden, ihren Lebensstil ändern würden, etc. Stelle deine Ergebnisse in der Klasse vor.

Methode

Ein Referat halten

I. Worum geht es?

Ein Referat ist ein Vortrag über ein Thema, der in einer begrenzten Zeit (etwa 10–30 Minuten) gehalten wird. Die häufigsten Formen sind mündliche Berichte, Fachvorträge bei Tagungen, Kurzreferate bei Seminaren oder Übungsreferate in der Schule.

Der erste Eindruck ist entscheidend! ...

... Der letzte Eindruck bleibt!

II. Gehe dabei so vor:

1. Schritt: Vorbereitung und Einleitung

Beginne deinen Vortrag pünktlich. Eine gelungene Eröffnung des Vortrags ist die beste Möglichkeit, um beim Publikum Interesse für die Darbietung zu wecken. Du kannst deinem Thema entsprechend verschiedene Einstiegsvarianten auswählen. Sicher kennst du die schlechteste Variante aus eigener Erfahrung: „Wir wollen heute einen Vortrag zum Thema ... halten.“ Und schon hast du das Desinteresse der Zuhörer auf deiner Seite. Also solltest du einen Einstieg wählen, der das Publikum • visuell einstimmt, • provoziert, • persönlich anspricht, • durch eine kluge Fragestellung einbezieht, • mit einem Vergleich konfrontiert, • spontan anspricht, • überrascht oder • erheitert.

2. Schritt: Durchführung

Interessiert sich dein Publikum erst einmal für dein Thema, kannst du Thema und Gliederung vorstellen. Damit beginnst du den Hauptteil des Vortrags – das eigentliche „Filetstück“. Deine Gliederung als „Fahrplan“ der Darbietung schreibst du am besten auf eine Folie oder bringst du vor Beginn des Referates auf einer Flipchart oder Tafel an. So kann das Publikum dem Inhalt deines Vortrags gut folgen. Plane den Hauptteil wie eine Regieanweisung. Da du im Team dein Thema präsentierst, ist es umso wichtiger, für jeden handhab- und nachvollziehbar den Ablauf zu skizzieren. Bei Aufregung ist schon so manches in Vergessenheit geraten. Es sollte auch vermerkt werden, wer den gerade Vortragenden mit dem Auflegen einer Folie oder dem Zeigen von Bildern usw. unterstützt, damit dieser sich voll seinem Vortrag widmen kann und nicht aus dem Konzept kommt.

3. Schritt. Abschluss

Der Schluss fasst die wesentlichen Aspekte deines Vortrags zusammen. Hüte dich aber vor solchen Formulierungen: „Jetzt sind wir am Ende unseres Vortrags“ oder „Alles Wesentliche wurde gesagt, wir fassen nur noch einmal zusammen“. Gut ist es, wenn Einstieg und Schluss einen gewissen Rahmen des Referates bilden.

Nach: Elke Deparade: Planung und Durchführung der Präsentation, Methodenlernen in der gymnasialen Oberstufe, Bamberg 2013, S. 97 f.

WAS WIR WISSEN

Krieg und Frieden
M2 – M4

Krieg ist, wenn Staaten oder Gruppen versuchen, einen Streit mit Gewalt zu lösen. Dabei werden Soldaten und Waffen eingesetzt, die von einer zentralen Stelle Befehle erhalten. Ob Kriege entstehen, hängt häufig davon ab, wie das Zusammenleben in einem Land funktioniert. Wo Menschen unterdrückt werden, arm sind oder hungern, ist es schwieriger, Frieden zu schaffen. Man spricht von „positivem Frieden", wenn auch Gerechtigkeit in einer Gesellschaft verwirklicht ist.

Es werden unterschiedliche Typen von Kriegen unterschieden. In jüngerer Zeit wurde vor allem über den sogenannten asymmetrischen Krieg diskutiert. Dort stehen hochgerüstete Armeen eines Staates Gruppierungen wie Milizen oder Terrorgruppen gegenüber. Zentral war lange, dass die nationale Sicherheit in Form von sicheren Grenzen gewährleistet wurde. Der erweiterte Sicherheitsbegriff berücksichtigt auch ein breiteres Verständnis möglicher Sicherheitsbedrohungen aus verschiedenen Blickrichtungen.

Terrorismus
M6 – M8

Seit den terroristischen Anschlägen in den USA am 11. September 2001 gilt der transnationale Terrorismus als eine der größten Herausforderungen der Gegenwart. Terroristen wollen durch geplante Gewaltanwendung (auch und gerade gegen Zivilisten) Angst und Schrecken erzeugen, um so politische oder religiöse Ziele zu erreichen. Ein Beispiel für ein überregional handelndes terroristisches Netzwerk ist der islamisch-fundamentalistische „Islamische Staat" (IS). In jüngerer Zeit wurden erneut auch europäische Staaten Ziel von Anschlägen, besonders viele Opfer gibt es jedoch in Staaten des Nahen Ostens und in Asien. Über die Ursachen und die angemessenen Reaktionen auf eine terroristische Bedrohung gibt es sehr unterschiedliche Auffassungen in Politik und Gesellschaft.

WAS WIR KÖNNEN

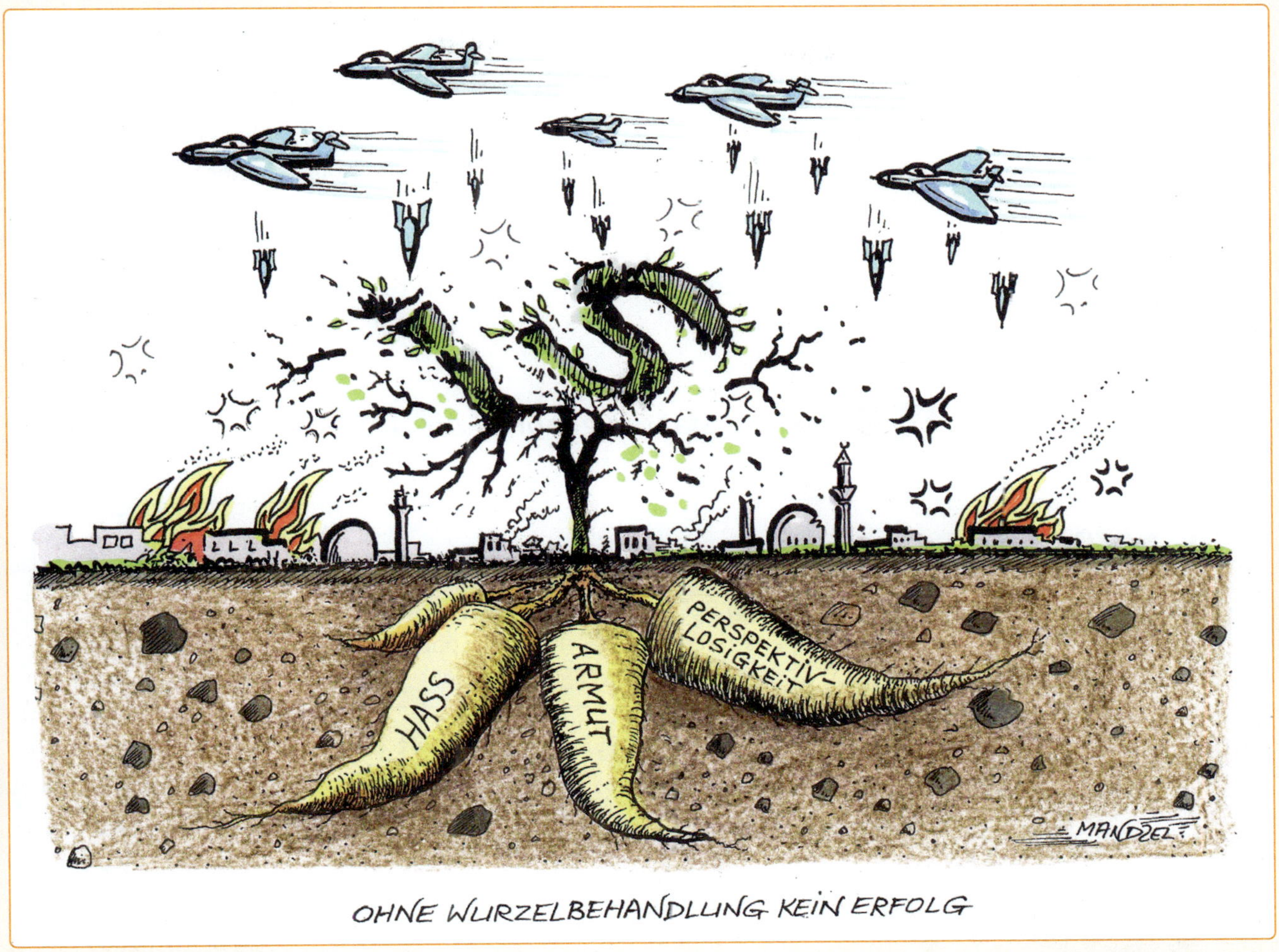

Karikatur: Waldemar Mandzel

Aufgaben

1. Analysiere die Karikatur (→ Methode auf S. 51).
2. Erläutere den Zusammenhang von Armut, Terrorismus und Klimawandel als Bedrohungen für den Weltfrieden.
3. Erstelle eine Liste mit Reaktionen und Haltungen, um diesen Bedrohungen zu begegnen. Sammelt diese in der Lerngruppe und erstellt mittels Punktabfrage ein Klassenranking.
4. Entwickelt als Lerngruppe Strategien zur Bekämpfung von Kriegsursachen.

9.2 Wie kann der Friede gesichert werden?

9.2.1 Die NATO – im Wandel vom „Verteidigungsbündnis“ zur „Weltpolizei“?

Zum Thema: Nach dem Ende des Kalten Krieges Anfang der 1990er Jahre hatte die NATO zunächst ihre ursprüngliche Daseinsberechtigung (Abschreckung und Verteidigungsallianz) verloren. Fast 20 Jahre später gibt es die NATO aber immer noch. In diesem Kapitel geht es um die NATO und ihren Identitätswandel im 21. Jahrhundert.

M9 Welche Staaten gehören zur NATO?

Die NATO

Gründungsmitglieder 1949
Belgien, Kanada, Dänemark, Luxemburg, Frankreich, Niederlande, Großbritannien, Norwegen, Island, Portugal, Italien, USA

Beitritt 1952
Griechenland, Türkei

Beitritt 1982
Spanien

Beitritt 2004
Bulgarien, Estland, Lettland, Litauen, Rumänien, Slowakei, Slowenien

Beitritt 1955
Deutschland (bis 1990 nur Westdeutschld.)

Beitritt 1999
Polen, Tschechien, Ungarn

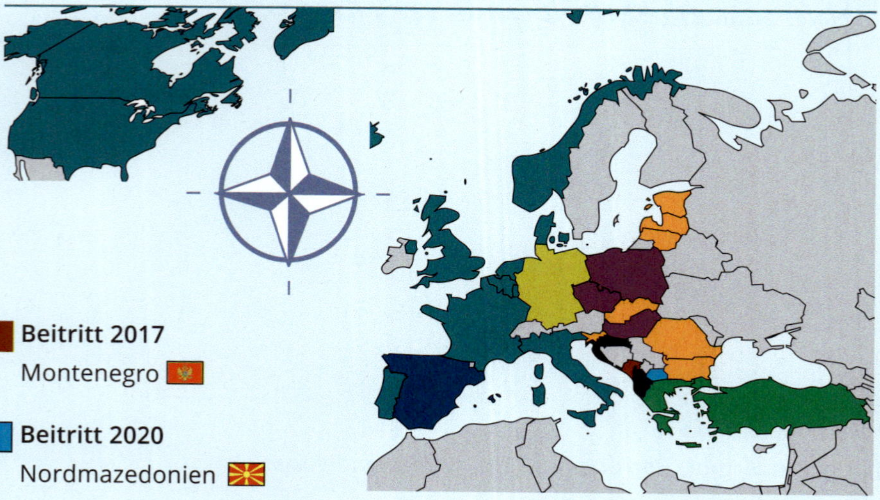

Beitritt 2009
Albanien, Kroatien

Beitritt 2017
Montenegro

Beitritt 2020
Nordmazedonien

Die NATO im Erklärfilm
Mediencode: 71091-19

Globus Grafik 13852; Quelle: NATO; Stand: April 2020

EINSTIEGSAUFGABE

Erschließe mit Hilfe von **M9** Gründungsjahr und -mitglieder der NATO.

M10 Die Entstehung der NATO als Verteidigungsbündnis

Am 4. April 1949 unterzeichneten in Washington zehn westeuropäische Staaten sowie die USA und Kanada den Nordatlantikvertrag und gründeten damit die NATO (North Atlantic Treaty Organization). Der Kalte Krieg zwischen den von der Sowjetunion dominierten kommunistischen Staaten Osteuropas und dem nichtkommunistischen Westen war bereits voll entbrannt. [...] Ziemlich genau 40 Jahre lang war es die Hauptaufgabe der NATO, einen potenziellen Gegner durch die eigene militärische Stärke abzuschrecken.

© Bundeszentrale für politische Bildung, Die Entstehung der NATO, in: Informationen zur politischen Bildung, Nr. 274, Internationale Beziehungen II, Bonn 1/2002, S. 18 ff.

Kalter Krieg
So wird der Konflikt zwischen den Westmächten unter Führung der USA und dem Ostblock unter Führung der Sowjetunion bezeichnet, den diese von 1945 bis in die 1980er Jahre mit allen Mitteln unterhalb der Schwelle eines offenen Krieges austrugen.

M11 Aus dem NATO-Vertrag: Artikel 5 (Beistandsklausel)

NATO Vertrag, Artikel 5: Die Parteien vereinbaren, dass ein bewaffneter Angriff gegen eine oder mehrere von ihnen in Europa oder Nordamerika als ein Angriff gegen sie alle angesehen werden wird; sie vereinbaren daher, dass im Falle eines solchen bewaffneten Angriffs jede von ihnen [...] der Partei oder den Parteien, die angegriffen werden, Beistand leistet, indem jede von ihnen unverzüglich für sich und im Zusammenwirken mit den anderen Parteien die Maßnahmen, einschließlich der Anwendung von Waffengewalt, trifft, die sie für erforderlich erachtet, um die Sicherheit des nordatlantischen Gebiets wiederherzustellen und zu erhalten.

© Ständige Vertretung der Bundesrepublik Deutschland bei der Nordatlantikvertrags-Organisation, Der Nordatlantikvertrag: Artikel 5, www.nato.diplo.de, Abruf am 01.05.2020

M12 Die NATO im Wandel – auf dem Weg zur neuen „Weltpolizei"?

Mit dem Ende des Kalten Krieges strebten ehemalige, nun unabhängige Staaten des Warschauer Paktes eine Mitgliedschaft in der NATO an, um Sicherheit vor dem aus ihrer Sicht (über) mächtigen Russland zu erhalten. Die NATO vergrößerte ihr Bündnisgebiet nach und nach immer weiter nach Osten und versuchte dabei, das Verhältnis zu Russland nicht zu stark zu belasten.

Als im ehemaligen Jugoslawien Krieg ausbrach (1991 – 1999), entschloss sich die NATO 1995 erstmals zum Eingreifen auch außerhalb ihres eigenen Bündnisgebietes. Von den Vereinten Nationen (UN) wurde das Eingreifen legitimiert*. Eine neue Herausforderung stellte einige Jahre später der Völkermord im Kosovo dar. Ein Mandat der Vereinten Nationen, das die NATO zum Eingreifen ermächtigt hätte, lag nicht vor – Russland hatte in diesem Fall ein Veto im UN-Sicherheitsrat eingelegt. Angesichts der sich abzeichnenden humanitären Katastrophe entschloss sich das Bündnis 1999, auch ohne UN-Mandat mit militärischen Mitteln einzugreifen. Es zeigte sich, dass die NATO ihre Aufgabe nun

Warschauer Pakt
Militärbündnis von 1955 – 1991 der damaligen „Ostblock"-Staaten unter Führung der Sowjetunion

UN-Resolution
UN-Resolutionen sind ausgearbeitete Beschlüsse der Vereinten Nationen. Beschließt der UN-Sicherheitsrat (→ M19) Resolutionen, sind sie völkerrechtlich verbindlich. Resolutionen der UN-Generalversammlung (→ M19) sind hingegen nicht verbindlich.

UN-Resolution 1973
Forderung nach einem Waffenstillstand und Ende der Gewalt gegen die Bevölkerung in Libyen

Readiness Action Plan
2014 beschlossen die NATO-Staaten in Wales – unter dem Eindruck der Krim-Annexion Russlands – vor allem folgende Schritte:
- Die Einrichtung einer schnellen Eingreiftruppe
- eine regelmäßige Präsenz und bedeutende Aktivitäten von Luft-, Land- und Seestreitkräften im östlichen Teil des Bündnisses auf Rotationsbasis
- höhere Verteidigungsausgaben

neben der Verteidigung des Bündnisgebietes darin sah, in ganz Europa für Sicherheit und Stabilität zu sorgen, in Ausnahmefällen auch ohne UN-Mandat.

Mit den Anschlägen vom 11. September 2001 auf die USA wurde zum ersten Mal in der Geschichte der NATO der Bündnisfall festgestellt. Seither engagiert sich die NATO auch im fernen Afghanistan. Insgesamt hat sich die NATO damit zu einer globalen Sicherheitsorganisation gewandelt. Im Neuen Strategischen Konzept von 2010 wurden deshalb u. a. folgende, zentrale Punkte beschlossen:

- Beibehaltung des Prinzips der kollektiven Verteidigung,
- Reaktion auf neuartige Bedrohungen, wie z. B. Cyberattacken,
- Errichtung eines neuen NATO-Raketenabwehrschirms,
- Ausweitung der Einsatzmöglichkeiten außerhalb der Landesgrenzen (der Mitgliedstaaten), z. B. zur Terrorismusbekämpfung,
- Annäherung an Russland,
- Festhalten am Prinzip der Abschreckung,
- Verankerung des Ziels der atomaren Abrüstung.

Schon im Jahr 2011 wurden die Richtlinien des „Neuen Strategischen Konzepts" Realität. Die NATO beteiligte sich am Bürgerkrieg in Libyen gegen das Gaddafi Regime. Letzteres bekämpfte nach den Aufständen im Zuge des „Arabischen Frühlings" die eigene Bevölkerung durch Luftangriffe. Die UN reagierte mit der UN-Resolution 1973, für deren Durchsetzung die NATO am 31. März 2011 das Kommando über den gesamten Militäreinsatz übernahm.

Durch die Krise in der Ukraine und die russische Annexion** der ukrainischen Halbinsel Krim verschlechterten sich die Beziehungen zu Russland. Die NATO reagierte mit dem „Readiness-Action-Plan", der dem Sicherheitsbedürfnis vor allem der östlichen Bündnisstaaten entgegenkommt.

Bearbeiter

**Legitimieren: Rechtmäßig anerkennen, mit einer Vollmacht (etwas zu tun) ausstatten*

***Annexion: Aneignung eines bis dahin fremden Staatsgebietes*

AUFGABEN

F ZU DEN AUFGABEN 1-3
Halte mithilfe des Erklärfilms in M9 vor der Klasse ein Kurzreferat (→ Methode auf S. 251) über den Aufbau und die Struktur der NATO.

1. Stelle die Gründe dar, warum die NATO gegründet wurde (**M10**).
2. Arbeite aus der Beistandsklausel (**M11**) heraus, was sie für die Mitgliedstaaten bedeutet.
3. Überprüfe, inwiefern die jeweiligen Einsätze (**M12**) mit den ursprünglichen Aufgaben der NATO (**M10**) übereinstimmen.
4. Diskutiert, inwiefern die NATO wirksame Möglichkeiten bietet, die im vorangegangenen Kapitel beschriebenen Kriegsursachen zu bekämpfen (vgl. Aufgabe 4, S. 253).

9.2.2 Die NATO und Russland – auf dem Weg zum neuen Kalten Krieg?

Zum Thema: Mit dem Fall der Berliner Mauer wurde das Ende des Kalten Krieges eingeläutet. Seit der russischen Krim-Annexion im Jahr 2014 scheint der überwunden geglaubte Konflikt aber wieder auszubrechen. Gegenstand dieses Kapitels ist das „neue“ NATO-Russland-Verhältnis – aus NATO- und aus russischer Sicht.

M13 „NATO-Russland-Verhältnis“ in der Karikatur

Karikatur: Harm Bengen / Baaske Cartoons, 2014

EINSTIEGSAUFGABE
Fasse die Aussageabsicht des Karikaturisten mit eigenen Worten zusammen.

M14 NATO-Russland-Beziehungen in der Krise

1997 unterzeichneten die NATO und Russland in Paris die „NATO-Russland-Grundakte“. Die Akte regelt die gegenseitigen Beziehungen, Zusammenarbeit und Sicherheit zwischen der NATO und Russland, u. a. wurde die Stationierung von Truppen in den östlichen NATO-Mitgliedstaaten vertraglich geregelt. Nach der Krim-Annexion im Jahr 2014 ist die NATO-Russland-Beziehung jedoch „angespannt“.

Krim-Krise im Erklärfilm
Mediencode: 71091-20

a) Die NATO-Strategie zwei Jahre nach der Krim-Annexion

„Wir haben uns auf eine zweigleisige Strategie geeinigt“, berichtet [Stoltenberg]. „Auf der einen Seite steht eine defensive Abschreckung, auf der anderen ein politischer Dialog mit Russland“. Stoltenberg beschreibt damit den Kurs der NATO für die Zeit bis zum Gipfel in Warschau im Juli [2016]. Zwei Jahre, nachdem die Allianz wegen der Annexion der Krim alle Kontakte zu Russland komplett gekappt hat, versucht sie einen Neustart im Verhältnis zu Moskau. Es soll wieder geredet werden [...]. Der Spagat wird nicht einfach. Denn die [NATO-Außen-]Minister schnürten in Brüssel ein neues Paket, dass die Abschreckung der Allianz gegenüber Russland verstärken soll. Insgesamt vier Bataillone von bis zu 1000 Mann will die Nato im Baltikum und Polen stationieren.

Matthias Gebauer, Nato-Verhältnis zu Russland: Mehr abschrecken, mehr reden, www.spiegel.de, 20.5.2016

Jens Stoltenberg, NATO-Generalsekretär seit 2014

Wladimir Putin, Präsident Russlands seit 2012

b) Russische Reaktion auf die „zweigleisige Strategie" der NATO

Für Russland ist die Aufrüstung im Osten eine Provokation. Präsident Wladimir Putin wird nicht müde, der NATO wegen der geplanten Präsenz in den baltischen Staaten und Polen eine absichtliche Aggression und einen Bruch der Abmachungen mit Russland zu unterstellen. Moskau kündigte deshalb umgehend eine Aufstockung der Truppen an den westlichen Grenzen an. Putin gab sich völlig arglos und behauptete, er reagiere nur auf die Vorstöße des westlichen Bündnisses.

Ebd.

c) Erklärung von Abgeordneten der Mitgliedstaaten

Die parlamentarische Versammlung der Nato hat die Mitgliedstaaten des Verteidigungsbündnisses aufgerufen, für die „potenzielle Bedrohung" durch eine Aggression Russlands gewappnet zu sein. Etwa 250 Abgeordnete aus den nationalen Parlamenten der 28 Nato-Mitgliedstaaten verabschiedeten [...] einstimmig eine entsprechende Erklärung. [...] Die Erklärung der parlamentarischen Versammlung der Nato prangerte „Russlands Gewaltanwendung gegen seine Nachbarn und versuchte Einschüchterung der (Nato-)Verbündeten" an. Angesichts dessen habe die Nato „keine Wahl" gehabt, als „die Aussicht auf eine aggressive russische Handlung gegen ein Bündnismitglied als eine potenzielle Bedrohung zu sehen und maßvolle, angemessene Reaktionen zu beschließen". „Die Herausforderung durch Russland ist real und ernst", erklärte der aus den USA stammende Vorsitzende der Parlamentarierversammlung, Michael Turner. Nato-Generalsekretär Stoltenberg erklärte [...] in Polen, das Verteidigungsbündnis sende „ein starkes Signal an jeden potenziellen Gegner, dass ein Angriff gegen Polen wie ein Angriff gegen die gesamte Allianz gesehen würde".

Handelsblatt / AFP, Nato-Parlamentarier warnen vor Gefahr durch Russland, www.handelsblatt.com, 31.05.2016

M15 NATO beschließt Aufnahme Montenegros

Aufnahme Nordmazedoniens in die NATO

Am 06.02.2019 beschloss die NATO, die ehemalige jugoslawische Teilrepublik Nordmazedonien in das Verteidigungsbündnis aufzunehmen. Am 27.03.2020 wurde der Beitritt Nordmazedoniens schließlich vollzogen.

Die Ost-Erweiterung der NATO gilt als einer der Hauptgründe für die Spannungen zwischen Russland und dem Westen. Doch das Bündnis will sich von Moskau nicht vorschreiben lassen, wen es aufnimmt. Nun kommt Montenegro. [...] Ungeachtet russischer Warnungen hat die NATO die Aufnahme des Balkanstaats Montenegro beschlossen. Bei einem Außenministertreffen in Brüssel wurde am Donnerstag von allen 28 Mitgliedstaaten das sogenannte Beitrittsprotokoll unterzeichnet. NATO-Generalsekretär Jens Stoltenberg sprach von einem „historischen Schritt". Die Erweiterung des Bündnisses sei wichtig für die Stabilität auf dem westlichen Balkan. Gleichzeitig zeige sie, dass die NATO weiter offen für neue

Partner sei. Die Unterzeichnung des Beitrittsprotokolls ermöglicht es Montenegro, ab sofort an allen Bündnistreffen als Beobachter teilzunehmen.

Dpa, Nato beschließt Aufnahme Montenegros, www.handelsblatt.de, 18.05.2016

M16 Russischer Botschafter zum „NATO-Russland-Verhältnis"

Vor dem ersten Treffen des Nato-Russland-Rates nach fast zwei Jahren Funkstille hat Moskaus Nato-Botschafter Alexander Gruschko die Beziehungen zur westlichen Militärallianz als „sehr schlecht" bezeichnet. „Heute befinden wir uns in einer sehr gefährlichen Situation, die zu einer verschlechterten Sicherheitslage in vielen Bereichen führen kann, die über Jahre hinweg ruhig und sicher gewesen sind", sagte er [...]. „Unsere frühere Partnerschaft gilt nicht mehr" [...] klagte Gruschko. [...] „Die Nato hat sich entschieden, unsere Beziehungen von einer Partnerschaft in Richtung Abschreckung zu verändern", sagte der russische Spitzendiplomat. Trotzdem werde er an dem Treffen mit den 28 Nato-Botschaftern an diesem Mittwoch in Brüssel teilnehmen, sagte Gruschko. „Wir haben eine Menge Meinungsunterschiede, aber das sollte uns nicht davon abhalten, miteinander zu sprechen. Das gehört zu den Grundprinzipien des Nato-Russland-Rates", bekräftigte Gruschko.

Handelsblatt / dpa, Nato-Russland-Rat: Kreml beschuldigt die Nato, www.handelsblatt.com, 20.04.2016

AUFGABEN

1. Erläutere, warum sich in Folge der Krim-Annexion die Beziehungen zwischen der NATO und Russland verhärteten (**M14a-c**, **M16**).
2. Erschließe dir mögliche Gründe sowie Folgen der NATO-Aufnahme Montenegros (**M15**).
3. Überprüft eure Vermutung zur Gesamtaussage der Karikatur **M13**, indem ihr diese in den geopolitischen Kontext einordnet und anschließend als Lerngruppe gemeinsam analysiert.
4. Wie schätzt ihr die Lage ein? Wie könnte sich das Verhältnis zwischen Russland und der NATO weiterentwickeln? Diskutiert diese Fragen in der Klasse.

F ZU DEN AUFGABEN 1-4
Entwickle zusammen mit einem Partner Lösungsvorschläge für das Verhältnis zwischen Russland und der NATO (M13 – M16). Stellt diese in der Klasse vor.

F ZU AUFGABE 4
Recherchiere das Verhalten Russlands in der Ukraine-Krise und stelle deine Ergebnisse der Klasse vor.

9.2.3 Die Vereinten Nationen – Garant für den Frieden?

VN, UNO oder VN
Die Vereinten Nationen werden in diesem Kapitel unterschiedlich abgekürzt:
- UN: United Nations
- UNO: United Nations Organization
- VN: Vereinte Nationen

Zum Thema: 1945 gründeten sich die Vereinten Nationen (VN). Zu ihren wichtigsten Zielen zählten damals „Frieden" und „Sicherheit" weltweit. Mehr als 70 Jahre später sind diese Ziele noch nicht erreicht. In diesem Kapitel erfahrt ihr, mit welchen Mitteln die VN „Frieden" und „Sicherheit" zu garantieren versucht.

M17 Aufgaben der Vereinten Nationen – karikiert

Karikatur: Brigitte Schneider, Baaske Cartoons, Müllheim

EINSTIEGSAUFGABE

Fasse die Kritik der Karikatur an der Rolle der UN mit eigenen Worten zusammen.

M18 Was sind die Aufgaben der Vereinten Nationen?

Die UN wurde 1945 als Nachfolgeorganisation des Völkerbundes in San Francisco gegründet, ihr Hauptsitz ist New York [...]. [2017] waren 193 Staaten Mitglied der UN. Ihre Hauptaufgaben bestehen in der Sicherung des Friedens und der Beseitigung von Friedensbedrohungen, der Verständigung der Völker untereinander, der internationalen Zusammenarbeit zur Lösung wirtschaftlicher, kultureller, sozialer und humanitärer Probleme [, dem Schutz der Menschenrechte] u. a. m. – dies alles auf der Grundlage der Gleichberechtigung der Staaten und der Selbstbestimmung der Völker (Art. 1 UN-Charta*).

Die UN-Flagge

Anja Hirschberger/Martina Klein/Klaus Schubert/Thomas Volker, Vereinte Nationen, Das Politiklexikon, 6. Aufl., Bonn 2016, S. 319

**Charta: Verfassung, Arbeitsgrundlage einer Organisation*

M19 Der Sicherheitsrat der Vereinten Nationen – Hauptakteur der UN

Bergmoser + Höller Verlag AG, Zahlenbilder 615124

UN-Generalversammlung und UN-Sekretariat
Ein weiteres Hauptorgan der UN ist die UN-Generalversammlung, in der alle Mitgliedstaaten mit jeweils einer Stimme vertreten sind. Ihre Beschlüsse sind nicht bindend. Für die Verwaltung der UN ist das Generalsekretariat zuständig, an dessen Spitze der UN-Generalsekretär steht.

M20 Mögliche UN-Maßnahmen für den Frieden

→ **Friedensschaffende Maßnahmen**
Diplomatische Maßnahmen zur friedlichen Lösung eines Konflikts. Neben der Bereitstellung guter Dienste, Vermittlung und Schlichtung können sie auch diplomatische Isolationsmaßnahmen und Sanktionen umfassen.

→ **Friedenserzwingende Maßnahmen**
Maßnahmen zur Wiederherstellung des Friedens in Konfliktgebieten unter Einsatz militärischer Mittel. Die Zustimmung der Konfliktparteien ist nicht erforderlich.

→ **Friedenserhaltende Maßnahmen**
Aktivitäten zur Eindämmung, Entschärfung und/oder Beendigung von Feindseligkeiten zwischen Staaten oder in Staaten durch Intervention einer neutralen dritten Partei unter internationaler Organisation und Leitung. Militärische Streitkräfte und zivile Organisationen können die politische Streitbeilegung ergänzen und für die Wiederherstellung und Wahrung des Friedens sorgen. Friedenserhaltende Maßnahmen beinhalten die Stationierung einer Friedenstruppe im Krisengebiet. Die Zustimmung der Konfliktparteien ist erforderlich.

→ **Friedenskonsolidierende Maßnahmen**
Maßnahmen zur Bestimmung und Förderung von Strukturen, die geeignet sind, den Frieden zu festigen und zu konsolidieren, um das Wiederaufleben eines Konflikts zu verhindern. Diese können sowohl militärisches als auch ziviles Eingreifen erfordern.

Eine klare Grenzziehung zwischen den einzelnen „Typen" von Maßnahmen ist häufig schwierig. Friedenserhaltung setzt in vielen Fällen zunächst einmal die Schaffung von Frieden voraus, zugleich können vorausgehende oder begleitende „friedenserzwingende Maßnahmen" unerlässlich sein.

Arbeitsgemeinschaft Jugend und Bildung e.V. (Hg.), Frieden und Sicherheit, Wiesbaden 2003, S. 24

UN-Charta: Einsatz von Gewalt
Die Charta der Vereinten Nationen aus dem Jahr 1945 (Kapitel I, Artikel 2) verbietet Gewalt. Es gelten nur zwei Ausnahmen: das Recht zur Selbstverteidigung im Fall eines bewaffneten Angriffs und der Einsatz von Waffengewalt, der vom UN-Sicherheitsrat durch eine sogenannte Resolution legitimiert wird. Eine solche Resolution kommt jedoch nur zu Stande, wenn die fünf ständigen Mitglieder des UN-Sicherheitsrats zustimmen oder sich enthalten. Zudem müssen insgesamt mind. 9 der 15 Sicherheitsratsmitglieder einem Resolutionsentwurf zustimmen, damit ein Mandat an alle oder bestimmte Mitgliedstaaten erteilt werden kann.

M21 UN-Blauhelme – weltweit im Einsatz

1 *Nahost*
UNTSO
Organisation der Vereinten Nationen zur Überwachung des Waffenstillstands
Einsatz seit Mai 1948
Mitarbeiter 371
Budget 67 Mio. Dollar*

2 *Indien/Pakistan*
UNMOGIP
Militärbeobachtergruppe der Vereinten Nationen in Indien und Pakistan
Einsatz seit Januar 1949
Mitarbeiter 116
Budget 20*

3 *Zypern*
UNFICYP
Friedenstruppe der Vereinten Nationen in Zypern
Einsatz seit März 1964
Mitarbeiter 1 009
Budget 54

4 *Syrien*
UNDOF
Beobachtertruppe der Vereinten Nationen für die Truppenentflechtung
Einsatz seit Juni 1974
Mitarbeiter 1139
Budget 60

5 *Libanon*
UNIFIL
Interimstruppe der Vereinten Nationen in Libanon
Einsatz seit März 1978
Mitarbeiter 11 090
Budget 474

Blauhelme im Einsatz – UN-Missionen weltweit

Mitarbeiter: Soldaten, Beobachter, Polizei etc.
Budget in Millionen Dollar, jeweils Juli 2019 bis Juni 2020 bzw. *2018 bis 2019

6 *Westsahara*
MINURSO
Mission der Vereinten Nationen für das Referendum in der Westsahara
Einsatz seit April 1991
Mitarbeiter 431
Budget 53

7 *Kosovo*
UNMIK
Mission der Vereinten Nationen zur Übergangsverwaltung des Kosovo
Einsatz seit Juni 1999
Mitarbeiter 348
Budget 37

8 *Mali*
MINUSMA
Stabilisierungsmission der Vereinten Nationen in Mali
Einsatz seit März 2013
Mitarbeiter 15 441
Budget 1070

13 *Zentralafr. Republik*
MINUSCA
Stabilisierungsmission der Vereinten Nationen in der Zentralafr. Republik
Einsatz seit April 2014
Mitarbeiter 14 708
Budget 930

12 *Abyei (Sudan)*
UNISFA
Interims-Sicherheitstruppeder Vereinten Nationen für Abyei
Einsatz seit Juni 2011
Mitarbeiter 4 134
Budget 264

11 *Südsudan*
UNMISS
Mission der Vereinten Nationen in der Republik Südsudan
Einsatz seit Juli 2011
Mitarbeiter 19 180
Budget 1120

10 *Dem. Rep. Kongo*
MONUSCO
Stabilisierungsmission der Vereinten Nationen in der Demokrat. Republik Kongo
Einsatz seit Juli 2010
Mitarbeiter 18 399
Budget 1110

9 *Darfur (Sudan)*
UNAMID
Hybridmission der Afrikanischen Union und der Vereinten Nationen in Darfur
Einsatz seit Juli 2007
Mitarbeiter 9170
Budget 386

Globus Grafik 13772, Quelle: UN; Stand: Januar 2020

M22 Die Blauhelmsoldaten – Markenzeichen der UN

Robustes Peacekeeping
Mit zunehmender Anzahl von Staaten, die ihre Bevölkerung nicht mehr schützen konnten (Failing states, zum Teil mit einer Vielzahl innerstaatlicher Akteure, die sich gegenseitig bekämpfen), entwickelte sich das sogenannte „Robuste Peacekeeping“. Dabei ist auch die begrenzte Anwendung von Gewalt erlaubt.

Die Aufgabe der „Blauhelmsoldaten“ der UN ist die Friedenserhaltung (Peacekeeping). Im Gegensatz zur Friedenserzwingung sollen die Soldaten in der Regel den nach Beendigung eines Konflikts in einer Krisenregion oft brüchigen Frieden sichern. Für das klassische Peacekeeping gelten folgende Leitsätze:

- Die Entsendung erfolgt nur im Konsens mit den Konfliktparteien. Letztere müssen den Konflikt beenden wollen und sich einig über die Rolle der Blauhelmsoldaten sein (z. B. Sicherung der Grenze, Beobachtung von Wahlen).
- Die Verantwortung für den Einsatz liegt bei den Vereinten Nationen.
- Für die Blauhelmsoldaten gilt, dass sie strikt unparteiisch sein müssen.
- Die Blauhelmsoldaten dürfen zunächst nur leichte Waffen zur Selbstverteidigung tragen, um keiner Partei einen Vorwand zu bieten, die Soldaten in die Kampfhandlungen miteinzubeziehen.

Bearbeiter

M23 Kritik an den Blauhelm-Einsätzen

Vielfach hat sich gezeigt, dass zwar von den Mitgliedstaaten ständig um die 150.000 Einsatzkräfte als verfügbar gemeldet werden, dass aber im Ernstfall oft nur ein Bruchteil dieser Kräfte von den jeweiligen Regierungen tatsächlich bereit gestellt werden kann. [...] Der Gedanke, die Friedenstruppe aus möglichst vielen Ländern zusammen zu stellen, ist zwar in der Theorie gut, aber in der Praxis erweist sich das oft als Nachteil. Die vielen unterschiedlichen Sprachen und Strukturen behindern oft die Zusammenarbeit. Auch die Bürokratie des UN-Sicherheitsrates wird oft kritisiert. Vor allem dann, wenn schnelles Handeln wichtig ist, kosten die Strukturen des UN-Sicherheitsrates, der als einziges Organ den Einsatz beschließen kann, wertvolle Zeit. [...] Um all diesen Problemen entgegen zu wirken, werden in letzter Zeit oft Mandate an Dritte, also an externe Dienstleister vergeben. [...] Diese Variante birgt aber immer das Risiko, dass fremde Interessen mitspielen. Als Alternative wird eine ständige Einsatztruppe vorgeschlagen, die auch in der UN-Charta vorgesehen ist.

Blauhelme im Einsatz in Haiti im Jahr 2015

Manuel Fuchs, Blauhelme: Kritik und Schwierigkeiten, www.globalisierung-fakten.de, Abruf am 17.05.2020

Erklärfilm „Vereinte Nationen“

Mediencode: 71091-21

AUFGABEN

1. Fasse die Aufgaben der UNO mit eigenen Worten zusammen (**M18**).
2. Charakterisiere die möglichen Maßnahmen der UN danach, inwieweit Frieden gewaltsam durchgesetzt werden kann (**M20**)
3. Stelle die Einsatzgebiete der UN-Blauhelme (**M19**) mit der Karte **M4** (S. 247) gegenüber.
4. Erkläre den Begriff „Peacekeeping“ (**M22**).
5. Führt abschließend auf der Grundlage von **M18 – M23** eine Pro- und Kontra-Diskussion (→ Methode auf S. 175) über die Frage: „Sind die Vereinten Nationen ein Garant für den Weltfrieden?“

F ZU AUFGABE 1
Recherchiere u. a. mithilfe des obigen Erklärfilms den genauen Aufbau der UN und stelle ihn in der Klasse vor.

F ZU AUFGABE 3
Wähle einen der UN-Einsätze aus **M21** und recherchiere dazu weitere Informationen. Stelle deine Erkenntnisse in der Klasse vor.

Methode

Analyse eines internationalen Konflikts – Syrien

I. Worum geht es?

a) Die Situation in Syrien im Überblick: Wer kontrolliert welche Gebiete in Syrien?

Die Lage in Syrien

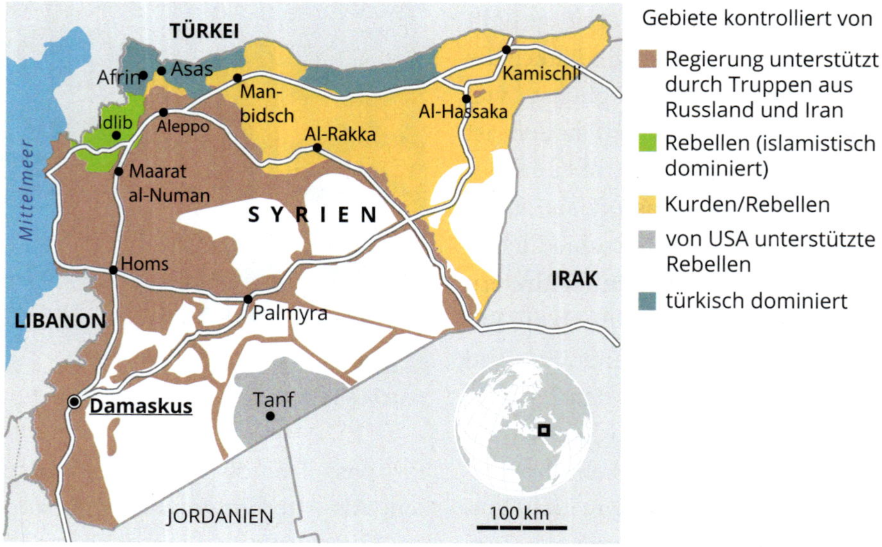

dpa-Grafik 100640; Quelle: ISW, Stand: Ende Feb. 2020

b) Die Situation in Syrien vor dem Konflikt

Baschar Hafiz al-Assad, Vorsitzender der Baath-Partei und seit 2000 Präsident Syriens, führt einen Krieg gegen die eigene Bevölkerung.

Bis zu Beginn der Unruhen Mitte März 2011 glaubten viele Beobachter nicht an eine Revolte in Syrien. Ideologisch war das Volk, das Jahrzehnte lang durch einen antiisraelischen und panarabischen Diskurs geprägt wurde, in der Tat näher am Regime als in den prowestlichen Autokratien in Tunesien oder Ägypten. Doch auch in Syrien hatte sich die Wut auf Korruption, Willkürherrschaft und schlechte Lebensbedingungen angestaut, und vor allem war durch die Bilder von mutigen Demonstrationen in Tunesien, Ägypten und Libyen die Angst vor dem Regime geschwunden. Die syrische Gesellschaft vor dem Krieg war ein buntes Mosaik religiöser Gruppen. Der Assad-Clan gehört zur Minderheit der Alawiten (ca. 12 %). [...] Die übrigen Minderheiten, wie Christen oder Drusen, unterstützten, zumindest in ihrer Mehrheit, [...] das säkulare Baath-Regime [herrschende Partei in Syrien, Anm. d. R.], da sie eine Vormacht radikalislamischer Sunniten fürchten. Das Assad-Regime hatte zwar die gemäßigte sunnitische Handelsklasse erfolgreich an sich binden können, doch begann mit dem Aufstand auch diese Allianz zu bröckeln.

Carsten Wieland, Dossier: Innerstaatliche Konflikte – Syrien, www.bpb.de, 17.11.2015

Methode

c) Die Situation in Syrien Anfang 2020

Der Krieg zwischen dem Nato-Mitglied Türkei und Syrien ist voll entbrannt. Nach schweren Verlusten [...] eroberten die Truppen des syrischen Präsidenten Baschar al-Assad [...] mit Unterstützung durch russische Luftangriffe die strategisch wichtige Kleinstadt Sarakib in der Provinz Idlib zurück. Sarakib war [...] von Rebellen mithilfe der Türkei eingenommen worden. Auch der Iran, nach Russland der zweite wichtige Verbündete Syriens, wird immer mehr in den Konflikt hineingezogen. [...]
Erdogan hatte [...] die türkische Armee über die Grenze nach Idlib geschickt, um den Vormarsch von Assads Regierungstruppen in dem letzten von Rebellen gehaltenen Gebiet zu stoppen und eine Fluchtbewegung von rund einer Million Menschen aus Idlib in die Türkei zu verhindern. Idlib wird größtenteils von der dschihadistischen Miliz HTS beherrscht; Russland und Syrien werfen der Türkei vor, entgegen ihrer Zusagen nichts gegen die Extremisten zu unternehmen. [...]
Die syrischen Truppen in der Gegend werden nicht nur von russischen Kampfjets unterstützt, sondern auch von iranischen und pro-iranischen Milizionären. [...]
Nach dem Tod von mehr als 30 türkischen Soldaten bei einem Luftangriff in Idlib vorige Woche hatte die türkische Armee ihren Einsatz gegen die syrischen Truppen verstärkt. [...] Moskau warnte die Regierung in Ankara, die Sicherheit türkischer Kampfflugzeuge am Himmel über Idlib könne nicht garantiert werden. Die syrische Regierung erklärte, sie werde sich der „türkischen Aggression" entgegenstellen. Der türkische Einmarsch werde scheitern. Eine direkte Konfrontation mit der russischen Luftwaffe will die Türkei vermeiden. Erdogan sagte [...], er hoffe bei seinem Treffen mit Putin auf eine Waffenstillstandsvereinbarung. Der türkische Präsident dürfte in Moskau auf eine Lösung dringen, bei der zumindest ein Teil von Idlib der Kontrolle von Assad entzogen bleibt. Auf diese Weise könnte die Türkei verbündete Rebellen in der Gegend schützen und versuchen, Flüchtlinge auf syrischem Boden unterzubringen. Assad hat jedoch wiederholt erklärt, er wolle ganz Idlib unter seine Kontrolle bringen und damit seinen militärischen Sieg über die Rebellen nach neun Jahren Krieg vollenden. [...] Das russische Präsidialamt bekräftigte [...], Russland stehe weiterhin auf Assads Seite.
Die Türkei und Russland hatten trotz ihrer unterschiedlichen Interessen in Syrien jahrelang eng in dem Bürgerkriegsland zusammengearbeitet, doch wegen der Krise in Idlib verschlechterten sich die Beziehungen zwischen beiden Ländern zuletzt rapide. Die Türkei bat die Nato um Hilfe. Erdogan-Berater warfen Moskau vor, die Türkei von anstehenden Entscheidungen über eine Nachkriegsordnung in Syrien ausschließen zu wollen.

Thomas Seibert, Krieg zwischen Türkei und Syrien in Idlib ist voll entbrannt, in: www.general-anzeiger-bonn.de, 02.03.2020

Tipp zu den Hintergründen des Syrien-Konfliktes
Eine ausführliche Sammlung von Internetlinks zum Konflikt in Syrien findet sich unter: *https://www.politische-bildung.de/syrien.html*

Methode

Erklärfilm „Syrien-Konflikt"

Mediencode: 71091-22

II. Gehe dabei so vor:

In jedem Konflikt lassen sich drei Aspekte ausmachen:
- ein Widerspruch, d. h. eine Unvereinbarkeit von Zielen, Interessen bzw. Bedürfnissen,
- ein den Konflikt anzeigendes und allzu oft verschärfendes Verhalten (z. B. Konkurrenz, Aggressivität, Hass, Gewalt) der Konfliktparteien sowie
- eine auf den Konflikt bezogene und diesen – bewusst oder unbewusst – rechtfertigende Einstellung/Haltung. Diese ist eng verbunden mit den Wahrnehmungen und Annahmen der Konfliktparteien in Bezug auf ihre eigene Stellung im Konflikt und die Bewertung der anderen Parteien (z. B. Feindbilder).

Leitfragen zur Untersuchung des Konflikts

1. **Worin besteht der Gegenstand des Konflikts (Widerspruch) und worum wird gestritten?**
   - Vorgeschichte des Konflikts?
   - Wer sind die Akteure? Welche Interessen und Ziele verfolgen sie?

2. **Welche Haltungen haben die Konfliktparteien?**
   - Wie begründen (legitimieren) die Konfliktparteien ihre Ziele (Tradition, Religion, Recht ...)?
   - Welche Einstellung haben die Akteure zu den verschiedenen Mitteln der Konfliktlösung?

3. **Wie verhalten sich die Konfliktparteien?**
   - Welche Standpunkte werden formuliert und mit welchen Mitteln werden diese durchgesetzt (Propaganda, Einschüchterung, militärische Mittel)?
   - Wie reagieren die Konfliktparteien auf unterschiedliche Mittel der Konfliktlösung?

4. **Welche Folgen ergeben sich für die Wahl einer geeigneten Konfliktlösung?**
   - Wie kann dem Konflikt begegnet werden?
   - Wie kann eine dauerhafte Konfliktlösung aussehen?
   - Welche Maßnahmen sind von wem zu ergreifen?

5. **Welche Folgen hat dies für mein eigenes (politisches) Handeln?**
   - Was kann ich tun?

Aufgabe

Analysiere den Syrien-Konflikt wie in **M24** angegeben. Nutze dabei auch die Materialien **M12**, **M14**, **M16**, **M19**, **M22** und **M23** in diesem Kapitel. Stelle deine Ergebnisse anschließend der Klasse vor.

WAS WIR WISSEN

Die NATO
M9 – M16

Die NATO wurde im April 1949 als politisch-militärisches Verteidigungsbündnis der westlich-demokratischen Staaten gegen die Ausdehnung des sowjetischen Einflussbereichs gegründet. Die Mitgliedsländer gehen eine gegenseitige Beistandsverpflichtung bei einem bewaffneten Angriff auf ein Mitglied ein. Aufgrund der veränderten Sicherheitslage hat die NATO 1999 eine neue Strategie beschlossen. Sie beinhaltet das ganze Spektrum militärischer Handlungsmöglichkeiten (Friedenserzwingung, Friedenserhaltung, Friedenskonsolidierung) auch außerhalb des Bündnisgebietes und – in Ausnahmefällen – ohne Mandat der Vereinten Nationen. Im Jahr 2010 erweiterte die NATO ihre Strategie aus dem Jahr 1999 u. a. mit dem Ziel, sich stärker an den Nachfolgestaat des ehemaligen Hauptgegners Sowjetunion, Russland, anzunähern. Angesichts der anhaltenden Spannungen mit Russland im Zusammenhang mit der Ukraine-Krise wird diese Annäherung aber bereits wieder von einigen NATO-Mitgliedern in Frage gestellt.

Die Vereinten Nationen
M17 – M23

Die Vereinten Nationen wurden am 24.10.1945 von 51 Staaten als globale Friedensorganisation gegründet. Heute sind fast alle Länder der Welt Mitglied der VN. Zu ihren Zielen gehört insbesondere die Wahrung des Weltfriedens und der internationalen Sicherheit durch ein allgemeines Gewaltverbot. Der Sicherheitsrat ist das wichtigste Organ der VN. Allein seine Beschlüsse (Resolutionen) sind für alle Staaten bindend. Der Sicherheitsrat besteht aus fünf ständigen Mitgliedern (USA, Großbritannien, Frankreich, China und Russland) und zehn nichtständigen Mitgliedern. Jedes ständige Mitglied ist mit einem Vetorecht ausgestattet, kann also Entscheidungen des Sicherheitsrates blockieren.

In der Generalversammlung haben alle Mitgliedstaaten eine Stimme. Die Generalversammlung kann jedoch nur Empfehlungen verabschieden, die völkerrechtlich nicht verbindlich sind.

Die Handlungsmöglichkeiten der VN lassen sich folgendermaßen umschreiben:

- friedensschaffende Maßnahmen (diplomatische Aktivitäten, Vermittlung, Schlichtung, politische Isolierung);
- friedenserzwingende Maßnahmen (wirtschaftliche Sanktionen, Einsatz von Waffengewalt);
- friedenserhaltende Maßnahmen (Überwachung eines Waffenstillstandes, Trennung der Konfliktparteien, Wahrnehmung von Polizeiaufgaben);
- friedenskonsolidierende Aufgaben (Aufbau zivil- und rechtsstaatlicher Strukturen, gemeinsame Projekte, Durchführung von Wahlen).

SELBSTDIAGNOSE

Ich kann …	Dazu benötige ich u. a. folgende Begriffe …	Das klappt schon …	Hier kann ich noch üben …
… die Begriffe „Krieg" und „Frieden" erklären.	• positiver / negativer Frieden • Gewalt • Asymmetrischer Krieg • zwischenstaatliche / innerstaatliche Kriege	+/–	**Kap. 9.1** • M2, M3 • S. 247, Aufg. 1, 2 • WWW*
… den Stellenwert von Terrorismus als Bedrohung für den Weltfrieden erschließen.	• Internationaler / transnationaler Terrorismus • „Islamischer Staat"	+/–	**Kap. 9.1** • M6 – M8 • S. 250, Aufg. 4 • WWW
… die Rolle der NATO bei der Friedenssicherung beurteilen.	• NATO-Vertrag • Verteidigungsbündnis • NATO im Wandel • Verhältnis NATO-Russland	+/–	**Kap. 9.2** • M9 – M16 • WWW
… die Rolle der Vereinten Nationen für den Weltfrieden bewerten.	• Ziele und Aufgaben der Vereinten Nationen • UN-Charta • UN-Sicherheitsrat • UN-Generalversammlung • UN-Blauhelme	+/–	**Kap. 9.2** • M18 - M23 • S. 263, Aufg. 5 • WWW

* *WWW: WAS WIR WISSEN*

WAS WIR KÖNNEN

Konfliktfälle und ihre Regelungen

Fall 1

Die ethnische Mehrheit eines Landes terrorisiert die Minderheiten, mehr als 100.000 Menschen wurden grausam getötet oder gezwungen, in die Nachbarländer zu fliehen. Wirtschaftssanktionen und diplomatische Bemühungen wurden von den Machthabern ignoriert.

Fall 2

Ein Land mit einem autoritären Regime wird verdächtigt, Atomwaffen zu produzieren. Es weigert sich immer wieder, internationale Inspektionen zuzulassen.

Fall 3

Nach einem verheerenden Bürgerkrieg haben sich die Bürgerkriegsparteien einigen können und einen Friedensvertrag geschlossen, doch ist der Friede noch brüchig. Immer wieder kommt es zu Verletzungen des Waffenstillstandes durch einzelne Gruppen.

Fall 4

Ein Land beherbergt Terroristen, die wiederholt internationale Attentate mit großen Opferzahlen ausgeführt haben. Es weigert sich, die Terroristen auszuliefern.

Fall 5

Das Militär eines Landes marschiert in einem Nachbarland ein und besetzt staatliche Einrichtungen. Die Rohstoffvorkommen werden ausgebeutet und die Bevölkerung schikaniert.

Fall 6

In einem Land werden zunehmend Terroranschläge verübt. Drahtzieher ist ein transnational operierendes Terrornetzwerk.

Aufgabe

Ihr seid Regierungsberater und sollt entscheiden, welche Maßnahmen zur Konfliktlösung in den folgenden Fällen ergriffen werden sollen. Es kann sich dabei auch um eine Abfolge von Maßnahmen handeln. Entscheidet gegebenenfalls auch, welche internationale Organisation mit der Durchführung der Maßnahmen beauftragt werden soll. Begründet eure Entscheidung ausführlich. Beachtet dabei auch mögliche Konsequenzen eurer Entscheidung.

Hilfen H zu den Aufgaben

Seite 96

Hilfe zu Aufgabe 2

Bestimmt zuerst den Divisor: → Gesamtzahl der Stimmen / Gesamtzahl der Sitze.
Ermittelt danach die Sitzzahl pro Partei: → Gesamtstimmen für Partei / Divisor.

Seite 148

H zur Aufgabe

Legt eine Tabelle mit fünf Spalten an:

	Politischer Extremismus	Rechts-extremismus	Links-extremismus	Islamismus
Allgemeine Merkmale	• ...	• ...	• ...	• ...

Seite 156

Hilfen zu den Aufgaben 1a und 1b

a) Hier sind einige Beispiele:

Prinzipien	Beispiele
Menschenrechte	Schaut z. B. in die ersten Paragraphen des Grundgesetzes.
Volkssouveränität	Wer hat die Macht inne?
Gewaltenteilung	Schaut euch z. B. Gesetze an, die vom Bundesverfassungsgericht für unvereinbar mit dem Grundgesetz erklärt wurden.
...	

b)

Prinzipien der FDGO	Beispiele für Verstöße gegen die FDGO
Volkssouveränität	Islamismus: Gottesherrschaft ... Linksextremismus: Anarchie (Herrschaftslosigkeit)
Menschenwürde	Rechtsextremimus: ...
...	...

Seite 197

H zu Aufgabe 1

Folgende Schlagworte könntest du in deiner E-Mail unterbringen:

- Weltkriege
- Frieden
- Steigerung des Wohlstandes
- Selbstbehauptung Europas
- Deutschland: Wiederaufnahme und Anerkennung
- Lernen aus der Geschichte
- Menschenrechte und Demokratie

METHODE

Methoden zur Bearbeitung der Aufgaben

Zur Bearbeitung der Aufgaben werden an vielen Stellen nachfolgende Bearbeitungsmethoden angeboten. Diese sind hier ausführlich erklärt.

Ein Ampelspiel durchführen

I. Worum geht es?

Das Ampelspiel eignet sich dazu, in Einstiegsphasen relativ schnell ein Meinungsspektrum oder Stimmungsbild in der Lerngruppe sichtbar zu machen.
Jeder Schüler kann durch eine von drei Farbkarten (rot, gelb, grün) zu erkennen geben, ob er spontan einer bestimmten Aussage zustimmt, ob er unentschlossen ist oder ob er sie ablehnt.
Mit diesem Spiel werden kontroverse (Vor-) Ansichten deutlich, die anschließend in den weiteren Arbeitsphasen reflektiert und differenziert werden müssen.

II. Geht dabei so vor:

1. Schritt: Ausgangssituation

Zu Beginn einer Stunde werden der Klasse durch den Lehrer verschiedene, zugespitzte Aussagen vorgetragen.

2. Schritt: Spielverlauf

- Jeder Teilnehmer hat einen dreiteiligen Kartensatz: Rot, Gelb, Grün.
- Der Teilnehmer signalisiert nach jeder vorgetragenen Aussage seinen Standpunkt.
- Rot = Ablehnung, Gelb = Enthaltung, Grün = Zustimmung

3. Schritt: Finale

- Eine Abstimmungsrunde bietet sich im Anschluss nicht an.
- Es kann thematisiert werden, bei welcher Aussage das Positionieren am schwersten fiel.

Nach:
- *Lothar Scholz, Spielerisch Politik lernen, Methoden des Kompetenzerwerbs im Politik- und Sozialkundeunterricht, Schmalbach/Ts, 2003, S. 115*
- *Günther Gugel, Methoden Manual I: „Neues Lernen". Tausend neue Praxisvorschläge für Schule und Lehrerbildung, Weinheim 2006, S. 167*

METHODE

Ein begründetes Urteil bilden

I. Worum geht es?

Wir neigen dazu, Sachverhalte nicht einfach emotionslos zur Kenntnis zu nehmen, sie zu beschreiben, sondern sie zugleich intuitiv als moralisch gut / böse, als moralisch gerechtfertigt / ungerechtfertigt zu be*urteilen*. Wir urteilen also „aus dem Bauch" heraus. Um wirklich mitreden zu können, reicht ein solches Bauchgefühl meist nicht aus. Fundierte Urteile entstehen durch Information und Abwägung, durch Auseinandersetzung mit dem jeweiligen politischen Problem. Dieser Prozess wird durch das Wort „Urteilsbildung" beschrieben. Wie genau eine Urteilsbildung funktioniert, erfahrt ihr hier.

II. Geht dabei so vor:

1. Schritt: ein Spontanurteil bilden

Formuliert euer „Bauchgefühl" zur Problemfrage und begründet es kurz und knapp in maximal einem Satz. So verdeutlicht ihr eure erste Meinung zur Problemfrage.

2. Schritt: geeignete Kriterien finden

Für eine fundierte Urteilsbildung braucht ihr mehr Informationen. Um diese zu strukturieren, bietet es sich an, dass ihr zunächst gemeinsam in der Klasse nach relevanten Kriterien für die Urteilsbildung sucht. Kriterien sind dabei eine Liste von Anforderungen, denen eine ideale Konfliktlösung genügen sollte. Diese können z. B. sein:

- Vereinbarkeit mit dem Grundgesetz (Legalität),
- eigene Wertvorstellungen, wie Freiheit, Solidarität, Umweltschutz, ... (Legitimität, Nachhaltigkeit),
- soziale Gerechtigkeit,
- Kosten- / Nutzen-Verhältnis (Effizienz),
- Durchsetzbarkeit (Effektivität).

Weitere Kriterien

Weitere Kriterien können sein:

- Transparenz,
- Repräsentation,
- Partizipation.

3. Schritt: Sachverhalte prüfen

Eure Kriterien sollen jetzt mit „Leben" gefüllt werden, d. h. ihr müsst Sachwissen erarbeiten und den Kriterien zuordnen.
Was spricht innerhalb eines Kriteriums für bzw. gegen die aufgestellte Problemfrage? Achtet darauf, stets beide Seiten zu betrachten, damit eure Urteilsbildung ausgewogen ist.

METHODE

4. Schritt: Detailurteile bilden

Innerhalb jedes Kriteriums solltet ihr jetzt abwägen, welcher Seite (dafür / dagegen) ihr eher zustimmt. Stellt dabei die Argumente beider Seiten gegenüber und überlegt, was euch wichtiger ist oder für euch überzeugender scheint.

5. Schritt: Gesamturteil bilden

Betrachtet alle Detailurteile und bringt sie in eine persönliche Reihenfolge, indem ihr sie nach Relevanz / Wichtigkeit durchnummeriert. Das soll euch ermöglichen, ein Gesamturteil zu bilden.
Dabei ist es wichtig, dass dieses Gesamturteil nicht dem Detailurteil im für euch wichtigsten Kriterium entsprechen muss. Auch die Anzahl der Pro- bzw. Kontra-Entscheidungen muss nicht ausschlaggebend sein.
Abschließend gilt es, euer Gesamturteil zu verschriftlichen.

Nach dem Urteil

- Stellt euch abschließend der Kritik eurer Klasse, indem ihr eure Urteile gegenseitig bewertet. Dabei sollte der Weg der Entscheidung im Mittelpunkt stehen, nicht die Entscheidung selbst.
- Reflektiert euer Urteil, indem ihr benennt, wie es zu eurer Entscheidung kam. Weicht sie vom Spontanurteil ab? Welche Kriterien hatten besonderen Einfluss auf eure Urteilsbildung und warum? Welche Argumente waren entscheidend? Fehlen euch noch Informationen für ein abschließendes Urteil?

Nach: Wolfgang Sander, FairUrteilen, www.egora.uni-muenster.de, Abruf am 01.03.2017

Formulierungshilfen für das Urteil

- „Die Maßnahme … mag zwar wirksam sein, sie ist aber abzulehnen, da sie gegen den Grundwert … verstößt"
- „Würden die Maßnahmen umgesetzt, hieße dies …"
- „Ich stimme der Forderung nach … zu/nicht zu, da durch diese vor allem der Grundwert … gesichert / nicht gesichert wird, der mir am wichtigsten erscheint."
- „Die Behauptung … trifft zu / nicht zu, da …"
- „Daraus folgt, dass …"
- …

Bearbeiter

METHODE

Eine Concept-Map erstellen

I. Worum geht es?
Eine **Concept-Map** (englisch: Begriffs-Landkarte) ist ein Netz aus verschiedenen Begriffen. Die einzelnen Begriffe werden dabei miteinander in Beziehung gebracht. Die Technik der Concept-Map wird oft zur grafischen Darstellung von Informationen, zur Gedankenordnung und –reflexion bzw. zum besseren Textverständnis verwendet.

II. Geht dabei so vor:

1. Schritt: Begriffe zum Thema herausarbeiten
Arbeitet aus dem gewählten Themengebiet alle wichtigen Begriffe heraus.

2. Schritt: Begriffe anordnen und miteinander in Beziehung setzen
Verteilt die Begriffe aus Schritt 1 auf einem DIN A4-Blatt. Verbindet anschließend die Begriffe mithilfe von Pfeilen miteinander.

3. Schritt: Pfeile beschriften
Beschriftet die Pfeile, indem ihr die Beziehung der jeweiligen Begriffe in Worte fasst.

Bearbeiter

Ein Gruppenpuzzle durchführen

1. Schritt: Stammgruppen

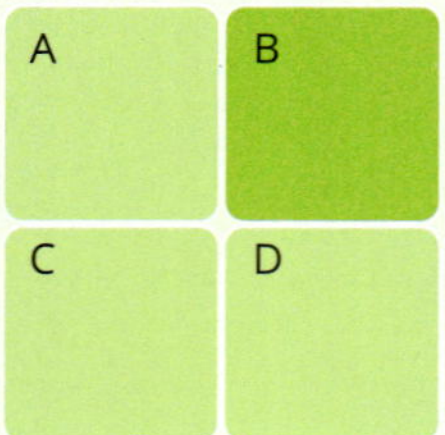

2. Schritt: Expertengruppen

3. Schritt: Stammgruppen

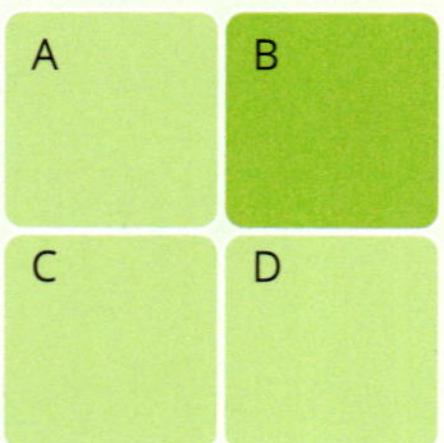

I. Worum geht es?
Diese Unterrichtsmethode ist eine Form der Gruppenarbeit. Sie arbeitet mit zwei Gruppenformen, der Stamm- und der Expertengruppe. Beim **Gruppenpuzzle** werden die Mitglieder einer Klasse in Gruppen eingeteilt. Jede Gruppe bearbeitet das Gesamtthema, jedoch jedes Mitglied in Einzelarbeit einen anderen Teil.

II. Geht dabei so vor:
1. Teilt die Klasse in Stammgruppen von drei bis sechs Personen auf.
2. Teilt jedem Mitglied einer Stammgruppe eine Teilaufgabe zu. Jedes Gruppenmitglied wird somit zum „Experten“ eines Themas.
3. Gebt euch ausreichend Zeit, damit ihr euch in euer Gebiet einarbeiten könnt.
4. Bildet nun „Expertengruppen“, indem sich Mitglieder des gleichen Themengebiets treffen und ihre Ergebnisse vergleichen.
5. Kehrt als „Experten“ anschließend in eure ursprünglichen Gruppen zurück
6. Vermittelt als „Experten“ euren anderen Gruppenmitgliedern, was ihr über euer Themengebiet erarbeitet habt.

METHODE

Galerierundgang

I. Worum geht es?

Ein Galerierundgang oder auch Galeriespaziergang dient der Präsentation und Auswertung von Arbeitsergebnissen. Ähnlich wie in einer Ausstellung werden die Arbeitsergebnisse der Schüler meist in Form von Plakaten oder Postern präsentiert.

II. Geht dabei so vor:

1. Schritt: Überblick verschaffen

In einem ersten Rundgang verschaffen sich die Schüler einen Überblick über alle Arbeitsergebnisse der Lerngruppe. Während dieser Phase sollten sich nach Möglichkeit alle Schüler ruhig verhalten und nicht miteinander ins Gespräch kommen.

2. Schritt: Vorstellung der Arbeitsergebnisse

In einem zweiten Rundgang versammeln sich die Schüler in Kleingruppen an den verschiedenen Pinnwänden, jedoch nicht vor der eigenen. Dort stellt ihnen jeweils ein Mitglied der Gruppe das Arbeitsergebnis vor, während die Mitschüler der anderen Gruppen die Möglichkeit haben, Nachfragen zu stellen und so miteinander über das Arbeitsergebnis ins Gespräch zu kommen. Diese Phase kann beliebig oft wiederholt werden.

Als Alternative könnte der 2. Schritt auch in Form einer schriftlichen Rückmeldung erfolgen. Dazu sollte neben dem Arbeitsergebnis ein Rückmeldebogen liegen, der z. B. folgende Aspekte umfassen könnte:

a) Zum Inhalt:

Die zentrale Aussage für mich lautet...
Dieser Punkt hat mich besonders überrascht...
Das habe ich noch nicht gewusst...
Darüber möchte ich gern mehr erfahren...
Dazu habe ich noch eine Nachfrage...

b) Zur Gestaltung:

Dieser Sachverhalt fiel mir als erstes ins Auge...
Das hat mir gut gefallen...
Das hätte ich anders gemacht...

3. Schritt: Bewertung der Arbeitsergebnisse

In einer dritten Phase erfolgt die Rückmeldung zu den Arbeitsergebnissen. Dies sollte kriteriengeleitet erfolgen. Mögliche Kriterien für die Bewertung könnten sein:

- Das hat mich an der visuellen Darstellung überzeugt.
- Das hat mich an den Ausführungen/ Erklärungen überzeugt.
- Das habe ich nicht verstanden/ nachvollziehen können.
- Das hätte ich anders gemacht.

Nicht zuletzt können die Schüler sich untereinander auf dieser Grundlage auch einen Notenvorschlag erteilen.

Bearbeiter

METHODE

Politikwissenschaftliche Texte bearbeiten und verstehen

I. Worum geht es?

Textarbeit ist ein mehrstufiger Prozess, sich einen Text produktiv anzueignen: Fachwissenschaftliche Texte werden handhabbar gemacht, indem der Text zerlegt, auf Wesentliches reduziert und visualisiert wird.

So entsteht ein kleines Produkt: ein strukturiertes Geflecht aus Markierungen und Anmerkungen, evtl. sogar eine Mindmap oder ein grafisches Schaubild. Textarbeit nimmt einem den „Respekt" vor dem Text; am Ende versteht man ihn nicht nur (besser), man setzt sich mit ihm auseinander, bezieht Stellung. Er ist zu einem Bestandteil des eigenen Wissens und Denkens geworden.

II. Geht dabei so vor:

1. Schritt: Texte bearbeiten

a) Lest den Text zügig durch, verschafft euch einen ersten Überblick über seinen Inhalt.
b) Lest den Text erneut und gründlich. Schreibt unbekannte Ausdrücke oder unklare Sachverhalte heraus. Klärt diese durch gezieltes Nachfragen oder mithilfe geeigneter Nachschlagewerke.
c) Schreibt Schlüsselbegriffe und Kernaussagen im Text heraus.
d) Arbeitet nach Möglichkeit mit sog. Randglossen (Stichwörtern, Abkürzungen, Symbolen am Textrand), um Auffälligkeiten oder eigene Kommentare zu fixieren.
e) Verseht den Text mit Zwischenüberschriften, um deren Gliederung augenfällig zu machen.

2. Schritt: Texte verstehen

Beantwortet schließlich folgende Leitfragen zum Text:
a) Welches Thema behandelt der Text?
b) Wer ist der Verfasser des Textes und wann ist er erschienen?
c) Welche Informationen bietet der Text?
d) Wie lassen sich die Hauptaussagen des Textes zusammenfassen?

Bearbeiter

METHODE

Eine politische Rede analysieren

I. Worum geht es?

Eine (politische) Rede ist eine mündliche Darlegung des eigenen Standpunktes zu einem Thema vor Publikum. Reden richten sich an eine bestimmte Zuhörerschaft/ Leserschaft, sie haben einen Anlass und einen Zweck.
Eine Rede ist dann gut, wenn es dem Redner gelingt, den Funken der eigenen Überzeugung auf die Zuhörerinnen und Zuhörer überspringen zu lassen. Dies zu prüfen, ist die Aufgabe der Analyse.

II. Geht dabei so vor:

1. Schritt: Einordnung der Rede in einen Kontext

Folgende Fragen lenken die Analyse:

- Wer produziert bzw. referiert bei welchem Anlass für wen den Text?
- Welche (genannten oder ungenannten) Interessen vertritt der Autor?
- Welche unüberprüfbaren Allerweltsweisheiten sollen wirken?
- Welche Wirkung soll der Text erzielen?
- Welches Vorgehen/Handeln wird gerechtfertigt?
- Welche Aussagen sind korrekt und wahrheitsgetreu, welche sind verzerrt?
- Was wird beschönigend dargestellt oder verschwiegen?
- Wer redet bei welchem Anlass?

2. Schritt: Analyse der Rede

Die Analyse einer Rede bezieht sich auf:

1. Rhetorische und sprachlich stilistische Besonderheiten, z. B. Hochwertwörter, Euphemismen, Auf- und Abwertungen, Appelle, bildliche Sprache, Phrasen und Leerformeln, pseudowissenschaftliche Herleitungen, Ironie, Spott, Sprachschichten, Stilwechsel, Stereotype, emotionale Färbung von Begriffen.

2. Manipulative Argumentationstechniken, so z. B. die Entlastungsmethode, Beschwichtigung, Verallgemeinerungstechnik, Plus-Minus-Methode, Emotionalisierung, moralische Argumentation, Autoritätstechnik.

Bearbeiter

METHODE

Eine Positionslinie bilden

I. Worum geht es?

Mithilfe einer Positionslinie können Einstellungen körperlich zum Ausdruck gebracht werden. Dies kann in jedem größeren Raum geschehen, z. B. in eurem Klassenraum.

II. Geht dabei so vor:

1. Schritt: Vorbereitung

Auf einer gedachten oder durch einen Klebestreifen auf dem Boden markierten Linie positionieren sich die Schüler zu einer Frage oder zu einem Problem. Die Enden dieser Linie stellen alternative Pole (ja/nein; stimmt/stimmt nicht), der Abstand zwischen diesen Punkten entsprechend abgestufte Positionen dar.

2. Schritt: Durchführung

Die Schüler werden dann aufgefordert, ihre Positionen zu begründen und sich auch argumentativ aufeinander zu beziehen.

Lothar Scholz, Spielerisch Politik lernen. Methoden des Kompetenzerwerbs im Politik- und Sozialkundeunterricht, Schmalbach/Ts, 2003, S. 114

Kleines Politiklexikon

Abgeordnete
Die gewählten Mitglieder eines Parlaments.

Armut
Von absoluter Armut spricht man, wenn einer Person weniger als 1,25 US-Dollar (ca. 1 Euro) pro Tag zur Verfügung steht. Von relativer Armut spricht man, wenn das Einkommen weniger als 50% des Durchschnittseinkommens in einem Land (Staat) beträgt.

Binnenmarkt
Ein Wirtschaftsraum, in dem einheitliche Bedingungen für den Verkehr von Waren, Dienstleistungen und Kapital herrschen. Bürger können ihren Wohn- und Arbeitsort frei wählen. Der Binnenmarkt in der EU wurde zum 1. Januar 1993 verwirklicht.

Bruttoinlandsprodukt (BIP)
Messgröße, mit der die wirtschaftliche Leistungskraft eines Landes dargestellt wird. Das BIP umfasst den Geldwert aller in einem Jahr innerhalb der Landesgrenzen produzierten Waren und Dienstleistungen (von Inländern und Ausländern). Um das BIP pro Kopf zu erhalten, teilt man das BIP eines Landes durch die Zahl der Einwohner.

Bürgerinitiative
Lockerer, zeitlich befristeter Zusammenschluss von Bürgerinnen und Bürgern, die wegen eines bestimmten Anliegens Einfluss auf die Politik nehmen möchten.

Bund (Bundesstaat)
Der Zusammenschluss mehrerer Staaten zu einem Gesamtstaat, zum Beispiel die Bundesrepublik Deutschland mit allen Bundesländern.

Bundeskanzler
Der Chef der Bundesregierung. Er bestimmt die Richtlinien der Politik und trägt die Verantwortung dafür.

Bundespräsident
Das Staatsoberhaupt der Bundesrepublik. Er repräsentiert Deutschland nach außen. Außerdem gehören zu seinen Aufgaben die Ernennung und Entlassung der höchsten Staatsbeamten und die Unterzeichnung der vom Bundestag verabschiedeten Gesetze.

Bundesrat
Der Bundesrat ist ein Teil der Legislative. Über ihn wirken die Länder an der Gesetzgebung des Bundes mit. Der Bundesrat muss bei Gesetzen, die Länderinteressen berühren oder die Verfassung ändern, zustimmen, damit diese in Kraft treten können. Bei anderen Gesetzen kann er Einspruch erheben, der aber vom Bundestag überstimmt werden kann.

Bundestag
Name des deutschen Parlaments, s. dort!

Bundesverfassungsgericht
Höchstes deutsches Gericht mit Sitz in Karlsruhe. Das Bundesverfassungsgericht wacht darüber, dass Parlamente, Regierungen und Gerichte in Deutschland das Grundgesetz einhalten. Jeder Bürger kann eine Verfassungsbeschwerde beim Bundesverfassungsgericht einreichen.

Demografischer Wandel
So werden die Veränderungen in der Bevölkerungszusammensetzung hinsichtlich ihrer Größe und Struktur (z. B. Alterszusammensetzung) bezeichnet.

Einkommen
Allgemein meint man damit das Arbeitseinkommen für Erwerbstätigkeit (Lohn, Gehalt, Gewinn). Darüber hinaus gibt es auch Einkommen als Entgelt für die Bodennutzung (Miete, Pacht) oder als Entgelt für die Nutzung von Kapital (Sparzinsen, Kreditzinsen). Einkommen, die der Staat ohne Gegenleistung bezahlt, nennt man Transfereinkommen.

Entwicklungsländer
Länder, die besonders arm sind. Kennzeichen dieser Länder sind häufig eine hohe Staatsverschuldung, daher sind auch das Gesundheits- und Bildungssystem häufig schlecht ausgestattet. Die Menschen sind schlechter ernährt und leben kürzer.

Europäische Union
Die Gemeinschaft von heute (2020) besteht aus 27 europäischen Staaten. Sie wurde 1957 als Wirtschaftsbündnis gegründet. Neben der gemeinsamen Politik in allen wirtschaftlichen Bereichen wurde im Vertrag von Maastricht (1992) auch eine Zusammenarbeit in der Außen- und Sicherheitspolitik sowie der Justiz- und Innenpolitik beschlossen.

EU-Konvergenzkriterien
Vier Kriterien zur Beurteilung der wirtschaftlichen Stabilität eines Landes (Preisstabilität, Schuldenstand, Wechselkursstabilität, langfristige Zinsen). Ein EU-Mitglied muss diese erfüllen, um den Euro als Währung einführen zu können.

Europäische Zentralbank (EZB)
Die EZB wurde am 1.6.1998 gegründet und bildet zusammen mit den nationalen Notenbanken das Europäische System der Zentralbanken. Die EZB ist von politischen Weisungen unabhängig und seit der Einführung des Euro am 1.1.1999 für die Geldpolitik im Euroraum zuständig. Ihre Hauptaufgabe ist es, die Preisstabilität zu garantieren. Darüber hinaus unterstützt sie auch die allgemeine Wirtschaftspolitik.

Exekutive
Die ausführende Gewalt, d. h. Regierung und Verwaltung.

Export
Ausfuhr oder Lieferung von im Inland hergestellten, veredelten oder weiterverarbeiteten Erzeugnissen ins Ausland oder die Übernahme von Dienstleistungen für Auftraggeber aus dem Ausland.

Föderalismus
Gliederung eines Staates in Gliedstaaten (in der Bundesrepublik Deutschland die Bundesländer) mit eigener Verfassung, Regierung und Parlament. Bezeichnet auch das Bestreben, die Rechte der Gliedstaaten zu wahren.

Fraktion
Vereinigung im Parlament, die i. d. R. aus den Abgeordneten einer Partei besteht.

Auch Mitglieder verschiedener Parteien, die gleichgerichtete politische Ziele verfolgen, können sich zu einer Fraktion zusammenschließen.

Fünf-Prozent-Klausel
Vorschrift, dass alle Parteien bei einer Wahl mindestens fünf Prozent der gültigen Zweitstimmen erhalten müssen, um ins Parlament zu kommen bzw. um an der Sitzverteilung teilnehmen zu können.

Gemeinde
Die Gemeinden (Kommunen) bilden das unterste politische Gemeinwesen in der Bundesrepublik Deutschland. Gemeinden besitzen das Recht der Selbstverwaltung (Art. 28 GG) und regeln im Rahmen der Gesetze alle Angelegenheiten der örtlichen Gemeinschaft in eigener Verantwortung.

Gemeinwohl
Unter Gemeinwohl versteht man das Wohlergehen einer gesellschaftlichen Gruppe (z. B. eines Staates, einer Religionsgemeinschaft, einer Schule, einer Klasse). Das Gemeinwohl zu steigern, ist ein Ziel politischer Entscheidungen. Dazu müssen einzelne oder persönliche Interessen manchmal aufgegeben oder durch einen Kompromiss ausgeglichen werden.

Generationenvertrag
Bezeichnung für das Grundprinzip der gesetzlichen Rentenversicherung, nach dem der heute arbeitende Teil der Gesellschaft für die Rentenzahlungen an den nicht mehr arbeitenden Teil aufkommt.

Gerechtigkeit
Einstellung, Prinzip, Zustand, bei dem jede Person das erhält, was ihr zusteht. Wie dieser Zustand zu erreichen ist, ist umstritten. So unterscheidet man Chancengerechtigkeit, Leistungsgerechtigkeit, Bedarfsgerechtigkeit und Teilhabegerechtigkeit.

Gewaltenteilung
Verteilung der drei Gewalten Gesetzgebung (Legislative), Verwaltung (Exekutive) und Gerichtsbarkeit (Judikative) auf verschiedene, voneinander unabhängige Staatsorgane. In der Regel sind dies Parlament, Regierung und Verwaltung sowie eine unabhängige Richterschaft. In der Bundesrepublik Deutschland ist die klassische Gewaltenteilung teilweise durchbrochen (Gewaltenverschränkung).

Gleichberechtigung
Gleichberechtigt sind Menschen, wenn sie die gleichen Rechte haben. Der Begriff kann sich auf das Verhältnis von Frauen und Männern beziehen, aber auch auf Ausländer, Behinderte usw. Häufig besteht zudem ein Unterschied zwischen dem rechtlichen Anspruch und dem tatsächlichen Zustand.

Globalisierung
Der Begriff verweist auf die Entstehung neuer weltumspannender sozialer Handlungszusammenhänge. Globalisierung umfasst dabei u. a. wirtschaftliche, politische, kulturelle oder die Umwelt und die Arbeitsmärkte betreffende Dimensionen. Im wirtschaftlichen Bereich führt die Globalisierung zu einer immer engeren Verflechtung der Volkswirtschaften und der Entstehung eines weltweiten Marktes für Waren, Kapital und Dienstleistungen.

Grundgesetz
Die Verfassung der Bundesrepublik; sie regelt den Aufbau, die Aufgaben und das Zusammenspiel der Staatsorgane. Im Grundgesetz werden auch die Grundrechte garantiert.

Grundrechte
In der Verfassung garantierte Rechte, die für jeden Einzelnen gewährleistet werden, wie zum Beispiel die Meinungsfreiheit, die Versammlungsfreiheit und die Menschenwürde.

Industrieländer
Länder, in denen die industrielle Produktion weit fortgeschritten und der technische Fortschritt hoch sind. Häufig sind die Länder sehr wohlhabend.

Inflation
Prozess anhaltender Preisniveausteigerungen bzw. anhaltender Geldentwertung.

Integration
Im allgemeinen Sprachgebrauch versteht man darunter die Eingliederung oder Einbindung eines (fremden) Einzelnen oder einer Minderheit in eine größere Gruppe.

Judikative
Die rechtsprechende Gewalt; sämtliche Gerichte der Bundesrepublik Deutschland.

Kabinett
Der Kanzler, die Minister und politischen Beamten (Staatssekretäre).

Koalition
Zusammenschluss zweier oder mehrerer Parteien, die gemeinsam eine Regierung bilden und Gesetzentwürfe ausarbeiten.

Konstruktives Misstrauensvotum
Der Bundestag kann den Bundeskanzler nur durch die Wahl eines neuen Kanzlers (konstruktiv!) zum Rücktritt zwingen.

Legislative
Die gesetzgebende Gewalt; sie wird in der Bundesrepublik Deutschland von Bundestag und Bundesrat ausgeübt (auf Landesebene von den Länderparlamenten).

Mandat
Auftrag; der Wähler beauftragt durch die Wahl einen Politiker, seine Interessen zu vertreten.

Markt
Der reale oder virtuelle Ort, an dem Angebot und Nachfrage nach Gütern und Leistungen aufeinandertreffen und Preise gebildet werden (z. B. Automarkt, Börse). Das Grundprinzip des Marktes ist der Tausch.

Mediendemokratie
Form der Demokratie, in der die Artikulation und Diskussion von politischen Problemen in erster Linie von den Medien angestoßen und vermittelt wird.

Mehrheitswahlrecht
Danach ist gewählt, wer in seinem Wahlkreis die Mehrheit der Stimmen erhalten hat, die Minderheiten werden nicht berücksichtigt. Relative Mehrheit: Gewählt ist, wer die meisten Stimmen hat. Absolute Mehrheit: Gewählt ist, wer mehr als die Hälfte der Stimmen erzielt. Qualifizierte Mehrheit: Eine vereinbarte Mehrheit, z. B. 2/3 der Stimmen, muss erreicht werden.

Menschenrechte
Das sind die persönlichen Rechte, die jedem Menschen von Geburt an zustehen, z. B. das Recht auf Meinungsfreiheit.

Migration
Im Laufe der Geschichte haben sich immer wieder kleinere oder größere Gruppen von Menschen oder ganze Völker auf Wanderungen begeben. Dies hatte ganz unterschiedliche Gründe: So wurden die Menschen aus religiösen oder politischen Motiven verfolgt, andere waren arm und sahen für sich und ihre Kinder keine Zukunft mehr in ihrer Heimat. Alle diese Wanderungen (lat. migrare = wandern) nennt man Migration.

Nachhaltigkeit
Der Begriff bedeutet, dass man nicht mehr von einem Rohstoff (der Natur) verbrauchen soll, als nachwachsen kann. In Bezug auf die Umwelt heißt das, dass man den Ausgangszustand für die folgenden Generationen bewahren soll und die Umwelt nicht durch Abgase und Müll irreparabel schädigen darf.

NATO
(engl. North Atlantic Treaty Organization, Nordatlantikpakt) Das Verteidigungsbündnis zwischen den USA, Kanada und den westeuropäischen Staaten wurde am 4.4.1949 gegründet. Die Mitglieder verpflichten sich im Falle eines Angriffs auf einen Mitgliedstaat zum gegenseitigen Beistand. Wichtigstes Gründungsmotiv war die Abwehr der Expansionsabsichten des Kommunismus, insbesondere die Verteidigung gegenüber der Sowjetunion und ihren Verbündeten. Heute hat die NATO zum Ziel, Frieden und Freiheit weltweit zu verteidigen, z. B. auch im Auftrag der Vereinten Nationen.

Nichtregierungsorganisation (NGO)
NGOs sind Organisationen, die auf der Basis privater Initiative transnationale politische und gesellschaftliche, aber auch soziale oder ökonomische Ziele vertreten. Sie übernehmen dabei Funktionen im politischen Willensbildungsprozess. Dies erreichen NGOs durch Themensetzung in Medien, Vertretung von Interessen über nationale Grenzen hinweg sowie durch konkrete Projektarbeit. NGOs engagieren sich v. a. auf den Politikfeldern Entwicklungspolitik, Menschenrechte, humanitäre Hilfe sowie Ökologie.

Ökologie
So bezeichnet man die Wissenschaft von den Wechselbeziehungen zwischen den Lebewesen und ihrer Umwelt.

Opposition
Alle Personen und Gruppen, die der Regierung im Parlament gegenüberstehen und sie kritisieren.

Parlament
Die Versammlung der vom Volk gewählten Abgeordneten. Das Parlament regt Gesetze an, bewilligt sie und kontrolliert die Regierung. In einer parlamentarischen Demokratie nimmt vor allem die Opposition die Kontrollfunktion wahr, da die Mehrheit im Parlament die Regierung trägt.

Parteien
Politische Gruppen, die über einen längeren Zeitraum Einfluss auf die politische Willensbildung nehmen. Sie sind bereit, in Parlamenten und Regierungen Verantwortung zu übernehmen.

Pressefreiheit
Garantie für die freie Berichterstattung und Veröffentlichung von Informationen und Meinungen. Sie ist im deutschen Grundgesetz festgeschrieben (Art. 5 GG) und gilt als Grundlage der Demokratie, da sich die Bürger nur mithilfe der Informationen an politischen Entscheidungen beteiligen können.

Propagandadelikte
Propaganda beschreibt eine Tätigkeit, die darauf abzielt, politische Meinungen und öffentliche Sichtweisen zu beeinflussen und zu manipulieren. Delikt ist eine Bezeichnung für eine strafrechtliche Verfehlung.

Rechtsstaat
Ein Rechtsstaat ist ein Staat, in dem die öffentliche Gewalt an eine objektive Rechtsordnung gebunden ist. In einem Rechtsstaat ist die Macht des Staates begrenzt, um die Bürger vor gesetzloser Willkür zu schützen.

Schülervertretung
Die Schülervertretung (häufig SV abgekürzt) vertritt die Interessen der Schülerinnen und Schüler bei der Gestaltung des schulischen Lebens. Alle Schülerinnen und Schüler können an ihrer Interessenvertretung mitwirken. Aus der Gruppe der Klassen- und Jahrgangssprecher wird in der Regel ein SV-Team gewählt, das für ein Schuljahr die Anliegen und Angelegenheiten der Schülerschaft vertritt und besondere Aufgaben bei der Organisation der SV-Arbeit übernimmt.

Schulgesetz
Das Schulgesetz ist eine Regelsammlung für alle Schulen in einem Bundesland (z. B. Thüringen). Es legt unter anderem fest, welchen Auftrag die Schulen haben, wie sie organisiert sein sollen, welche Möglichkeiten der Mitbestimmung es für Schüler, Eltern und Lehrer gibt und welche Rechte und Pflichten Schüler haben. Auch wie Entscheidungen innerhalb der Schule getroffen werden sollen und wer an ihnen beteiligt werden muss, regelt das Schulgesetz.

Schulkonferenz
Die Schulkonferenz ist in der Schule das oberste Gremium. Alle wichtigen Entscheidungen, die die einzelne Schule betreffen, werden dort gefällt.
Die Schulkonferenz besteht aus gewählten Schülervertretern, Elternvertretern und Lehrervertretern. Zusätzlich ist der Schulleiter oder die Schulleiterin immer Vorsitzende/r der Schulkonferenz.

Schwellenländer
Länder, die nicht mehr zu den Entwicklungsländern zählen, aber auch noch nicht zu Industrieländern. Lebenserwartung und Ausbildung sind häufig hoch, genauso aber der Schuldenstand und die sozialen Unterschiede.

Sozialstaat
Bezeichnung für einen Staat, der seinen Bürgern ein Existenzminimum sichert, wenn sie in Not geraten sind, und für einen gerechten Ausgleich zwischen Reichen und Bedürftigen sorgt. In Deutschland geschieht dies z. B. durch die Sozialversicherungspflicht und durch staatliche Unterstützung, wie Sozialhilfe, Kindergeld oder Ausbildungs- und Arbeitsförderung.

Sozialversicherungssystem
Bezeichnung für die Gesamtheit gesetzlicher Pflichtversicherungen in Deutschland (Arbeitslosen-, Renten-, Kranken-, Pflege- und Unfallversicherung). Die Sozialversicherung versichert den Einzel-

nen gegen Risiken für seine Existenz. Sie ist organisiert nach dem Solidarprinzip. Sozialversicherungspflichtig sind alle abhängig Beschäftigten. Die Versicherungsbeiträge teilen sich Arbeitgeber und Arbeitnehmer.

Staat
Mit dem Begriff bezeichnet man eine Vereinigung vieler Menschen (Staatsvolk) innerhalb eines durch Grenzen bestimmten geografischen Raumes (Staatsgebiet) unter einer unabhängigen (souveränen) Staatsgewalt, die von den Staatsorganen (Regierung, Parlamente, Gerichte, Polizei) ausgeübt wird.

Streitbare/wehrhafte Demokratie
Begriff für eine Demokratie, die Mittel bereithält, um gegen Feinde der Demokratie vorzugehen. So können in Deutschland zum Beispiel Parteien oder Vereine verboten werden, die sich gegen die freiheitliche demokratische Grundordnung wenden.

Strukturwandel
Veränderungen der wertmäßigen Beiträge der einzelnen Wirtschaftssektoren (Land- und Forstwirtschaft, verarbeitendes Gewerbe und Dienstleistungen) zur Wirtschaftsleistung eines Landes. Der Anteil des Dienstleistungsbereichs nimmt dabei in Deutschland ständig zu. Beschleunigt und verstärkt wird der Strukturwandel durch neue Technologien sowie den zunehmenden internationalen Wettbewerb.

Subsidiaritätsprinzip
Prinzip, nach dem ein Problem auf der Ebene gelöst werden soll, auf der es entsteht. „Was der Einzelne tun kann, sollen nicht andere für ihn tun." Erst wenn auf dieser Ebene keine Abhilfe möglich ist, soll die nächsthöhere Ebene sich des Problems annehmen (Familie, Gemeinde, Land, Bund, EU).

Terrorismus
Planmäßige Gewaltanwendung von Einzeltätern oder Gruppen zur Verfolgung politischer oder religiöser Ziele. Der Terrorismus möchte durch gezielte Anschläge Angst, Schrecken und Unsicherheit unter der Bevölkerung verbreiten.

Transnationale/multinationale Unternehmen
Konzerne, die über mehrere Nationen verteilt sind. Sie sind in mehreren Geschäftsbereichen (Handel, Vertrieb, Herstellung, Forschung und Entwicklung) außerhalb ihres Heimatlandes tätig und stützen sich finanziell auf Unternehmen in zwei oder mehr Ländern.

Vereinte Nationen
(engl. United Nations Organization)
Nach dem Zweiten Weltkrieg gegründete kollektive Sicherheitsorganisation zur Wahrung des Weltfriedens und der Menschenrechte. Fast alle Staaten sind Mitglieder der UNO.

Verhältniswahlrecht
Jede Partei bekommt so viele Sitze im Parlament, wie sie prozentual Stimmen von den Wählern erhalten hat. Auch Minderheiten werden berücksichtigt.

Vermittlungsausschuss
Bundesrepublik Deutschland: Ausschuss, der tätig wird, wenn ein Gesetzesbeschluss des Bundestages auf Einwände des Bundesrates stößt. Bundestag und Bundesrat entsenden je die Hälfte der 32 Mitglieder. Aufgabe des Vermittlungsausschusses ist es, Kompromisse auszuarbeiten. Europäische Union: Ausschuss, der tätig wird, wenn nach der Zweiten Lesung eines Gesetzes keine Einigung zwischen Europäischem Parlament und Ministerrat erzielt werden kann. Der Vermittlungsausschuss setzt sich aus den Mitgliedern des Rates und ebenso vielen Vertretern des Europäischen Parlaments zusammen, Vertreter der EU-Kommission nehmen beratend teil.

Vier Freiheiten
Wirtschaftliche Freiheiten des europäischen Binnenmarktes: Freiheit des Warenverkehrs, Personenfreizügigkeit, Dienstleistungsfreiheit, freier Kapital- und Zahlungsverkehr.

Volkspartei
Partei, die aufgrund ihres Programms für Wähler und Mitglieder aller gesellschaftlichen Schichten unterschiedlicher Weltanschauungen offen ist.

Währungsunion
Zusammenschluss souveräner Staaten mit vorher unterschiedlichen, aber ähnlich starken Währungen zu einem einheitlichen Währungsgebiet. Im Gegensatz zu einer Währungsreform bleibt der Geldwert beim Übergang zu einer Währungsunion erhalten.

Wahlen
Verfahren der Berufung von Personen in bestimmte Ämter durch Stimmabgabe einer Wählerschaft. In Demokratien werden die wichtigsten Staatsämter durch Wahlen besetzt. Freie Wahlen müssen die Bedingungen allgemein, frei, gleich und geheim erfüllen. Das genaue Wahlverfahren (Verhältniswahl, Mehrheitswahl) ist meist in Wahlgesetzen geregelt.

Register

Bildnachweis

AdobeStock / Craig – Cover; - / David Fuentes – S. 24; - / mojolo – S. 74; - / schulzfoto – S. 16, 24; - / Werner Schwehm – S. 183; - / thauwald-pictures – S. 70; - / wofma – S. 24; Alternative für Deutschland (AfD) – S. 70, 99, 100, 101; Archiv für soziale Demokratie der Friedrich-Ebert-Stiftung, Bonn – S. 99; Aurel-Cartoonstudio / Aurel Voigt, Ludwigsburg – S. 180; Baaske Cartoons / Harm Bengen, Müllheim – S. 257; - / Gerhard Mester, – S. 124, 157; - / Thomas Plaßmann – S. 82, 156, 237; - / Rauschenbach, Müllheim – S. 72; - / Brigitte Schneider, – S. 260; Bergmoser + Höller Verlag, Aachen – S. 57, 76, 80, 81, 119, 121, 123, 136, 138, 200, 261; Bertelsmann Verlag Stiftung / Miteinander – Erfahrungen mit Betzavta (3. Aufl. 2008), Zeichnung: Heribert Schulmeyer, Gütersloh – S. 12; Bundesministerium des Inneren, Berlin – S. 44; Bundeszentrale für politische Bildung, www.bpb.de, 23.9.2009 – S. 206; Bündnis 90 / Die Grünen / www.gruene.de, Berlin – S. 70, 99, 100, 101; CDU - Bundesgeschäftsstelle, Berlin – S. 70, 99, 100; - / Laurence Chaperon – S. 101; Conflict Barometer 2019, Heidelberger Institut für Internationale Konfliktforschung e.V., Heidelberg – S. 247; CSU Christlich-Soziale Union in Bayern e.V. – S. 70, 100; ddp-images / AP, CHAOSOI CHEONG – S. 248; (c) DiG - TRIALON V.i.S.d.P. Matthias Höhn-Kleine Alexanderstraße 28-10178 Berlin_Foto-WanderingSoul-Stox – S. 101; dpa-Grafik – S. 249; - / dpa-infografik GmbH – S. 208, 254, 262, 264; dpa-infografik – S. 98, 184, 187, 221 235; - / Globus-Grafik – S. 216, 232 (2); dpa Picture-Alliance – S. 18, 179, 191; - / AP Photo, Wong Maye-E – S. 227; - / Sebastian Backhaus – S. 244; - / Ulrich Baumgarten – S. 18, 120, 136; - / blickwinkel, Binkcatcher – S. 263; - / Wolfgang Borrs, NDR – S. 14; - / Arno Burgi – S. 14; - / Christian Charisius – S. 146; - / DB Rep. of Maledives / DOL / HO – S. 244; - / Uli Deck – S. 116; - / Eventpress, Eventpress Stauffenberg – S. 214; - / Gregor Fischer – S. 103; - / Fotoreport, epa, Afp – S. 243; - / Fotoreport, epa, AFP, Simon / B2800 – S. 244; - / Andreas Gebert – S. 128; - / Geisler-Fotopress, Christoph Hardt – Cover; - / Peter Grimm – S. 116; - / Lusa Inacio Rosa – S. 196; - / Daniel Kalker – Cover; - / Michael Kappeler – S. 120; - / Wolfgang Kumm – S. 18, 116 (2); - / Kay Nietfeld – S. 125; - / Presse- und Wirtschaftsdienst, Bernd Kammerer – S. 240; - / REUTERS, Hannibal Hanschke – S. 147; - / ROPI – S. 146; - / Frank Rumpenhorst – S. 14; - / SCANPIX.Norway, epa Scanpix Bjoern Sigurdsoen Pool – S. 243; - / Martin Schutt – S. 24, 60; - / Sueddeutsche Zeitung Photo, Stephan Rumpf – S. 38; - / Bernd von Jutrczenka – S. 120; - / Sebastian Widmann – S. 14; - / YONHAP, KCNA – S. 18; - / Zentralbild, Jens Kalaene – S. 60; - / Zentralbild, Jens-Ulrich Koch – S. 150; - / Zentralbild, Karlheinz Schindler – S. 149; FDP – S. 70, 99, 100, 101; Fotolia / Marcito – S. 14; - / Christian Schwiers – S. 14; Getty Images Plus / Hemera, Yuri Arcurs – S. 171; - / Huntstock – S. 176; - / iStock Editorial, Jchambers – S. 116; - / iStock Editorial, Alexandros Michailidis – S. 202; - / iStockphoto – S. 201; - / iStockphoto, Bestgreenscreen – S. 118; - / iStockphoto, dolgachov – S. 171; - / iStockphoto, IPGGutenbergUKLtd – S. 176; - / iStockphoto, Rainer Lesniewski – S. 70; - / iStockphoto, lolo99 – S. 176; - / iStockphoto, MangoStar_Studio – S. 171; - / iStockphoto, Jodi Matthews – S. 34; - / iStockphoto, milosradin – S. 118; - / iStockphoto, rui_noronha – S. 118; - / iStockphoto, SbytovaMN – S. 171; - / iStockphoto, Vojechvlk – S. 197; - / iStockphoto, ximacx – S. 120; - / iStockphoto, Zabelin – S. 14; - / Stockbyte, Comstock Images – S. 38; - / Stockbyte, WFL062 – S. 260; IPON / Stefan Boness, Berlin – S. 70; iStockphoto / blaneyphoto – S. 30; - / chrisjo – S. 44; - / Mike Clark – S. 44; - / cosmonaut – S. 44; - / Steve Debenport – S. 38; - / Ola Dusegard – S. 44; - / Ed Stock, Carsten Koall – S. 103; - / Forrest Woodv – S. 44; - / Freeze Frame – S. 44; - / hrstklnkr – S. 52; - / Rich Legg – S. 34; - / Rene Mansi – S. 44; - / Nikada – S. 38; - / pixdeluxe – S. 34; - / sack – S. 24; - / skynesher – S. 24 (2); - / tobi – S. 116; Jürgen Janson, Landau – S. 65; Thomas Kalusa, Friedland – S. 39; Landeszentrale für politische Bildung Thüringen – S. 43; DIE LINKE – S. 70, 99, 100; Waldemar Mandzel, Bochum – S. 253; Mauritius Images / Alamy Stock Photo, David Cole – S. 18; - / Alamy Stock Photo, Martin Thomas Photography – S. 244; - / Alamy Stock Photo, Schoening – S. 52; - / Rene Meyer – S. 52; MPIfG / Aydee – S. 215; Erik Müller, Rottenburg – S. 33; Thomas Plaßmann, Essen – S. 131; Heiko Sakurai, Köln – S. 153; Karl-Heinz Schoenfeld, Potsdam – S. 167; Schulzenhof GbR / Mario Lars, Gneven – S. 135; Shutterstock.com / ART production – S. 244; - / ciwoa – S. 202; - / Drop of Light – S. 257; - / Harold Escalona – S. 264; - / hanohiki – S. 205; - / a katz – S. 244; - / Frederic Legrand - COMEO – S. 258; - / Alexandros Michailidis – S. 203; SINUS-Institut – S. 170; Wieslaw Smetek, Seevetal – S. 195; Sozialdemokratische Partei Deutschlands, Berlin – S. 70, 100, 101; DER SPIEGEL / 23-2007 – S. 224; Statista GmbH, Hamburg – S. 62, 64, 87, 97, 111, 229; Statistisches Bundesamt, Wiesbaden – S. 87, 177; Ed Stein / Rocky Mountain News, Denver – S. 106; Martin Storz, Stuttgart – S. 14; Klaus Stuttmann, Berlin – S. 210, 219; Michael Täubert – S. 46; toonpool.com / Jan Tomaschoff – S. 49; ullstein bild / CARO, Stefan Trappe – S. 244; - / JOKER, Rainer Steußloff – S. 201; Universitäts- und Landesbibliothek Münster, N. Schöpper K12,057 – S. 186; Wildner+Designer, Fürth – S. 30, 192, 227, 229; www.bpb.de / CC BY-NC-ND 3.0 DE – S. 165; ZEIT-Grafik von Christina Grob: "Es geht um die Wurst", DIE ZEIT im Osten 51/2019 – S. 62.

Erläuterungen zu den Operatoren

Operatoren für das Fach Sozialkunde (2012)
Hinweis: Die Anforderungsbereiche sind wechselseitig abhängig.
Demzufolge schließt der Anforderungsbereich III die Anforderungsbereiche I und II, der Anforderungsbereich II den Anforderungsbereich I ein.

Anforderungsbereich I: Reproduktion
(Wiedergeben und Beschreiben)

Arbeitsanweisung in der Aufgabe	Was ist genau zu tun?	Was dir zusätzlich helfen kann
beschreiben *darlegen* *darstellen*	Du gibst die wesentlichen Informationen zu etwas in ganzen Sätzen und eigenen Worten wieder. Das kann aus eigenem Wissen oder mithilfe von Bildern, Karikaturen, Statistiken... erfolgen.	Bei Bildern, Karikaturen, Grafiken kannst du folgende Formulierungen verwenden: *„Hier ist abgebildet ...“* – *„Hier sehe ich ...“*
bezeichnen	Dieser Operator wird in erster Linie in der Geografie verwendet. Du drückst wichtige Sachverhalte in eigenen Worten aus, die dir z. B. in einer Karte, einer Tabelle oder einem Schaubild aufgefallen sind.	Achte darauf, möglichst exakt auf den Punkt zu bringen, was dir aufgefallen ist und dabei die entsprechenden Fachbegriffe zu verwenden. Dabei hilft dir z. B. die Legende einer Karte.
nennen *wiedergeben* *zusammenfassen*	Du zählst knapp die gefragten Informationen oder Begriffe auf.	Wenn es Stichworte sein sollen, dann kann es sinnvoll sein, deiner Antwort eine Struktur zu geben: 1. ..., 2. ..., 3. .... usw.

Anforderungsbereich II: Reorganisation und Transfer
(selbstständiges Erklären, Einordnen und Anwenden)

Arbeitsanweisung in der Aufgabe	Was ist genau zu tun?	Was dir zusätzlich helfen kann
analysieren	Du wertest Materialien systematisch aus.	Es reicht nicht, alle Besonderheiten und Auffälligkeiten aufzuzählen, du musst diese auch sortieren und auswerten. So kannst du z. B. die Analyse eines Diagramms oder eines Konflikts in bestimmten Schritten durchführen.
auswerten	Du triffst Aussagen über Daten oder Einzelergebnisse, die du anschließend zusammenfasst.	Achte darauf, dass du die Daten so genau und umfassend wie möglich mit eigenen Worten wiedergibst, bevor du eine Gesamtaussage formulierst.

Arbeitsanweisung in der Aufgabe	Was ist genau zu tun?	Was dir zusätzlich helfen kann
charakterisieren	Du zeigst das Auffällige oder das Typische von etwas auf.	Achte darauf, auch wirklich nur das Auffällige oder Typische und nicht nahezu alles aufzuführen.
darstellen	Du zeigst Zusammenhänge auf. In der Regel schreibst du dazu einen eigenen, gegliederten Text.	Damit dein Aufschrieb nicht ein Durcheinander wird, ist es hilfreich, wenn du zuerst eine Stichwortsammlung bzw. einen Gliederungsentwurf anfertigst.
ein-, zuordnen	Du stellst etwas in einen Zusammenhang, der dir durch die weitere Aufgabenstellung vorgegeben wird.	Achte darauf, auch aufzuzeigen, warum das eine zum anderen passt. Als Vorarbeit kann es wichtig sein, zunächst zu beschreiben, was ein- oder zugeordnet werden soll.
erklären	Du gibst auf der Basis deines Wissens eine Antwort darauf, warum etwas so ist.	Hier sollst du die Gründe für etwas oder die Zusammenhänge von etwas aufzeigen. So kannst du eine Antwort auf die Frage geben, warum etwas so ist oder war. Formulierungen, die du verwenden kannst: *„weil …“; „deshalb …“; „daher …“; „dadurch …“*
erläutern	Du veranschaulichst etwas, indem du geeignete Beispiele oder Belege anführst.	Hier ist es besonders wichtig, dass deine Beispiele oder Belege genau dazu geeignet sind, die angesprochene Sache zu verdeutlichen.
heraus-arbeiten *ermitteln* *erschließen*	Du findest aus Materialien bestimmte Sachverhalte heraus, auch wenn sie nicht explizit genannt werden, und stellst Zusammenhänge zwischen ihnen her.	Es geht nicht darum, den Text wiederzugeben oder abzuschreiben, sondern dir im Vorfeld zu überlegen, welche Fragen du an den Text stellst. Wichtig für dich sind dann nur die Antworten, die dir der Text liefert. Gib bei Texten die Zeilen an, auf die du dich beziehst.
erstellen	Du zeigst Zusammenhänge auf – in der Regel mit einer Skizze oder einer Zeichnung.	Hierfür kannst du eine Mindmap, eine Concept-Map oder ein Schaubild anfertigen.
vergleichen	Du überlegst dir, nach welchen Merkmalen du etwas vergleichen willst. Dann suchst du nach Gemeinsamkeiten und Unterschieden, die du gewichtest. Am Schluss formulierst du ein Ergebnis.	Hier kann eine dreispaltige Tabelle hilfreich sein: Spalte 1: Merkmal, das du vergleichen möchtest Spalte 2: Material 1 Spalte 3: Material 2 Achte darauf, dass auch die Nennung von Unterschieden zu einem Vergleich gehört. Unterstreiche mit zwei verschiedenen Farben jeweils die Gemeinsamkeiten und Unterschiede.

Anforderungsbereich III: Reflexion und Problemlösung
(Umgang mit Urteilen und Abwägen von Handlungsmöglichkeiten)

Arbeitsanweisung in der Aufgabe	Was ist genau zu tun?	Was dir zusätzlich helfen kann
begründen	Du untermauerst eine Aussage mit Gründen.	Formulierungen, die du verwenden kannst: *„Dafür spricht …“* – *„Ein Grund dafür ist …“*
beurteilen	Du untersuchst einen Vorschlag, indem du Kriterien wie z. B. Gerechtigkeit oder Effizienz anwendest. Dann formulierst du zu jedem deiner angewendeten Kriterien ein Ergebnis, z. B. „es ist gerecht / nicht gerecht.“	Überlege dir zuerst, welche Kriterien zur Untersuchung geeignet sind. Mögliche Kriterien sind z. B. Partizipation, Repräsentation, Effektivität, Effizienz, Gerechtigkeit, Legalität, Transparenz, Nachhaltigkeit, Legitimität. Formulierungen, die du verwenden kannst, lauten z. B.: *Der Vorschlag ist gerecht / nicht gerecht, weil …* *Der Vorschlag ist effizient / zum Teil effizient, weil … .*
bewerten *Stellung nehmen*	Hier geht es darum, dass du, nachdem du beurteilt hast (s. o.), Stellung beziehst. Du sollst jetzt mitteilen und begründen, was dir persönlich oder unserer Zeit heute wichtig ist.	Denke daran, dass du vor dem „Bewerten“ zuerst eine „Beurteilung“ machst. So könntest du z. B. als Ergebnis deiner Beurteilung haben, dass der Vorschlag gerecht aber nicht effizient ist. Jetzt sollst du deine Position zum Vorschlag formulieren. Dazu ist es wichtig, dass du dir klarmachst, welches dieser Kriterien bei dir oder in unserer Zeit warum wichtiger ist. Formulierungen, die du verwenden kannst: *„Ich halte den Vorschlag für richtig / falsch, weil …“* – *„Mir ist besonders folgender Wert / folgendes Kriterium wichtig, da … und deshalb …“*
diskutieren *sich auseinandersetzen*	Du entwickelst zu einer Frage oder Problemstellung eine logische Argumentation, um jene am Ende begründet zu bewerten.	Denk nochmal an den Aufbau eines Argumentes und daran, dass du immer Pro- und Kontra-Argumente auflistest, bevor du deinen Standpunkt begründest. Deine Begründung sollte sich zudem auf einen oder mehrere Werte beziehen.
entwerfen	Du stellst ein Konzept in seinen wesentlichen Zügen dar.	Denk daran, dass sich deine Ideen logisch strukturiert im Konzept wiederfinden und nur die wesentlichen Inhalte aufgreifen.
entwickeln	Du suchst nach einem Lösungsansatz für ein Problem.	Achte darauf, dass du deinen Lösungsvorschlag begründet hast und / oder mit Belegen aus den vorgegebenen Materialien untermauert hast.

Arbeitsanweisung in der Aufgabe	**Was ist genau zu tun?**	**Was dir zusätzlich helfen kann**
erörtern	Dir wird eine These vorgegeben. Lege die Argumente, die für die These sprechen in „eine Schale einer Waage“, jene Argumente, die dagegen sprechen, in die andere. Am Ende deiner Ausführung kommst du zu deiner Abwägung. In welcher Waagschale finden sich die gewichtigeren Gründe?	Formulierungen, die du verwenden kannst: *„Dafür spricht …“ – „Dagegen spricht …“ – „Insgesamt komme ich zu der Einschätzung, dass …“*
gestalten	Du stellst etwas her oder entwirfst etwas, zum Beispiel eine Rede, ein Streitgespräch zwischen zwei Personen.	Dabei ist besonders deine Kreativität gefragt. Achte aber darauf, die Aufgabenstellung im Blick zu behalten. Beachte ebenfalls: Wen willst du ansprechen? Was willst du damit erreichen?
überprüfen	Du untersuchst, ob eine Aussage stimmt, nicht stimmt oder teilweise stimmt und formulierst ein Ergebnis deiner Untersuchung.	Überlege dir, ob z. B. eine Aussage Sinn macht oder nicht. Du musst nicht abwägen, sondern kannst dich für eine Richtung entscheiden.